Genel Yayın: 925

Hümanizma ruhunun ilk anlayış ve duyuş merhalesi, insan varlığının en müşahhas şekilde ifadesi olan sanat eserlerinin benimsenmesiyle başlar. Sanat şubeleri içinde edebiyat, bu ifadenin zihin unsurları en zengin olanıdır. Bunun içindir ki bir milletin, diğer milletler edebiyatını kendi dilinde, daha doğrusu kendi idrakinde tekrar etmesi; zekâ ve anlama kudretini o eserler nispetinde artırması, canlandırması ve yeniden yaratmasıdır. İşte tercüme faaliyetini, biz, bu bakımdan ehemmiyetli ve medeniyet dâvamız için müessir bellemekteyiz. Zekâsının her cephesini bu türlü eserlerin her türlüsüne tevcih edebilmiş milletlerde düşüncenin en silinmez vasıtası olan yazı ve onun mimarisi demek olan edebiyat, bütün kütlenin ruhuna kadar işliyen ve sinen bir tesire sahiptir. Bu tesirdeki fert ve cemiyet ittisali, zamanda ve mekânda bütün hudutları delip aşacak bir sağlamlık ve yaygınlığı gösterir. Hangi milletin kütüpanesi bu yönden zenginse o millet, medeniyet âleminde daha yüksek bir idrak seviyesinde demektir. Bu itibarla tercüme hareketini sistemli ve dikkatli bir surette idare etmek, Türk irfanının en önemli bir cephesini kuvvetlendirmek, onun genişlemesine, ilerlemesine hizmet etmektir. Bu yolda bilgi ve emeklerini esirgemiyen Türk münevverlerine şükranla duyguluyum. Onların himmetleri ile beş sene içinde, hiç değilse, devlet eli ile yüz ciltlik, hususi teşebbüslerin gayreti ve gene devletin yardımı ile, onun dört beş misli fazla olmak üzere zengin bir tercüme kütüpanemiz olacaktır. Bilhassa Türk dilinin, bu emeklerden elde edeceği büyük faydayı düşünüp de şimdiden tercüme faaliyetine yakın ilgi ve sevgi duymamak, hiçbir Türk okuru için mümkün olamıyacaktır.

23 Haziran 1941
Maarif Vekili
Hasan Âli Yücel

HASAN ÂLİ YÜCEL KLASİKLER DİZİSİ

JANE AUSTEN
GURUR VE ÖNYARGI

ÖZGÜN ADI
PRIDE AND PREJUDICE

İNGİLİZCE ASLINDAN ÇEVİREN
HAMDİ KOÇ

© TÜRKİYE İŞ BANKASI KÜLTÜR YAYINLARI, 2006
Sertifika No: 29619

GÖRSEL YÖNETMEN
BİROL BAYRAM

DÜZELTİ
NEBİYE ÇAVUŞ

GRAFİK TASARIM UYGULAMA
TÜRKİYE İŞ BANKASI KÜLTÜR YAYINLARI

I. BASIM MART 2006, İSTANBUL
XVI. BASIM EYLÜL 2015, İSTANBUL

ISBN 978-975-458-702-9 (KARTON KAPAKLI)

BASKI
YAYLACIK MATBAACILIK
LİTROS YOLU FATİH SANAYİ SİTESİ NO: 12/197-203
TOPKAPI İSTANBUL
(0212) 612 58 60
SERTİFİKA NO: 11931

TÜRKİYE İŞ BANKASI KÜLTÜR YAYINLARI
İSTİKLAL CADDESİ, MEŞELİK SOKAK NO: 2/4 BEYOĞLU 34433 İSTANBUL
Tel. (0212) 252 39 91
Fax. (0212) 252 39 95
www.iskultur.com.tr

HASAN
ÂLİ
YÜCEL
KLASİKLER
DİZİSİ

I

JANE
AUSTEN
GURUR VE ÖNYARGI

İNGİLİZCE ASLINDAN ÇEVİREN:
HAMDİ KOÇ

TÜRKİYE İŞ BANKASI
Kültür Yayınları

Sunuş

Elinizde tam iki yüz yıllık bir büyü tutuyorsunuz. Bu kadar eski olduğu halde bugün hâlâ bu kadar popüler olan başka bir roman bilmiyorum. *Gurur ve Önyargı*'dan daha önce ya da daha sonra yazılmış ve ondan besbelli daha sarsıcı ya da yenilikçi olan ya da başlı başına simge haline gelmiş başka büyük klasikler var elbette, mesela *Mobydick, Tristram Shandy, Don Quixote, Robinson Crusoe, Madam Bovary*, ama hiçbiri *Gurur ve Önyargı*'nın bugünün okurunun kalbinde edindiği yeri edinemedi. Bütün klasikler bir yana, *Gurur ve Önyargı* bir yana. Tuhaf, ama öyle. Tuhaflığı, biraz, bunun baştan beri zor açıklanır bir durum olmasından, biraz da romanın çok doğal bir biçimde hayatımızın bir parçası olmuş ve öyle kalmış olmasından geliyor. O kadar ki İngilizce konuşulan ülkelerde Jane Austen birçok okur için bizim Jane'dir, evden, aileden biridir. Zaten anlattığı da o evin, ailenin hayatından ya da o hayatın yakınından bir bölümdür.

Jane Austen'ın roman tarihinin ilk büyük (ve sahici) kültü olduğunu en baştan söyleyebiliriz. İngiltere'de bugün çok ciddi bir Jane Austen turizmi var, acenteler, turlar, rehberler, hediyelik eşyalar filan. 'O' uzun süredir bir karakter olarak da önemli.

Jane Austen'ın hayatı hakkında fazla bir bilgimiz yok. Hayatını evinde geçirdi; mektupları ve bir iki tanıklık dışında birinci elden pek az belge var. Arkasında cevabı olmayan çokça soru kalmış. Mesela hangi hastalıktan öldüğünü bilmiyoruz. Addison's Disease denen ve bugün yüz binde dört kişide görülen bir tür salgı bezi hastalığından öldüğü şeklinde bir tahmin var. Zaten çok genç ölmüş, 42 yaşında (1775-1817), ki devir yazarların genç ölmekle ünlü oldukları bir devir değil, Defoe'nun 71, Richardson'ın 72, daha sonra Eliot'ın 61 sene yaşadığını düşünürsek. Gözlerden uzak, bir kır evinde, evlenmeden, hatta besbelli aşkın tatlarını bile tanıyamadan geçirilen kapalı hayat, genç yaşta ölüm, o ölümün ardından kalan hanım hanımcık bir iki portre ve bütün muhtemel depresif görüntüsüne rağmen o hayattan çıkarılan mizah, zekâ ve sevecenlik dolu romanlar –hem de tüm sadeliklerine rağmen, daha gösterişli birçok romandan daha uzun yaşayan, daha çok insanı etkileyen romanlar. Austen kült olmayı elbette hak ediyordu.

Bu kült olma hali üzerinde maksatlı olarak duruyorum. Çünkü bu aynı sebepten, Austen çatık kaşlı edebiyat çevrelerinde sık sık kayıtsız kalınan, biraz hafife alınan, çokça da ihmal edilen, hesapta genç kızların sevgisine terk edilen bir yazar olmuştur. Bilhassa, kendileri hayatta bir şey ortaya koyamayıp da beğenmeme yoluyla itibar kazanmaya eğilimli ya da toplumsallık takıntılı eleştirmenler tarafından. Ama şunu söylemeliyim ve rahatça söyleyebilirim: Bir yazarın değerini en iyi bir başka yazar anlar ve anlatır. Jane Austen için de böyle oldu. Austen yirminci yüzyılda akademik edebiyat dünyasında kendi gerçek eleştirmenlerini buluncaya kadar önemli tarihsel değerlendirmelerini hep meslektaşlarından aldı: önce Trollope, ki az buz bir adam değildir, onun Shakespeare ayarında bir yazar olduğunu söyledi, sonra hem yazar hem de edebiyat düşünürü olarak Virginia Woolf ve E. M. Forster Austen'a hakkını teslim ettiler. Forster üslubunun inceliklerini örnek gösterdi; Woolf ise Austen'ın "tüm büyük yazarlar içinde büyüklüğü en zor yakalanacak yazar" olduğunu söyledi. Woolf'un tarifi Austen'la ilgili 'anahtar' gerçeği ifade etmesi bakımından hepsinden önemli: o da yukarıda sözünü ettiğim 'büyü'. Austen söz konusu olunca gerçeği büyü ile açıklamak zorunda kalıyoruz. Bu büyü Austen'ı dayanılmaz ölçüde çekici, o ölçüde taklit edilemez yapan, aynı zamanda tarif edilmesini, sınıflandırılmasını da imkânsız kılan 'okuma tadı'dır ve Austen'ı bugün hâlâ bir edebiyat esrarı olarak yaşatmaktadır. Bu esrar, "nasıl oluyor da edebiyatçılara da halka da aynı zevki veriyor?" sorusunda gizlidir.

Austen'ın romanlarına şöyle bir baktığınız zaman, ortada sadelikten başka bir edebiyat süsü yoktur; yazarın hiçbir şekilde okuru etkilemeye çalıştığını hissetmezsiniz; anlatılan kişiler istisnai özellikleri ya da trajik kaderleri olan, enteresan işlere girişen, başka dünyadan gelmiş gibi konuşan kişiler değildir; olaylar aşk ve evlilik girişimleri, hayal kırıklıkları, kendini tanıma gibi, olay bile denemeyecek durumlardır –gelinir, gidilir, oturulur konuşulur, kadere boyun eğilir, beklenir vs. Ama roman elden bırakılamaz. Açıklaması gerçekten zor; açıklamak, herhalde Austen'ın üslubunun kendisi kadar incelikli bir çaba istiyor.

Tabii bu anlattığım sahnedeki en şanslı taraf, aynı zamanda en etkili taraf, okur. Okurun iyi olanı seçme ve yaşatma içgüdüsü olmasaydı, hangi edebiyatçı ne telkin ederse etsin, şişirsin ya da karalasın, Jane Austen iki yüz sene sonra hâlâ burada olmazdı. Bu örnek, roman-okur ilişkisinin, arada hiçbir başka ihtiyaç olmadan, sadece ikisinin birbirini yaratma ve yaşatma ortaklığının harikulade bir örneği olması bakımından da önemli. Okur için bir şey ifade etmek: Her romanın böyle bir mecburiyeti var. *Gurur ve Önyargı* okur için hayati şeyler ifade eden, zamanın üstesinden gelmiş, kalbin gücüne ve ölümsüzlüğüne ait az sayıdaki romandan biridir.

Hamdi Koç

BİRİNCİ KİTAP

Bölüm I

Dünyaca kabul edilmiş bir gerçektir, hali vakti yerinde olan her bekâr erkeğin mutlaka bir eşe ihtiyacı vardır.

Böyle bir erkek yeni bir muhite ilk adımını atarken ne hissediyor, ne düşünüyor, kimse bilmez, ama bu gerçek civardaki ailelerin aklına öyle yerleşmiştir ki onu kızlarından birinin ya da diğerinin tapulu malı sayarlar.

"Duydun mu Mr. Bennet, şekerim," dedi eşi bir gün, "Netherfield Korusu nihayet tutulmuş."

Mr. Bennet duymadığını söyledi.

"Ama tutulmuş," diye devam etti eşi; "Mrs. Long az önce buradaydı, bana her şeyi anlattı."

Mr. Bennet cevap vermedi.

"Kim almış, merak etmiyor musun?" diye haykırdı karısı sabırsızca.

"Söylemek istiyorsan itiraz etmem."

Bu kadar davet ona yeterdi.

"Doğrusu şekerim, bunu dinlemelisin, Mrs. Long diyor ki Netherfield'i kuzey İngiltere'li, büyük servet sahibi bir genç almış; pazar günü dört atlı arabasıyla gelip yeri görmüş ve öyle beğenmiş ki Mr. Morris'le şıp diye anlaşmış; Michaelmas'dan önce mülkü devralacakmış, birkaç hizmetçisi de gelecek hafta sonuna kadar evde olacakmış."

"Adı neymiş?"

"Bingley."

"Evli mi bekâr mı?"

"Aa! Bekâr şekerim, bekâr tabii! Çok zengin, yılda dört beş bin kazanan bir bekâr. Kızlarımız için ne hoş bir şey!"

"Nasıl yani? Kızlarımızla ne ilgisi var?"

"İlahi Mr. Bennet," diye cevapladı karısı, "nasıl bu kadar yorucu olabiliyorsun! Kızlardan birini onunla evlendirmeyi düşündüğümü anlamış olmalısın."

"Buraya bu amaçla mı gelmiş?"

"Nasıl böyle konuşabiliyorsun! Kızlardan birine âşık olması çok mümkün; o yüzden gelir gelmez onu ziyaret etmelisin."

"Bunun için bir sebep yok. Sen kızlarla gidebilirsin ya da onları kendi başlarına gönderebilirsin, hatta bu belki daha iyi olur, çünkü güzellikte onlardan aşağı kalır yanın olmadığı için Mr. Bingley aradan seni seçebilir."

"İltifat ediyorsun şekerim. Ben de güzellikten payımı almışım elbette, ama artık kendimi bir şey sanacak halim yok. Beş kız büyütmüş bir kadın kendi güzelliğini düşünmekten vazgeçmelidir."

"O durumda düşünecek bir güzelliği olmaz zaten."

"Şekerim, taşındığı zaman gerçekten gidip Mr. Bingley'yi görmelisin."

"O kadarına söz veremem, emin ol."

"Ama kızlarını düşün. Bak, kızlar için ne büyük bir kısmet. Sir William'la Lady Lucas gitmeye kararlılar, hem de sadece bu yüzden, çünkü bilirsin onlar genellikle yeni gelenleri ziyaret etmezler. Gerçekten gitmelisin, çünkü sen gitmezsen bizim gitmemiz de imkânsız olur."

"Sen de çok ince hesap yapıyorsun. Eminim Mr. Bingley sizi gördüğüne çok sevinecek; ben de birkaç satır yazar seninle gönderirim kızların hangisini seçerse seçsin razıyım diye; ama tabii küçük Lizzy'm için güzel bir şeyler eklemem lazım."

"Umarım öyle bir şey yapmazsın. Lizzy ötekilerden bir nebze bile üstün değil; hatta ne Jane'in yarısı kadar güzel, ne de Lydia'nın yarısı kadar iyi huylu. Ama sen her zaman onu tutuyorsun."

"Hiçbirinin aman aman bir özelliği yok," diye cevap verdi Mr. Bennet; "hepsi de başka kızlar gibi aptal ve cahiller; ama Lizzy kardeşlerinden daha zeki."

"Mr. Bennet, kendi çocuklarını nasıl böyle aşağılayabiliyorsun? Canımı sıkmaktan zevk alıyorsun. Zavallı sinirlerime hiç acıman yok."

"Beni yanlış anladın hayatım. Sinirlerine büyük saygım var. Sinirlerin benim eski dostum. En az yirmi yıldır ısrarla sinirlerinden bahsetmeni dinliyorum."

"Neler çektiğimi nereden bileceksin?"

"Sen atlatırsın, daha uzun yıllar yaşar, yılda dört bin kazanan bir sürü gencin buralara geldiğini görürsün."

"Sen ziyaret etmedikten sonra yirmi tane de gelse bize faydası olmaz."

"İçin rahat olsun hayatım, yirmi tane olursa hepsini ziyaret ederim."

Mr. Bennet öylesine tuhaf bir hazırcevaplık, ince alaycılık, soğukluk ve bencillik karışımı bir adamdı ki yirmi üç yıllık deneyim karısının onun karakterini anlamasına yetmemişti. Karısının huyunu anlamak daha az zordu. Anlayışı kıt, eğitimi düşük, tepkileri kestirilemez bir kadındı. Mutsuz olduğu zaman sinirleri bozuldu sanırdı. Hayatta bütün derdi kızlarını evlendirmekti; tesellisi ise ziyaretler ve haberlerdi.

Bölüm II

Mr. Bennet Mr. Bingley'ye ilk uğrayanlardan biri oldu. Son ana kadar karısını gitmeyeceğine inandırdıysa da gitmeye baştan beri niyetliydi; ziyaretten sonra akşama dek karısına bunu söylemedi. Akşamleyin de aşağıdaki şekilde açıkladı. İkinci kızının şapka süslemesini izlerken ansızın: "Umarım Mr. Bingley beğenir Lizzy," dedi.

"Mr. Bingley'nin neyi beğendiğini anlama imkânımız yok," dedi annesi kederle, "ziyaretine gitmeyeceğimize göre."

"Ama unutuyorsun anne," dedi Elizabeth, "onunla baloda karşılaşacağız; Mrs. Long tanıştırmaya söz verdi."

"Mrs. Long'un tanıştıracağını sanmıyorum. Kendi iki yeğeni varken. Bencil, ikiyüzlü bir kadın o, itibar etmem."

"Ben de etmem," dedi Mr. Bennet; "hem onun yardımına ihtiyacınız olmadığını memnuniyetle söyleyebilirim."

Mrs. Bennet cevap vermeye tenezzül etmedi, ama kendini tutamayıp kızlarından birini azarlamaya başladı.

"Öyle öksürüp durma Tanrı aşkına Kitty! Sinirlerime acı biraz. Parça parça ettin sinirlerimi."

"Kitty öksürük konusunda hiç dikkatli değil," dedi babası; "yanlış zamanda öksürüyor."

"Keyfimden öksürmüyorum," diye cevap verdi Kitty huysuzca.

"İlk balo ne zaman Lizzy?"

"Bir dahaki hafta yarın."

"Al işte," diye haykırdı annesi, "Mrs. Long ancak bir gün önce dönecek, o zaman da adamı tanıştıramaz, çünkü daha kendisi tanışmamış olur."

"Öyleyse şekerim, arkadaşının yerini sen al ve Mr. Bingley'yi onunla tanıştır."

"İmkânsız Mr. Bennet, imkânsız, adamla daha ben tanışmıyorum; nasıl böyle bunaltıcı olabiliyorsun?"

"Titizliğine katılıyorum. On beş günlük tanışıklık elbette çok az. İnsan on beş günden önce tanınmaz. Ama biz harekete geçmezsek başkası geçer; kaldı ki Mrs. Long'la yeğenleri de şanslarını deneyecekler; o halde, maksat kibarlık değil mi, sen yardımı reddedersen, bu işi ben üstlenebilirim."

Kızlar babalarına baktılar. Mrs. Bennet, "Saçmalıyorsun!" dedi sadece.

"Bu sert sözün anlamı ne olabilir?" diye haykırdı Mr. Bennet. "Tanışma âdetlerini ve bunlara verilen önemi saçmalık olarak mı görüyorsun? O konuda seninle aynı fikirde değilim. Ne diyorsun Mary, derin düşünceleri olan, büyük kitaplar okuyan, notlar alan bir kız olarak?"

Mary çok anlamlı bir şey söylemek istedi, ama beceremedi.

"Mary fikirlerini toparlarken," diye devam etti Mr. Bennet, "biz Mr. Bingley'ye dönelim."

"Bıktım Mr. Bingley'den," diye haykırdı karısı.

"Bunu duyduğuma üzüldüm; ama niye daha önce söylemedin? Bunu bu sabah biliyor olsaydım adamı ziyaret etmezdim. Büyük şanssızlık; ama gittiğime göre artık tanışmıyormuş gibi yapamayız."

Hanımların şaşkınlığı tam istediği gibiydi; hatta Mrs. Bennet'inki diğerlerini geçti; yine de ilk neşe dalgası durulurken Mrs. Bennet bunu baştan beri beklediğini söylemeye başladı.

"Ne kadar iyisin sevgili Mr. Bennet! Ama seni sonunda ikna edeceğimi biliyordum. Kızlarını böyle bir tanışıklığı ihmal edemeyecek kadar sevdiğinden emindim. Gerçekten nasıl memnun oldum! Ayrıca çok da iyi bir şaka, sen bu sabah git, ama bu saate kadar tek kelime etme."

"Hadi bakalım Kitty, şimdi istediğin kadar öksürebilirsin," dedi Mr. Bennet; bunları derken odadan çıktı, karısının coşkusundan bitap düşmüş halde.

"Ne muazzam bir babanız var kızlar," dedi Mrs. Bennet kapı kapandığı zaman. "Emeklerini nasıl ödeyeceksiniz bilmiyorum, hatta benim emeklerimi. Bizim yaşımızda her gün yeni biriyle tanışmak insana pek hoş gelmez; ama sizin hatırınız için her şeyi yaparız. Lydia, tatlım, sen en küçüklerisin, ama bence Mr. Bingley ilk baloda seninle dans edecek."

"Yo!" dedi Lydia gözüpeklikle, "ben korkmuyorum; en küçükleri olabilirim, ama en uzunlarıyım."

Akşamın sonraki saatleri Mr. Bingley'nin ziyareti ne zaman iade edeceğini tahmin etmekle ve onu ne zaman yemeğe davet edebileceklerine karar vermekle geçirildi.

Bölüm III

Mrs. Bennet beş kızıyla birlikte ne kadar sıkıştırdıysa da kocasından Mr. Bingley'nin tatmin edici bir tarifini almayı beceremedi. Adamcağıza her yandan saldırdılar, arsız sorularla, kurnaz tahminlerle, uzak imalarla, ama o bu girişimlerin hepsini savuşturdu; onlar da sonunda komşuları Lady Lucas'ın ikinci elden edindiği bilgiyle yetinmek zorunda kaldılar. Lady Lucas'ın raporu hayli olumluydu. Sir William adamdan hoşlanmıştı. Gayet genç, harikulade yakışıklı, son derece sevimliydi ve bunları taçlandırırcasına, ilk baloya geniş bir arkadaş grubuyla katılmak niyetindeydi. Daha sevindirici bir şey olamazdı! Dansı sevmek âşık olma yolunda önemli bir adımdı; Mr. Bingley'nin kalbi için keyifli umutlar beslendi.

"Kızlarımdan birinin Netherfield'e şöyle mutlu mutlu yerleştiğini görebilsem," dedi Mrs. Bennet kocasına, "bir de ötekiler öyle iyi evlilikler yapsalar, dünyada başka hiçbir şey istemem."

Birkaç gün içinde Mr. Bingley Mr. Bennet'ın ziyaretine karşılık verdi ve onunla kütüphanede on dakika kadar oturdu. Güzelliklerini işittiği genç hanımların huzuruna kabul edileceğini umut etmişti, ama sadece babayı görebildi. Hanımlar biraz daha şanslıydılar; üst kat penceresinden, mavi bir ceket giydiğini ve siyah bir ata bindiğini görme imkânı buldular.

Yemek daveti hemen sonra kendisine iletildi; Mrs. Bennet ev sahibeliğine itibar kazandıracak yemekler tasarlamaya başlamıştı ki hepsini erteleyen bir cevap geldi. Mr. Bingley ertesi gün şehre inmek zorundaydı, dolayısıyla davetlerini üzülerek vs. vs. kabul edemiyordu. Mrs. Bennet'ın çok canı sıkıldı. Hertfordshire'e gelişinden hemen sonra şehirde ne işi olabilir, anlayamıyordu; her an oradan oraya kaçan biri olabileceğinden ve Netherfield'e doğru dürüst yerleşmeyeceğinden korkmaya başladı. Lady Lucas Londra'ya sadece balo için geniş bir arkadaş grubu getirmeye gittiği fikrini ortaya atarak korkularını bir parça yatıştırdı; çok geçmeden Mr. Bingley'nin baloya beraberinde on iki bayan ve yedi bey getireceği bilgisi geldi. Kızlar o kadar çok hanımı düşününce endişelendiler; ama balodan önceki gün Londra'dan beraberinde on iki yerine sadece altı hanım getirdiğini, beşinin kız kardeşi, birinin de kuzeni olduğunu duyunca rahatladılar. Nihayet balo salonuna girdikleri zaman grup sadece beş kişiden oluşuyordu; Mr. Bingley, iki kız kardeşi, büyüğün kocası ve bir başka delikanlı.

Mr. Bingley yakışıklı ve kibardı; hoş bir yüzü, rahat, özentisiz davranışları vardı. Kız kardeşleri zarif kadınlardı ve sosyetik bir havaları vardı. Eniştesi Mr. Hurst beyefendi görünüyordu, o kadar; ama arkadaşı Mr. Darcy ince, uzun boyu, güzel yüzü, soylu duruşuyla ve içeri girdikten beş dakika sonra ortada dolaşan yılda on binlik geliri olduğu söylentisiyle çabucak odanın dikkatini çekti. Beyler düzgün bir adam olduğunu söylediler, hanımlar da Mr. Bingley'den çok daha yakışıklı olduğunu açıkladılar ve hayranlık dolu bakışlar üstünde toplandı, ta ki akşamın ortalarına doğru, tavırları hoşnutsuzluk yaratarak popülerliğini tersine çevirene kadar; çünkü gururlu, kendini etrafından üstün gören, memnuniyetsiz biri olduğu anlaşılmıştı; o zaman Derbyshire'deki geniş arazisi bile onu itici, tipi bozuk ve arkadaşıyla mukayeseye değmez bulunmaktan kurtaramadı.

Mr. Bingley kısa sürede kendini salonun bütün önde gelenlerine tanıtmıştı; canlı ve içtendi, her dansa katıldı, balo o kadar erken bittiği için kızdı ve Netherfield'de kendisi balo vermekten söz etti. Böyle cana yakın hareketler onun hakkında bir fikir verir. Arkadaşıyla ne kadar zıttı! Mr. Darcy sadece bir kez Mrs. Hurst'le, bir kez de Miss Bingley'yle dans etti; başka bir hanıma takdim edilmeyi reddetti ve akşamın geri kalanını odada dolaşarak, arada bir kendi grubundan biriyle laflayarak geçirdi. Karakteri konusunda karar verildi. Dünyadaki en gururlu, en sevimsiz adamdı; herkes bir daha oraya gelmemesini diledi. Ona karşı en şiddetli tepki gösterenlerden biri Mrs. Bennet'dı; adamın genel haline duyduğu hoşnutsuzluk kızlarından birini hafife alması üzerine öfkeye dönüştü.

Elizabeth Bennet erkek kıtlığından iki dans boyunca oturmak zorunda kalmıştı; bir ara Mr. Darcy Elizabeth'in o kadar yakınında dikiliyordu ki, Elizabeth arkadaşını katılmaya zorlamak için birkaç dakikalığına danstan gelen Mr. Bingley'yle arasında geçen konuşmaya kulak misafiri oldu.

"Hadi Darcy," dedi Mr. Bingley, "dans etmen lazım. Yalnız başına kös kös dikilip durduğunu görmekten nefret ediyorum. Dans et hadi."

"Asla olmaz. Hoşlanmadığımı bilirsin, eşimi iyi tanımadan dans etmem. Böyle bir toplulukta imkânsız. Kız kardeşlerin dolu, salonda da bana eziyet olmadan dansa kaldırabileceğim başka kadın yok."

"Dünyayı verseler," diye haykırdı Bingley, "senin kadar müşkülpesent olmam! Doğrusu, bunca güzel kızı ömrümde bir arada görmedim; hele birkaç tanesi var ki olağanüstü alımlılar."

"Tabii sen odadaki en güzel kızla dans ediyorsun," dedi Mr. Darcy en büyük Miss Bennet'a bakarak.

"Gördüğüm en güzel yaratık! Ama hemen arkanda oturan bir kardeşi var, o da çok güzel ve çok sevimli. Eşime söyleyeyim seni tanıştırsın."

"Hangisini kastediyorsun?" ve arkasını dönüp bir an Elizabeth'e bakındı, gözlerini yakalayınca kendi gözlerini çekip, soğukça şöyle dedi: "Eh işte, ama beni baştan çıkaracak kadar güzel değil; hem şu an başka erkeklerin dudak büktüğü kızlara önem verecek halde değilim. Bence eşine dön ve gülücüklerinin keyfini çıkar, çünkü benimle zamanını harcıyorsun."

Mr. Bingley arkadaşının tavsiyesine uydu. Mr. Darcy uzaklaştı ve Elizabeth ona karşı hiç de hoş olmayan duygularla baş başa kaldı. Yine de hikâyeyi olanca neşesiyle arkadaşlarına anlattı; çünkü her gülünç şeyden zevk alan, canlı, şakacı bir ruhu vardı.

Akşam bütün aile için keyifli geçti. Mrs. Bennet büyük kızının Netherfield grubunun derin hayranlığını kazandığını görmüştü. Mr. Bingley onunla iki kez dans etmişti, kız kardeşleri de ona özel davranmışlardı. Jane bunu annesi kadar memnuniyetle ama annesinden daha sakin karşıladı. Elizabeth Jane'in memnuniyetini hissetti. Mary kendisinden Miss Bingley'ye civardaki en hünerli kız diye bahsedildiğini duymuştu; Catherine'le Lydia da hiç eşsiz kalmayacak kadar şanslıydılar, zaten şimdilik balo deyince tek akıllarına gelen buydu. Böylece Longbourn'a keyifli döndüler; evleri Longbourn köyündeydi ve köyün arazi sahibi onlardı. Mr. Bennet'ı hâlâ ayakta buldular. Mr. Bennet eline kitap alınca zamanı unuturdu, ama şimdi öyle muazzam beklentiler yaratan akşamın havadislerini pek merak ediyordu. Karısının yabancıyla ilgili tüm umutlarının boşa çıkacağını düşünmüştü daha çok; ama az sonra farklı bir hikâye dinlemek üzere olduğunu anladı.

"Ah sevgili Mr. Bennet," dedi karısı odaya girerken, "nasıl zevkli bir akşam geçirdik, nasıl müthiş bir balo oldu! Keşke sen de gelseydin. Jane'e tek kelimeyle bayıldılar. Herkes ne kadar müthiş göründüğünü söyledi; Mr. Bingley de ona bayıldı, onunla iki kez dans etti. Düşünsene hayatım, onunla gerçekten iki kez dans etti; üstelik koca odada ikinci kez dansa kaldırdığı tek kız oydu. İlk önce Miss Lucas'ı kaldırdı. Gerçi onları beraber görünce çok canım sıkıldı ama neyse ki kızdan hoşlanmadı: Zaten kim hoşlanır ki; ama dans başlayınca Jane'e tam anlamıyla çarpılmış gibiydi. Sonra kim olduğunu soruşturdu, kendini tanıştırttı, sonra ikinci dans için ona teklifte bulundu. Sonracığıma, üçüncü dansı Miss King'le, dördüncüyü Maria Lucas'la, beşinciyi yine Jane'le, altıncıyı da Lizzy'le..."

"Bana biraz acıması olsaydı," diye haykırdı kocası sabırsızca, "yarısı kadar bile dans etmezdi! Tanrı aşkına, artık eşlerinden bahsetme. İlk dansta bileğini burksaymış keşke!"

"Ama hayatım," diye devam etti Mrs. Bennet, "adamı çok beğendim. Acayip yakışıklı! Kız kardeşleri de çok alımlı kadınlar. Hayatımda daha zarif elbiseler görmedim. Bence Mrs. Hurst'ün tuvaletindeki dantel..."

Burada yine sözü kesildi. Mr. Bennet kılık kıyafet tarifine itiraz etti. Mrs. Bennet bunun üzerine konunun bir başka yönünü aramak zorunda kaldı ve içi acıyarak ve biraz da abartarak Mr. Darcy'nin inanılmaz kabalığını anlattı.

"Ama seni temin ederim," diye ekledi, "Lizzy onun zevkine uymamakla pek bir şey kaybetmedi; çünkü son derece sevimsiz, korkunç bir adam, ilgilenmeye değmez. Öyle kendini beğenmiş, öyle burnu havada ki katlanması imkânsız! Ortalarda dolandı durdu matah bir şeymiş gibi! Dans edecek kadar bile yakışıklı değil! Keşke orada olsaydın da şekerim haddini bildirseydin. Adamdan cidden nefret ettim."

Bölüm IV

Jane'le Elizabeth yalnız kaldıkları zaman, daha önce Mr. Bingley'yi övmek konusunda tedbirli davranan Jane kız kardeşine onu ne kadar beğendiğini anlattı.

"Bir erkek işte tam böyle olmalı," dedi, "akıllı uslu, iyi huylu, canlı; daha önce hiç böyle hoş tavırlar görmemiştim! Öyle rahat, öyle terbiyeli ki!"

"Yakışıklı ayrıca," diye cevapladı Elizabeth, "eh, bir erkek aynı zamanda yakışıklı da olmalı, mümkünse. Demek ki her şeyi dört dörtlük."

"İkinci kez dansa kaldırması çok gururumu okşadı. Böyle bir iltifat beklemiyordum."

"Öyle mi? Ben senin adına bekliyordum. Ama bu da aramızdaki bir başka büyük fark. İltifatlar seni hep şaşırtıyor, beni hiç şaşırtmıyor. Sana tekrar teklif etmesinden daha doğal ne olabilirdi ki? Odadaki her kadından beş kat daha güzel olduğunu görmemesi mümkün değildi. Bunu onun kibarlığına borçlu değiliz. Evet, cidden çok hoş; onu beğenmene izin veriyorum. Çok daha aptallarını beğendin."

"Aman Lizzy!"

"Doğrusu, genellikle insanları beğenmeye çok hazırsın. Kimsenin kusurunu görmüyorsun. Sana göre bütün dünya iyi, sevimli. Hayatta kimseden kötü bahsettiğini duymadım."

"Kimseyi yargılamak konusunda acele etmek istemem; ama düşündüğümü de her zaman söylerim."

"Biliyorum söylersin; tuhaf olan da bu zaten. Senin sağduyuna sahip olup başkalarının aptallıklarına, saçmalıklarına karşı böyle içtenlikle kör olmak! Samimiyet numarası yapmak yeterince yaygın... her yerde görüyorsun. Ama gösterişsiz, plansız şekilde içten olmak... herkesin karakterinin iyi yanını alıp daha da iyi yapmak ve kötü yanından bahsetmemek... sadece sana has. Sen şimdi bu adamın kız kardeşlerini de sevmişindir, değil mi? Onların hali tavrı onunki gibi değil."

"Değil tabii ilk başta. Ama konuştuğun zaman çok hoş kadınlar. Miss Bingley kardeşiyle kalıp evi idare edecek; bizim için çok tatlı bir komşu olmazsa epey yanılmış olurum."

Elizabeth sessizlik içinde dinledi, ama ikna olmadı; iki hanımın balodaki tavırları pek öyle herkesin hoşuna gidecek gibi değildi; ablasından daha hızlı bir gözlem gücü, daha az esnek bir tabiatı, kendisine yönelik ilgiden hiç etkilenmeyen bir muhakeme yeteneği olan Elizabeth onların davranışlarını onaylamaya pek eğilimli değildi. Aslında gayet zarif kadınlardı; keyifli oldukları zaman kibar davranmaktan, diledikleri zaman sevimli olmaktan geri kalmıyorlardı; ama gururlu ve kendini beğenmiştiler. Güzel sayılırlardı, şehirdeki ilk özel okulların birinde eğitim görmüşlerdi, yirmi bin poundluk bir servetleri vardı, gereğinden fazla para harcama ve mevki sahibi insanlarla görüşme alışkanlıkları vardı, dolayısıyla kendilerini yüksek görmeye, başkalarını küçük görmeye her bakımdan hakları vardı. Kuzey İngiltereli saygın bir aileye mensuptular ve bu gerçek, belleklerine, erkek kardeşlerinin servetinin de, kendi servetlerinin de ticaret yoluyla edinilmiş olduğu gerçeğinden daha derinlemesine yerleşmişti.

Mr. Bingley'ye babasından yaklaşık yüz bin poundluk bir mülk miras kalmıştı; babası hep bir malikâne almak istemiş ama ömrü yetmemişti. Mr. Bingley de aynı şeye niyetlenmiş ve birkaç kez bölgesini seçmişti; ama şimdi iyi bir ev ve avlanacak arazi bulduğuna göre onun rahat tabiatını iyi bilen birçok kişi ömrünün geri kalanını Netherfield'de geçirebileceğinden ve satın alma işini sonraki kuşağa bırakabileceğinden kuşkulanıyordu.

Kız kardeşleri onun kendi malikânesi olsun diye çok heves ediyorlardı; şimdi sadece kiracı olarak yerleştiyse de, Miss Bingley onun evini idare etme konusunda hiç de isteksiz değildi; servet sahibi olmaktan çok mevki sahibi bir adamla evli olan Mrs. Hurst ise onun evini canı istediği zaman kendi evi olarak görmekten hoşlanmıyor değildi. Mr. Bingley rastlantı sonucu Netherfield Konağı'na bakması tavsiyesine uyduğu zaman reşit olalı daha iki sene olmamıştı. Yarım saat evin içine dışına baktı, konumunu ve ana odalarını beğendi, mal sahibinin övgülerinden tatmin oldu ve evi hemen tuttu.

Bingley'yle Darcy arasında büyük karakter farkına rağmen istikrarlı bir arkadaşlık vardı. Bingley rahatlığı, açıklığı, yumuşakbaşlılığıyla kendini Darcy'ye sevdirmişti, oysa hiçbir kişilik kendi kişiliğine daha zıt olamazdı, kaldı ki kendi kişiliğinden de şikâyetçi görünmüyordu. Bingley Darcy'nin görüşlerinin sağlamlığına alabildiğine güveniyor, onun muhakeme yeteneğine büyük saygı duyuyordu. Darcy'nin anlayış gücü daha yüksekti. Bingley yetersiz olduğundan değil, ama Darcy zekiydi. Aynı zamanda mağrur, mesafeli ve titizdi, tavırları görgülü de olsa, davetkâr değildi. Bu bakımdan arkadaşı çok daha ayrıcalıklıydı. Bingley her gittiği yerde kendini sevdireceğinden emindi, Darcy ise sürekli olarak insanları küstürüyordu.

Meryton balosu hakkındaki konuşmaları da kişiliklerini yeterince gösteriyordu. Bingley daha önce hiç o kadar hoş insanlara, o kadar güzel kızlara raslamamıştı; herkes ona karşı son derece nazik ve özenli davranmıştı, hiçbir resmiyet ya da kasıntılık olmamıştı; kısa zamanda kendini tüm salonla tanış hissetmişti; Miss Bennet'a gelince, daha güzel bir melek hayal edemiyordu. Onun aksine, Darcy güzelliği az, görgüsü sıfır bir kalabalık görmüştü; kimseye en ufak bir yakınlık duymamış, kimseden ilgi alaka görmemişti. Miss Bennet, kabul ediyordu, güzeldi, ama fazla gülüyordu.

Mrs. Hurst ve kız kardeşi aynı fikri paylaşsalar da ona hayran olmuş, ondan hoşlanmışlardı; tatlı bir kız olduğunu, onu daha iyi tanımaya itiraz etmeyeceklerini söylüyorlardı. Böylece Miss Bennet tatlı bir kız olarak kabul edildi ve erkek kardeşleri dilerse onu düşünmek konusunda kendini izinli hissetti.

Bölüm V

Longbourne'dan kısa bir yürüyüş mesafesi uzakta Bennetların sıkı fıkı oldukları bir aile yaşıyordu. Sir William Lucas vaktiyle Meryton'da tüccardı; hatırı sayılır bir servet yapmış, belediye başkanlığı sırasında krala şükranlarını sunarak şövalyelik şerefine erişmişti. Bu ayrıcalık belki fazla güçlü bir biçimde hissedilmişti. Adamın küçük bir pazar kasabasındaki işinden ve evinden soğumasına yol açmıştı; sonra ikisini de bırakıp ailesiyle Meryton'dan bir mil kadar uzaktaki bir eve taşınmış, ev o tarihten itibaren Lucas Köşkü adını almıştı; burada iş güç derdinden uzakta, kendi önemini zevkle düşünebiliyor, kendini sadece dünyaya karşı kibar davranmakla meşgul edebiliyordu. Unvanı onu gururla doldurduysa da küstahlaştırmadı; tam tersine herkese karşı nezaket kesildi. Doğası gereği yumuşak başlı, dost canlısı ve hatırşinastı; St. James'deki takdimi onu saraylı da yapmıştı.

Lady Lucas çok iyi kalpli bir kadındı, Mrs. Bennet'a iyi komşu olamayacak kadar akıllı değildi. Birkaç çocuğu vardı. Yirmi yedi yaşında, aklı başında, zeki bir genç kadın olan en büyükleri, Elizabeth'in yakın arkadaşıydı.

Lucasların ve Bennetların kızlarının buluşup her balo hakkında konuşmaları şarttı; balonun ertesi sabahı Lucasların kızları dinlemek ve anlatmak için Longbourn'a geldiler.

"Akşama iyi başladın Charlotte," dedi Mrs. Bennet Miss Lucas'a kibar bir ağırbaşlılıkla. "Mr. Bingley'nin ilk seçimi sen oldun."

"Evet, ama ikinci seçimini daha çok beğendi galiba."

"Aa! Jane'i kastediyorsun sanırım... onunla iki kez dans etti diye. Elbette bu onu beğendiğini düşündürüyor... doğrusu ben de beğendiğine inanıyorum... bu konuda bir şeyler duydum... ama tam ne, bilmiyorum... Mr. Robinson'la ilgili bir şey."

"Belki Mr. Robinson'la konuşurken duyduğum şeyleri kastediyorsun; sana bahsetmedim mi? Mr. Robinson ona bizim Meryton balolarını nasıl bulduğunu, odada pek çok güzel kadın olduğunu düşünüp düşünmediğini, en çok hangisini beğendiğini sordu, o da son soruya hemen cevap verdi... Aa! Miss Bennet şüphesiz, kimse aksini söyleyemez."

"Vay canına!.. Evet, bu gayet açıkmış cidden... öyle görünüyor ki sanki... ama yine de bütün bunlar bir yere varmayabilir."

"Benim işittiklerim seninkilerden daha anlamlı Eliza," dedi Charlotte. "Mr. Darcy arkadaşı kadar kulak verilecek biri değil, değil mi?.. Zavallı Eliza!.. ona zor katlanılır."

"Lütfen Lizzy'nin aklına girme, o adamın terbiyesizliğini kafasına takmasın; öyle sevimsiz bir adam ki onun tarafından beğenilmek tam bir talihsizlik olurdu. Mrs. Long dün gece bana yarım saat yanında oturup bir kere bile ağzını açmadığını söyledi."

"Emin misiniz hanımefendi?.. ufak bir hata yok mu?" dedi Jane. "Mr. Darcy'nin onunla konuştuğunu açıkça gördüm."

"Öyle... çünkü sonunda ona Netherfield'i nasıl bulduğunu sordu, o da mecburen cevap verdi; ama kendisiyle konuşuldu diye çok kızmış gibiydi dedi."

"Miss Bingley bana onun yakın tanıdıkları arasında değilse konuşmadığını söyledi," dedi Jane. "Tanıdıklarıyla olunca gayet cana yakın biriymiş."

"Tek kelimesine inanmıyorum şekerim. O kadar cana yakın olsaydı Mrs. Long'la konuşurdu. Nasıl olduğunu tahmin edebiliyorum; herkes onun gurur delisi olduğunu söylüyor; galiba Mrs. Long'un arabası olmadığını, baloya kiralık faytonla geldiğini duymuş."

"Mrs. Long'la konuşmaması umurumda değil," dedi Miss Lucas, "ama keşke Eliza'yla dans etmiş olsaydı."

"Bir dahaki sefere Lizzy," dedi annesi, "yerinde olsam ben de onunla dans etmem."

"İnanıyorum ki hanımefendi, onunla asla dans etmeyeceğime rahatlıkla söz verebilirim."

"Adamın gururu," dedi Miss Lucas, "beni o kadar rahatsız etmiyor, çünkü bir açıklaması var. Ailesi ve serveti olan, o kadar yakışıklı, her şeyi tamam bir gencin kendine değer vermesinde şaşılacak bir şey yok. Gururlu olmaya hakkı var diyebilirim."

"Bu çok doğru," diye cevapladı Elizabeth, "ben de gururunu kolayca affedebilirdim, benim gururumu yaralamasaydı."

"Gurur," diye gözlemde bulundu Mary her zamanki gibi fikirlerinin sağlamlığıyla övünç duyarak, "bence çok yaygın bir kusurdur. Okuduğum onca şeyden sonra şuna inandım ki gerçekten çok yaygın; insan doğası gurura bilhassa eğilimli; o ya da bu gerçek veya hayali bir özellikten ötürü kendinden memnuniyet duymayan pek az kişi vardır. Gurur ve gösteriş farklı şeyler, ama sık sık aynı anlamda kullanılıyorlar. İnsan gösteriş düşkünü olmadan gururlu olabilir. Gurur daha çok kendimizle ilgili görüşümüze bağlıdır, gösteriş ise bizim hakkımızda başkalarına ne düşündürtmek istediğimize."

"Mr. Darcy kadar zengin olsaydım," diye haykırdı ablalarıyla gelen Lucasların oğullarından biri, "ne kadar gururlu olduğuma aldırmazdım. Tazı sürüsü besler, her gün bir şişe şarap içerdim."

"O zaman gereğinden çok içerdin," dedi Mrs. Bennet; "ben de gördüğüm an şişeyi elinden alırdım."

Oğlan alamazdın diye itiraz etti; Mrs. Bennet alırdım demeye devam etti ve tartışma ancak ziyaretle birlikte bitti.

Bölüm VI

Longbournlu hanımlar hemen Netherfield'i ziyaret ettiler. Ziyaret usulünce iade edildi. Miss Bennet'ın hoş tavırları Mrs. Hurst'le Miss Bingley'nin beğenisini artırdı; her ne kadar anne dayanılmaz, küçük kardeşler konuşmaya değmez bulunduysa da, onlarla daha iyi tanışmak arzusu en büyük iki kıza doğru ifade edildi. Bu ilgi Jane tarafından büyük bir zevkle kabul edildi; ama Elizabeth neredeyse ablası da dâhil olmak üzere herkese nasıl küçümseyerek davrandıklarını gördü ve onlardan hoşlanmaya yanaşmadı; yine de Jane'e gösterdikleri ve muhtemelen erkek kardeşlerinin Jane'e olan hayranlığından kaynaklanan kibarlığın bir değeri vardı. Adamın ona hayran olduğu her karşılaşmalarında belli oluyordu; Elizabeth'e göre Jane'in adam için en başta beslemeye başladığı duygulara kendini bırakmakta olduğu, nihayet sırılsıklam âşık olacağı açıktı; ama bunun dünya tarafından fark edilmesi ihtimalinin bulunmadığını zevkle düşünüyordu, çünkü Jane ağırbaşlılığı ve neşeliliği büyük bir duygu gücüyle birleştiriyor, bu da onu münasebetsiz insanların kuşkularından koruyordu. Bunu arkadaşı Miss Lucas'a söyledi.

"Böyle bir durumda," diye cevapladı Charlotte, "etrafa karşı vakur olmak hoş olabilir; ama bu kadar iyi korunuyor olmak bazen zararlıdır. Eğer bir kadın sevgisini sevdiği adamdan aynı beceriyle saklarsa adamı elde etme fırsatını kaçırabilir, o zaman dünyanın da haberi olmadığına inanmak zayıf bir teselli olur. Hemen her ilişkide öyle çok minnet ya da gösteriş duygusu vardır ki bir şeyleri kendi haline bırakmak emniyetli olmaz. Hepimiz serbestçe başlayabiliriz... hafif bir eğilim gayet doğaldır, ama pek azımızda cesaret verilmeden gerçekten âşık olacak yürek vardır. On vakadan dokuzunda kadın için doğru olan hissettiğinden daha fazla sevgi göstermektir. Bingley kuşkusuz ablanı beğeniyor, ama ablan devamı için ona yardım etmezse adam beğenmekten öteye gidemeyebilir."

"Ama yardım ediyor elinden geldiğince. Adama gösterdiği ilgiyi eğer ben algılayabiliyorsam o anlamamak için aptal olmalı."

"Unutma Eliza, o Jane'in tabiatını senin kadar bilmiyor."

"Ama bir kadın bir erkeği beğeniyorsa ve bunu saklamaya çalışmıyorsa erkek bunu fark eder."

"Fark eder belki, eğer kadını yeterince görürse. Ama Bingley'yle Jane sık görüşüyor olsalar da uzun süre baş başa kalmıyorlar; birbirlerini hep büyük karışık gruplar içinde görüyorlar, bu yüzden her anı birbirleriyle konuşarak değerlendirmeleri imkânsız. Dolayısıyla Jane adamın dikkatini kendinde toplayabildiği her dakikayı sonuna dek kullanmalı. Adamı garantiye aldıktan sonra âşık olmak için bol bol vakti olur."

"Planın sağlam," diye cevapladı Elizabeth, "tabii iyi evlilik yapma arzusu dışında hiçbir şey söz konusu değilse; eğer ben zengin bir koca bulmaya, hatta sadece bir koca bulmaya kalkışsaydım herhalde planını uygulardım. Ama Jane'in duyguları böyle değil; o plana göre hareket etmiyor. Henüz kendi duygularından bile emin değil, bunun akıllıca olup olmaması bir yana. Adamı sadece on beş gündür tanıyor. Meryton'da onunla dört dans yaptı; bir sabah onu evinde gördü ve o zamandan beri dört kez akşam yemeğinde bir araya geldiler. Bu kadarı adamın karakterini anlamasına yetmiyor."

"Düşündüğün gibi değil. Onunla sadece yemek yemiş olsaydı bir tek iştahlı olup olmadığını öğrenmiş olurdu; ama unutma ki dört akşam da birlikte geçirildi... dört akşam çok şey fark ettirebilir."

"Evet, bu dört akşam onlara yirmibiri konkenden daha çok sevdiklerini öğrenme şansı verdi; ama başka temel özellikler konusunda çok şeyin ortaya çıktığını sanmıyorum."

"Gerçekten," dedi Charlotte, "Jane'e bütün kalbimle başarı dilerim; onunla yarın evlense on iki ay karakterini inceledikten sonra evlenmiş kadar büyük bir mutluluk şansı olacağına inanıyorum. Evlilikte mutluluk tümüyle şans meselesidir. Taraflar birbirlerini gayet iyi tanısalar da, hatta baştan çok benzer olsalar da, bu, mutluluklarına en ufak bir katkıda bulunmaz. Sonradan daima değişmek için çırpınır, başlarını derde sokarlar; hayatını birlikte geçireceğin kişinin kusurlarını ne kadar az bilirsen o kadar iyidir."

"Beni güldürüyorsun Charlotte; ama bu akıl kârı değil. Sen kendin bu şekilde davranmazdın."

Mr. Bingley'nin ablasına gösterdiği ilgiyi gözlemlemekle meşgul olan Elizabeth kendisinin de onun arkadaşının gözünde ilgi odağı haline gelmekte olduğundan şüphelenecek durumda değildi. Mr. Darcy ilk başta onun güzel olduğunu bile kabul etmemişti; baloda ona hayranlık duymadan bakmıştı; bir dahaki karşılaşmalarında ise ona sadece eleştirmek için bakmıştı. Ama kızın yüzünde tek bir güzel taraf olmadığını kendisine ve arkadaşına söylemesiyle kara gözlerindeki harikulade ifadenin o yüzü olağandışı zeki kıldığını görmeye başlaması neredeyse bir oldu. Bu keşfi aynı şekilde dikkat dolu başkaları takip etti. Eleştirel bir gözle bakınca biçiminde birden fazla simetri kusuru bulduysa da görüntüsünün aydınlık ve iç açıcı olduğunu kabul etmek zorunda kaldı; tavırlarının sosyete tavırları olmadığını tespit etmesine karşın o tavırların rahatlığına aklı takıldı. Elizabeth bunların farkında değildi; Darcy onun için sadece kendini hiçbir yerde sevdiremeyen ve onu dans edecek kadar güzel bulmayan adamdı.

Darcy onu daha iyi tanımak istedi ve onunla bizzat sohbet etme adımı olarak, başkalarıyla olan sohbetine katıldı. Böyle yapınca Elizabeth'in dikkatini çekti. Sir William Lucaslarda oluyordu bu; büyük bir parti veriliyordu.

"Mr. Darcy ne demek istiyor," dedi Elizabeth Charlotte'a, "Albay Forster'la sohbetimi dinleyerek?"

"Bu sadece Mr. Darcy'nin cevap verebileceği bir soru."

"Ama buna devam ederse neyin peşinde olduğunu anladığımı söyleyeceğim ona. Çok iğneleyici bakışları var; eğer önce ben kabalık yapmaya başlamazsam beni çabuk korkutur."

Birazdan onlara yaklaşınca, gerçi konuşmaya niyetli görünmüyordu, ama Miss Lucas arkadaşına böyle bir şey söylememesini tembihledi; tembihin o an kışkırttığı Elizabeth Darcy'ye dönüp şöyle dedi:

"Az önce Albay Forster'ı Meryton'da bize balo vermesi için bunaltırken sizce kendimi olağanüstü iyi ifade etmiyor muydum Mr. Darcy?"

"Müthiş bir enerjiyle hem de... ama bu konu bir bayanı her zaman enerjik yapar."

"Bize karşı acımasızsınız."

"Bunaltılma sırası yakında ona gelecek," dedi Miss Lucas. "Piyanoyu açıyorum Eliza; arkasından ne gelecek, biliyorsun."

"Sana arkadaş demeye bin şahit lazım!.. hep insanların önünde çalayım söyleyeyim istiyorsun! Müzikle gösteriş merakım olsa çok işe yarardı; ama bu halimle, en iyi yorumcuları dinlemeye alışmış insanların önüne çıkmamayı tercih ederim." Yine de Miss Lucas ısrar edince, "Pekâlâ, madem öyle diyorsun, öyle olsun," diye ekledi. Ve Mr.

Darcy'ye cesur bir bakış atarak şöyle dedi: "Eski bir deyiş vardır, buradaki herkes bilir, 'Nefesini yemeğine üflemek için sakla,' derler, iyisi mi ben de nefesimi şarkımı söylemek için saklayayım."

Gösterisi ahım şahım değilse de tatlıydı. Birkaç şarkı sonra, tekrar söylemesi için yapılan ricalara cevap vermesine kalmadan kız kardeşi Mary bir hevesle piyanonun başına oturdu; Mary ailenin en sıradan üyesi olması nedeniyle bilgi ve beceri kazanmak için çok çalışır, kazandıklarını sergilemekte her zaman sabırsız davranırdı.

Mary'nin ne yeteneği ne de zevki vardı; gösteriş duygusu ona çalışma azmi verdiği gibi aynı şekilde çok bilmiş bir hava ve kendini beğenmiş tavırlar da vermişti ki bu onun ulaştığından daha yüksek bir mükemmellik düzeyinde bile itici olurdu. Rahat ve özentisiz Elizabeth onun yarısı kadar bile iyi çalmadığı halde çok daha zevkle dinlendi; Mary uzun bir konçertonun sonunda onu memnun edecek övgüyü ve alkışı küçük kardeşlerinin ricası üzerine çaldığı İskoç ve İrlanda havalarıyla aldı; küçük kardeşleri, Lucasların birkaç kızı ve bir iki subayla birlikte odanın diğer ucunda neşeli bir dansa başladılar.

Mr. Darcy akşamı geçirmenin bu şekli karşısında her türlü konuşmayı bırakıp sessiz bir küçümsemeyle yanlarında dikildi; Sir William Lucas'ın ona komşu geldiğini fark etmeyecek kadar düşüncelerine gömülmüştü ki Sir William konuşmaya başladı:

"Gençler için ne cazip bir eğlence bu Mr. Darcy! Dans etmek gibisi yoktur gerçekten. Kibar toplumların ilk inceliklerinden biridir diye düşünürüm."

"Elbette efendim; ayrıca dünyanın daha az kibar toplumlarında da moda olma özelliğine sahip. Her vahşi dans edebilir."

Sir William sadece gülümsedi. Bingley'nin gruba katıldığını görünce bir an duraklayıp, "Arkadaşınız harikulade dans ediyor," diye devam etti; "kuşkum yok ki bu sanatta siz de hünerlisiniz Mr. Darcy."

"Efendim, beni Meryton'da dans ederken görmüşsünüzdür."

"Evet, elbette; gördüğümden de az buz zevk almadım. St. James'de sık sık dans eder misiniz?"

"Hayır efendim."

"Dansın o mekân için uygun bir saygı ifadesi olduğunu düşünmüyor musunuz?"

"Kaçınabildiğim sürece böyle bir saygıyı hiçbir mekâna göstermem."

"Şehirde eviniz var, değil mi?"

Mr. Darcy başını salladı.

"Bir zamanlar ben de şehre yerleşmeyi düşünmüştüm... yüksek sosyeteye ilgi duyarım; ama Londra'nın havası Lady Lucas'a iyi gelir mi, emin olamadım."

Cevap alma umudu içinde durakladı; ama arkadaşı cevap vermeye niyetli değildi; o anda Elizabeth'in onlara doğru geldiğini görünce gözüpek bir şey yapma fikrine kapılıp ona seslendi:

"Sevgili Miss Eliza, neden dans etmiyorsun?.. Mr. Darcy, bu genç hanımı size çok uygun bir eş olarak takdim etmeme izin vermelisiniz. Önünüzde böyle bir güzellik varken eminim dans etmeyi reddedemezsiniz." Tam Elizabeth'in elini tutup, çok şaşırmış ama isteksiz de görünmeyen Mr. Darcy'ye verecekti ki Elizabeth elini hemen geri çekti ve biraz rahatsızlıkla Sir William'a şöyle dedi:

"Gerçekten efendim, dans etmeyi hiç düşünmüyorum. Bu yana doğru eş aramak için geldiğimi düşünmemenizi rica ederim."

Mr. Darcy gayet ciddi bir kibarlıkla, elini tutma şerefini bağışlamasını rica etti, ama boşuna. Elizabeth kararlıydı; Sir William da ikna girişiminde bulundu ama düşüncesini değiştiremedi.

"Dansta harikalar yaratıyorsun Miss Eliza, bizleri seni seyretme mutluluğundan yoksun bırakman zalimlik; her ne kadar bu beyefendi eğlenceden hoşlanmıyorsa da eminim yarım saat nazımızı çekmeye itirazı olmaz."

"Mr. Darcy pek kibardır," dedi Elizabeth gülümseyerek.

"Öyledir tabii; ama sebebin ne olduğuna bakınca, sevgili Miss Eliza, nezaketine şaşmamalı... böyle bir eşe kim itiraz edebilir?"

Elizabeth fettan bir bakış atıp uzaklaştı. Gösterdiği direnç Darcy'nin gözündeki değerini azaltmamıştı; genç adam belli bir keyifle onu düşünüyordu ki Miss Bingley yanında belirdi:

"Hülyalarınızın konusunu tahmin edebiliyorum."

"Hiç sanmam."

"Bu şekilde bunca akşam geçirmenin ne imkânsız olduğunu düşünüyorsunuz... bu insanlarla yani; ben de aynı fikirdeyim. Ömrümde böyle sıkılmadım! Bütün bu insanların ruhsuzluğu ve gürültüsü, anlamsızlığı ve önemli adam havaları yok mu! Onlar hakkındaki tespitlerinizi dinlemek için neler vermezdim!"

"Tahmininizde yanılıyorsunuz. Aklımda daha tatlı düşünceler vardı. Hoş bir kadının yüzündeki bir çift güzel gözün bahşedebileceği o müthiş zevk üzerinde düşünceye dalmıştım."

Miss Bingley hemen gözlerini yüzüne dikti ve hangi bayanın böylesi düşünceler esinleme şerefine sahip olduğunu ona söylemesini istedi. Mr. Darcy büyük bir cesaretle cevapladı:

"Miss Elizabeth Bennet."

"Miss Elizabeth Bennet!" diye tekrarladı Miss Bingley. "Çok şaşırdım. Ne zamandır gözdeniz oldu?.. peki ne zaman size mutluluk dileyeceğim?"

"Bu tam da sormanızı beklediğim soru. Kadınların hayal gücü çok hızlı; bir anda beğeniden aşka, aşktan evliliğe sıçrıyor. Bana mutluluk dileyeceğinizi biliyordum."

"Madem bu kadar ciddisiniz, meseleyi olmuş bitmiş sayıyorum. Müthiş bir kaynananız olacak bu arada ve tabii her zaman Pemberley'de sizinle kalacak."

Miss Bingley kendini böyle eğlendirmeyi tercih ederken Mr. Darcy tam bir kayıtsızlıkla onu dinledi; yüz ifadesinden ortada tehlikeli bir durum olmadığını anlayan kız alaycı zekâsını iyice serbest bıraktı.

Bölüm VII

Mr. Bennet'ın hemen tüm serveti yılda iki bin getiren bir araziden ibaretti ve kızların şanssızlığı, bu servet erkek varis yokluğundan uzak bir akrabaya kalacaktı; annelerinin geliri ise hayattaki durumu için fazlasıyla yeterliydi, ama evin açığını kapamaya yetmiyordu. Mrs. Bennet'ın babası Meryton'da avukatlık yapmıştı ve kızına dört bin pound bırakmıştı.

Mrs. Bennet'ın bir kız kardeşi vardı, Mr. Philips diye biriyle evliydi; adam babalarına kâtiplik yapmış, ölümünden sonra işin başına geçmişti; bir de erkek kardeşi vardı Mrs. Bennet'ın, Londra'da muteber bir alanda ticaret yapıyordu.

Longbourn köyü Meryton'dan sadece bir mil uzaktaydı; teyzelerine karşı vazifelerini yapmak ve hemen yol üstündeki bir şapkacı dükkânına uğramak için haftada üç dört kere Meryton'a gitme kışkırtısına kapılan genç hanımlar için gayet elverişli bir mesafe. Ailenin en küçük iki kızı, Catherine ve Lydia bu isteği bilhassa sık duyuyorlardı; onların aklı kardeşlerinin aklından daha boştu ve daha iyi bir teklif olmadığı zaman Meryton'a yapılacak bir yürüyüş sabah saatlerine neşe katmak ve akşam sohbetine malzeme sağlamak için gerekliydi; bölge genellikle havadis fakiri olsa da onlar bir yolunu bulur, teyzelerinden bir şeyler öğrenirlerdi. O günlerde civara yeni bir milis alayının gelmesi elbette onlara bol bol haber ve mutluluk vermişti; alay kış boyunca kalacak, Meryton da karargâh olacaktı.

Mrs. Philips'e yaptıkları ziyaret şimdi en ilgi çekici istihbaratı üretiyordu. Her gün subayların isimleri ve bağlantıları hakkındaki bilgilerine bir yenisi ekleniyordu. Kaldıkları yer artık sır değildi; sonunda subayların kendilerini de tanımaya başladılar. Mr. Philips hepsini ziyaret etti, bu da yeğenlerine daha önce tatmadıkları bir mutluluk kaynağının kapılarını açtı. Artık subaylardan başka hiçbir şey konuşmuyorlardı; Mr. Bingley'nin her sözü edildiğinde annelerinin yüzünü aydınlatan büyük serveti şimdi onlara asker üniformasının karşısında değersiz görünüyordu.

Bir sabah bu konudaki hararetli konuşmalarını dinledikten sonra Mr. Bennet soğuk bir gözlemde bulundu:

"Konuşma şeklinize bakılırsa, vilayetteki en aptal iki kız olmalısınız. Bir süredir kuşkulanıyordum zaten, ama şimdi eminim."

Catherine'in canı sıkıldı, cevap vermedi; ama Lydia olanca kayıtsızlığıyla Yüzbaşı Carter'a duyduğu hayranlığı ifade etmeyi sürdürdü, hatta adam ertesi sabah Londra'ya gideceği için gün içinde onu görmeyi umduğunu söyledi.

"Çok şaşırdım şekerim," dedi Mrs. Bennet, "nasıl kendi çocuklarına aptal demeye bu kadar hazır olabiliyorsun. Başkasının çocuklarını küçümseyecek olsam bile kendi çocuklarıma dokunmam."

"Çocuklarım aptalsa, her zaman bunun farkında olmak isterim."

"Evet... ama işte, hepsi de çok zeki."

"Gururla söyleyebilirim ki bu seninle aynı fikirde olmadığımız tek konu. Görüşlerimiz her ayrıntıda buluşsun isterdim, ama şu an en küçük iki kızımızın fevkalade salak oldukları konusunda senden ayrılıyorum."

"Sevgili Mr. Bennet, bu kızların anne babaları gibi düşünmesini bekleyemezsin. Bizim yaşımıza gelince eminim onlar da subayları bizden fazla düşünmeyecekler. Benim de vaktiyle bir kırmızı ceketliyi beğendiğimi hatırlıyorum... hatta içimden hâlâ beğenirim; yılda beş altı bin kazanan parlak genç bir albay kızlarımdan birini istese ona hayır demem; bence Albay Forster geçen gece Sir Williamlarda üniforması içinde çok yakışıklıydı."

"Anne," diye haykırdı Lydia, "teyzem Albay Forster'la Yüzbaşı Carter'ın Miss Watsonlara ilk baştaki kadar sık gitmediklerini söyledi; onları şimdi sık sık Clarke'ın kitapçı dükkânında takılırken görüyormuş."

Mrs. Bennet'ın cevap vermesine kalmadan haberci içeri girip Miss Bennet'a mektup getirdi; mektup Netherfield'den geliyordu ve uşak cevap için bekliyordu. Mrs. Bennet'ın gözleri keyifle ışıldadı; kızı mektubu okurken bir heves seslenip durdu:

"Hadi Jane, kimdenmiş? Konu ne? Ne diyor? Hadi Jane, çabuk ol, söyle, çabuk ol tatlım."

"Miss Bingley'den," dedi Jane ve mektubu yüksek sesle okudu.

"Sevgili Dostum,

"Bugün merhamet edip akşam yemeğini Louisa ve benimle yemezseniz hayatımız boyunca birbirimizden nefret etme tehlikesi içinde olacağız, çünkü iki kadın bütün gün fiskos yapınca sonunda mutlaka kavga çıkıyor. Bu mektubu alınca çabucak gelin. Kardeşim ve beyler akşam yemeğini subaylarla yiyecekler. Sizin olan,

Caroline Bingley."

"Subaylarla!" diye haykırdı Lydia. "Teyzem niye bize bundan bahsetmedi, merak ediyorum."

"Dışarıda yiyor," dedi Mrs. Bennet, "bu büyük şanssızlık."

"Arabayı alabilir miyim?" dedi Jane.

"Hayır hayatım, atla gitsen daha iyi olur, çünkü yağmur yağacak gibi; o zaman bütün gece kalman gerekir."

"Bu iyi bir plan olurdu," dedi Elizabeth, "onu geri göndermeye kalkışmayacaklarından emin olsaydın."

"Evet ama beyler Meryton'a Mr. Bingley'nin arabasıyla giderler; Hurstler'in de kendi atları yok."

"Arabayla gitmeyi tercih ederim."

"Ama hayatım, baban atları ayıramaz eminim. Çiftlikte lazımlar. Değil mi Mr. Bennet?"

"Çiftlikte bize olduğundan daha çok lazımlar."

"Ama zaten oradalarsa," dedi Elizabeth, "annemin istediği olmuş olur."

Sonunda babasından araba atlarının meşgul olduğu teyidini kopardı; bunun üzerine Jane atla gitmek zorunda kaldı ve annesi hava bozacak diye neşeli tahminlerde bulunarak onu kapıya kadar geçirdi. Dileği gerçekleşti de; Jane gideli çok olmamıştı ki sıkı bir yağmur başladı. Kız kardeşleri onun için endişelendiler, ama annesi memnun oldu. Yağmur bütün akşam aralıksız devam etti; Jane elbette geri dönemeyecekti.

"Bunu çok iyi düşündüm doğrusu!" dedi Mrs. Bennet durup durup, yağmur yağdırmak kendi becerisiymiş gibi. Gelgelelim, kurnazlığının mutlu sonucunu ancak ertesi sabah fark etti. Kahvaltı henüz bitmişti ki Netherfield'den gelen bir uşak Elizabeth'e şu mektubu getirdi:

"Sevgili Lizzy,

Bu sabah kendimi çok hasta hissediyorum, herhalde dün ıslandığım için oldu. İyi kalpli arkadaşlarım iyileşene kadar eve dönmenin sözünü bile ettirmiyorlar. Mr. Jones'u görmem konusunda da ısrar ediyorlar... o yüzden bana baktığını duyarsan endişelenme... sadece boğazım şiş, başım ağrıyor, başka pek bir şeyim yok. Sevgiler."

"Hayatım," dedi Mr. Bennet, Elizabeth mektubu sesli okuduğu zaman, "kızın tehlikeli bir hastalığa yakalanır da ölürse senin emrine uyup Mr. Bingley'nin peşinde öldüğünü bilmek hepimizin içini rahatlatır."

"Aa! Ne ölmesi canım. Azıcık üşütmekten kimse ölmez. Ona iyi bakarlar. Orada kaldığı sürece her şey yolunda demektir. Arabayı alabilirsem gidip görürüm."

Gerçekten endişelenen Elizabeth gidip onu görmeye karar verdi, ama araba müsait değildi; at binmeyi de bilmediği için tek çaresi yürümekti. Kararını açıkladı.

"Nasıl bu kadar aptal olabiliyorsun," diye haykırdı annesi, "bu çamurda böyle işe kalkışılır mı! Gittiğin yerde insan içine çıkacak halin kalmayacak."

"Jane'i görecek halde olurum... tüm istediğim bu."

"Atları çağırtmam için bana bir ipucu vermeye mi çalışıyorsun?" dedi babasına.

"Hiç değil. Yürümekten şikâyet etmem. İnsan isteyince mesafenin önemi yoktur; sadece üç mil. Akşam yemeğine dönerim."

"İyi kalpliliğindeki bu enerjiye hayranım," diye gözlemledi Mary, "ama her duygusal tepki aklın sınamasına tabi tutulmalıdır; kanımca, gösterilecek tepki duyulan ihtiyaçla orantılı olmalıdır."

"Biz de Meryton'a kadar seninle geliriz," dedi Catherine ve Lydia. Elizabeth onların arkadaşlığını kabul etti ve üç genç hanım birlikte yola koyuldular.

"Acele edersek," dedi Lydia yürürlerken, "belki Yüzbaşı Carter'ı gitmeden birazcık görebiliriz."

Meryton'da ayrıldılar; küçükler subay eşlerinden birinin evine yöneldiler, Elizabeth de tek başına yürümeye devam etti, hızlı adımlarla art arda tarlaları geçerek, sabırsız bir enerjiyle duvar basamaklarının üstünden zıplayarak, gölcüklerin üstünden atlayarak; sonunda yorgun ayak bilekleri, kirli çoraplar ve hareketin sıcaklığından yanan bir yüzle kendini evin karşısında buldu.

Onu kahvaltı odasına aldılar; Jane dışında herkes oradaydı; gelişi büyük bir sürpriz yarattı. O kadar erkenden, o
kadar pis bir havada ve tek başına üç mil yürümüş olması
Mrs. Hurst'e ve Miss Bingley'ye neredeyse inanılmaz geldi;
Elizabeth bunun için onu küçümsediklerini hissetti... Yine
de onu gayet kibarca karşıladılar; erkek kardeşlerinin davranışlarında kibarlıktan daha iyi bir şeyler vardı: İyi niyet
ve nezaket vardı... Mr. Darcy pek az konuştu, Mr. Hurst
hiç konuşmadı. Mr. Darcy yürüyüşün yüzüne verdiği parlaklığa hayranlık duymakla durumun o kadar uzaktan tek
başına gelmesini gerektirip gerektirmediği konusunda kuşku duymak arasında bocalıyordu. Mr. Hurst sadece kahvaltısını düşünüyordu.

Ablasıyla ilgili sorularına aldığı cevaplar iç açıcı değildi.
Miss Bennet iyi uyuyamıştı; ayaktaydı ama çok ateşi vardı
ve odasından çıkacak kadar iyi değildi. Elizabeth hemen
yanına çıkarıldığı için memnun oldu; ailesini korkutmak
ya da rahatsız etmekten çekindiği için böyle bir ziyareti
ne kadar istediğini mektubunda dile getirmemiş olan Jane
onun geldiğini görünce sevinç duydu. Yine de pek konu
şacak halde değildi ve Miss Bingley ikisini yalnız bıraktığı
zaman ona gösterdikleri olağanüstü nezaket için minnettarlığını ifade etmek dışında pek az şey söyleyebildi. Elizabeth
sessizce onu dinledi.

Kahvaltı bittiği zaman kız kardeşler onlara katıldı;
Jane'e ne kadar ilgi ve yakınlık gösterdiklerini görünce Elizabeth onlardan hoşlanmaya başladı. Eczacı geldi; hastasını
muayene edip, beklendiği gibi, şiddetli bir soğuk algınlığına
yakalandığını, atlatmak için çaba sarf etmeleri gerektiğini
söyledi, yatağa dönmesini tavsiye etti ve ona şurup sözü verdi. Tavsiyeye hemen uyuldu, çünkü ateşi yükseliyordu, başı
şiddetli biçimde ağrıyordu. Elizabeth bir an olsun yanından
ayrılmadı; diğer hanımlar da yanından pek ayrılmadılar:
Beyler dışarıda oldukları için onların da doğrusu başka yerde yapacak bir şeyleri yoktu.

Saat üçü vurduğu zaman Elizabeth gitmesi gerektiğini hissetti ve isteksizce öyle söyledi. Miss Bingley ona arabayı teklif edince kabul etmesi için azıcık ısrar yeterli oldu, ama o sırada Jane ondan ayrılmakta gönülsüz davranınca Miss Bingley araba teklifini şimdilik Netherfield'de kalma davetine çevirmek durumunda kaldı. Elizabeth minnettarlıkla kabul etti; aileyi kalışından haberdar etmek ve yedek giysi getirmek üzere bir uşak Longbourn'a gönderildi.

Bölüm VIII

Saat beşte iki hanım giyinmek için çekildiler; altı buçukta Elizabeth yemeğe çağrıldı. O zaman sökün eden kibar sorulara, ki aralarından Mr. Bingley'nin çok daha yakın ilgisini zevkle ayırt etti, iç açıcı bir cevap veremedi. Jane'de düzelme yoktu. Kız kardeşler bunu duyunca ne kadar üzüldüklerini, kötü üşütmenin ne kadar sarsıcı olduğunu ve hasta olmaktan bizzat ne kadar nefret ettiklerini birkaç kez tekrarladılar, sonra meseleyi unuttular: Gözlerinin önünde olmadığı zaman Jane'e kayıtsız kalmaları Elizabeth'in onlarla ilgili ilk hoşnutsuzluğunu yeniden hissetmesine yol açtı.

Erkek kardeşi o grupta sıcaklık gösterebileceği tek kişiydi aslında. Jane için duyduğu endişe apaçıktı, kendisine gösterdiği ilgi sevindiriciydi ve bunlar kendisini başkalarının gördüğüne inandığı gibi davetsiz misafir hissetmesini önledi. Ondan başka kimse ona pek oralı olmadı. Miss Bingley kendini Mr. Darcy'ye kaptırmıştı, kız kardeşi de öyle; Elizabeth'in yanında oturan Mr. Hurst'e gelince, o da tembel bir adamdı, sadece yemek, içmek ve kâğıt oynamak için yaşıyordu; Elizabeth'in sade bir yemeği Fransız usulü türlüye tercih ettiğini öğrenince bir daha ona bir şey söylemedi.

Yemek bitince doğruca Jane'in yanına döndü ve odadan çıkar çıkmaz Miss Bingley arkasından atıp tutmaya başladı.

Davranışlarının cidden çok kötü, gurur ve kabalık karışımı olduğunu, sohbetinin çekilmez, üslupsuz, zevksiz, cazibesiz olduğunu söyledi. Mrs. Hurst de aynı fikirdeydi ve hemen ekledi:

"Kısaca kızın hanesine yazacak hiçbir şeyi yok, müthiş bir yürüyüşçü olmasını saymazsak. Bu sabahki halini hiç unutmayacağım. O ne yabanilikti öyle."

"Aynen öyle Louisa. Kendimi zor tuttum. Gelmek de nesi canım! Dağ bayır koşturmak da ne demek oluyor kardeşi üşüttü diye? Hele saçı ne dağınık, ne kabarık!"

"Ya hele eteği; umarım eteğini görmüşündür, kesin bir karış çamur içinde; bir de elbisesini sarkıtmış aklı sıra çamuru örtsün diye."

"Çizdiğin resim doğru olabilir Louisa," dedi Bingley; "ama bunlar gözümden kaçmış. Bu sabah odaya girdiği zaman Miss Elizabeth Bennet gayet güzel görünüyordu. Kirli eteğine hiç dikkat etmemişim."

"Ama siz görmüşsünüzdür Darcy, eminim," dedi Miss Bingley; "kendi kız kardeşinizi böyle seyirlik halde görmek hoşunuza gitmezdi herhalde."

"Elbette gitmezdi."

"Sen üç mil, dört mil, beş mil, artık kaç milse yürü, bileğine kadar çamura bat, hem de tek başına, bir başına! Bununla ne demek istiyor olabilir? Bana göre düşük türden bir başına buyrukluk, en âlâsından bir köylü görgüsüzlüğü."

"Kız kardeşine olan sevgisini gösteriyor; gayet hoş bir şey," dedi Bingley.

"Korkarım Mr. Darcy," diye gözlemledi Miss Bingley, yarı fısıltıyla, "bu macera onun güzel gözlerine olan hayranlığınızı değiştirdi."

"Hiç de değil," diye cevapladı Darcy; "gözleri yürümekten pırıl pırıl olmuştu." Bu konuşmayı kısa bir sessizlik takip etti ve Mrs. Hurst yine başladı:

"Jane Bennet'a büyük saygım var, gerçekten çok tatlı bir kız; iyi bir yere gelin gitmesini bütün kalbimle temenni ederim. Ama öyle bir anne babayla, öyle düşük akrabalarla korkarım pek şansı yok."

"Herhalde duydunuz, enişteleri Meryton'da avukat-mış."

"Evet, bir de dayıları var, Cheapside yakınında bir yerde yaşıyormuş."

"Bu muazzam," diye ekledi kız kardeşi; birlikte kahka-hayla güldüler.

"Tüm Cheapside'ı dolduracak kadar dayıları olsaydı," diye haykırdı Bingley, "bu onların cazibesini zerrece azalt-mazdı."

"Ama kayda değer erkeklerle evlenme şanslarını epey azaltır," diye cevapladı Darcy.

Bu söze Bingley cevap vermedi; ama kız kardeşleri yürekten onay verdiler ve sevgili arkadaşlarının kaba saba akrabalarıyla eğlenerek şamatalarına bir süre daha devam ettiler.

Yine de birazdan sevecenlikleri tuttu ve yemek salo-nundan çıkınca onun odasına gittiler, kahveye çağrılınca-ya kadar yanında oturdular. Hâlâ çok hastaydı; Elizabeth akşam geç saate, uyuduğunu görüp rahatlayıncaya kadar yanından ayrılmadı; aşağıya inmek içinden gelmese de inmesi yerinde olacaktı. Oturma odasına girince tüm eki-bi loo* oynarken buldu ve hemen onlara katılmaya davet edildi; ama yüksek paralarla oynadıklarından kuşkulanınca daveti geri çevirdi ve ablasını bahane edip kitap okuyarak oyalanacağını, aşağıda az kalabileceğini söyledi. Mr. Hurst şaşkınlıkla ona baktı.

"Okumayı kumara tercih mi ediyorsunuz?" dedi. "Çok tuhaf."

---

* Loo, Whist, Quadrille, Cassino: Devrin popüler kâğıt oyunları. (ç.n.)

"Miss Eliza Bennet," dedi Miss Bingley, "kumarı küçümser. Kendisi büyük bir okuyucu, başka bir şeyden zevk almıyor."

"Ne böyle övülmeyi ne de böyle kınanmayı hak ediyorum," diye haykırdı Elizabeth; "büyük bir okuyucu değilim, birçok şeyden de zevk alırım."

"Ablanıza bakmaktan eminim zevk alıyorsunuz," dedi Bingley; "umarım yakında iyileştiğini görünce daha da zevk alacaksınız."

Elizabeth ona yürekten teşekkür etti, sonra üzerinde birkaç kitap duran bir masaya gitti. Bingley hemen ona başka kitaplar da getirmeyi teklif etti... kütüphanesinde ne varsa.

"Keşke sizin faydalanmanız, benim de iyiliğim için koleksiyonum daha geniş olsaydı; ama ben aylak bir adamım, çok kitabım olmadığı halde okuduğumdan daha fazla kitabım var."

Elizabeth odada olanlarla rahatlıkla yetinebileceğini söyledi.

"Şaşırdım," dedi Miss Bingley, "babam bu kadar az kitap bırakmış olsun. Sizin Pemberley'de ne güzel bir kütüphaneniz var Mr. Darcy!"

"İyi olmak zorunda," diye cevap verdi Mr. Darcy; "birçok kuşağın eseri."

"Ama kendiniz de çok şey eklediniz; her zaman kitap alıyorsunuz."

"Böyle bir zamanda aile kitaplığını ihmal etmeyi anlayamıyorum."

"İhmal mi! O soylu yerin güzelliğine güzellik ekleyecek hiçbir şeyi ihmal etmezsiniz bence. Charles kendi evini yaptırınca dilerim Pemberley'nin yarısı kadar muhteşem olur."

"Dilerim olur."

"Ama gerçekten arazini o bölgeden almanı tavsiye ederim, Pemberley de modelin olsun. İngiltere'de Derbyshire'den daha hoş bir yer yok."

"Seve seve; Darcy satarsa Pemberley'yi alırım."

"İhtimallerden bahsediyorum Charles."

"İnan bana Caroline, Pemberley'ye satın alarak sahip olmak taklit ederek sahip olmaktan daha mümkün diye düşünüyorum."

Konuşulanlar öyle ilgisini çekti ki Elizabeth kitaba kendini veremedi; az sonra kitabı tümden bırakıp oyunu izlemek için masaya yanaştı ve kendini Mr. Bingley'yle büyük kız kardeşinin arasına yerleştirdi.

"Miss Darcy bahardan beri boy attı mı?" dedi Miss Bingley; "boyu benim kadar olur mu?"

"Olacak galiba. Şimdi Miss Elizabeth Bennet'ın boyunda ya da belki az daha uzun."

"Onu tekrar görmeyi ne kadar isterim! Beni o kadar mutlu eden kimseye rastlamadım. Öyle bir yüz, öyle bir zarafet! Yaşına göre son derece hünerli üstelik! Piyano çalışı olağanüstü."

"Genç hanımlar o kadar hünerli olacak sabrı nasıl buluyorlar anlamıyorum, hem de hepsi," dedi Bingley.

"Bütün genç hanımlar hünerlidir! Sevgili Charles, ne demek istiyorsun?"

"Evet, hepsi, galiba. Resim yapıyorlar, gergef işliyorlar, çanta örüyorlar. Bütün bunları yapamayan hemen hiç kimseye rastlamadım; önce ne kadar hünerli olduğu söylenmeden hiçbir genç hanımdan bahsedildiğini duymadığıma eminim."

"Saydığın hünerlerin yaygın olduğu," dedi Darcy, "çok doğru. Bu kelimeyi dikiş nakış dışında hak etmeyen kadınlar için de kullanıyorlar. Ama genel olarak hanımlarla ilgili değerlendirmeni kabul etmekten çok uzağım. Tüm tanıdıklarım içinde gerçekten hünerli olan yarım düzineden fazla hanım tanımış olmakla övünemem."

"Ben de öyle, eminim," dedi Miss Bingley.

"O halde," diye gözlemledi Elizabeth, "hünerli kadın fikriniz çok kapsamlı olmalı."

"Evet, çok kapsamlı gerçekten."

"Ah! Elbette," diye haykırdı sadık destekçisi, "her zaman karşılaşılan şeyleri fersah fersah aşmamış hiç kimse gerçekten hünerli sayılamaz. Bir kadın müziği, şarkı söylemeyi, resim yapmayı ve modern dilleri iyi bilmeli ki o kelimeyi hak etsin; üstelik, yürüyüş şeklinde, havasında, sesinin tonunda, konuşmasında, ifadelerinde belli bir şey olmalı, yoksa o kelime eğreti durur."

"Bütün bunlara sahip olmalı," diye ekledi Darcy, "ve tutkulu bir okumayla bütün bunlara daha elle tutulur bir şeyi eklemeli, aklını geliştirmek."

"Sadece altı tane hünerli kadın tanımış olmanıza artık şaşırmıyorum. Bir tane tanımanıza bile şaşarım."

"Hemcinslerinize karşı bunun mümkün olduğundan kuşku duyacak kadar acımasız mısınız?"

"Hiç böyle bir kadın görmedim. Tarif ettiğiniz gibi bir kapasite, zevk, uygulama ve zarafetin bir araya geldiğini hiç görmedim."

Miss Hurst ve Miss Bingley ima ettiği kuşkunun haksızlığına şiddetle tepki gösterdiler; bu tarife uyan birçok kadın tanıdıklarını söyleyerek karşı çıkmaya devam ediyorlardı ki Mr. Hurst acı acı önlerindeki oyuna dikkat etmediklerinden yakınarak onları yola soktu. O anda tüm konuşma sona erdiği için Elizabeth hemen ardından odadan çıktı.

"Eliza Bennet," dedi Miss Bingley kapı arkasından kapandığı zaman, "karşı cinsin gözüne girmek için hemcinslerini kötüleyen kadınlardan biri; galiba bu birçok erkekte işe yarıyor. Ama bence seviyesiz bir yöntem, çok bayağı."

"Kuşkusuz," diye cevapladı Darcy, bu söz esasen ona söylenmişti, "hanımların bazen dikkat çekmek için kullandıkları tüm yöntemlerde bayağılık vardır. Kurnazlığa yakın her şey basitliktir."

Miss Bingley bu sözden konuya devam edecek kadar tatmin olmadı.

Elizabeth sadece ablasının kötüleştiğini, yanından ayrı-
lamadığını söylemek için yanlarına döndü. Bingley Mr.
Jones'un hemen çağrılması için ısrar etti; taşra bilgisinin işe
yaramayacağını düşünen kız kardeşleri en önde gelen dok-
torlardan birinin çağrılması için şehre haber gönderilmesini
önerdiler. Elizabeth bu fikre oralı olmadı; ama Bingley'nin
teklifini geri çevirmek istemedi; Miss Bennet'da görülür bir
düzelme olmazsa sabah erkenden Mr. Jones'u çağırmaya
karar verildi. Bingley gayet rahatsızdı; kız kardeşleri de peri-
şan olduklarını söylediler. Ama kederlerini yemekten sonra
düetlerle hafiflettiler; Bingley ise içini rahatlatmanın tek
çaresini kâhyaya hasta hanım ve kardeşine mümkün olan
her türlü ihtimamın gösterilmesi talimatı vermekte buldu.

Bölüm IX

Elizabeth gecenin büyük bölümünü ablasının odasında geçirdi ve sabahleyin erkenden Mr. Bingley'nin hizmetçi aracılığıyla sorduğu sorulara, biraz sonra da ablasına uğrayan iki zarif bayana iç açıcı bir cevap vermenin sevincini duydu. Bu düzelmeye rağmen, yine de Longbourn'a annesinin Jane'i görmeye gelmesini ve durumunu kendi gözleriyle görmesini isteyen bir mektup gönderilmesini rica etti. Mektup hemen gönderildi ve içeriğine aynı hızla karşılık verildi. Mrs. Bennet, en küçük iki kızı eşliğinde, aile kahvaltısından az sonra Netherfield'e ulaştı.

Jane'in durumunu tehlikeli bulsa Mrs. Bennet perişan olurdu; ama hastalığının korkutucu olmadığını görüp rahatlayınca hemen iyileşmesini istemez oldu, sağlığına kavuşması onu muhtemelen Netherfield'den uzaklaştıracağı için. Dolayısıyla, kızının eve götürülme isteğine oralı olmadı; hemen aynı sırada gelen eczacı da bunu akıllıca bulmadı. Jane'le biraz oturduktan sonra, Miss Bingley'nin bizzat gelip davet etmesi üzerine, anne ve üç kızı birden kahvaltı salonuna doğru onu takip ettiler. Bingley Mrs. Bennet'ın Miss Bennet'ı umduğundan daha kötü bulmadığını umduğunu söyleyerek karşıladı.

"Aslında buldum beyefendi," oldu kadının cevabı. "Hareket edemeyecek kadar hasta. Mr. Jones kımıldatmayın dedi. Az bir şey daha nezaketinize sığınmak durumundayız."

"Götürmek mi!" diye haykırdı Bingley. "Aklınıza bile getirmeyin. Kız kardeşim eminim gitmesine asla razı olmaz."

"İçiniz rahat olsun hanımefendi," dedi Miss Bingley soğuk bir kibarlıkla, "Miss Bennet bizde kaldığı sürece her türlü ihtimamı görecektir."

Mrs. Bennet bol bol teşekkür etti.

"Eminim," diye ekledi, "böyle iyi dostları olmasa ona ne olurdu bilmiyorum, çünkü gerçekten çok hasta ve müthiş ıstırabı var, ama dünyanın en sabırlı insanıdır, hep öyledir o, çünkü istisnasız, tanıdığım en iyi huylu kızdır. Sık sık diğer kızlarıma onun benzersiz olduğunu söylerim. Çok tatlı bir odanız var Mr. Bingley, şu çakıl taşlı yolun üstünden manzara da harika. Civarda Netherfield'e denk bir yer bilmiyorum. Burayı çabuk bırakmayacaksınız umarım, kısa süreliğine kiralamanıza rağmen."

"Ben ne yaparsam çabuk yaparım," diye cevapladı Bingley; "o yüzden Netherfield'i bırakmaya karar verirsem muhtemelen beş dakika içinde giderim. Ama şimdilik kendimi buraya iyice yerleşmiş hissediyorum."

"Ben de sizden bunu beklerdim," dedi Elizabeth.

"Beni tanımaya başlıyorsunuz, değil mi?" diye haykırdı Bingley ona doğru dönerek.

"A evet!.. Sizi çok iyi anlıyorum."

"Keşke bunu iltifat olarak görebilseydim; ama bu kadar kolay anlaşılmak korkarım acınacak şey."

"Bunun kuralı yok. Derin, karmaşık bir karakter illa sizinkinden daha çok ya da daha az saygın olacak demek değil."

"Lizzy," diye haykırdı annesi, "nerede olduğunu unutma; evde hoş gördüğümüz yabani tavırları burada bari sürdürme."

"Karakter incelediğinizi bilmiyordum," diye devam etti Bingley hemen. "Eğlenceli bir çalışma olmalı."

"Evet, ama karmaşık karakterler en eğlenceli olanıdır. Hiç olmazsa bu işe yarıyorlar."

"Taşra," dedi Darcy, "böyle bir inceleme için pek az denek sunabilir. Taşra muhitinde çok sınırlı ve tekdüze bir toplum içinde yaşıyorsunuz."

"Ama insanlar kendileri o kadar değişiyorlar ki içlerinde hep gözlemlenecek yeni bir şey oluyor."

"Evet, tabii," diye haykırdı Mrs. Bennet taşra muhitinden bahsetme şekline gücenip. "Taşrada da şehirdeki kadar çok olay olduğuna sizi temin ederim."

Herkes şaşırdı; Darcy bir an ona bakıp sessizce öte yana döndü. Onun üstünde mutlak zafer kazandığına inanan Mrs. Bennet zaferine devam etti.

"Kendi adıma Londra'nın taşradan üstün olduğunu düşünmüyorum, dükkânları, halka açık yerleri saymazsak. Taşra çok daha sevimli, değil mi Mr. Bingley?"

"Taşradayken," diye cevapladı Bingley, "hiç ayrılmak istemiyorum; ama şehirdeyken de aynısı oluyor. İkisinin de üstünlükleri var; ben ikisinde de aynı şekilde mutlu olabiliyorum."

"Evet... çünkü yaklaşımınız doğru. Ama bu beyefendi," Darcy'ye bakarak, "taşranın önemsiz olduğunu düşünüyor sanki."

"Gerçekten yanılıyorsun anne," dedi Elizabeth annesi adına kızararak. "Mr. Darcy'yi yanlış anladın. Sadece taşrada şehirdeki kadar çok çeşitlilikte insan yok demek istedi, ki doğru olduğunu kabul etmelisin."

"Haliyle tatlım, kimse de var demedi zaten; ama bu muhitte birçok insana rastlamamak dersen, buradan büyük pek az muhit vardır derim. Yirmi dört aileyle akşam yemeği yediğimizi bilirim ben."

Elizabeth için endişeleniyor olmasa Bingley yüz ifadesine hâkim olamayacaktı. Kız kardeşi daha az nazikti ve gözlerini gayet anlamlı bir gülümsemeyle Mr. Darcy'ye doğru çevirdi.

Elizabeth annesinin düşüncelerini değiştirmek için o yokken Charlotte Lucas'ın Longbourn'a gelip gelmediğini sordu.

"Evet, dün babasıyla uğradı. Ne sevimli bir adam şu Sir William, Mr. Bingley... değil mi? Ne medeni adam! Ne kibar, ne rahat!.. Her zaman herkese söyleyecek bir şeyi var... İyi yetişme diye ben buna derim; kendilerini çok önemli sanıp hiç ağızlarını açmayan kişiler meseleyi yanlış anlıyorlar."

"Charlotte akşam yemeğine kaldı mı?"

"Hayır, eve gitti. Herhalde elmalı turta yapmak için lazım oldu. Kendi adıma Mr. Bingley, ben her zaman kendi işini yapabilen hizmetçiler çalıştırırım; kızlarım farklı yetiştiler. Ama herkes kendi bilir tabii; Lucaslar çok iyi kızlar, sizi temin ederim. Yazık ki güzel değiller! Charlotte'u çok sıradan bulduğumdan değil... ama işte, o da bizim can dostumuz."

"Çok hoş bir genç hanıma benziyor," dedi Bingley.

"A cidden öyle... ama çok sıradan olduğunu kabul etmek lazım. Lady Lucas bizzat öyle demiştir sık sık ve beni kıskanmıştır Jane'in güzelliği için. Kendi çocuğumla övünmek istemem, ama gerçekten de Jane... insan daha güzelini zor görür. Herkes öyle diyor. Kendi kızım diye söylemiyorum. Daha on beş yaşındaydı, şehirdeki kardeşim Gardiner'ın orada bir beyefendi vardı, ona öyle âşık oldu ki yengem biz gitmeden evlenme teklif edeceğinden emindi. Etmedi mamafih. Belki çok genç buldu. Mamafih ona şiirler yazdı, güzel şiirlerdi doğrusu."

"Böylece sevgisini tüketti," dedi Elizabeth sabırsızca. "Aynı şekilde yenik düşen birçok kişi olmuştur. Şiirin aşkı yok etme yeteneğini ilk kim keşfetti merak ediyorum doğrusu!"

"Şiiri hep aşkın gıdası olarak düşünürdüm," dedi Darcy.

"Sağlıklı, güçlü, iyi bir aşk için doğru olabilir. Zaten güçlü olan bir şeye her şey iyi gelir. Ama eğer zayıf, cılız bir eğilimse tatlı bir sone açlıktan öldürür onu."

Darcy gülümsemekle yetindi; bunu takip eden genel ses-
sizlik Elizabeth'i tedirgin etti annesi yine kendini rezil edecek
diye. Konuşmak istedi ama aklına bir şey gelmedi; kısa bir
sessizlikten sonra Mrs. Bennet Jane'e gösterdiği ihtimam için
Mr. Bingley'ye tekrar teşekkür etmeye başladı, bir de özür
ekledi Lizzy'yi de başına dert ettiği için. Mr. Bingley ölçülü
bir kibarlıkla cevap verdi, kız kardeşini de kibar olmaya ve
durumun gerektirdiği gibi konuşmaya zorladı. Kız kardeşi de
fazla cömert olmadan üstüne düşeni yaptı, ama Mrs. Bennet
tatmin olmuştu, az sonra da arabasını emretti. Bu işaret üze-
rine en küçük kızı kendini öne çıkardı. İki kız bütün ziyaret
boyunca birbirleriyle fısıldaşıp durmuşlar ve şu sonuca var-
mışlardı: En küçük olan Mr. Bingley'ye taşraya ilk gelişinde
verdiği Netherfield'de balo yapma sözünü hatırlatacaktı.

Lydia on beş yaşında, sağlam yapılı, iyi gelişmiş bir
kızdı; açık renk teni ve neşeli bir yüzü vardı; annesinin göz-
desiydi; annesinin sevgisi onu genç yaşta insan içine çıkar-
mıştı. Coşkulu bir ruhu ve doğal bir kendini kabul ettirme
yeteneği vardı ki dayısının akşam yemekleri ve kendi rahat
tavırları sayesinde subayların ilgisini toplayarak özgüvene
dönüşmüştü. Dolayısıyla, balo konusunda Mr. Bingley'ye
hitap eder ve ona dobralıkla sözünü hatırlatır, hatta sözü-
nü tutmazsa bunun dünyadaki en utanç verici şey olacağını
da eklerken gayet inandırıcıydı. Bingley'nin bu ani saldırıya
verdiği cevap annesini mest etti:

"Sözümü yerine getirmeye her şeyimle hazırım; ablanız
iyileştiği zaman isterseniz balonun gününü siz seçersiniz.
Ama o hasta yatarken dans etmek istemezsiniz."

Lydia istediği cevabı aldığını söyledi. "A evet... Jane iyi-
leşene kadar beklemek daha iyi; o zamana kadar Yüzbaşı
Carter da Meryton'a dönmüş olur. Siz kendi balonuzu ver-
dikten sonra," diye ekledi, "bir balo da onların vermesinde
ısrar edeceğim. Albay Forster'a vermezseniz çok ayıp olur
diyeceğim."

Sonra Mrs. Bennet'la kızları gittiler; Elizabeth hemen Jane'in yanına döndü, kendisinin ve ailesinin davranışlarını iki hanım ve Mr. Darcy tarafından yorumlanmaya bırakarak; ne var ki Mr. Darcy Miss Bingley'nin güzel gözler hakkındaki tüm iğneli şakalarına rağmen ikisinin onu çekiştirmelerine katılmaya ikna edilemedi.

Bölüm X

O gün hemen hemen bir önceki gün gibi geçti. Mrs. Hurst ve Miss Bingley sabahın birkaç saatini yavaş da olsa iyileşmeye devam eden hastanın yanında geçirdiler; akşamleyin Elizabeth oturma odasındaki toplantılarına katıldı. Bu kez loo masası ortaya çıkmadı. Mr. Darcy yazı yazıyordu; onun yanında oturan Miss Bingley de mektubunun ilerleyişini izliyor ve kız kardeşine haber yollayarak sık sık adamın dikkatini dağıtıyordu. Mr. Hurst'le Mr. Bingley piket oynuyorlardı; Mrs. Hurst oyunu takip ediyordu.

Elizabeth eline nakış işi aldı; Darcy'yle arkadaşı arasında geçenlere kulak kabartıp kendini epey eğlendirdi. Kızın ya el yazısı ya satırlarının düzgünlüğü ya da mektubunun uzunluğu hakkında habire yorum yapması övgülerinin karşılandığı mutlak tepkisizlikle birlikte düşünülünce tuhaf bir diyalog meydana getiriyordu ve Elizabeth'in ikisiyle ilgili görüşlerine tastamam uyuyordu.

"Böyle bir mektup almak Miss Darcy'yi ne kadar mutlu edecek!"

Adam cevap vermedi.

"Fevkalade hızlı yazıyorsunuz."

"Yanılıyorsunuz. Yavaş yazıyorum."

"Yıl boyu ne çok mektup yazmanız gerekiyordur! İş mektupları da vardır tabii! Ne kadar iğrenç olurlar kim bilir!"

"İş mektubu yazmak bana düştüğü için talihlisiniz demek ki."

"Lütfen kardeşinize söyleyin, onu çok göresim geldi."

"Zaten söyledim bir sefer arzunuz üzerine."

"Korkarım kaleminizden hoşlanmadınız. Sizin için ucunu açayım. Kalem ucu açmaktan çok iyi anlarım."

"Sağ olun... her zaman kendim açarım."

"Bu kadar düzgün yazmayı nasıl beceriyorsunuz?"

Cevap yok.

"Kardeşinize arp çalmayı ilerletmesine sevindiğimi söyleyin; bir de lütfen söyleyin, onun o güzelim masa çizimine hayran kaldım, bence Miss Grantley'ninkinden çok üstün."

"Hayranlığınızı bir dahaki mektuba erteleememe izin verir misiniz? Artık fazla yerim kalmadı."

"A, önemli değil. Nasılsa onu Ocak'ta göreceğim. Ama her zaman böyle güzel uzun mektuplar yazar mısınız ona Mr. Darcy?"

"Genellikle uzun olurlar; ama her zaman güzel olurlar mı, karar vermek bana düşmez."

"Bence kural şudur, uzun bir mektubu rahat yazabilen biri kötü yazamaz."

"Bu Darcy için iltifat yerine geçmez Caroline," diye haykırdı kardeşi, "çünkü rahat yazmaz. Dört heceli kelime arar uzun uzun. Değil mi Darcy?"

"Yazı tarzım seninkinden çok farklı."

"Oo!" diye haykırdı Miss Bingley, "Charles hayal edilebilecek en dikkatsiz şekilde yazar. Kelimelerin yarısını unutur, kalanı da mürekkebe bular."

"Düşüncelerim öyle hızlı akıyor ki ifade edecek zaman bulamıyorum... bu yüzden bazen okuyanlar mektuplarımdan anlam çıkaramıyorlar."

"Öyle alçakgönüllüsünüz ki Mr. Bingley," dedi Elizabeth, "insan size kusur bulmayı aklından bile geçiremez."

"Hiçbir şey alçakgönüllü bir görünümden daha yanıltıcı değildir," dedi Darcy. "Sık sık sadece düşünce dikkatsizliği, bazen de dolaylı bir övünmedir."

"Peki benim bu son mütevazılık örneğim sence hangisi?"

"Dolaylı övünme, çünkü yazındaki kusurlardan gerçekte gurur duyuyorsun, bunların düşünce hızından ve uygulama dikkatsizliğinden geldiğini düşünüyorsun ki bu da sence takdire şayan değilse bile hayli enteresan bir şey. Bir şeyi hızlı yapma gücü o işi yapan kişi tarafından her zaman pek beğenilir ve işin kusurlarına pek dikkat edilmez. Bu sabah Mrs. Bennet'a Netherfield'i bırakmaya karar verirsem beş dakika içinde giderim dediğinde bunu bir tür övünç vesilesi olarak söyledin, methiye gibi... oysa birçok önemli işi yarım bırakacak ve kendine de başkasına da faydası olmayacak bir aceleciliğin alkışlanacak nesi var?"

"Vay," diye haykırdı Bingley, "bu kadarı fazla oldu, sabah söylenen onca aptal şeyi akşam hatırlamak. Yine de kendimle ilgili sözlerimin doğru olduğuna inanıyordum, hâlâ da inanıyorum. En azından hanımlara gösteriş olsun diye gereksiz acelecilik numarası yapmış değilim."

"Buna inanıyordun besbelli, ama ben o hızla gideceğine inanmadım. Davranışın tanıdığım herkesinki kadar şansa bağlı olurdu; tam sen ata binerken bir arkadaşın çıkıp, 'Bingley, gelecek haftaya kadar kalsan iyi olur,' dese muhtemelen kalırsın, muhtemelen gitmezsin... gerekirse bir ay kalırsın."

"Bununla," diye haykırdı Elizabeth, "Mr. Bingley'nin kendi tabiatının hakkını vermediğini kanıtlamış oldunuz. Onu kendisinden daha etraflı anlattınız."

"Arkadaşımın sözlerini," dedi Bingley, "iyi huyluluğumla ilgili bir iltifata çevirdiğiniz için minnettarım. Ama sözlerine korkarım bu beyefendinin kastetmediği bir anlam veriyorsunuz; çünkü öyle bir durumda hayır deyip ata atladığım gibi gitsem kendisi beni daha çok beğenir."

"O zaman Mr. Darcy ilk niyetinizin düşüncesizliğini o niyete bağlı kalma inadınızla dengelediğinizi düşünür mü?"

"Doğrusu o kadarını bilemem; Darcy kendisi söylesin."

"Benim olduğunu iddia ettiğiniz ama benim söyleme-diğim görüşleri açıklamamı bekliyorsunuz. Ama meseleyi sizin ortaya koyduğunuz gibi ele alırsak Miss Bennet, unut-mayın ki onun eve dönmesini ve planı ertelemesini arzu eden arkadaşı bunu sadece arzu etmiştir, hiçbir gerekçe sunmadan rica etmiştir."

"Arkadaş tarafından hemen... kolayca... ikna edilmek size göre meziyet değil."

"İnanmadan ikna olmak akla da iltifat sayılmaz."

"Bana Mr. Darcy, arkadaşlık ve sevginin etkisine pay bırakmıyorsunuz gibi geliyor. Ricada bulunan kişiye verilen önem sık sık insana o ricayı hemen kabul ettirir, düşünüp taşınacak gerekçeleri beklemeden. Mr. Bingley için ver-diğiniz örnekteki gibi bir durumdan bahsetmiyorum tam olarak. O durumdaki davranışının ne olacağını tartışmadan önce o durum ortaya çıkıncaya kadar beklemeliyiz belki. Ama genel ve normal olarak iki arkadaş arasında, biri diğe-rinden çok da hayati olmayan bir kararını değiştirmesini istiyorsa, düşünüp taşınmadan bu isteğe uydu diye o kişiyi küçük görür müsünüz?"

"Bu konuya devam etmeden önce bu isteğin önem dere-cesini ve taraflar arasındaki yakınlık derecesini daha bir netleştirsek iyi olmaz mı?"

"Mutlaka," diye haykırdı Bingley, "tüm ayrıntıları öğre-nelim, boy ve kilolarını da unutmayalım; çünkü bu, Miss Bennet, tartışmada sandığınızdan daha büyük bir rol oyna-yacak. Sizi temin ederim ki eğer Darcy bana oranla bu kadar uzun boylu bir adam olmasa ona bunun yarısı kadar saygı göstermezdim. Belli durumlarda ve belli yerlerde, bilhassa kendi evinde, mesela bir pazar akşamı yapacak bir şeyi olma-dığı zaman Darcy'den daha korkunç bir şey olamaz derim."

Mr. Darcy gülümsedi; ama Elizabeth onun biraz alındığını hisseder gibi oldu ve kendini tuttu, gülmedi. Miss Bingley Darcy'nin maruz kaldığı küçümsemeye kardeşini abuk sabuk konuşmakla suçlayarak sevecen bir biçimde karşı çıktı.

"Amacını anlıyorum Bingley," dedi arkadaşı. "Tartışmadan hoşlanmıyorsun ve bu tartışmayı kesmek istiyorsun."

"Belki. Tartışmanın kavgadan farkı yok. Sen ve Miss Bennet tartışmanızı ben odadan çıkana kadar ertelerseniz minnettar kalırım; sonra hakkımda ne isterseniz söyleyebilirsiniz."

"İstediğiniz şey," dedi Elizabeth, "benim açımdan büyük bir fedakârlık olmaz; Mr. Darcy de mektubunu bitirse çok daha iyi olur."

Mr. Darcy bu tavsiyeye uydu ve mektubunu bitirdi.

Mektup işi bittiği zaman biraz müzik keyfi için Miss Bingley'ye ve Elizabeth'e başvurdu. Miss Bingley dünden hazırmış gibi piyanoya gitti ve Elizabeth'in başlamasını kibarca rica ettikten, Elizabeth de ricayı aynı kibarlık ve daha büyük şevkle geri çevirdikten sonra piyanoya oturdu.

Mrs. Hurst kız kardeşiyle şarkı söyledi; onlar bununla meşgulken, Elizabeth piyanonun üstünde duran müzik kitaplarını karıştırdığı sırada Mr. Darcy'nin gözlerinin sık sık ona takılıp kaldığına dikkat etti. Öyle büyük bir adam için hayranlık nesnesi olduğunu düşünmekte zorlanıyordu; öte yandan, ondan hoşlanmadığı için bakması da akıl kârı değildi. Nihayet, kendi anlayışına göre onda orada bulunan diğer kişilerden daha yanlış ve kınanacak bir şeyler olduğu için dikkatini çektiğini düşündü. Bu düşünce onu üzmedi. Beğenisini dert etmeyecek kadar az önemsiyordu Darcy'yi.

Birkaç İtalyan şarkısı çaldıktan sonra Miss Bingley hareketli bir İskoç havasıyla ortamı değiştirdi; hemen arkasından Mr. Darcy Elizabeth'e yaklaşıp şöyle dedi:

"Böyle bir İskoç dansı fırsatını değerlendirmek için büyük bir istek duymuyor musunuz Miss Bennet?"

Elizabeth gülümsedi, ama cevap vermedi. Darcy soruyu tekrarladı Elizabeth'in sessiz kalmasına şaşırıp.

"Duydum," dedi, "ama ne diyeceğime hemen karar veremedim. Biliyorum, evet dememi istiyordunuz zevkimi küçümseme keyfini tatmak için; ama böyle planları altüst etmeye ve insanın umduğu küçümseme şansını elinden almaya bayılırım. O yüzden, karar verdim, dans etmek istemiyorum... şimdi haddinizeyse küçümseyin beni."

"Haddim değil gerçekten."

Elizabeth onu darıltacağını ummuştu, ama gösterdiği olgunluğa hayran kaldı; gerçi, Elizabeth'in davranışlarında insanları darıltmasını zorlaştıran bir tatlılık ve hınzırlık karışımı vardı ve daha önce hiçbir kadın Darcy'yi onun gibi büyülememişti. Akrabaları aşağı tabakadan olmasa, Darcy kendini ciddi tehlikede bulacağını hissediyordu.

Gördüğü ya da kuşkulandığı şeyler Miss Bingley'nin kıskançlık duymasına yetti; sevgili arkadaşı Jane'in sağlığıyla ilgili büyük endişesi Elizabeth'ten kurtulma isteğiyle daha da arttı.

Beklenen evliliklerinden bahsederek, öyle bir beraberliğin Darcy'ye getireceği mutluluğu resmederek sık sık Darcy'yi konuğundan soğuması için kışkırtmaya çalışıyordu.

"Umarım," dedi ertesi gün fundalıkta yürürlerken, "kayınvalidenize bir iki ipucu verirsiniz de bu özlenen olay olunca dilini tutmanın faydasını anlar; hatta becerebilirseniz, küçük kızları da subay peşinde koşma hastalığından kurtarın... Bir de böyle hassas bir konudan bahsetmeme izin verirseniz, şu küçük meseleyi kontrol etmeye çalışın, şu burnu büyüklük ve münasebetsizlik durumu, hanımınızda biraz var ya hani."

"Aile saadetim için başka öneriniz var mı?"

"A evet!.. Philips eniştenizle teyzenizin portrelerini Pemberley'deki galeriye asın. Onların yanına da yargıç büyük amcanızın portresini asın. Aynı meslekteler ne de olsa, sadece farklı çizgilerde. Elizabeth'inizin resmine gelince, işte onu yaptırmaya kalkmamalısınız çünkü hangi ressam o güzel gözlerin hakkını verebilir?"

"O gözlerin ifadesini yakalamak kolay olmaz gerçekten, ama renkleri, biçimleri, kirpikler öyle güzeller ki kopya edilebilirler."

O anda bir başka yoldan gelen Mrs. Hurst'le Elizabeth'e rastladılar.

"Yürümek niyetinde olduğunuzu bilmiyordum," dedi Miss Bingley, kafası karışmış halde, konuştukları duyulmuş mudur diye.

"Bizi fena aldattınız," diye cevap verdi Mrs. Hurst, "çıkacağınızı söylemeden kaçtınız."

Sonra Mr. Darcy'nin serbest kalmış koluna girerek Elizabeth'i kendi başına yürümeye bıraktı. Patika sadece üç kişi alıyordu. Mr. Darcy kabalıklarını hissetti ve hemen müdahale etti:

"Bu yol dar. Geniş yola geçelim."

Ama onlarla kalmak için en ufak bir istek bile duymayan Elizabeth gülerek cevap verdi:

"Hayır hayır; olduğunuz yerde kalın. Hoş bir grup oldunuz, harika görünüyorsunuz. Dördüncü kişi gelirse resim bozulur. Hoşçakalın."

Sonra neşeyle koşarak uzaklaştı, hoplayıp zıplarken bir iki gün içinde evine dönme umudu içinde keyiflenerek. Jane o akşam birkaç saatliğine odasından çıkmaya niyetlenecek kadar iyileşmişti bile.

Bölüm XI

Hanımlar yemekten kalktıktan sonra Elizabeth ablasına koştu, soğuktan iyi korunduğunu görünce onu oturma odasına götürdü; iki arkadaşı onu sevinç gösterileriyle karşıladılar; Elizabeth onları beyler gelene dek geçen bir saat boyunca gördüğü kadar sevimli görmemişti hiç. Konuşma yetenekleri oldukça gelişmişti. Bir eğlenceyi ayrıntısıyla tarif edebiliyor, bir anektodu mizahla anlatabiliyor ve tanıdıkları kişilere neşeyle gülebiliyorlardı.

Ama beyler geldiği zaman Jane esas konu olmaktan çıktı; Miss Bingley'nin gözleri o an Darcy'ye döndü ve ona bir şey söylemeye hazırlanırken Darcy hızlı adımlara yürüdü. Doğruca Miss Bennet'ın yanına gitti, onu kibarca selamladı; Mr. Hurst de hafifçe eğilip "sevindiğini" söyledi; ama heyecan ve sıcaklık Bingley'nin selamına kaldı. Bingley neşe ve özen doluydu. İlk yarım saat ateşi beslemekle geçti, Miss Bennet oda değişiminden rahatsız olmasın diye; ardından Bingley'nin isteği üzerine, kapıdan uzak olsun diye şöminenin öbür yanına alındı. Sonra Bingley yanına oturdu ve başka kimseyle pek konuşmadı. Karşı köşede elindeki işle meşgul olan Elizabeth bunları büyük bir keyifle izledi.

Çay bittiği zaman Mr. Hurst baldızına kart masasını hatırlattı... ama boşuna. Baldızı gizli istihbarat almış, Mr. Darcy'nin kâğıt oynamak istemediğini öğrenmişti; Mr.

Hurst az sonra açık davetinin bile geri çevrildiğini gördü. Baldızı onu kimsenin oynamak istemediğine temin etti, oda-dakiler de konuyla ilgili sessiz kalarak onu haklı çıkardılar. Yapacak bir şeyi kalmayan Mr. Hurst bir divana uzanıp uyudu. Darcy bir kitap aldı; Miss Bingley de aynısını yaptı; bilezikler ve yüzüklerle oynamakta olan Mrs. Hurst arada bir kardeşinin Miss Bennet'la sohbetine katıldı.

Miss Bingley'nin dikkati kendi okumasına olduğu kadar Mr. Darcy'nin kitabının ilerleyişi üzerinde de toplanıyordu; habire ya bir soru soruyor ya da adamın sayfasına bakıyor-du. Yine de onu konuşmaya çekemedi; Mr. Darcy sorusuna cevap vermekle yetinip okumasına devam etti. Sonunda sadece Mr. Darcy'nin kitabının ikinci cildi olduğu için seç-tiği kendi kitabıyla oyalanma çabasından yorgun düşüp kocaman esnedi ve şöyle dedi: "Akşamı bu şekilde geçirmek ne tatlı! Doğrusu okumak gibi tatlı şey yok! Başka her şey insanı kitaptan daha çabuk yoruyor!.. Kendi evim olduğu zaman müthiş bir kütüphanem olmazsa mutsuz olurum."

Kimse cevap vermedi. Sonra tekrar esnedi, kitabını bir kenara bıraktı ve oyalanma arayışı içinde gözlerini oda-da dolaştırdı; kardeşinin Miss Bennet'a balo sözü ettiğini duyunca ansızın ona dönüp şöyle dedi:

"Yeri gelmişken Charles, Netherfield'de dans düzenle-mek konusunda ciddi misin?.. Sana tavsiyem, karar ver-meden önce buradakilerin isteklerini öğren; yanılmıyorsam aramızda baloyu zevk değil işkence gibi görenler var."

"Darcy'yi kastediyorsan," dedi kardeşi, "isterse balo başlamadan yatıp uyuyabilir... ama balo konusu kesinleşti artık; Nicholls yeterince bademli çorba yapar yapmaz dave-tiyelerimi göndereceğim."

"Farklı bir şekilde yapılsaydı," diye cevap verdi Miss Bingley, "balolar daha çok hoşuma giderdi; ama böyle bir balonun normal seyrinde acayip sıkıcı bir şey var. Dans yeri-ne sohbet edilecek olsa çok daha akıllıca olurdu."

"Çok daha akıllıca sevgili Caroline, ama o zaman adı balo olmazdı."

Miss Bingley cevap vermedi; hemen arkasından kalkıp odada yürümeye başladı. Vücudu zarifti ve güzel yürüyor-du... ama bütün bunların hedef aldığı Darcy hâlâ kaskatı meşguldü. Duygularının umutsuzluğu içinde Miss Bingley bir girişimde daha bulundu ve Elizabeth'e dönerek şöyle dedi:

"Miss Eliza Bennet, hadi beni örnek alın, odada yürü-yün... O kadar süre aynı konumda oturduktan sonra çok rahatlatıcı oluyor."

Elizabeth şaşırdı, ama hemen kabul etti. Miss Bing-ley'nin nezaketi gerçek amacına ulaştı; Mr. Darcy başını kaldırıp baktı. O yandaki dikkat çekici yeniliklerin Eli-zabeth'in kendisi kadar farkındaydı ve hiç düşünmeden kitabını kapadı. Hemen gruba katılmaya davet edildi, ama odada ileri geri birlikte yürümeyi tercih etmiş olmalarının yalnızca iki gerekçesi olabileceğini, eğer gruba katılırsa gerekçelerin birine ya da diğerine müdahale etmiş olacağını söyleyerek katılmayı reddetti.

"Anlamadım," oldu Elizabeth'in cevabı; "ama inanın, bize karşı acımasız olmaya çalışıyor; onu şaşırtmamızın tek yolu bu konuda hiçbir şey sormamak."

Ne var ki Miss Bingley herhangi bir konuda Mr. Darcy'yi şaşırtabilmekten acizdi ve inatla o iki nedenin ne olduğunu soruşturdu.

"Açıklamaya itirazım yok," dedi Mr. Darcy konuşması-na izin verilir verilmez. "Akşamı bu şekilde geçirmeyi tercih etmenizin nedeni ya sırdaşlık yapmak ve konuşacak gizli meseleleriniz var ya da yürürken endamınızın en etkili şekil-de görüneceğini düşünüyorsunuz... eğer ilkiyse size engel olurum, ikincisiyse ateşin yanında oturduğum yerden size daha çok hayran olabilirim."

"Oo! Şaşırtıcı!" diye haykırdı Miss Bingley. "Böyle edep-siz şey duymadım. Bu sözleri için onu nasıl cezalandıralım?"

"Çok kolay, isteyin yeter," dedi Elizabeth. "Hepimiz birbirimizi cezalandırabiliriz. Alay edin, gülün. Ona yakın olan sizsiniz, nasıl yapılacağını bilmeniz lazım."

"Ama cidden değilim. Yakınlığım bana henüz bunu öğretmedi. Böyle sakin, aklı başında biriyle alay etmek! Hayır, hayır... orada bizi alt edebilir. Gülmeye gelince, izin verirseniz, ortada gülünecek biri yokken kendimizi rezil etmeyelim. Mr. Darcy iyice keyiflenir."

"Mr. Darcy'ye gülünmez mi!" diye haykırdı Elizabeth. "Bu az bulunur bir özellik; umarım aynen devam eder, çünkü böyle birçok tanıdığım olması benim için büyük kayıp olur. Gülmeyi çok severim."

"Miss Bingley," dedi Mr. Darcy, "bana gereğinden fazla itibar etti. En akıllı ve en iyi insanlar... yani en akıllıca ve en iyi hareketleri bile, hayattaki ilk amacı şaka yapmak olan biri tarafından alay konusu edilebilir."

"Elbette," diye cevapladı Elizabeth, "öyle insanlar var, ama umarım ben onlardan biri değilimdir. Akıllıca ve iyi olan bir şeyi umarım asla alay konusu etmem. Ahmaklık, saçmalık, zevzeklik, tutarsızlık, bunlar beni kışkırtır, doğrusu ve her fırsatta bunlara gülerim... Ama bunlar sanırım sizde asla görülecek şeyler değil."

"Bu hiç kimse için mümkün olmayabilir. Ama sağlam bir akıl karşısında insanı gülünç duruma düşürecek zaaflardan kaçınmak hayatımın uğraşı oldu."

"Gösteriş ve gurur gibi."

"Evet, gösteriş bir zaaftır gerçekten. Ama gurur... gerçek bir akıl üstünlüğü varsa gurur her zaman emin ellerde olacaktır."

Elizabeth gülümsemesini saklamak için öbür yana döndü.

"Mr. Darcy'yi incelemeniz bitti galiba," dedi Miss Bingley, "söylesenize, sonuç nedir?"

"Mr. Darcy'nin hiçbir kusuru olmadığına yürekten inandım. Kendisi de açıkça söylüyor zaten."

"Hayır," dedi Darcy. "Hiç öyle bir iddiam yok. Benim de kusurlarım var, ama akılla ilgili olmadıklarını umarım. Yaradılışımı savunacak değilim... Sanırım pek sevimli değil... herkesin çok hoşuna gidecek kadar değil. İnsanların ahmaklıklarını, kötülüklerini gereğince çabuk unutamıyorum ya da bana yönelik kabalıklarını. Kimse duygularımı kolay kolay kışkırtamaz. Yaradılışım için kinci diyebiliriz belki... Birinden bir kez soğuyunca ilelebet soğurum."

"Bu bir kusur işte!" diye haykırdı Elizabeth. "Katı kincilik karakterdeki bir gölgedir. Ama hatanızı iyi seçmişsiniz. Buna gerçekten gülemem. Benden yana emniyettesiniz."

"Sanırım her yaradılışta belli bir kötülüğe doğru eğilim vardır... doğal bir kusur, en iyi eğitim bile üstesinden gelemez."

"Sizin kusurunuz herkesten nefret etme eğilimi."

"Sizinki de," dedi Darcy gülümseyerek, "isteyerek herkesi yanlış anlama."

"Biraz müzik çalalım," diye haykırdı Miss Bingley, katılmadığı sohbetten yorularak. "Louisa, Mr. Hurst'ü uyandırır mısın lütfen?"

Kız kardeşi hiç itiraz etmedi, piyano açıldı; Darcy birkaç dakika olanları düşündükten sonra buna üzülmedi. Elizabeth'e fazla dikkat etmenin tehlikesini hissetmeye başlamıştı.

Bölüm XII

Kız kardeşlerin arasındaki anlaşmaya göre Elizabeth ertesi sabah annesine mektup yazarak gün içinde arabanın gönderilmesini istedi. Ama kızlarının ertesi salıya, yani Jane'in bir haftası doluncaya kadar Netherfield'de kalması gerektiğini hesap eden Mrs. Bennet onları o günden önce kabul etmeye yanaşmadı. Bu yüzden olumlu cevap vermedi, hiç olmazsa Elizabeth'e göre, çünkü Elizabeth eve dönmekte sabırsızlanıyordu. Mrs. Bennet onlara haber gönderip arabayı salıdan önce temin edemeyeceğini söyledi; şu notu düşmeyi de ihmal etmedi: Mr. Bingley'yle kız kardeşi daha fazla kalmalarında ısrar ederse onun açısından mahsuru yoktu. Öte yandan Elizabeth daha fazla kalmamaya kararlıydı... kalmalarının istenmesini de beklemiyordu; aksine, kendilerini gereksiz yere misafir ettirdikleri düşünüldüğü için Jane'i hemen Mr. Bingley'nin arabasını ödünç almaya zorladı; sonunda o sabah Netherfield'den ayrılma planlarından söz edildi ve araba rica edildi.

Haber telaş yarattı; Jane'e bakmak için hiç olmazsa ertesi güne kadar kalmalarının arzu edildiği ısrarla söylendi; böylece gidişlerini ertesi güne ertelediler. Sonra Miss Bingley ertelemeyi teklif ettiği için pişman oldu, çünkü bir kız kardeşe duyduğu kıskançlık ve nefret diğerine duyduğu sevgiyi aşıyordu.

Evin efendisi o kadar çabuk gideceklerini duyduğu için gerçekten üzüldü ve Jane'i sık sık gitmesinin emniyetli olmayacağına, henüz yeterince iyileşmediğine ikna etmeye çalıştı; ama Jane haklı olduğunu bildiği zaman kararlı olurdu.

Mr. Darcy haberi olumlu karşıladı... Elizabeth Netherfield'de yeterince kalmıştı. Onu kabul edebileceğinden daha fazla cezbetmişti... hem Miss Bingley Elizabeth'e kötü davranıyor, Darcy'yi de iyice bunaltıyordu. Darcy artık Elizabeth'e onun mutluluğunu etkileme umuduna kapılmasına yol açacak hiçbir yakınlık belirtisi göstermemek konusunda kararlıydı; böyle bir izlenime neden olunmuşsa bile o son gün boyunca sergileyeceği davranışların bu izlenimi teyit ya da yok edecek ağırlığa sahip olduğunun farkındaydı. Amacına bağlı kaldı ve bütün cumartesi günü onunla on kelime bile konuşmadı; bir ara, yarım saatliğine yalnız kaldılarsa da kitabından başını kaldırıp ona bakmadı bile.

Pazar günü sabah duasından sonra, hemen herkesin pek istediği ayrılık gerçekleşti. Miss Bingley'nin Elizabeth'e gösterdiği nezaket de, Jane'e gösterdiği sevgi de bir anda arttı; ayrılırlarken, Jane'i Longbourn'da ya da Netherfield'de görmekten her zaman büyük zevk alacağını söyledikten ve onu hararetle kucakladıktan sonra Elizabeth'le el bile sıkıştı. Elizabeth büyük bir neşe içinde herkese veda etti.

Evde anneleri onları pek sıcak karşılamadı. Mrs. Bennet gelmelerine şaşırdı ve o kadar sıkıntı yarattıkları için onlara kızdı; Jane'in tekrar üşüteceğinden emindi... Ama babaları onları gördüğüne gerçekten sevindi, sevinç ifadeleri az ve öz olsa da; kızlarının aile içindeki önemini hissetmişti. Bir araya geldikleri zaman akşam sohbeti neşesinin çoğunu ve anlamının hemen tamamını kaybetmiş oluyordu Jane'le Elizabeth olmayınca.

Mary'yi her zamanki gibi armoni ve insan tabiatı araştırmalarına gömülmüş buldular; hayranlık verici yeni alıntılar, kulağa küpe olacak yeni gözlemler toplamıştı. Catherine'le

Lydia'nın ise onlara verecek başka tür haberleri vardı. Önceki çarşambadan beri alayda çok şey yapılmış, çok şey söylenmişti; birkaç subay geçenlerde enişteleriyle birlikte yemek yemiş, bir er kırbaçlanmış ve Albay Forster'ın evleneceği açıkça konuşulur olmuştu.

Bölüm XIII

"Umarım hayatım," dedi Mr. Bennet karısına ertesi sabah kahvaltı ederlerken, "bugün iyi bir yemek hazırlanmasını söylemişsindir, çünkü aramıza katılım olacağını beklemek için sebeplerim var."

"Kimi kastediyorsun hayatım? Gelecek kimse yok; belki Charlotte Lucas uğrarsa uğrar... umarım sofram onun için yeterince iyidir. Böylesini kendi evinde bile sık göremez."

"Bahsettiğim kişi erkek, üstelik yabancı."

Mrs. Bennet'ın gözleri ışıldadı... "Erkek, üstelik yabancı! Kesin Mr. Bingley! Ah Jane, niye söylemedin, seni haylaz! Doğrusu Mr. Bingley'yi görmek çok hoşuma gidecek... Ama... Hey Tanrım! Ne şans! Hiç balığımız yok bugün. Lydia, tatlım, zili çal... hemen Hill'le konuşmam lazım."

"Mr. Bingley değil," dedi kocası; "hayatımda hiç görmediğim biri."

Bu söz genel bir şaşkınlık yarattı; Mr. Bennet karısı ve beş kızı tarafından aynı anda sıkıştırılmanın keyfini çıkardı.

Kendini bir süre onların merakıyla eğlendirdikten sonra, açıklamayı yaptı:

"Bir ay kadar önce bu mektubu aldım; on beş gün kadar önce cevap verdim, çünkü dikkatle ele alınması gereken nazik bir mesele olduğunu düşündüm. Yeğenim Mr.

Collins'ten geliyor, hani, ben ölünce istediği an hepinizi bu evden atabilecek adamdan."

"Aman Tanrım," diye haykırdı karısı, "lafını duymaya bile dayanamıyorum. Lütfen o iğrenç adamdan bahsetme. Dünyadaki en dayanılmaz şey bu, mirasının kendi çocuklarına karşı ipotekli olması; yerinde olsam şimdiye kadar öyle ya da böyle mutlaka bir şey yapardım."

Jane'le Elizabeth ona miras ipoteğinin ne olduğunu anlatmaya çalıştılar. Daha önce de denemişlerdi, ama Mrs. Bennet'ın aklının almadığı bir konuydu bu ve bir kez daha acı acı söylendi bir evin beş kız çocuklu bir ailenin elinden alınıp kimsenin tanımadığı bir adama verilmesindeki zalimliğe.

"Elbette adaletsiz bir durum," dedi Mr. Bennet, "ve hiçbir şey Mr. Collins'in Longbourn'u devralma ayıbını örtemez. Ama eğer mektubunu dinlerseniz, belki kendini ifade etme tarzı sizi yumuşatabilir."

"Hayır, istemiyorum; bence sana yazması bile münasebetsizlik, hatta ikiyüzlülük. Böyle sahte dostlardan nefret ederim. Niye seninle kavga etmiyor o da babası gibi?"

"İçinde evlatlık duygusu gibi bir şeyler var sanki; dinleyin."

"Hunsford, Westerham yakını, Kent,
15 Ekim.

Sayın Beyefendi,

Sizinle rahmetli babam arasındaki ihtilaf beni her zaman rahatsız etmiştir; babamı talihsizce kaybettiğimden bu yana birçok kere anlaşmazlığı onarmak istedim; ama bir süre kuşkularım beni alıkoydu, onun kavgalı olduğu biriyle iyi geçinmek hatırasına saygısızlık gibi görünebilir diye korktum. [Ya, Mrs. Bennet.] Bununla beraber, konuyla ilgili kararımı vermiş bulunuyorum; Paskalya'da rahiplik belgemi alınca, Sir Lewis de Bourgh'un dul eşi Saygıdeğer Lady

Catherine de Bourgh'un himayelerine alınmam kısmet oldu; kendisinin cömertliği ve yardımseverliği sayesinde o köyün rahipliğine tayin edildim; artık orada bütün minnettarlığımla kendimi Lady hazretlerinin hizmetine adayacak ve İngiltere Kilisesi'nin belirlediği ayin ve törenleri düzenleyeceğim. Ayrıca, bir din adamı olarak, nüfuz alanıma giren tüm ailelerin huzurunu korumak ve güçlendirmek amacındayım; o bakımdan işbu iyi niyet girişimimin hayli olumlu olduğunu, Longbourn Konağı'ndaki ipoteğin ilk varisi olmam gerçeğini görmezden geleceğinizi ve uzattığım zeytin dalını reddetmeyeceğinizi umuyorum. Sevgili kızlarınıza zarar verme sebebi sayılmam beni üzer; izninizle bunun için özür dilemeye ve durumu telafi etmeye hazır olduğumu bilmenizi isterim... ama bundan sonra bahsederiz. Beni evinize kabul etmeye itirazınız yoksa, 18 Kasım pazartesi günü saat dörde doğru sizi ve ailenizi ziyaret etmek ve muhtemelen bir daha-ki cumartesi gününe kadar konukseverliğinize sığınmak arzusundayım, Lady Catherine başka bir din adamının günlük işleri üstlenmesi şartıyla arada bir uzaklaşmama itiraz etmiyor sağ olsun...Hanımefendiye ve kızlarınıza en derin hürmetlerimi sunuyorum efendim. Duacınız ve dostunuz,

William Collins."

"Demek ki saat dörtte bu barış yanlısı beyi bekleyebiliriz," dedi Mr. Bennet mektubu katlarken. "Doğrusu vicdanlı ve kibar bir delikanlıya benziyor; değerli bir akraba olacağından kuşkum yok, bilhassa Lady Catherine bize tekrar gelmesine izin verirse."

"Kızlarla ilgili sözlerinde makul bir hava var; kızlara karşı durumu telafi etmek istiyorsa ona engel olacak değilim."

"Hakkımız olduğunu düşündüğü düzeltmeyi ne şekilde yapmayı kastediyor, tahmin etmek güç," dedi Jane, "ama bu istek bile ona puan kazandırıyor."

Elizabeth özellikle onun Lady Catherine'e olağanüstü hürmetinden ve gerektiğinde köy halkını vaftiz etme, evlendirme ve toprağa verme niyetinden etkilenmişti. "Adamda bir tuhaflık olmalı," dedi. "Onu anlayamıyorum... Üslubunda fazla havalı bir şey var... Miras sırasında ilk olduğu için özür dilemek ne demek yani?.. Elinden gelse bile bir şey yapmasını bekleyemeyiz... Makul bir adam olabilir mi sizce efendim?"

"Hayır, tatlım; sanmıyorum. Tam tersi olduğu konusunda büyük umutlarım var. Mektubunda hem kölece hem de böbürlenen bir şey var, bu da gayet anlamlı. Onu görmek için sabırsızlanıyorum."

"Yazım bakımından," dedi Mary, "mektubu kusurlu gözükmüyor. Zeytin dalı fikri belki pek yeni değil, ama bence iyi ifade edilmiş."

Catherine'le Lydia için mektup da yazarı da herhangi bir ilgi çekiciliğe sahip değildi. Kuzenlerinin kızıl bir ceketle gelmesi hemen hemen imkânsızdı ve birkaç haftadır başka renk giymiş bir erkeğin varlığından zevk almıyorlardı. Annelerine gelince, Mr. Collins'in mektubu kötü düşüncelerinin çoğunu alıp götürmüştü ve adamı kocasını ve kızlarını şaşırtan bir sakinlikle karşılamaya hazırlanıyordu.

Mr. Collins verdiği saate uydu; bütün aile tarafından çok kibar karşılandı. Mr. Bennet az konuştu; ama hanımlar konuşmaya gayet hazırdılar; Mr. Collins ise cesaretlendirilme ihtiyacı da, susup oturma eğilimi de duymuyor gibiydi. Yirmi beş yaşında, uzun boylu, ağır görünümlü bir adamdı. Ciddi ve oturaklı bir havası vardı; hareketleri gayet resmiydi. Oturalı fazla olmamıştı ki Mrs. Bennet'a kızları konusunda iltifat etti; güzelliklerini çok duyduğunu, ama şimdi ünlerinin kendileri yanında eksik kaldığını gördüğünü söyledi ve zamanı gelince hepsinin iyi evlilikler yapacaklarından kuşkusu olmadığını ekledi. Bu iltifat dinleyicilerden bazılarının zevkine pek uymuyordu; ama iltifatın kötüsü olmaz diye düşünen Mrs. Bennet hemen cevap verdi.

"Çok naziksiniz inanın; dilerim öyle olur, çünkü aksi takdirde evsiz barksız kalacaklar. İşler çok tuhaf yürüyor."

"Bu mülk üstündeki ipoteği kastediyorsunuz galiba."

"Ah efendim, elbette. Kabul edersiniz ki kızlarım için büyük ıstırap bu. Size kabahat bulduğumdan değil, çünkü dünyada bu işlerin şans işi olduğunu biliyorum. Miras nasıl ipoteklenir gider anlamıyorum."

"Tatlı kuzenlerim için yarattığım zorluğun farkındayım hanımefendi ve bu konuda söyleyecek çok şeyim var, ama aceleci ve telaşlı görünmek istemem. Ama genç hanımlara hayran olmaya hazır geldim. Şimdilik daha fazla söylemeyeceğim, ama belki birbirimizi daha iyi tanıdığımız zaman..."

Yemek çağrısı sözünü kesti; kızlar birbirlerine gülümsediler. Mr. Collins'in hayranlığının tek konusu onlar değillerdi. Salon, yemek odası ve tüm mobilyası incelendi ve övüldü; her şeyi beğenmesi Mrs. Bennet'ın gururunu okşardı her şeyi kendi gelecekteki malı gibi görüyor olma ihtimali olmasa. Yemek de sırası gelince hayranlıktan nasibini aldı; o müthiş aşçılığı için hangi güzel kuzenine teşekkür borçlu olduğunu öğrenmek istedi. Ama burada Mrs. Bennet onu durdurdu ve biraz sertçe, iyi bir aşçı tutacak kadar durumlarının olduğunu, kızlarının mutfakta işi olmadığını söyledi. Mr. Collins canını sıktığı için özür diledi. Mrs. Bennet yumuşak bir sesle hiç gücenmediğini açıkladıysa da adam çeyrek saat boyunca özür dilemeye devam etti.

Bölüm XIV

Mr. Bennet yemek sırasında pek konuşmadı; ama hizmetçiler çekildikleri zaman konuğuyla konuşma yapma zamanının geldiğini düşündü ve hamisinden yana çok talihli göründüğünü söyleyerek onun kendini göstereceğini umduğu bir konu açtı. Lady Catherine de Bourgh'un onun isteklerine gösterdiği dikkat, rahatına gösterdiği özen çok etkileyiciydi. Mr. Bennet daha iyi bir konu seçemezdi. Mr. Collins kadını öve öve bitiremedi. Konu onu genellikle olduğundan daha ağırbaşlı bir hale getirmişti ve önemli biri edasıyla şunları söyledi: "Hayatında hiç unvan sahibi birinden öyle davranış görmemişti... Lady Catherine'in ona gösterdiği hassasiyet ve cömertlik gibisini. Onun huzurunda verme şerefine nail olduğu her iki vaazı da cömert bir memnuniyetle onaylamıştı. Rosings'de iki kez yemeğe de davet etmişti onu ve daha geçen cumartesi çağırtmıştı akşamleyin quadrille masasındaki dörtlüyü tamamlasın diye. Tanıdığı çok insan Lady Catherine'i gururlu sanırdı, ama o hassasiyetten başka bir şey görmemişti onda. Onunla her zaman başka herhangi bir beyefendiyle konuşur gibi konuşmuştu; komşularla yakınlık kurmasına da, arada bir akrabalarını görmek için kilisesinden bir iki haftalığına ayrılmasına da en ufak bir itiraz etmemişti. Âlicenaplık gösterip ona bir an önce evlenmesini bile tavsiye etmişti, ama tabii seçimini iyi yapması şartıyla ve hatta bir keresinde onu fakirhanesinde bizzat ziyaret bile etmiş, yapmakta olduğu her tadilatı bütünüyle onaylamış, kendisi de bazı önerilerde bulunmuştu... mesela üst kattaki ufak odalara birkaç raf koydur diye."

"Bunlar gayet yerinde ve kibarca hareketler," dedi Mrs. Bennet, "çok sevimli bir kadın olduğu belli. Büyük hanımların genellikle ona daha çok benzemiyor olmasına yazık! Size yakın mı yaşıyor beyefendi?"

"Benim fakirhanemin bulunduğu bahçe hanımefendinin mekânı Rosings Korusu'ndan sadece bir yolla ayrılıyor."

"Dul olduğunu söylemiştiniz, değil mi? Ailesi var mı?"

"Tek kızı var, Rosings'in ve muazzam bir mülkün varisi."

"Ah!" diye haykırdı Mrs. Bennet başını sallayarak, "desenize çoğu kızdan iyi durumda. Nasıl bir genç hanım bu? Güzel mi?"

"Son derece zarif bir genç hanım gerçekten. Lady Catherine bizzat diyor ki hakiki güzellik konusunda, Miss de Bourgh hemcinslerinin en güzelinden çok daha üstün, çünkü onun yüzünde doğuştan ayrıcalıklı bir genç kadın olduğunu gösteren şey var. Ama maalesef hep hasta; eğitimini yürüten ve halen onlarla kalan hanımın bana dediğine göre bu da birçok becerisini geliştirmesine engel oluyormuş, yoksa niye geri kalsın ki. Ama son derece cana yakın; sık sık küçük faytonu ve midillileriyle fakirhanemin oradan geçme nezaketi gösteriyor."

"Takdim edildi mi? Saraydaki hanımlar arasında adını duyduğumu hatırlamıyorum."

"Bozuk sağlığı şehre inmesine engel oluyor; o sebeple de, bir gün Lady Catherine'e bizzat söyledim, İngiliz sarayını en parlak süsünden yoksun bırakıyor. Lady hazretleri bu fikirden hoşlanmış gibiydi; tahmin edersiniz ki hanımların her zaman makul buldukları bu küçük narin iltifatları her fırsatta seve seve dile getiririm. Lady Catherine'e birkaç kez söylemişimdir, güzel kızı sanki düşes olmak için doğmuş diye ve en yüksek unvan bile ona şan katmak yerine onun tarafından şereflendirilir diye... Bunlar Lady hazretlerinin hoşuna giden türden küçük şeyler, ben de bu tür bir alakayı kendime vazife bilirim."

"Çok yerinde bir düşünce," dedi Mr. Bennet, "ayrıca, ince iltifatlar etme yeteneğine sahip olmanız da hoş. Bu tatlı sözler o anda mı doğuyor yoksa önceden çalışılıyorlar mı, merak ediyorum."

"Daha çok o sırada olan biten şeylerden çıkıyor; gerçi bazen kendimi oyalamak için normal durumlara uyarlanabilecek bu tip küçük narin iltifatlar düşünür, bulurum, ama her zaman mümkün mertebe çalışılmamış gibi bir havayla söylemek isterim."

Mr. Bennet'ın tahminleri tümüyle haklı çıkmış oldu. Yeğeni tahmin ettiği kadar salaktı; onu zekice bir keyifle dinledi, yüzündeki ciddi ifadeyi koruyarak ve arada bir Elizabeth'e bakış atmak dışında, aldığı zevke ortak aramadan.

Yine de çay saatine kadar bunlar ona yetmişti; konuğunu tekrar oturma odasına götürdü ve çay bittiği zaman onu hanımlara okuma yapmaya davet etti. Mr. Collins hemen kabul etti; bir kitap getirildi, ama kitabı görünce (halk kütüphanesinden ödünç alındığı her şeyinden belli oluyordu) irkildi ve özür dileyerek roman okumadığını söyledi. Kitty dik dik ona baktı, Lydia hayret çığlığı attı... Başka kitaplar getirildi ve biraz düşünüp taşındıktan sonra Fordyce'in Vaazlar'ını seçti. Mr. Collins kitabı açarken Lydia esnedi ve tekdüze bir ciddiyetle daha üç sayfa okumamıştı ki onu durdurdu:

"Biliyor musun anne, Philips eniştem Richard'ı geri çevirmekten bahsediyor; o zaman Albay Forster tutacak onu. Teyzem cumartesi günü kendisi söyledi. Yarın Meryton'a gidip gerisini öğreneceğim, Mr. Denny şehirden ne zaman dönüyor diye de sorarım."

İki ablası Lydia'ya susmasını söyledi; ama çok alınan Mr. Collins kitabını bir kenara bırakıp şöyle dedi:

"Küçük genç hanımların ciddi kitaplara ilgi duymadıklarını sık sık gözlemlemişimdir... oysa bunlar sadece onların menfaati için yazılıyor. İtiraf etmeliyim, beni hayrete düşürüyor... çünkü, ortada yani, eğitim kadar faydalı bir şey olamaz. Ama genç kuzenimi daha fazla sıkmayacağım."

Sonra Mr. Bennet'a dönüp ona tavlada rakip olmayı teklif etti. Mr. Bennet teklifi kabul etti, ona kızları kendi ıvır zıvır işleriyle baş başa bırakmakla akıllılık ettiğini söyleyerek. Mrs. Bennet ve kızları Lydia'nın müdahalesi için kibarca özür dilediler ve eğer kitaba tekrar dönmek isterse bir daha olmayacağına söz verdiler; ama Mr. Collins genç kuzenine kızgın olmadığını, hareketine darılmadığını söyledikten sonra Mr. Bennet'la başka bir masaya yerleşip tavlaya hazırlandı.

Bölüm XV

Mr. Collins akıllı bir adam değildi; yaradılışındaki kusurlar eğitimden ya da çevreden fayda görmemişti; hayatının büyük bölümü okuma yazma bilmez, sefil bir babanın idaresi altında geçmişti; üniversite mezunu olsa da sadece zorunlu dersleri almış, eğitimle işe yarar bir yakınlık kurmamıştı. Babasının onu tabi tuttuğu muamele ona daha baştan büyük bir eziklik vermişti; ama bu eziklik şimdi herkesten uzakta yaşayan zayıf bir aklın yanılsamaları ve erken ve beklenmedik refahın sağladığı duygularla epeyce dengeleniyordu. İyi bir rastlantı Hunsford görevinin boş olduğu bir sırada karşısına Lady Catherine de Bourgh'u çıkarmıştı; kadının yüksek konumuna duyduğu saygı, ona hamisi olarak duyduğu hürmet kendisini, din adamı olarak yetkisini ve rahip olarak haklarını pek beğenmesiyle birleşip onu gurur ve kölelik, burnu büyüklük ve eziklik karışımı bir adam yapmıştı.

Şimdi iyi bir ev ve gayet makul bir gelir sahibi olunca evlenmeye karar vermişti; Longbourn ailesiyle uzlaşma ararken aklında eş bulmak vardı, çünkü ailenin kızlarından birini seçmek istiyordu, tabii kızları söylendiği kadar güzel ve sevimli bulursa. Babalarının evini miras alacak olmayı telafi etme... düzeltme planı buydu ve harika bir plan oldu-

ğunu düşünüyordu, gayet net ve elverişli, üstelik son derece
cömert ve fedakâr.

Planı kızları görünce değişmedi. Miss Bennet'ın güzel
yüzü düşüncelerini teyit etti, en büyük olmanın gerektirdiği
ne varsa hepsini en katı biçimde taşıyordu; ilk akşam kesin
seçimi Jane'di. Ne var ki ertesi sabah durum değişti; kah-
valtıdan önce Mrs. Bennet'la on beş dakikalık baş başa
bir görüşme yaptı; konuya kendi evini anlatarak başladı,
oradan doğal olarak evine Longbourn'da bir hanım bul-
ma umudunu açıklamaya yöneldi ve cevap olarak, kibar
gülümsemeler ve cesaret verici sözler arasında, Jane konu-
sunda uyarı aldı. "Küçük kızları konusunda bir şey söy-
lemek ona düşmezdi... kesin bir şey söyleyemezdi... ama
bildiği kadarıyla herhangi bir girişim yoktub... en büyük
kızının ise, belirtmeliydi ki... kendini söylemeye mecbur his-
sediyordu ki, nişanlanması an meselesiydi."

Mr. Collins'in fikrini sadece Jane'den Elizabeth'e değiş-
tirmesi gerekiyordu... değiştirdi de... Mrs. Bennet ateşi karış-
tırırken. Güzellik ve meziyette Jane'den aşağı kalmayan
Elizabeth hemen onu takip etti.

Mrs. Bennet aldığı işarete dört elle sarıldı ve yakında iki
kızını evlendirebileceğine inandı; daha dün adını duymaya
bile dayanamadığı adam şimdi gözüne girmişti.

Lydia'nın Meryton'a yürüme niyeti unutulmadı; Mary
dışında kızların hepsi onunla gitmeyi kabul ettiler; Mr.
Collins'ten kurtulmak ve kütüphanesini kendine ayırmak
isteyen Mr. Bennet'ın ricası üzerine Mr. Collins onlara eşlik
edecekti; adam kahvaltıdan sonra peşine takılıp kütüpha-
neye gelmişti ve orada da koleksiyonun en iri ciltlerinden
birini karıştırıyormuş gibi yapıp Mr. Bennet'a soluk aldır-
madan anlatacak da anlatacaktı yine Hunsford'daki evini
ve bahçesini. Böyle hareketler Mr. Bennet'ın acayip canını
sıkardı. Kütüphanesinde her zaman mutlak rahatlık ve
sakinlik isterdi; Elizabeth'e söylediği gibi, evin diğer her

odasında ahmaklık ve züppelikle karşılaşmaya hazır olsa da orada bunlardan uzak olmaya alışkındı; dolayısıyla, bir an bile kaybetmeden nezaket gösterip Mr. Collins'i kızlarının yürüyüşüne katılmaya davet etti; Mr. Collins ise okumaktan çok yürümeye yatkın olduğu için koca kitabı zevkle kapatıp gitti.

O boş boş şişinerek, kuzenleri kibar kibar baş sallayarak sonunda Meryton'a geldiler. O zaman artık gençlerin dikkatini kendine çekemedi. Kızların gözleri hemen subayları arayarak sokaklarda gezinmeye başladı ve bir dükkân vitrinindeki çok gösterişli bir şapka ya da yepyeni bir müslin dışında hiçbir şey dikkatlerini dağıtamadı.

Gelgelelim, bütün hanımların dikkatini çok geçmeden bir delikanlı çekti, daha önce görmedikleri, gayet beyefendi görünümlü, yolun diğer yanında bir subayla birlikte yürüyen biri. Subay, Londra'dan döndü mü diye Lydia'nın soruşturmaya geldiği Mr. Denny'ydi ve geçerlerken başıyla selam verdi. Hepsi yabancının havasından çarpıldı, hepsi kim olabileceğini merak etti; Kitty'yle Lydia mümkünse öğrenmek için karşı dükkânda bir şey bakacaklarmış gibi yapıp yolun öbür yanına geçtiler ve tam kaldırıma adım atmışlardı ki, tesadüf bu ya, geri dönen iki beyle burun buruna geldiler. Mr. Denny hemen lafa girerek arkadaşını takdim etmek için izin istedi: Mr. Wickham önceki gün onunla birlikte şehirden gelmişti ve söylemekten mutluluk duyardı ki, alaylarında subay olmayı kabul etmişti. Bu da tam olması gerektiği gibiydi; kusursuz bir cazibe için genç adamın tek eksiği üniformasıydı. Halindeki her ayrıntı ona bir şey katıyordu; her şeyi ayrı güzeldi: Hoş bir yüz, biçimli bir vücut ve içe işleyen bir konuşma. Genç adam tanışma faslından sonra konuşmaya pek hevesli olduğunu gösterdi... ama gayet kıvamında ve rahat bir heveslilikti; bütün grup dikilmiş tatlı tatlı sohbet ediyordu ki at sesleri dikkatlerini çekti ve Darcy'yle Bingley'nin sokaktan aşağı geldikleri görüldü. Grubun hanımlarını ayırt edince iki bey doğruca onlara geldiler ve olağan kibarlıkları gösterdiler. Bingley baş konuşmacıydı, Miss Bennet da esas konu. O sırada, dedi Bingley, o da Longbourn'a gidiyormuş sağlığını sormak için. Mr. Darcy başını sallayarak bunu doğruladı ve tam gözlerini Elizabeth'e dikmemek için çabalamaya başlıyordu ki yabancının varlığını görüp ansızın kalakaldı; Elizabeth birbirlerine bakarlarken ikisinin yüzünün karşılaşmanın etkisiyle şaşkınlık içinde donduğunu görüverdi. İkisinin de rengi döndü, biri beyaz, diğeri kırmızı. Mr. Wickham birkaç saniye sonra şapkasına dokundu... Darcy bu selama belli belirsizce karşılık verdi. Bunun anlamı ne olabilirdi?.. Hayal etmek imkânsızdı; öğrenmek için kıvranmamak imkânsızdı.

Hemen sonra Mr. Bingley olanlara dikkat etmiş görünmeksizin izin istedi ve arkadaşıyla birlikte yola koyuldu.

Mr. Denny ve Mr. Wickham genç hanımlarla birlikte Mr. Philips'in evinin kapısına kadar yürüdüler, sonra Miss Lydia'nın içeri girmeleri için ısrarlı tekliflerine rağmen ve hatta Mrs. Philips'in salon penceresini kaldırıp daveti desteklemesine rağmen eğilerek veda ettiler.

Mrs. Philips yeğenlerini gördüğüne her zaman memnun olurdu; iki büyük kız son günlerdeki yokluklarından sonra bilhassa iyi karşılandılar; Mrs. Philips aniden eve dönmelerine şaşırdığını söylüyordu hararetle, yani, onları kendi arabaları getirmediğine göre nereden duyacaktı Mr. Jones'un çırağını sokakta görmese, çırak da ona Netherfield'e artık şurup göndermeyeceklerini çünkü Miss Bennetların gittiklerini söylemese; o sırada Jane atılıp Mr. Collins'i takdim ederek dikkatini ona çekti. Mrs. Philips Mr. Collins'i en kibar haliyle karşıladı, ondan da aynı karşılığı gördü; Mr. Collins tanışmadıkları halde misafir olduğu için özür diledi, ama onu oraya getiren genç hanımlarla olan gurur verici akrabalığının bu durumu mazur göstereceğine inandığını söyledi. Mrs. Philips böyle aşırı terbiyelilik karşısında mest oldu;

ama yabancıyı gözlemlemesi az sonra bir başka yabancı hakkındaki heyecanlı sorularla yarıda kesildi ki, onun hakkında yeğenlerine zaten bildikleri şeyleri söyleyebilirdi, yani Mr. Denny'nin onu Londra'dan getirdiğini, -------shire alayında teğmen rütbesi alacağını filan. Son bir saattir onu izlediğini söyledi, sokakta yukarı aşağı yürüyormuş; Mr. Wickham ortaya çıksaydı Kitty ve Lydia elbette izlemeye devam ederlerdi, ama ne yazık ki yabancıyla karşılaştırılınca "aptal, sevimsiz herifler" olan birkaç subay dışında artık kimse geçmiyordu pencerelerden. Bazıları ertesi gün Philipslerle yemek yiyeceklerdi; teyzeleri eğer akşamleyin Longbournlu aile de gelirse kocasını Mr. Wickham'ı ziyarete yollayıp ona da davetiye göndereceğine söz verdi. Anlaştılar; Mrs. Philips zevkli, kolay, şamatalı bir piyango oyunu oynayacaklarını, ardından sıcak bir şeyler yiyeceklerini söyledi. Böyle eğlenceler olacak olması sevinç vericiydi; ayrılırlarken iki taraf da neşe içindeydi. Mr. Collins odadan çıkarken özürlerini tekrarladı ve yorulmak bilmez bir kibarlıkla özüre hiç gerek olmadığına temin edildi.

Eve yürürlerken Elizabeth Jane'e iki bey arasında olanları anlattı; hata yapmış gibi görünselerdi Jane birini ya da ikisini birden savunmaya geçerdi ama o da bu davranışa kardeşinden daha fazla anlam veremedi.

Döndükleri zaman Mr. Collins Mrs. Philips'in davranışlarına ve nezaketine övgüler yağdırarak Mrs. Bennet'ı hayli memnun etti. Lady Catherine'le kızını saymazsa, ömründe daha zarif bir hanım görmediğini söyledi; onu sadece müthiş bir kibarlıkla karşılamakla kalmamış, üstüne basa basa ertesi akşamki davete de dâhil etmişti, hem de o ana kadar onu hiç görmediği halde. Elbette onlarla olan akrabalığı bir parça etkili olmuş olabilirdi, ama yine de hayatında öyle ilgi alaka görmemişti.

Bölüm XVI

Gençlerin teyzeleriyle sözleşmelerine itiraz edilmediği, Mr. Collins'in Mr. ve Mrs. Bennet'dan bir akşamlığına bile ayrılmak istemiyormuş gibi sızlanmasına inançla karşı konulduğu için, araba onu ve beş kuzenini müsait bir saatte Meryton'a götürdü; kızlar oturma odasına girerken Mr. Wickham'ın eniştelerinin davetini kabul ettiğini ve o sırada evde olduğunu sevinçle öğrendiler.

Bu bilgi verildikten ve hepsi koltuklarına yerleştikten sonra Mr. Collins boş boş etrafı incelemeye başladı; dairenin genişliğine ve döşenmesine öyle hayran oldu ki kendini az kalsın Rosings'deki ufak yaz kahvaltı salonunda sanacağını beyan etti; bu benzetme önce pek takdir toplamadıysa da Mrs. Philips ondan Rosings'in ne olduğunu, sahibinin kim olduğunu öğrenince... Lady Catherine'in oturma odalarından sadece birinin tarifini dinleyip sadece şöminenin sekiz yüz pounda mal olduğunu duyunca iltifatın olanca gücünü hissetti, öyle ki hizmetçi odasıyla karşılaştırılmaya bile gücenmezdi artık.

Lady Catherine'in ve malikânesinin ihtişamını tarif eder, arada bir kendi fakirhanesinin övgüsüne girip geçirmekte olduğu tadilattan bahsederken beyler yanlarına gelinceye kadar gayet mutluydu; Mrs. Philips onun için pek dikkatli bir dinleyiciydi; işittiklerinden sonra genç adamı daha da önemli buldu ve bunları ilk fırsatta komşularına anlatmaya karar verdi. Kuzenlerini dinleyemeyen, piyano olsaydı diye sızlanan ve şöminenin üstündeki kendi süsledikleri uyduruk taklit porselenleri incelemekten başka bir şey yapamayan kızlara bekleme süresi çok uzun geldi. Ama sonunda bitti tabii. Beyler yaklaştı; Mr. Wickham odaya girdiği zaman Elizabeth onu daha önce gördüğünde de, o zamandan beri düşündüğünde de hayranlık duymakta hiç haksız olmadığını hissetti. -------shire alayının subayları genel olarak gayet makul, beyefendi tavırlı adamlardı ve en iyileri bu partide bulunuyorlardı; ama Mr. Wickham görünüm, yüz, hava ve yürüyüşüyle hepsinden çok üstündü, tıpkı subayların da arkalarından odaya giren geniş yüzlü, sıkıcı, nefesi şarap kokan Philips enişteden üstün oldukları gibi.

Mr. Wickham hemen her kadın gözünün takılıp kaldığı şanslı adamdı, Elizabeth de az sonra şanslı kadın oldu genç adam sonunda gelip onun yanına oturunca; sadece yağmurlu bir gece olmasından ve yağmurlu bir mevsim olma ihtimalinden bahsettiği halde hemen konuşmaya başlamasındaki sevimlilik Elizabeth'e en sıradan, en sıkıcı, en bayat konunun bile konuşmacının becerisiyle ilginç hale getirilebileceğini düşündürdü.

Cinsilatifin dikkatini çekme konusunda Mr. Wickham ve subaylar gibi rakipler olunca Mr. Collins önemsizliğe gömülmeye başladı; genç hanımlar için zaten bir hiçti; yine de zaman zaman Mrs. Philips ona iyi bir dinleyici oldu ve takipçiliğiyle onu kahvesiz ve keksiz bırakmadı.

Oyun masaları yerleştirildiği zaman whist oynamaya oturarak o da ona karşı minnet duygularını ifade etme fırsatı buldu.

"Henüz oyun hakkında pek az şey biliyorum," dedi, "ama kendimi geliştirmek isterim, çünkü insan benim durumumda..." Mrs. Philips gösterdiği uyum için teşekkür etti ama nedenini duymak istemedi.

Mr. Wickham whist oynamadı ve diğer masadaki Elizabeth'le Lydia'nın arasına zevkle kabul edildi. Önce Lydia'nın adamın üstüne çullanma tehlikesi baş gösterdi; kız inatçı bir konuşmacıydı; ama piyango biletlerine de son derece düşkün olduğundan, biraz sonra kendini oyuna kaptırdı, kimseye dikkat edemeyecek kadar büyük bir hevesle para yatırdı, çığlık çığlığa ödülünü istedi. Oyunun olağan taleplerine uyan Mr. Wickham böylece Elizabeth'le konuşmak için serbest kaldı; Elizabeth de onu dinlemeye çok istekliydi, ama tabii en çok dinlemek istediği şey başkaydı... Mr. Darcy'yle tanışıklığının hikâyesi. Bunun sözünü etmeye bile cesaret edemedi. Yine de merakı beklenmedik biçimde giderildi. Mr. Wickham konuyu kendisi açtı. Netherfield'in Meryton'dan ne kadar uzak olduğunu sordu; Elizabeth'in cevabını aldıktan sonra duraksayarak Mr. Darcy'nin ne zamandır orada kaldığını öğrenmek istedi.

"Bir ay kadar oldu," dedi Elizabeth; sonra, mesele kapanmasın diye, devam etti, "Anladığım kadarıyla Derbyshire'de çok geniş bir arazisi varmış."

"Evet," diye cevapladı Wickham, "sağlam bir mülkü var orada. Yılda temiz on bin. O konuda size benden daha çok bilgi verebilecek başka birine rastlayamazdınız... çünkü çocukluğumdan beri ailesiyle özel bir ilişkim vardır."

Elizabeth yüzündeki şaşkınlığı saklayamadı.

"Dünkü karşılaşmamızdaki soğuk havayı gördükten sonra böyle bir açıklama sizi elbette şaşırtabilir Miss Bennet... Mr. Darcy'yi iyi tanıyor musunuz?"

"Yeterince," diye haykırdı Elizabeth sıcak bir sesle. "Onunla aynı evde dört gün geçirdim ve onu gayet sevimsiz buluyorum."

"Benim görüşümü söylemeye hakkım yok," dedi Wickham, "sevimli mi değil mi bilemem. Görüş verme yetkim yok. Onu doğru karar veremeyecek kadar uzun zamandır ve iyi tanıyorum. Tarafsız olmam imkânsız. Ama inanıyorum ki onun hakkındaki fikriniz çok kişiye şaşırtıcı gelir...

ama belki bunu başka yerde böyle güçlü biçimde ifade etmezsiniz. Burada ne de olsa aile içindesiniz."

"Doğrusu, bu muhitteki her evde söyleyebileceğimden daha fazlasını burada da söylemem, tabii Netherfield hariç. Onu Hertfordshire'de kimse sevmiyor. Herkes gururundan nefret ediyor. Hiçbir yerde ondan iyi bahsedildiğini duyacağınızı sanmam."

"Üzüldüm diyemem," dedi Wickham, kısa bir tereddütten sonra, "kimseye hak ettiğinden daha fazla itibar edilmemeli, ama o söz konusu olunca sanırım bu böyle olmuyor. Onu gören, serveti ve gücü karşısında kör oluyor ya da o kibirli, ezici tavırlarından ürküyor ve onu sadece onun görülmek istediği gibi görüyor."

"Az tanıdığım halde bile onun huysuz bir adam olduğunu söyleyebilirim." Wickham sadece başını salladı.

"Merak ediyorum," dedi, konuşma fırsatı tekrar gelince, "buralarda daha uzun süre kalacak mı acaba?"

"Hiç bilmiyorum; ama ben Netherfield'deyken gideceğine dair bir şey duymadım. Umarım ------shire planlarınız onun civarda olması yüzünden değişmez."

"Yo hayır!.. Mr. Darcy beni gönderemez. Beni görmekten kaçınırsa onun gitmesi gerekir. Aramız iyi değil; onu görmek bana her zaman acı verir, ama ondan kaçınmak için bir sebebim yok, olanı da bütün dünyaya söyleyebilirim zaten... feci bir istismar edilme duygusu ve ona karşı ıstırap dolu pişmanlıklar. Onun babası, Miss Bennet, merhum Mr. Darcy, yeryüzüne gelmiş en iyi kalpli insanlardan biriydi ve hayattaki en hakiki dostumdu; bu Mr. Darcy'yi gördüğüm zaman ise binlerce duygulu anı sızım sızım içimi sızlatır. Bana karşı davranışı tam bir rezalettir; inanın onu her şey için affedebilirim ama babasının umutlarını yıktığı, anısını lekelediği için asla affedemem."

Elizabeth konunun daha da ilginç hale geldiğini hissetti ve tüm dikkatiyle dinledi; ama konunun hassasiyeti soru sormasını engelledi.

Mr. Wickham daha genel konulardan, Meryton'dan, muhitten, insanlardan bahsetmeye başladı; gördüklerini çok beğenmişe benziyordu; bilhassa insanlardan nazik ama çok tanıdık bir iltifatla bahsetti.

"Bu alaya girmemin esas sebebi," diye ekledi, "sağlam bir insan topluluğu, seçkin bir çevre vaat etmesiydi. Gayet saygın, makul bir alay olduğunu biliyordum; dostum Denny şimdiki karargâhlarını, Meryton'ın onlara gösterdiği yakın ilgiyi ve muazzam dostluğu da anlatınca iyice baştan çıktım. Çevre benim için gereklidir. Hayal kırıklığına uğramış bir adamım; ruhum yalnızlığa dayanamaz. İşim ve arkadaşlarım olmalı. Askeriye hayatını amaçlamıyordum, ama şartlar bunu getirdi. Mesleğim kilise olmalıydı... kilise için yetiştirildim ve şimdi en kıymetli kiliseye sahip olacaktım, bahsettiğimiz beyefendinin gönlü olmuş olsaydı."

"Cidden mi?"

"Evet... merhum Mr. Darcy bana idaresi altındaki en iyi kiliseyi miras bıraktı, boşalınca başına geçecektim. Kendisi vaftiz babamdı ve bana son derece bağlıydı. İyi kalpliliğini ne kadar methetsem azdır. Bana iyi bir geçim kaynağı sağlamak istiyordu ve sağladı sandı; ama kilise boşalınca başkasına verildi."

"Aman Tanrım!" diye haykırdı Elizabeth; "Ama bu nasıl olabilir?.. Vasiyeti nasıl göz ardı edilebilir?.. Neden yasal yollara başvurmadınız?"

"Vasiyetin şartlarında resmi olmayan bir şey vardı işte, bana yasalar önünde şans tanımıyordu. Şerefli bir adam buradaki niyetten kuşku duyamazdı, ama Mr. Darcy kuşku duymayı seçti... ya da koşullu bir tavsiye diye düşündü ve benim tüm haklarımdan feragat ettiğimi iddia etti, yok müsrifmişim, yok basiretsizmişim... yani işte, aklına ne gelirse. O kilise de iki sene önce, ben tam başına geçecek yaşa gelince boşaldı ve başka birine verildi, burası kesin; ama şurası da kesin ki o kiliseyi kaybetmeyi hak edecek herhangi bir şey yapmış olmakla suçlayamıyorum kendimi. Sıcak, korunmasız bir tabiatım vardır; onun hakkındaki görüşlerimi bazen serbestçe söylemiş olabilirim, ona da söylemiş olabilirim. Aklıma daha kötü bir şey gelmiyor. Ama gerçek şu ki çok farklı türde insanlarız ve benden nefret ediyor."

"Şoke oldum!.. Herkesin önünde küçük düşürülmeyi hak ediyor."

"Eninde sonunda olacak zaten... ama bunu yapan ben olmayacağım. Babasını unutabilinceye kadar karşısına dikilemem, onu ifşa edemem."

Elizabeth bu duyguları için onu övdü ve duygularını ifade ederken her zamankinden daha yakışıklı olduğunu düşündü.

"Ama," dedi, bir an duraksadıktan sonra, "sebebi ne olabilir?.. onu böyle zalimce davranmaya ne itmiş olabilir?"

"Bana karşı derin, kararlı bir nefret... elimde olmadan bir ölçüde kıskançlığa bağladığım bir nefret. Merhum Mr. Darcy beni daha az sevmiş olsaydı oğlu bana daha iyi davranabilirdi: Ama babasının bana olan olağanüstü bağlılığı daha çocukken onu rahatsız etti gibime geliyor. İçinde bulunduğumuz rekabete dayanabilecek tabiatta değildi... öyle bir rekabet ki tercih edilen hep ben olurdum."

"Mr. Darcy'nin bu kadar kötü olacağı aklıma gelmezdi... ondan hiç hoşlanmadıysam da, bu kadar kötüsünü ummazdım... İnsanları genel olarak küçümseyen biri olduğunu düşünmüştüm, ama böyle vicdansız intikamcılığa, böyle adaletsizliğe, böyle kalpsizliğe kadar alçalabileceğinden kuşkulanmamıştım."

Yine de birkaç dakika düşündükten sonra devam etti, "Hatırlıyorum, bir gün Netherfield'de, kini geçmek bilmez diye, affetmeyen bir tabiatı var diye böbürleniyordu. Korkunç biri olmalı."

"Bu konuda kendime güvenemem," diye cevapladı Wickham; "ona karşı adil olmam zor."

Elizabeth yine derin düşüncelere daldı ve bir süre sonra kendini tutamadı: "Bir vaftiz oğluna, bir arkadaşa, babasının sevdiği birine böyle davranmak!"... Tam ekleyecekti, "hem de güzelliği iyiliğinin kanıtı olan senin gibi bir gence,"... ama şöyle demekle yetindi, "hem de muhtemelen çocukluk arkadaşınız olan, dediğinize göre aranızda yakın bağlar olan birine!"

"Aynı köyde doğduk, aynı koru üstünde; gençliğimizin büyük kısmı birlikte geçti; aynı evin insanlarıydık, aynı eğlenceleri paylaştık, aynı anne baba sevgisini gördük. Benim babam hayata enişteniz Mr. Philips'in büyük başarıyla yürütüyor olduğunu sandığım aynı mesleğin erbabı olarak başladı... ama merhum Mr. Darcy'ye faydalı olabilmek için her şeyi bıraktı ve tüm zamanını Pemberley arazisinin idaresine adadı. Mr. Darcy'den büyük itibar görürdü, yakın arkadaşı, sırdaşıydı. Mr. Darcy sık sık bizzat söylemiştir kendini babamın faal idareciliğine ne kadar borçlu hissettiğini; babamın ölümünden hemen önce Mr. Darcy bana göz kulak olacağına dair gönüllü bir söz verince bunun ona duyduğu minnettarlıktan olduğu kadar bana duyduğu sevgiden de olduğuna inanmıştım."

"Ne kadar garip!" diye haykırdı Elizabeth. "Ne kadar menfurca!.. Bu Mr. Darcy'nin gururu size karşı adil olmasını engelledi!.. Daha iyi bir dürtüyle olmasa bile, gururu alçaklık yapmasına da izin vermemeliydi... çünkü bu yaptığına alçaklık diyorum."

"Harika," diye cevapladı Wickham, "çünkü hemen tüm hareketleri gurura bağlanabilir... ve gurur çoğu zaman onun en iyi arkadaşıdır. Gururu onu başka duygulardan çok erdeme yakın yapmıştır. Ama hiçbirimiz tutarlı değiliz; bana karşı olan davranışında gururdan bile daha güçlü dürtüler vardı."

"Öyle menfurca bir gururun hiç faydasını gördü mü acaba?"

"Evet. O gurur onu sık sık hoşgörülü ve cömert yapar... parasını bol keseden dağıtır, konukseverlik gösterisi yapar, kiracılarını destekler, fakirleri doyurur. Aile gururu ve oğul olma gururu yaptı bunu... çünkü babasıyla çok gurur duyardı. Ailesini utandıracak bir şey yapmamak, popüler özelliklerden sapmamak, Pemberley Malikânesi'nin etkisini kaybetmemek, bu güçlü bir dürtü. Aynı zamanda ağabeylik gururu da vardır ki ağabeyce bir sevgiyle birleşince onu kız kardeşinin sevecen ve dikkatli bir muhafızı yapmıştır; herkesten onun en hassas, en iyi ağabey olduğunu işitirsiniz."

"Miss Darcy nasıl bir kız?"

Başını salladı... "Keşke ona sevimli diyebilseydim. Bir Darcy'den kötü bahsetmek bana acı veriyor. Ama o da aynı abisi... çok, çok gururlu. Çocukken cana yakındı, tatlıydı, bana da çok düşkündü; onu eğlendirmek için saatler harcamışımdır. Ama artık benim için bir şey ifade etmiyor. Güzel bir kız, on beş on altı yaşında ve anladığıma göre hayli hünerli. Babasının ölümünden beri evi Londra oldu, bir hanım onunla kalıyor, eğitimini yürütüyor."

Birçok duraksamadan ve birçok başka konuyu denedikten sonra Elizabeth bir kez daha ilk konuya dönmeden edemedi:

"Mr. Bingley'yle olan yakınlığına şaşırdım! İyi huylu birine benzeyen ve bence gerçekten sevimli biri olan Mr. Bingley nasıl böyle bir adamla arkadaş olabilir? Birbirlerine nasıl uyabiliyorlar?.. Mr. Bingley'yi tanıyor musunuz?"

"Hayır."

"Tatlı, sevimli, kibar bir adamdır. Mr. Darcy'yi tanıyamamış olmalı."

"Muhtemelen; ama Mr. Darcy canı isteyince hoş biri olabilir. Yeteneksiz değildir. Vakit harcamaya değdiğini düşünürse hoşsohbet kesilir. Servetleri onunkine eşit olanlar arasında yoksullar arasında olduğundan çok daha farklı biridir. Gururu onu asla terk etmez: Ama zenginlerle beraberken liberal düşünceli, adil, samimi, aklı başında, dürüst ve belki sevimlidir... tabii servetin ve mevkinin hakkını vermek lazım."

Whist partisi az sonra bitti; oyuncular diğer masanın etrafında toplandılar; Mr. Collins kuzeni Elizabeth'le Mrs. Philips arasındaki yerini aldı. Mrs. Philips başarısı hakkında malum sorular sordu. Pek iyi geçmemişti; her sayıyı kaybetmişti; ama Mrs. Philips üzüntülerini ifade etmeye başlayınca ağırbaşlılıkla hiç önemli olmadığını, paraya değer vermediğini söyledi ve kendini rahatsız hissetmemesini rica etti.

"Şunu gayet iyi bilirim madam," dedi, "insanlar kumar masasına oturunca şanslarını denerler... çok şükür beş şilini bahis mevzu edecek durumda değilim. Kuşkusuz aynı şeyi söyleyemeyecek çok kişi vardır, ama Lady Catherine de Bourgh sayesinde küçük meselelerin üstünde durmam gerekmiyor."

Mr. Wickham'ın gözü Mr. Collins'e takıldı; birkaç saniye onu izledikten sonra Elizabeth'e alçak bir sesle akrabasının de Bourgh ailesini yakından tanıyıp tanımadığını sordu.

"Lady Catherine de Bourgh," diye cevapladı Elizabeth, "ona daha bu yakınlarda bir kilise vermiş. Mr. Collins ona nasıl tanıştırıldı bilmiyorum, ama uzun zamandır tanımadığı ortada."

"Elbette biliyorsunuzdur, Lady Catherine de Bourgh'la Lady Anne Darcy kız kardeşler; yani şimdiki Mr. Darcy'nin teyzesi."

"Hayır, gerçekten bilmiyordum... Lady Catherine'in akrabaları hakkında hiçbir bilgim yok. Önceki güne kadar varlığından bile habersizdim."

"Kızı Miss de Bourgh büyük bir servete sahip olacak; onunla kuzeninin iki serveti birleştirmek istediğine inanılıyor."

Bu bilgi Elizabeth'i gülümsetti zavallı Miss Bingley'yi düşününce. Boşunaymış bütün ilgisi, boşuna ve faydasızmış kız kardeşine gösterdiği yakınlık ve kendisine düzdüğü övgüler, çoktan başka bir kızı seçtiğine göre.

"Mr. Collins," dedi Elizabeth, "Lady Catherine'den de kızından da sitayişle bahsediyor; ama lady hazretleriyle ilgili bazı sözlerinden minnettarlığının onu yanılttığını düşünüyorum; onun patronu da olsa, küstah, burnu büyük bir kadın bence."

"Alabildiğine öyle," diye cevapladı Wickham; "onu yıllardır görmedim, ama ondan hiç hoşlanmadığımı hatırlıyorum; davranışları diktatörce ve küçümseyiciydi. Çok akıllı ve zeki olmakla ünlüydü; ama yeteneklerini kısmen mevkiinden ve servetinden, kısmen de otoriter tavrından, geri kalanını da yeğeninin gururundan aldığını düşünüyorum; yeğeni onun akrabası olan herkesin birinci sınıf bir akla sahip olduğuna inanır."

Elizabeth durumun gayet akla yatkın bir açıklamasını yaptığını kabul etti; sohbete memnun memnun devam ettiler ta ki yemek çağrısı kâğıt oyununa son verinceye ve diğer hanımlara Mr. Wickham'ın nezaketinden pay alma şansı tanıyıncaya kadar. Mrs. Philips'in yemek partisinde gürültüden konuşulmazdı, ama Mr. Wickham'ın hareketleri herkesin beğenisini kazanıyordu. Ne dese iyi diyordu, ne yapsa harika yapıyordu. Elizabeth oradan aklı onunla dolu olarak ayrıldı. Eve kadar bütün yol boyunca Mr. Wickham'dan ve ona anlattıklarından başka bir şey düşünemedi; ama yolda adını anmaya bile zaman bulamadı, çünkü Lydia da Mr. Collins de bir an olsun susmadılar. Lydia durmadan piyango biletlerinden, kaybettiği fişten, kazandığı fişten bahsetti; Mr. Collins de Mr. ve Mrs. Philips'in nezaketini anlattı durdu, whist'teki kaybını zerrece önemsemediğini söyledi, sofradaki tüm yemekleri saydı, tekrar tekrar kuzenlerini sıkıştırıp sıkıştırmadığını sordu, araba Longbourn Konağı'nda durduğunda daha anlatacağı her şeyi anlatıp bitirememişti.

Bölüm XVII

Elizabeth ertesi gün Jane'e Wickham'la arasında geçenleri anlattı. Jane şaşkınlık ve endişeyle dinledi; Mr. Darcy'nin Mr. Bingley'nin gösterdiği itibara bu denli layık olmamasına nasıl inanacağını bilemedi; yine de Wickham gibi hoş görünümlü birinin doğruluğunu sorgulamak tabiatına uygun bir şey değildi. Wickham'ın gerçekten onca kötülüğe maruz kalmış olma ihtimali onun sevecen duygularını harekete geçirmek için yeterliydi; o yüzden, ikisi hakkında da iyi düşünmekten, her birinin davranışını savunmaktan ve başka türlü açıklanamayan hallerde kaza ya da hata açıklamasını ortaya atmaktan başka yapacak şey kalmıyordu.

"İkisi de," dedi, "aldatıldılar sanırım, bizim anlayamayacağımız o ya da bu şekilde. İlgili kişiler birini diğerine yanlış tanıtmış olabilirler. Kısaca, onları birbirlerine yabancılaştıran nedenleri ya da şartları iki tarafı da suçlamadan tahmin edebilmemiz imkânsız."

"Çok doğru gerçekten... şimdi sevgili Jane, meseleye karışmış olabilecek ilgili kişiler adına ne söyleyebilirsin?.. Onları da temize çıkaralım, yoksa birini harcamamız gerekecek."

"İstediğin kadar gül, ama gülerek düşüncemi değiştiremezsin. Sevgili Lizzy, babasının sevdiği birine böyle davranmak Mr. Darcy'yi ne kadar sevimsiz bir duruma sokar, düşünsene... babasının bakmaya söz verdiği birine. İçinde az bir şey insanlık olan hiç kimse, karakterine biraz olsun değer veren hiç kimse bunu yapamaz, elinden gelmez. En yakın arkadaşları onun hakkında bu denli yanılmış olabilirler mi?.. Yo! Hayır."

"Mr. Wickham'ın kendisiyle ilgili dün gece bana anlattığı gibi bir hikâye uydurmuş olmasındansa Mr. Bingley'nin yanıltılmış olmasına inanmam çok daha kolay; isimler, gerçekler, her şey samimiyetle anlatıldı. Öyle değilse Mr. Darcy itiraz etsin. Üstelik, bakışlarında gerçek vardı."

"Zor, gerçekten... can sıkıcı. İnsan ne düşüneceğini bilemiyor."

"Kusura bakmayın ama insan ne düşüneceğini bilebilir."

Ama Jane tek bir şeyi inanarak düşünebiliyordu... Mr. Bingley, eğer gerçekten yanıltılmışsa, mesele günışığına çıktığı zaman çok acı çekecekti.

İki genç hanım bu konuşmanın yapıldığı fundalıktan çağrıldılar; bahsetmekte oldukları kişilerden bazıları gelmişlerdi: Mr. Bingley ve kız kardeşleri Netherfield'deki ne zamandır beklenen balo için bizzat davette bulunmak üzere gelmişlerdi; balo gelecek salı günüydü. İki hanım sevgili arkadaşlarını tekrar gördüklerine sevindiler... görüşmeyeli yüzyıllar oldu dediler ve tekrar tekrar ayrıldıklarından beri ne yapmakta olduğunu sordular. Ailenin diğer üyelerine pek oralı olmadılar; Mrs. Bennet'dan olabildiğince uzak durdular, Elizabeth'e pek bir şey demediler, ötekilere hiçbir şey demediler. Çok geçmeden de gittiler, koltuklarından erkek kardeşlerini hazırlıksız yakalayan bir hızla kalkıp, Mrs. Bennet'ın ikramlarından kaçmak istercesine kapıya koşuşturup.

Netherfield'de balo verilecek olması ailedeki her kadını son derece mutlu etti. Mrs. Bennet balonun en büyük kızına iltifat olarak verildiğini düşünmeyi tercih etti ve daveti resmi bir kart yerine bizzat Mr. Bingley'den almaktan bilhassa gurur duydu. Jane kendisi için iki arkadaşının eşliği ve erkek kardeşlerinin ilgisi altında mutlu bir akşam hayal etti; Elizabeth keyif içinde Mr. Wickham'la bol bol dans ettiğini, Mr. Darcy'nin bakışındaki, duruşundaki her şeyin teyit edildiğini gördüğünü düşündü. Catherine'le Lydia'nın beklediği mutluluk pek o kadar tek bir olaya ya da tek bir kişiye bağlı değildi; onlar da Elizabeth gibi Mr. Wickham'la dans etmek isterlerdiyse de Mr. Wickham onları tatmin edebilecek tek eş değildi, kaldı ki balo her zaman baloydu. Mary bile ailesine baloya soğuk bakmadığını söyledi.

"Sabahlarımı kendime ayırırsam," dedi, "bu bana yeter... sanırım arada bir akşam meclislerine katılmak büyük kayıp sayılmaz. Toplumun da bizden beklentileri var; kendimi eğlenmek, dinlenmek için verilen molaların herkes için faydalı olduğunu düşünenlerden biri olarak görüyorum."

Elizabeth balo denilince öyle neşelenmişti ki Mr. Collins'le mecbur kalmadıkça konuşmadığı halde ona Mr. Bingley'nin davetini kabul etmeyi düşünüp düşünmediğini, düşünürse akşam eğlencelerine katılmayı uygun bulup bulmayacağını sormadan duramadı ve adamın aklında hiçbir yasak barınmadığını ve Başpiskopos'tan ya da Lady Catherine de Bourgh'dan azar işitme korkusundan çok uzak olduğunu görünce şaşırdı.

"Görüşüm odur ki," dedi, "iyi karakterli bir adamın saygın insanlara verdiği böyle bir balo kötü eğilimler taşıyamaz; dans etmeye şahsen hiçbir itirazım yok, hatta akşam boyunca güzel kuzenlerimin ellerini tutma şerefine nail olacağımı umuyorum ve hatta hazır yeri gelmişken, Miss Elizabeth, ilk iki dans için bilhassa sizi istirham etmek isterim... inanıyorum ki kuzenim Jane bu tercihimi anlayacak ve kendisine saygısızlık telakki etmeyecektir."

Elizabeth fena yakalandığını hissetti. O danslar için Mr. Wickham'la eşleşeceğini varsaymıştı; şimdi onun yerine Mr. Collins!.. hınzırlık yapmak için daha kötü bir zaman seçemezdi. Gelgelelim, yapacak bir şey yoktu. Mr. Wickham'la kendisinin mutluluğu bir süre mecburen ertelendi ve Mr. Collins'in teklifi elden gelen tüm nezaketle kabul edildi. Adamın girişkenliğinde onu asıl rahatsız eden şey altında yatan fikirdi ve daha fazlasını ifade ediyordu... Şimdi ilk defa fark ediyordu, Hunsford Kilise Lojmanı'nın hanımı olmaya, daha muteber konuklar olmadığı zaman Rosings'deki oyun masasındaki dörtlüyü oluşturmaya kız kardeşlerinin arasından o layık görülmüştü. Fikir hızla inanca dönüştü, adamın ona gösterdiği artan ilgiyi gözlemler, zekâsına ve canlılığına yağdırdığı iltifatları dinlerken; cazibesinin bu etkisi onu onurlandırmaktan çok şaşırtsa da, çok geçmedi, annesi evlenmeleri ihtimaline gayet sıcak baktığını anlamasını sağladı. Ne var ki Elizabeth annesinin imasını anlamayı kabul etmedi çünkü cevabının sonucunun ciddi bir anlaşmazlık doğuracağını iyi biliyordu. Mr. Collins teklifi hiçbir zaman yapamayabilirdi ve yapıncaya kadar, onun yüzünden kavga etmek anlamsızdı.

Netherfield'de hazırlanacak ve konuşulacak bir balo olmasa, genç Miss Bennetlar o sırada acınacak durumda olacaklardı, çünkü davet gününden balo gününe kadar aralıksız yağan yağmur Meryton'a gitmelerini engelledi. Teyze yok, subay yok, havadis yok... Netherfield için gül rengi ayakkabılar bile siparişle alındı. Elizabeth bile Mr. Wickham'la tanışıklığını ilerletmesine engel olan hava konusunda sabır sınavı verdi; öyle bir cuma, cumartesi, pazar ve pazartesi zor geçerdi Kitty'yle Lydia için, salıya öyle bir dans olmasa.

Bölüm XVIII

Elizabeth Netherfield'de oturma odasına girip de orada toplanmış kırmızı ceketliler öbeği arasında Mr. Wickham'ı boş yere arayıncaya kadar orada bulunmama ihtimali hiç aklına gelmemişti. Ona rastlayacağına duyduğu inanç onu haklı olarak tedirgin etmiş olabilecek anılarla sınanmamıştı. Her zamankinden daha büyük bir özenle giyinmiş, olanca neşesiyle hazırlanmıştı adamın kalbinde elde edilememiş kalan her şeyi fethetmek için, ki akşam boyunca elde edilemeyecek kadar çok şey kalmadığından emindi. Ama bir an için Bingleylerin subaylara gönderdiği davetiyelerde Mr. Darcy'nin gönlü olsun diye maksatlı olarak es geçildiği kuşkusuna kapıldı; her ne kadar durum öyle değildiyse de, orada bulunmadığı gerçeği arkadaşı Mr. Denny tarafından ifade edildi; Mr. Denny merakla yanına gelen Lydia'ya Wickham'ın önceki gün iş için şehre gitmek zorunda kaldığını, henüz dönmediğini söyledi ve anlamlı bir gülümsemeyle ekledi:

"Buradaki belli bir beyefendiden kaçınmak istemese şu sıra iş filan dinlemezdi."

Açıklamanın bu kısmı Lydia'nın dikkatinden kaçtıysa da Elizabeth'ten kaçmadı ve onu ilk tahmini doğru olmasa bile Wickham'ın yokluğunun sebebinin Darcy olduğuna inandırdı; Darcy'ye duyduğu soğukluk o anki hayal kırıklığıyla öyle sertleşti ki az sonra yanına yaklaşan Darcy'nin kibar sorularına makul bir nezaketle karşılık vermekte bile zorlandı. Darcy'ye ilgi, sabır, anlayış göstermek Wickham'a hakaret etmek demekti. Onunla hiçbir biçimde konuşmamaya kararlıydı ve belli bir huysuzlukla sırtını döndü; huysuzluğu Mr. Bingley'yle konuşurken bile tam geçmedi; tarafsız davranmadığı için ona da kızıyordu.

Ama Elizabeth huysuzluk için yaratılmamıştı; akşam için kurduğu bütün hayaller yıkıldıysa da, huysuzluk uzun süre üzerinde kalamadı; bir haftadır görmediği Charlotte Lucas'a tüm acılarını sayıp dökünce kuzeninin tuhaflıklarına gönüllü bir geçiş yapabilecek hale geldi ve onu parmağıyla Charlotte'a işaret etti. Gelgelelim ilk iki dans can sıkıntısını geri getirdi; ölüm dansından farksızdılar. Sakar ve ağırbaşlı Mr. Collins gerekeni yapmak yerine özür dileyerek ve sık sık farkında olmadan yanlış adım atarak Elizabeth'e berbat bir eşin birkaç dans boyunca verebileceği tüm utancı ve sıkıntıyı verdi. Adamdan kurtulma anı ise harikaydı.

Sonra bir subayla dans etti ve Wickham'dan bahsetme, herkesçe sevildiğini işitme zevkini tattı. Bu danslar bitince Charlotte Lucas'a döndü; tam sohbete başlamışlardı ki ansızın Mr. Darcy'yi yanı başında dikilmiş ona bir şeyler söylüyor buldu; öyle hazırlıksız yakalanmıştı ki, Mr. Darcy ona dans teklif edince farkında olmadan kabul etti. Mr. Darcy geldiği hızla geri gitti ve Elizabeth akılsızlığına yandığıyla kaldı; Charlotte onu avutmaya çalıştı.

"Bence ondan çok hoşlanacaksın."

"Tanrı saklasın!.. Talihsizliğin daniskası olur!.. Nefret etmeye kararlı olduğun birinden hoşlanmak!.. Benim için öyle kötü şeyler dileme."

Yine de dans tekrar başlayıp da Darcy onu dansa kaldırmak için yaklaştığında Charlotte onu uyarmadan edemedi: Çocukluk yapmamasını, Wickham'la ilgili hayallerinin onu on kat daha zengin bir adamın gözünde itici göstermesine izin vermemesini fısıldadı. Elizabeth cevap vermedi ve pistteki yerini aldı, Mr. Darcy'nin karşısında durma şansının ona kazandırdığı saygınlığa hayret etti ve onlara bakan komşularının yüzünde de aynı hayreti gördü. Bir süre tek kelime etmeden durdular; Elizabeth sessizliklerinin iki dansın sonuna kadar süreceğini sandı ve önce sessizliği bozmamaya karar verdiyse de ansızın onu konuşmaya zorlamanın daha büyük bir ceza olacağını düşünüp dansla ilgili bir iki gözlemini söyledi. Mr. Darcy cevapladı, tekrar sustu. Birkaç dakikalık bir duraksamadan sonra Elizabeth onunla ikinci kez konuştu... "Bir şey söyleme sırası şimdi sizde Mr. Darcy. Ben danstan bahsettim, siz de mesela odanın ölçüleri konusunda bir şey söyleyin ya da kaç çift var, onun hakkında."

Mr. Darcy gülümsedi ve onu ne söylemesini arzu ediyorsa söyleyeceğine temin etti.

"Çok iyi. Bu cevap şimdilik yeter. Belki birazdan özel baloların halk balolarından daha hoş olduğunu söylerim. Ama şimdi susmalıyız."

"Dans ederken kuralla mı konuşursunuz?"

"Bazen. İnsan biraz konuşmalı tabii. Yarım saat birlikte susup kalmak tuhaf görünür; ama bazılarının işine gelsin diye konuşma öyle ayarlanmalıdır ki mümkün olduğunca az konuşabilsinler."

"Şu an kendi duygularınızı mı ifade ediyorsunuz, yoksa benimkilere cevap verdiğinizi mi düşünüyorsunuz?"

"İkisi de," diye cevap verdi Elizabeth hınzırca; "düşünme şekillerimiz arasında her zaman büyük bir benzerlik görmüşümdür. İkimiz de asosyal, inatçı yapıdayız, konuşmayı sevmiyoruz, tabii eğer bütün odayı büyüleyecek, atasözü ihtişamıyla gelecek nesillere aktarılacak bir şey söylemeyi ummuyorsak."

"Bu sizin karakterinize hiç de benzemeyen bir resim," dedi Mr. Darcy. "Benimkine ne kadar yakın, onu da söyleyemem. Ama besbelli siz aslına uygun bir portre olduğunu düşünüyorsunuz."

"Kendi becerime karar vermek bana düşmez."

Mr. Darcy cevap vermedi ve dansı bitirinceye kadar bir daha konuşmadılar; sonra Mr. Darcy kız kardeşleriyle Meryton'a sık yürüyüp yürümediklerini sordu. Elizabeth evet dedi ve kışkırtıya dayanamayıp ekledi: "Geçen gün bize orada rastladığınız zaman tam da yeni bir arkadaş ediniyorduk."

Sözlerin etkisi bir anda görüldü. Yüzüne daha koyu bir kibir gölgesi yayıldı, ama tek kelime etmedi; Elizabeth zayıflığı için kendini suçlasa da konuya devam edemedi. Sonunda Mr. Darcy konuştu ve gergin bir tarzda, "Mr. Wickham'ın öyle sevimli tavırları vardır ki çabucak arkadaş edinir... ama arkadaşlarını elinde tutabilir mi emin değilim."

"Sizin arkadaşlığınızı kaybetmesi büyük şanssızlık olmuş," diye cevapladı Elizabeth üstüne basa basa, "hem de hayat boyu acısını çekecek şekilde."

Darcy cevap vermedi; konuyu değiştirmek ister gibiydi. O an Sir William Lucas yakınlarında beliriverdi; pistin ortasından odanın karşı tarafına geçmek niyetindeydi, ama Mr. Darcy'yi fark edince üstün bir nezaketle eğilerek durup dansı ve eşi için ona iltifat etti.

"Gerçekten çok etkilendim sayın beyefendi. Böyle üstün bir dans sık görülmez. Ön saflara ait olduğunuz belli. Fakat şunu söylememe izin verin, güzel eşiniz sizden aşağı kalmıyor; bu zevkin sık sık tekrarını umuyorum sevgili Miss Eliza, (ablasıyla Bingley'ye doğru göz atarak) bilhassa o mutlu gün gelince. Siz asıl tebriği o zaman görün! Mr. Darcy'den istirhamımdır... ama sizi tutmayayım beyefendi... Sizi bu genç bayanın sohbetinden mahrum bırakırsam bana teşekkür etmezsiniz, zaten onun parlak gözleri de beni azarlıyor."

Darcy bu sözlerin ikinci yarısını doğru dürüst duymadı, ama Sir William'ın arkadaşıyla ilgili iması onu çarpmış gibiydi; çok ciddi bir ifadeyle gözlerini birlikte dans eden Bingley'yle Jane'e çevirdi. Yine de çabuk toparlandı ve eşine dönüp şöyle dedi: "Sir William araya girince neden bahsettiğimizi unuttum."

"Konuştuğumuzu sanmıyorum. Sir William araya girmek için daha az konuşan iki kişi bulamazdı. Zaten iki üç konu denedik, olmadı; şimdi neden bahsedeceğiz, bilmiyorum."

"Kitaplar hakkında ne düşünüyorsunuz?" dedi gülümseyerek.

"Kitaplar... Yo! Hayır... Aynı kitapları okumadığımıza eminim, aynı duygularla okumadığımıza da eminim."

"Böyle düşünmenize üzüldüm; ama hal böyleyse, en azından konu sıkıntısı olmaz... Farklı görüşlerimizi karşılaştırabiliriz."

"Hayır... Bir balo salonunda kitaplardan bahsedemem; aklım her zaman başka şeylerle dolu olur."

"Şu andaki sizi hep öyle sahnelerle meşgul ediyor... değil mi?" dedi Darcy kuşkulu bir bakışla.

"Evet, her zaman," diye cevap verdi Elizabeth ne dediğini bilmeden; düşünceleri konudan uzaklaşmıştı; zaten az sonra aniden konuşunca belli oldu: "Bir keresinde şöyle dediğinizi hatırlıyorum Mr. Darcy; kolay kolay affetmediğinizi, bir kez darılmayagörün, kininizin geçmek bilmediğini söylemiştiniz. Darıltılmamak için çok tedbirli davranıyorsunuz sanırım."

"Öyle," dedi Darcy tok bir sesle.

"Peki önyargının sizi kör etmesine izin verdiğiniz olmaz mı?"

"Umarım olmaz."

"Görüşlerini hiç değiştirmeyenlerin ilk başta doğru yargıya varmaları bilhassa zorunludur."

"Bu soruların nereye varacağını sorabilir miyim?"

"Sadece karakterinizi ortaya çıkarmaya," dedi Elizabeth üzerindeki ağırlığı atmaya çalışarak. "Anlamaya çalışıyorum."

"Anlayabildiniz mi bari?"

Elizabeth başını salladı, "Hiçbir ilerleme sağlayamadım. Sizinle ilgili öyle farklı şeyler duyuyorum ki son derece kafamı karıştırıyor."

"Buna inanırım," diye cevap verdi Darcy ciddiyetle, "benimle ilgili raporlar çok değişik olabilir; keşke, Miss Bennet, şu an karakterimi çizmeye çalışmasanız, çünkü çabanızın iki tarafa da hakkını vermeyeceğinden korkmak için sebeplerim var."

"Ama sizinle ilgili şimdi bir fikir edinmezsem bir daha fırsatım olmayabilir."

"Zevkinizi bozmayayım o zaman," diye cevapladı Darcy. Elizabeth başka bir şey söylemedi; diğer dansı da bitirdiler ve sessizlik içinde ayrıldılar; iki taraf da tatmin olmamıştı, eşit derecede değilse de; çünkü Darcy'nin göğsünde ona karşı oldukça güçlü bir duygu vardı ve onu çabucak affedip tüm öfkesini bir başkasına yöneltmesini sağladı.

Ayrılalı çok olmamıştı ki Miss Bingley Elizabeth'e doğru geldi ve yüzünde ölçülü bir küçümseme ifadesiyle onu şöyle taciz etti... "Duyduğuma göre, Miss Eliza, George Wickham'ı pek beğenmişsiniz! Ablanız bana ondan bahsetti, bin tane soru sordu durdu; anladım ki o genç adam size bazı şeyleri anlatmayı unutmuş, mesela ihtiyar Wickham'ın oğlu olduğunu, yani merhum Mr. Darcy'nin vekilharcı. Mamafih size bir dost olarak tavsiyem, onun her dediğine hemen inanmayınız; Mr. Darcy'nin ona kötülük yapmış olmasına gelince, yalanın dik âlâsı; tam tersine, ona karşı her zaman çok iyi davranmıştır, hem de George Wickham ona yapmadığını bırakmadığı halde. Ayrıntıları bilmem, ama Mr. Darcy'nin zerre kadar suçu olmadığını, George Wickham'ın adını duymaya bile dayanamadığını iyi biliyorum; ayrıca kardeşim subayları davet ederken onu atlayamayacağını düşünüyordu ama yoldan çekildiğini görünce de çok memnun oldu. Taşraya gelişi bile büyük bir küstahlık gerçekten;

nasıl cesaret edebildi şaşıyorum doğrusu. Gözdenizin suçu-
nu bu şekilde öğrendiğiniz için size acıyorum Miss Eliza;
ama cidden, adamın düşüşünü göz önüne alırsanız, daha
iyisi beklenemezdi."

"Suçu da düşüşü de sizin hikâyenizle aynı görünüyor,"
dedi Elizabeth kızgınca; "çünkü onu Mr. Darcy'nin vekil-
harcının oğlu olmaktan daha kötü bir şeyle suçladığınızı
duymadım ve emin olun, o kadarını bana kendisi de söy-
lemişti."

"Afedersiniz," diye cevap verdi Miss Bingley burun kıvı-
rıp uzaklaşırken. "Müdahalemi mazur görün; iyilik olsun
diye söyledim."

"Küstah şey!" dedi Elizabeth kendi kendine. "Böyle
zavallı saldırılarla beni etkileyeceğini sanıyorsan çok yanı-
lıyorsun. Bunda senin maksatlı cahilliğin ve Mr. Darcy'nin
kötülüğünden başka bir şey görmüyorum." Sonra ablasını
aradı; Jane aynı konuda Bingley'yi yoklamaya girişmişti.
Onu öyle tatlı bir mutluluk gülümsemesi, öyle keyif dolu bir
ışıltıyla karşıladı ki o akşam olanlardan ne kadar memnun
olduğunu yeterince anlatıyordu. Elizabeth onun duygularını
o an anladı ve o an Wickham'la olan dayanışması, Wick-
ham'ın düşmanlarına olan öfkesi ve başka her şey Jane'in
mutluluğa giden en güzel yolda olduğu umudu karşısında
silindi gitti.

"Söyler misin," dedi ablasınınkinden hiç de daha az
gülümsemeyen bir yüzle, "Mr. Wickham hakkında ne
öğrendin? Ama belki bir üçüncü kişiyi düşünemeyecek
kadar mutlu şeylerle meşguldün; öyleyse özür dilerim."

"Hayır," dedi Jane, "onu unutmadım; ama sana söy-
leyecek doğru dürüst bir şey yok. Mr. Bingley hikâyenin
tamamını bilmiyor; Mr. Darcy'yi aslen neyin kızdırdığın-
dan da haberi yok; ama arkadaşının ahlaklı davranışına,
namusuna ve dürüstlüğüne kefil; ayrıca Mr. Wickham'ın
Mr. Darcy'den hak ettiğinden daha iyi muamele gördüğü-

ne emin; üzülerek söylüyorum ki ondan ve kız kardeşinden duyduğum kadarıyla Mr. Wickham pek muteber bir delikanlı değil. Korkarım fazla başıbozuk davranmış ve Mr. Darcy'nin güvenini kaybetmeyi hak etmiş."

"Mr. Bingley Mr. Wickham'ı şahsen tanımıyor mu?"

"Hayır; geçen sabah Meryton'dan önce hiç görmemiş."

"O zaman bildikleri Mr. Darcy'den öğrendiği şeyler. Gayet tatmin oldum. Peki kilise hakkında ne diyor?"

"Mr. Darcy'den birkaç kez dinlemiş ama olanları pek hatırlamıyor, ama kilisenin ona sadece şartlı bırakıldığına inanıyor."

"Mr. Bingley'nin samimiyetinden kuşkum yok," dedi Elizabeth sıcak bir sesle, "ama sadece telkinlerle ikna olmamı bekleme. Mr. Bingley'nin arkadaşını savunması gayet normal; ama hikâyenin her yönünü bilmediği, diğer yönlerini de arkadaşının kendisinden öğrendiği için her iki bey hakkında da eskisi gibi düşünmeye devam edeceğimi sanıyorum."

Sonra ikisinin de daha hoşuna gidecek, fikir ayrılığına düşmeyecekleri bir konuya geçti. Jane'in Bingley'nin niyeti konusunda beslediği mutlu ama alçakgönüllü umutları zevkle dinledi ve Jane'in cesaretini artırmak için söyleyebileceği her şeyi söyledi. Mr. Bingley yanlarına gelince Elizabeth çekilip Miss Lucas'ın yanına gitti; Miss Lucas'ın son eşinden hoşlanıp hoşlanmadığı sorusuna cevap vermesine kalmadan Mr. Collins yanlarına gelip kendinden geçmiş bir halde az önce çok önemli bir keşif yaptığını söyledi.

"Kazaen öğrendim ki," dedi, "şu an odada patronumun bir yakın akrabası var. Beyefendinin bu evin sahibesi genç hanıma kuzeni Miss de Bourgh ve annesi Lady Catherine'in isimlerini bizzat söylediğine kulak misafiri oluverdim. Ne harika şeyler oluyor hayatta! Bu toplulukta Lady Catherine de Bourgh'un belki de bir yeğeniyle tanışacağım kimin aklına gelirdi! Bunu vaktinde öğrendiğim için minnettarım, gidip saygılarımı sunabileceğim şimdi; umarım daha önce gitmemiş olmamı mazur görür. Özrüm akrabalıktan haber-siz olmam."

"Kendinizi Mr. Darcy'ye tanıtmayacaksınız!"

"Tabii tanıtacağım. Daha önce tanıtmadığım için de özür dileyeceğim. Lady Catherine'in yeğeni olduğuna inanı-yorum. Ona dün geceye kadar Lady hazretlerinin sıhhatte ve afiyette olduğunu söyleyeceğim."

Elizabeth onu plandan vazgeçirmeye çok çalıştı, Mr. Darcy'nin tanıtılmadan onunla konuşmasını teyzesine yapılmış bir iltifattan çok küstahça bir serbestlik sayacağı-nı, iki tarafın da böyle bir iletişime ihtiyaç duymadıklarını, duysalar bile tanışıklığı başlatma hakkının mevkice üstün olan Mr. Darcy'ye ait olduğunu söyledi. Mr. Collins kararlı bir bildiğini okuma havasıyla dinledi onu ve sözlerini bitir-diği zaman, şöyle cevap verdi... "Sevgili Miss Elizabeth, anlayışınız dâhilindeki tüm meselelerde muazzam yargı-larınıza büyük saygı duyarım; ama söylememe izin verin, dünya adamları arasında yerleşik davranış kurallarıyla din adamlarını idare eden kurallar arasında büyük fark vardır; izin verin, şunu da ifade edeyim ki dini makamı krallıktaki en yüksek mevkiyle eşit ulvilikte görürüm... tabii müteva-zı davranışları muhafaza etmek kaydıyla. Dolayısıyla bu durumda vicdanımın yap dediğini yapmama izin verin; vicdanım da beni bir vazife olarak gördüğüm şeyi yapmaya itiyor. Tavsiyenizden yararlanmayı ihmal ettiğim için beni affedin; başka her mevzuda tavsiyeniz rehberim olacaktır, ama önümüzdeki meselede neyin doğru olduğuna karar verme konusunda eğitim ve meşgale gereği kendimi sizin gibi bir genç hanımdan daha ehliyetli görüyorum." Ve hafifçe selam verip Mr. Darcy'ye saldırmak üzere yanın-dan ayrıldı; Elizabeth merakla Mr. Darcy'nin onu karşı-lamasını seyretti: Öyle yaklaşılmaya şaşırdığı çok açıktı. Kuzeni konuşmasına hafif bir selamla giriş yaptı: Elizabeth tek kelimesini duyamadığı halde her şeyi duyuyormuş gibi hissetti kendini; dudaklarının hareketinde "özür," "Hunsford," ve "Lady Catherine de Bourgh" kelimelerini gördü. Kendini öyle bir adama rezil etmesi canını sıktı. Mr. Darcy ona sınırsız bir şaşkınlıkla bakıyordu; sonunda Mr. Collins konuşmasına izin verdiği zaman onu uzak bir kibarlık havasıyla cevapladı. Yine de Mr. Collins'in tekrar konuşma cesareti kırılmadı; ikinci konuşmanın uzunluğu Mr. Darcy'nin küçümsemesini iyice artırdı ve sonunda sadece hafif bir selam verip diğer yana doğru uzaklaştı. Mr. Collins Elizabeth'e döndü.

"Sizi temin ederim," dedi, "karşılanma şeklimden hiçbir şikâyetim yok. Mr. Darcy gösterdiğim alakadan çok memnun kalmış gibiydi. Son derece nazik cevaplar verdi ve hatta şöyle bir iltifat bile etti, dedi ki Lady Catherine'in kararlarına öyle güvenirmiş ki liyakatsiz birine asla iyilik yapmayacağını bilirmiş. Çok güzel bir düşünceydi gerçekten. Netice itibariyle, kendisinden çok memnun kaldım."

Elizabeth kovalayacak kendi işi kalmayınca hemen tüm dikkatini ablasıyla Mr. Bingley'ye çevirdi; gözlemlerinden çıkan düşünceler dizisi onu da neredeyse Jane kadar mutlu etti. Jane'i gerçek bir aşk evliliğinin verebileceği tüm mutluluk içinde o aynı eve yerleşmiş hayal etti ve o şartlarda Bingley'nin iki kız kardeşini bile sevmeye çalışabileceğini hissetti. Annesinin düşüncelerinin de aynı yönde olduğunu açıkça görebiliyordu ve çok şey işitebileceği korkusuyla yanına yaklaşmamaya karar verdi. Yemeğe oturdukları zaman kötü bir talihsizlik sonucu onun yanına düştüğünü gördü; hele annesinin diğer yanındaki Lady Lucas'la serbestçe, açıkça konuştuğunu ve Jane'in yakında Mr. Bingley'yle evleneceğini umduğundan bahsedip durduğunu görünce iyiden iyiye canı sıkıldı... Heyecanlı bir konuydu bu ve Mrs. Bennet o beraberliğin avantajlarını sayarken yorulmak bilmez görünüyordu. Adamın öyle cazip, öyle zengin, onlardan sadece üç mil uzakta yaşayan bir delikanlı olması en önemli sevinç unsurlarıydı; sonra iki kız kardeşin Jane'e ne kadar düşkün olduklarını, birleşmeyi onun kadar onların da istediklerini görmek büyük rahatlıktı. Dahası, küçük kardeşleri için de gelecek vaat eden bir şeydi bu, çünkü Jane'in böyle büyük bir evlilik yapması onların da zengin adamlar bulma konusunda önlerini açacaktı ve nihayet, o yaşında, bekâr kızlarını ablalarının himayesine verebildiğini, canı istemediği zaman insan içine çıkmak zorunda kalmayacağını bilmek mutluluk vericiydi. Bu durumu zevk vesilesine dönüştürmek gerekirdi çünkü görgü kuralları bunu gerektirirdi; ama hiç kimse hayatının herhangi bir döneminde evde oturmaktan Mrs. Bennet'dan daha az hoşlanamazdı. Lady Lucas'ın da onun kadar şanslı olması dilekleriyle bitirdi sözlerini, bunun mümkün olmadığına açıkça ve keyifle inansa da.

Elizabeth annesinin sözlerinin hızını kontrol etmek, onu mutluluğunu daha az işitilir bir fısıltı halinde anlatmaya ikna etmek için boşuna çabaladı; son derece canı sıkılarak görüyordu ki annesinin sözlerinin büyük bölümü karşısında oturan Mr. Darcy'nin kulağına gidiyordu. Annesi saçmalıyorsun diye onu azarlamakla yetindi.

"Mr. Darcy'den bana ne, Tanrı aşkına, niye korkayım ondan? Eminim ona karşı duymaktan hazzetmeyeceği şeyler söylememek gibi bir nezaket borcumuz yok."

"Yalvarırım anne, alçak sesle konuş. Mr. Darcy'yi gücendirmek sana ne kazandırabilir?.. Böyle yaparak arkadaşına senden övgüyle söz etmesini sağlayamazsın."

Ne dediyse işe yaramadı. Annesi aynı işitilir tonda düşüncelerini söylemeye devam etti. Elizabeth utanç ve sıkıntı içinde tekrar tekrar kızardı. Sık sık Mr. Darcy'ye göz atmadan duramadı ve her seferinde korktuğunun başına geldiğini anladı; Mr. Darcy her zaman annesine bakıyor değildiyse de Elizabeth dikkatinin durmaksızın annesi üzerinde sabitlendiğini hissediyordu. Yüzünün ifadesi yavaş

yavaş küstah bir küçümsemeden sakin ve sürekli bir ciddi-
yete doğru değişti.

Nihayet Mrs. Bennet'ın anlatacak bir şeyi kalmadı; pay-
laşmayı mümkün görmediği hazları tekrar tekrar duymak-
tan esnemeye başlamış olan Lady Lucas soğuk jambon ve
tavuğun tadıyla baş başa kaldı. Elizabeth o zaman kendine
gelmeye başladı. Gelgelelim, sessizlik molası uzun sürmedi;
yemek bitince şarkı söylemekten bahsedildi ve Mary'nin pek
az bir ısrardan sonra ricalara cevap vermeye hazırlandığını
gördü. Anlamlı bakışlar ve sessiz ricalarla böyle bir densiz-
lik yapmasını önlemeye çalıştı... ama boşuna; Mary bunları
anlamadı; kendini gösterme fırsatı hoşuna gitmişti; şarkısına
başladı. Elizabeth'in gözleri ıstırap içinde ona dikildi, bir-
kaç dörtlük ilerlemesini sabırsızlıkla seyretti ama dörtlükler
biterken sabrettiğine değmediğini gördü, çünkü Mary masa-
nın teşekkürleri arasında bir şarkı daha istendiği işaretini alır
gibi olunca yarım dakikalık bir duraksamadan sonra yeni
bir şarkıya başladı. Mary'nin yetenekleri böyle bir gösteriye
uygun değildi; sesi zayıf, tavırları özentiliydi... Elizabeth acı
içindeydi. Jane'e baktı nasıl dayandığını görmek için; ama
Jane gayet kendi halinde Bingley'yle konuşuyordu. İki kız
kardeşine baktı, birbirlerine küçümseme işaretleri yaptıkla-
rını gördü; Darcy'ye baktı, ama o anlaşılmaz derecede ciddi
görüntüsünü koruyordu. Müdahale etsin de Mary bütün
gece şarkı söylemesin diye babasına baktı. Babası işareti aldı
ve Mary ikinci şarkısını bitirince yüksek sesle şöyle dedi:
"Harika söyledin evladım. Hepimizi yeterince mutlu ettin.
Biraz da başka genç hanımlar kendilerini göstersinler."

Mary duymamış gibi yapsa da biraz bozuldu; onun için
ve babasının yaptığı konuşma için üzgün olan Elizabeth,
endişelenmesinin hiçbir fayda sağlamayacağından korku-
yordu. Ardından grubun diğer üyelerine başvuruldu.

"Eğer ben şarkı söyleyebilecek kadar talihli olsaydım,"
dedi Mr. Collins, "bu meclisi türküyle eğlendirmekten

büyük zevk alırdım; müziği çok masum bir meşgale olarak görürüm, din adamlığı mesleğiyle de kusursuz uyum içindedir... Mamafih, müziğe çok fazla zaman ayıralım demiyorum, çünkü ilgilenilmesi gereken başka şeyler de var. Bir köy rahibinin çok işe koşturması gerekir... Bir kere, kendisine faydalı olacak ve patronunu rahatsız etmeyecek bir katkı toplama anlaşması yapmalı. Kendi vaazlarını yazmalı; kalan zaman kilise vazifelerine ve evinin barkının bakım ve onarımına ancak yeter, ki evini de mümkün mertebe konforlu hale getirmemesi hoş görülemez. Ayrıca şunu da gayet önemli görürüm ki herkese karşı dikkatli ve uzlaşmacı tavırları olmalıdır, hele hele tayinini borçlu olduğu kişilere karşı. Onu bu vazifeden azat edemem; hatta şöyle söyleyeyim, aileyle bağlantılı herkese karşı saygısını gösterecek bir fırsatı es geçmesine iyi gözle bakmam." Ve Mr. Darcy'ye selam vererek konuşmasını bitirdi; öyle yüksek sesle konuşmuştu ki odanın yarısı onu duymuştu... Birçok kişi dik dik baktı... birçok kişi gülümsedi; ama kimse Mr. Bennet'dan daha çok eğlenmiş görünmüyordu; o sırada karısı öyle anlamlı bir konuşma yaptığı için ciddi ciddi Mr. Collins'i övmekle meşguldü: Yarı fısıltı halinde Lady Lucas'a oldukça zeki, iyi yetişmiş bir delikanlı olduğunu söylüyordu.

Bütün ailesi akşam boyunca kendilerini rezil etmek için anlaşmış gibi geldi Elizabeth'e; rollerini daha içtenlikle, daha büyük bir başarıyla oynayamazlardı; rezaletin bir kısmını gözden kaçırdığı için Bingley ve ablası adına sevindi; neyse ki Bingley'nin hisleri tanık olmuş olması gereken ahmaklıktan etkilenecek türden değildi. Gelgelelim, iki kız kardeşiyle Mr. Darcy'nin akrabalarıyla alay etme fırsatı bulmaları yeterince kötüydü ve Elizabeth Mr. Darcy'nin sessiz küçümsemesinin mi yoksa iki hanımın küstah gülümsemelerinin mi daha dayanılmaz olduğuna karar veremedi.

Akşamın geri kalanı pek az eğlence getirdi. İnatla yanında dikilen Mr. Collins'ten bunaldı; adam onu tekrar dansa razı edemediyse de başkalarıyla dans etmesine de imkân vermedi. Elizabeth onu başından savmak için boşuna çabaladı; onu odadaki genç kızlardan biriyle tanıştırmayı bile teklif etti. Adam dans konusunun zerrece umurunda olmadığını, esas amacının narin bir ilgi göstererek onun beğenisini kazanmak olduğunu, dolayısıyla bütün akşam onun yanında kalmakta ısrar etmesi gerektiğini söyledi. Böyle bir projenin tartışılır yanı yoktu. Arkadaşı Miss Lucas sık sık yanlarına gelip Mr. Collins'in konuşmasını dinleme işini uysalca devraldı da Elizabeth o sayede biraz olsun rahat etti.

Hiç olmazsa Mr. Darcy'nin verebileceği can sıkıntısına katlanmak zorunda kalmadı; sık sık onun çok yakınında ve kendi başına duruyor olsa da konuşacak kadar yakınına hiç gelmedi. Elizabeth bunun Mr. Wickham'la ilgili imalarının sonucu olabileceğini hissetti ve memnun oldu.

Longbourn grubu oradan son ayrılanlar oldu; Mrs. Bennet'ın manevrasıyla, herkes gittikten sonra on beş dakika daha arabalarını beklemek zorunda kaldılar, bu da onlara ailenin bazı üyelerince gitmelerinin ne kadar yürekten istendiğini görme fırsatı verdi. Mrs. Hurst ve kız kardeşi yorgunluktan yakınmak dışında hemen hiç ağızlarını açmadılar; belli ki ev artık kendilerine kalsın istiyorlardı. Mrs. Bennet'ın her konuşma girişimini geri püskürttüler ve böyle yaparak bütün grubun üstünde sert bir sessizlik yarattılar; Mr. Bingley'yle kız kardeşlerine düzenledikleri eğlencenin zarafeti ve konuklarına davranışlarının nişanesi olan konukseverlik ve nezaket için iltifat edip duran Mr. Collins'in uzun nutukları da gruba renk katmayı başaramamıştı. Darcy hiçbir şey söylemedi. Aynı sessizlik içindeki Mr. Bennet sahnenin keyfini çıkarıyordu. Mr. Bingley'yle Jane diğerlerinden az ötede, birlikte duruyorlar, sadece birbirleriyle konuşuyorlardı. Elizabeth de Mrs. Hurst ya da Miss Bingley'yle aynı istikrarlı sessizliğini korudu; Lydia bile arada bir şiddetli bir esneme eşliğinde "Tanrım, ne kadar yoruldum!" demek dışında bir şey söyleyemeyecek kadar bitkindi.

Sonunda kalktıkları zaman Mrs. Bennet en medeni haliyle tüm aileyi en kısa zamanda Longbourn'da görme umudunu belirtti ve özel olarak Mr. Bingley'ye hitap ederek aralarında resmiyete yer olmadığını, öyle davet filan beklemeden aile yemeğine gelirlerse onları ne kadar mutlu edeceklerini söyledi. Bingley pek memnun oldu ve ertesi gün kısa süreliğine gitmek zorunda olduğu Londra'dan döner dönmez ziyaretlerine gelmeye söz verdi.

Mrs. Bennet gayet tatmin olmuştu; gerekli hazırlıklar, yeni arabalar ve düğün kıyafetleri için biraz zaman verse, demek ki üç dört ay içinde kızını Netherfield'e yerleşmiş göreceği kesindi; evden bu keyif içinde çıktı. Bir diğer kızının Mr. Collins'le evleneceğini de aynı inançla ve aynı değilse de hatırı sayılır keyifle düşündü. Çocukları içinde en az Elizabeth'e düşkündü; adam da evlilik de Elizabeth'e göre gayet iyi sayılırdı, ama tabii Mr. Bingley ve Netherfield onlardan çok daha değerliydi.

Bölüm XIX

Ertesi gün Longbourn'da yeni bir sahne açtı. Mr. Collins teklifini resmen yaptı. İzni sadece ertesi cumartesiye kadar olduğu için zaman kaybetmemeye kararlıydı; o anda meseleyi kendisi için gerginliğe dönüştürecek bir utangaçlık da duymadığından, işin olağan parçası saydığı tüm kurallara uyarak gayet derli toplu bir tarzda işe koyuldu. Mrs. Bennet, Elizabeth ve küçük kızlardan birini kahvaltıdan hemen sonra birlikte bulunca şu sözlerle anneye seslendi: "Sayın madam, bu sabah güzel kızınız Elizabeth'le özel bir görüşme yapma şerefini rica edersem, onayınızı almayı umabilir miyim?"

Elizabeth, şaşkınlıktan yüzü kızarmış, bir şey söylemeye fırsat bulamadan Mrs. Bennet hemen cevap verdi, "Aman Tanrım!.. Evet... elbette. Eminim Lizzy çok mutlu olacak... Eminim itiraz etmez. Gel Kitty, bana üst katta lazımsın." Elindeki işi toparlayıp acelcyle uzaklaşırken Elizabeth arkasından seslendi:

"Anne, gitme. Yalvarırım gitme. Mr. Collins beni mazur görmeli. Bana kimsenin işitmemesi gereken bir şey söyleyecek olamaz. Ben kendim gidiyorum."

"Hayır, hayır, saçmalama Lizzy. Lütfen olduğun yerde kal." Ve Elizabeth'in gerçekten de sıkıntılı ve tedirgin yüzüyle kaçmak üzere olduğunu anlayınca ekledi: "Lizzy, oturup Mr. Collins'i dinlemende ısrar ediyorum."

Elizabeth böyle bir zorlamaya karşı koyamazdı... bir an düşünüp en akıllıcasının bu işi çabucak, sessizce atlatmak olduğuna karar verdi ve tekrar oturdu; sıkıntı ve sabretme arasında bölünen duygularını elindeki işle saklamaya çalıştı. Mrs. Bennet'la Kitty dışarı çıktılar; onlar gider gitmez Mr. Collins konuşmaya başladı.

"İnanın bana sevgili Elizabeth, mütevazılığınız size zarar vermenin aksine mükemmelliğinize mükemmellik katıyor. Bu küçük isteksizlik olmasa gözlerimde daha az hayranlık verici olurdunuz; ama sizi temin etmeme izin verin, bu konuşma için muhterem validenizin iznini aldım. Sözlerimin amacından kuşku duyamazsınız, ama doğal narinliğiniz aklınızın karışmasına yol açabilir; gösterdiğim ilgi görmezden gelinmeyecek kadar belirgindi. Daha eve girer girmez sizi gelecekteki hayat arkadaşım olarak seçtim. Ama konuyla ilgili duygularım aklımı başımdan almadan önce evlenme nedenlerimi belirtmem yerinde olabilir... hatta bir eş seçme niyetiyle Hertfordshire'e geliş nedenimi."

Ağırbaşlı duruşuna bakıp Mr. Collins'in duygularının aklını başından alabileceği düşüncesi Elizabeth'i az kalsın güldürüyordu; o yüzden o anki kısa boşluğu adamın daha ileri gitmesini önlemek için kullanamadı; Mr. Collins devam etti:

"Evlenme sebeplerim şunlar; önce, rahat şartları olan bir din adamının (benim gibi) köyünde bir evlilik örneği teşkil etmesinin doğru bir şey olduğunu düşünüyorum; ikincisi, mutluluğumun çok daha artacağına inanıyorum; üçüncüsü... ki belki bunu daha önce söylemem gerekirdi, bu, hamim demek şerefine eriştiğim o soylu hanımın özel tembihi ve tavsiyesidir. Bana bu konudaki görüşünü iki kez (hem de sorulmadan) bağışladı; daha ben Hunsford'dan ayrılmazdan önceki cumartesi gecesiydi... quadrille arasında Mrs. Jenkinson Miss de Bourgh'un pufunu ayarlıyordu, o sırada dedi ki, 'Mr. Collins, evlenmelisiniz. Sizin gibi bir din adamı evlenmeli... Uygun bir seçim yapın, bir hanım kız seçin hatırım için; kendi hatırınız için de hareketli, faydalı bir kişi olsun, fazla şımartılmamış, ama ufak bir geliri idare edebilecek biri. Tavsiyem budur. Bir an önce böyle bir kadın bulun, Hunsford'a getirin, ziyaret edeyim.' Bu arada, güzel kuzenim, Lady Catherine de Bourgh'un ilgi ve nezaketini size sunabileceğim ayrıcalıkların en önemsizi saymadığımı belirtmeme izin verin. Kendisinin davranışlarının tarif edebileceğim her şeyin ötesinde olduğunu göreceksiniz; sizin zekânız ve canlılığınız sanırım onun için kabul edilebilir olacaktır, hele de onun mevkiinin uyandıracağı huşu ile ayar edilince. Evliliği düşünme niyetim için bu kadar açıklama yeter; geriye düşüncelerimin neden beni kendi muhitim yerine Longbourn'a yönelttiğini anlatmak kaldı; kendi muhitimde de inanın birçok güzel genç kadın var. Ama gerçek şu ki, sayın babanızın ölümünden sonra (hani, Tanrı uzun ömür versin) bu mülk bana kalacak ya, o zaman uğrayacakları kaybı azaltmak için kızlarından birini eş seçmesem içim rahat etmeyecekti, ki tekrar söylüyorum, Tanrı gecinden versin. Sebebim bu oldu güzel kuzenim; inanıyorum ki bu beni sizin gözünüzde düşürmeyecek. Şimdi geriye sadece sizi en renkli lisanla duygularımın şiddetine ikna etmek kalıyor. Çeyiz diye bir derdim yok; babanızdan o türlü bir talepte bulunmayacağım, çünkü farkındayım, karşılanması mümkün değil; anneniz ölene kadar size intikal etmeyecek olan şu yüzde dört faizli bin poundluk tahvil, bir tek buna hakkınız olabilir. Bu konuda tek kelime etmeyeceğim ve emin olun, evlendiğimiz zaman da ağzımdan asla cibilliyetsiz bir serzeniş çıkmayacak."

Artık onu durdurmak şarttı.

"Çok acele ediyorsunuz," diye haykırdı Elizabeth. "Cevap vermediğimi unutuyorsunuz. Zaman kaybetmeden vereyim. İltifatınız için teşekkürlerimi kabul edin. Teklifinizin dürüstlüğünü takdir ediyorum, ama hayır demekten başka yapabileceğim bir şey yok."

"Hemen öğrenmek istemiyorum," diye cevap verdi Mr. Collins, elini resmi bir biçimde sallayarak, "genç hanımların, içlerinden kabul ettikleri bir adamın teklifini ilk başta reddetmeleri normaldir; bazen ikinci, hatta üçüncü seferinde bile red cevabı gelebilir. O yüzden sözleriniz asla cesaretimi kırmıyor; sizi çok geçmeden rahibin huzuruna çıkaracağımı umuyorum."

"İnanın beyefendi," diye haykırdı Elizabeth, "açıklamamdan sonra hâlâ umudunuz olması çok tuhaf. Sizi temin ederim ikinci kez teklif almayı bekleyerek mutluluğunu riske atacak kızlardan değilim (tabii eğer böyle kızlar varsa). Hayır cevabında son derece ciddiyim. Siz beni mutlu edemezsiniz, ben de dünyada sizi mutlu edebilecek son kadın olduğuma eminim. Hem arkadaşınız Lady Catherine beni tanısaydı, biliyorum ki beni her bakımdan yetersiz bulurdu."

"Lady Catherine'in öyle düşüneceği kesin olsa bile," dedi Mr. Collins ciddiyetle... "size itiraz edeceğini sanmıyorum. Emin olabilirsiniz ki onu tekrar görme şerefine eriştiğim zaman mütevazılığınızdan, mazbutluğunuzdan ve diğer müspet özelliklerinizden sitayişle bahsedeceğim."

"İnanın Mr. Collins, beni methetmeniz gerekli olmayacak. Bırakın da kendimi değerlendirme işini ben yapayım; bir de nezaket gösterip dediğime inanın lütfen. Size mutluluk ve zenginlik diliyorum ve teklifinizi reddetmekle başka türlü olmanızı önlemek için elimden geleni yapmış bulunuyorum. Bana teklifte bulunarak aileme ilişkin nazik duygularınızı tatmin etmiş olmalısınız; Longbourn mülkünü serbest kaldığı zaman hiçbir vicdan azabı duymadan alabilirsiniz. Dolayısıyla bu mesele kapanmış kabul edilmelidir." Bunları söylerken ayağa kalktı, odadan çıkıyordu ki Mr. Collins yine bir şeyler söyledi:

"Konuyu sizinle gelecek sefer konuşma şerefine eriştiğimde bana şimdi verdiğinizden daha olumlu bir cevap vermenizi umut edeceğim; şu an sizi zalimlikle suçlayacak değilim, çünkü biliyorum, kadınların erkekleri ilk başvuruda reddetmesi âdettendir; belki şimdi bile beni cesaretlendirecek yeterince şey söylemişsinizdir dişi karakterinin hakiki inceliği içinde."

"Doğrusu Mr. Collins," diye haykırdı Elizabeth kızmaya başlayarak, "beni son derece şaşırtıyorsunuz. Şimdiye kadar söylediklerim size vaat gibi geliyorsa, başka türlü nasıl hayır denir de sizi inandırır bilmiyorum."

"Kendime paye vermeme müsaade edin sevgili kuzenim; teklifimi reddetmeniz sadece sözde. Buna inanma nedenlerim de kısaca şunlar... Bana hiç size layık değilmişim gibi gelmiyor, sonra teklif ettiğim hayat gayet cazip. Hayattaki pozisyonum, De Bourgh ailesiyle olan bağlantılarım, sizinle olan akrabalığım, hepsi benim lehime olan durumlar; daha etraflı düşünürseniz, birçok cazibeniz olmasına rağmen, şimdiye kadar başka evlilik teklifi almadığınız anlaşılıyor. Geliriniz maalesef o kadar küçük ki mutlaka güzelliğinizin ve sevimli özelliklerinizin etkisini yok ediyor. Dolayısıyla beni reddederken ciddi olmadığınız sonucuna varıyorum; reddetme sebebiniz olarak da kibar hanımların âdeti olduğu üzere, beni bekleterek aşkımı artırmak istemenizi görüyorum."

"Şuna inanın ki beyefendi, hiç öyle saygın bir adama işkence etmek gibi kibarlıklarım yoktur. Samimi olduğuma inanılması beni daha çok memnun eder. Teklifinizle bana verdiğiniz gurur için tekrar tekrar teşekkür ederim, ama teklifinizi kabul etmem imkânsız. Duygularım bunu her bakımdan yasaklıyor. Daha açık söyleyebilir miyim? Artık beni sizi oyalamaya kalkan kibar bir kadın olarak değil, kalbindeki gerçeği söyleyen aklı başında bir insan olarak düşünün."

"Son derece büyüleyicisiniz!" diye haykırdı Mr. Collins sakar bir çapkınlık havasıyla; "inanıyorum ki her iki ebeveyniniz tarafından açıkça onaylandığı zaman teklifim kabul görecek."

Böyle bir kendini aldatma inadı karşısında Elizabeth verecek cevap bulamadı ve hemen ve sessizce çekildi; hayır cevabını umut vaadi olarak yorumlamakta ısrar ederse babasına başvurmaya karar verdi; babası öyle bir tarzda hayır derdi ki kesin olduğu anlaşılırdı; babasının davranışları hiç olmazsa kibar bir kadının cilvesi, nazı sanılamazdı.

Bölüm XX

Mr. Collins başarılı aşkına ilişkin hülyalarıyla uzun süre baş başa kalamadı; holde konuşmanın bitmesini bekleyerek oyalanan Mrs. Bennet, Elizabeth'in kapıyı açıp hızlı adımlarla yanından geçerek merdivene gittiğini görünce kahvaltı odasına girdi ve daha yakın akraba olma ihtimalleriyle ilgili olarak Mr. Collins'i de kendisini de sıcak sözlerle tebrik etti. Mr. Collins bu tebrikleri kabul etti ve aynı zevkle cevapladı; sonra görüşmenin ayrıntılarını anlatmaya geçti; görüşmenin sonucundan memnun olmak için her türlü sebebi olduğuna inanıyordu, çünkü kuzeninin ısrarlı hayır cevabı karakterindeki utangaç mütevazılıktan ve hakiki zarafetten kaynaklanıyordu.

Bu bilgi yine de Mrs. Bennet'ı şaşırttı; kızı teklife karşı çıkarak ona cesaret vermeyi amaçlamış olsa yine aynı ölçüde memnun olurdu, ama buna inanmaya cesaret edemedi, edemediğini söylemeden de duramadı.

"Ama emin olun Mr. Collins," diye ekledi, "Lizzy'nin aklı başına gelecektir. Onunla bizzat ben konuşacağım. Çok inatçı aptal bir kızdır, çıkarını bilmez, ama ben bilmesini sağlayacağım."

"Sözünüzü kestiğim için affedin madam," diye haykırdı Mr. Collins; "ama gerçekten inatçı ve aptalsa evliliğinde tabiatıyla mutluluk arayan benim durumumdaki bir adam için makul bir eş olur mu emin değilim. Eğer teklifimi reddetmekte inat ederse beni onu beni kabule zorlamamak daha iyi olur, çünkü eğer öyle kusurları varsa saadetime pek bir katkısı olmaz."

"Beyefendi, yanlış anladınız," dedi Mrs. Bennet korkuya kapılıp. "Lizzy sadece bu gibi konularda inatçıdır. Başka her konuda dünyanın en iyi huylu kızıdır. Doğruca Mr. Bennet'a gideceğim ve Elizabeth'i de alıp meseleyi halledeceğiz, eminim."

Adama cevap verecek zaman bırakmadan hemen kocasına seğirtti, kütüphaneye girerken seslendi, "Ah, Mr. Bennet, acilen lazımsın; telaşımız büyük. Gelip Lizzy'yi Mr. Collins'le evlendirtmelisin; istemem diye tutturmuş; acele etmezsen adam kızı almaktan cayacak."

İçeri girerken Mr. Bennet gözlerini kitabından kaldırdı ve işittiklerinden hiç etkilenmeyen durgun bir ilgisizlikle karısının yüzüne dikti.

"Seni anlama zevkine erişemedim," dedi, karısı sözünü bitirdiği zaman. "Neden bahsediyorsun?"

"Mr. Collins'le Lizzy'den. Lizzy Mr. Collins'i istemem diyor, Mr. Collins de Lizzy'yi istemem demek üzere."

"Peki ben ne yapayım?.. Durum umutsuz görünüyor."

"Lizzy'yle sen konuş. Adamla evlenmesi için ısrar ettiğini söyle."

"Gelsin. Fikrimi öğrensin."

Mrs. Bennet zili çaldı; Miss Elizabeth kütüphaneye çağrıldı.

"Gel evladım," dedi babası Elizabeth kapıda görününce. "Seni önemli bir konu için çağırdım. Mr. Collins sana evlenme teklif etmiş diye duydum. Doğru mu?"

Elizabeth doğru olduğunu söyledi.

"Pekâlâ... sen de evlilik teklifini reddettin?"

"Evet efendim."

"Pekâlâ. O zaman meseleye geliyoruz. Annen kabul etmende ısrar ediyor. Öyle değil mi, Mrs. Bennet?"

"Evet, yoksa bir daha yüzüne bakmam."

"Önünde mutsuz bir seçenek var Elizabeth. Bugünden itibaren anne babandan birine yabancı olmak zorundasın. Annen Mr. Collins'le evlenmezsen bir daha yüzüne bakmayacağını söylüyor, ben de evlenirsen bir daha yüzüne bakmayacağımı söylüyorum."

Elizabeth öyle bir başlangıcın öyle bir sona ulaşmasına gülümsemeden edemedi; ama kocasının meseleyi onun istediği gibi ele alacağına inanan Mrs. Bennet çok şaşırdı.

"Bu şekilde konuşarak ne demek istiyorsun Mr. Bennet? Onunla evlenmesinde ısrar edeceğine söz verdin bana."

"Hayatım," diye cevapladı kocası, "iki iyilik rica ediyorum. Önce, bu konuda aklımı, sonra odamı özgürce kullanmama izin ver. Kütüphanem ne kadar çabuk bana kalırsa o kadar sevinirim."

Kocasında hayal kırıklığına uğradıysa da Mrs. Bennet işin peşini hemen bırakmadı. Tekrar tekrar Elizabeth'le konuştu; bir gözünü boyadı, bir tehdit etti. Jane'i de yanına çekmeye çalıştı; ama Jane olanca ılımlılığıyla işe karışmaktan kaçındı; Elizabeth bazen gerçek bir heyecanla, bazen neşeli bir şakacılıkla annesinin ataklarına karşılık verdi. Tarzı şekilden şekile değişse de kararlılığı değişmedi.

Bu arada Mr. Collins olup bitenler üstünde bir başına düşüncelere dalmıştı. Kuzeninin onu hangi nedenle reddebileceğini kavrayamayacak kadar çok beğeniyordu kendini; gururu yaralandıysa da başka bir acı çekmiyordu. Elizabeth'e gayet hayali bir ilgi duyuyordu; annesinin azarlarını hak ediyor olması olasılığı herhangi bir pişmanlık duymasını engelliyordu.

Aile bu kargaşa içindeyken Charlotte Lucas o günü onlarla geçirmeye geldi. Holde Lydia tarafından karşılandı; Lydia kendini ona doğru atıp yarı fısıltı içinde haykırdı,

"Geldiğine sevindim, çünkü burada acayip eğlence var!.. Bil bakalım ne oldu bu sabah?.. Mr. Collins Lizzy'ye evlenme teklif etti, Lizzy de istemem dedi."

Charlotte'un cevap vermesine kalmadan Kitty de aynı haberleri vermek için yanlarına geldi; Mrs. Bennet'ın tek başına oturduğu kahvaltı odasına girmeleriyle Mrs. Bennet'ın konuyu açması ve Miss Lucas'dan hallerine acıyıp arkadaşı Lizzy'yi tüm ailesinin dileklerine uymaya ikna etmesini istemesi bir oldu. "Lütfen konuş sevgili Miss Lucascığım," diye ekledi kederli bir tonda, "kimse benden yana değil, kimse benim tarafımı tutmuyor, bana zalimlik ediyorlar, kimse sinirlerimi düşünmüyor."

Charlotte'un cevabı Jane'le Elizabeth'in girişiyle engellendi.

"Ay işte geliyor," diye devam etti Mrs. Bennet, "bak zerrece umurunda değil; sanki York'dayız da bizi görmüyor, bildiğini okuyor... Ama sana söyleyeyim Lizzy hanım... her talibini böyle reddetmeye devam edersen koca yüzü göremezsin... bilmem kim bakacak sana baban öldüğü zaman... Benim sana bakacak halim yok... o yüzden uyarıyorum seni... Bu günden itibaren seninle işim bitmiştir... Sana kütüphanede dedim, değil mi, bir daha seninle konuşmayacağım diye, gör bak nasıl sözümde duruyorum. Ben nankör evlatla konuşmam... Bana kalsa kimseyle konuşmam ya. Benim gibi sinir şikâyeti olan insanlar konuşmaya meyyal olmazlar. Bir ben bilirim neler çektiğimi. Derdini söylemeyenin acıyanı da olmazmış."

Kızları sessizlik içinde bu yakarışı dinlediler, onunla konuşmaya ya da onu yatıştırmaya çalışmanın sadece rahatsızlığını artıracağını bildikleri için. Mrs. Bennet söylendi de söylendi, kimse müdahale etmedi, ta ki Mr. Collins yanlarına gelinceye kadar; her zamankinden daha kasıntılı bir havayla içeri giren Mr. Collins'i görünce Mrs. Bennet kızlara, "Şimdi hepiniz dilinizi tutun ve bırakın Mr. Collins'le ben baş başa küçük bir sohbet edelim."

Elizabeth sessizce odadan çıktı, Jane ve Kitty onu takip etti, ama Lydia yerinde kaldı duyabileceği her şeyi duymaya kararlı bir halde; Charlotte önce etraflı bir biçimde onun ve ailesinin hatırını soran Mr. Collins'in ilgisi nedeniyle, sonra da küçük bir meraktan orada kaldı ve pencereye yürüyüp duymuyormuş gibi yaparak merakını giderdi. Istıraplı bir sesle Mrs. Bennet beklenen konuşmaya şöyle başladı... "Ah, sevgili Mr. Collins!"

"Sevgili madam," diye cevap verdi Mr. Collins, "bu konuda ebediyen sessizliğimizi koruyalım. Kızınızın davranışını kınamak," diye devam etti hemen sonra hoşnutsuzluğunu vurgulayan bir sesle, "bana düşmez. Beklenmedik felaketleri tevekkülle karşılamak hepimizin vazifesidir; genç yaşta yükselme kısmetine sahip olmuş benim gibi bir genç adamın bilhassa vazifesidir; ben de tevekkül etmiş bulunuyorum. Güzel kuzenim uzattığım eli tutma şerefini bahşetseydi duyacak olduğum mutluluktan şüphe ettiğim için değil; şunu sık sık tespit etmişimdir, tevekkül, yoksun bırakıldığımız bir güzellik gözümüzdeki değerini kaybetmeye başladığı zaman harikulade bir hal alır. Umarım kızınızla ilgili taleplerimi şahsınızdan ve Mr. Bennet'dan etkinizi benim lehime devreye sokmanızı rica etme nezaketini göstermeden geri çektiğim için ailenize saygısızlık yaptığımı düşünmezsiniz. Korkarım red cevabını sizin değil kızınızın ağzından almayı kabul etmiş olmam hoş olmayabilir. Ama hepimiz hata yapabiliriz. Bütün mesele boyunca kesinlikle çok iyi niyetliydim. Amacım, tüm ailenizin faydalanmasına da dikkat ederek, kendime şefkatli bir hayat arkadaşı bulmaktı; eğer yakışıksız bir davranışım olduysa sizden özür dilerim."

Bölüm XXI

Mr. Collins'in teklifiyle ilgili tartışma artık bitmiş sayı-
lırdı; Elizabeth'e sadece tartışmanın haliyle yol açtığı can
sıkıntısına ve arada bir annesinin huysuz azarlarına katlan-
mak kalıyordu. Beyefendinin kendisine gelince, onun duy-
guları utanç ya da keder veya Elizabeth'ten kaçmaya çalış-
mak şeklinde değil soğuk tavırlar ve öfkeli sessizlik şeklinde
ifadesini buluyordu. Elizabeth'le hemen hiç konuşmadı;
gayet farkında olduğu azimli övgüleri günün geri kalanında
Miss Lucas'a yöneldi; Miss Lucas'ın nezaket gösterip onu
dinlemesi herkesi, bilhassa arkadaşını epeyce rahatlattı.

Ertesi sabah Mrs. Bennet'ın keyifsizliğine de hastalığına
da rahatlama getirmedi. Mr. Collins de aynı kızgın kibir
hali içindeydi. Elizabeth öfkesinin ziyaretini kısaltabileceği-
ni ummuştu, ama planları hiçbir şekilde etkilenmiş görün-
müyordu. Cumartesi gideceğini söyleyip durmuştu ve hâlâ
cumartesiye kadar kalmak niyetindeydi.

Kahvaltıdan sonra kızlar Mr. Wickham'ın dönüp dön-
mediğini sormak ve Netherfield balosundaki yokluğuna ağıt
yakmak için Meryton'a yürüdüler. Mr. Wickham kasabaya
girdikleri zaman onlara katıldı ve teyzelerinin evine kadar
onlara eşlik etti; evde Mr. Wickham'ın üzüntüsü ve kederi
ve herkesin merakı etraflıca konuşuldu... Yalnız, Eliza-

beth'e, katılmaması gerektiğine kendisinin karar verdiğini açıkladı.

"Zaman yaklaştıkça," dedi, "Mr. Darcy'yle karşılaşmamanın daha iyi olacağını hissettim... onunla o kadar saat aynı odada, aynı toplulukta olmak dayanabileceğimden fazla olabilir, benden çok başkalarını rahatsız edebilecek sahneler meydana gelebilirdi."

Elizabeth tedbirli davranmasını gayet olumlu karşıladı; dönüşte Wickham'la başka bir subay onlara Longbourn'a kadar eşlik ettikleri için meseleyi ayrıntılı olarak konuşacak ve birbirlerine bol bol iltifat edecek zaman buldular; yürüyüş sırasında Wickham onunla özel olarak ilgilendi. Onlara eşlik etmesi iki kat sevindiriciydi; bir kere, Elizabeth bu hareketin ona yöneltilmiş bir iltifat olduğunu hissediyordu, sonra da Wickham'ı anne babasıyla tanıştırmak için iyi bir fırsattı.

Dönüşlerinden hemen sonra Miss Bennet'a mektup geldi; Netherfield'den geliyordu ve hemen açıldı. Zarfta kibar, küçük, kaliteli bir kâğıt vardı, bir bayanın özenli, akıcı elyazısıyla kaplanmıştı; Elizabeth mektubu okurken ablasının yüzünün değiştiğini hissetti ve belli yerlere takıldığını gördü. Jane çok geçmeden kendini topladı, mektubu kaldırdı, her zamanki neşesiyle konuşmaya katılmaya çalıştı; ama Elizabeth ortada, dikkatini Wickham'dan bile uzaklaştıran bir endişe hissetti; Wickham'la arkadaşı kalkar kalkmaz Jane bakışlarıyla onu arkasından üst kata gelmeye çağırdı. Kendi odalarına girdikleri zaman Jane mektubu çıkarıp şöyle dedi: "Caroline Bingley'den geliyor; yazdıkları beni çok şaşırttı. Hepsi Netherfield'den ayrılmış, şehre gidiyorlarmış... dönmeye de niyetleri yokmuş. Dinle bak ne diyor."

İlk cümleyi yüksek sesli okudu; kardeşlerinin arkasından hemen şehre gitmeye karar verdiklerini ve o akşam yemeği Mr. Hurst'ün oturduğu Grosvenor Street'te yemeyi planladıklarını bildiriyordu. Gerisi şu kelimelerle anlatılıyordu: "Arkadaşlığınız dışında Hertfordshire'de bıraktığım hiçbir şeyi özleyeceğimi sanmıyorum; ama keyifli beraberliğimizi ileride bir gün tekrar tekrar tadacağımızı ve bu arada ayrılık acısını sık ve samimi mektuplarla azaltabileceğimizi umuyorum. Bu konuda size güveniyorum." Bu cömert ifadeleri Elizabeth kuşku dolu bir sakinlikle dinledi; gidişlerindeki anilik onu şaşırttıysa da arkalarından hayıflanacak bir şey görmüyordu: Netherfield'de olmamaları Mr. Bingley'nin orada olmasını önleyecek diye bir şey yoktu; arkadaşlıklarını kaybetmeye gelince de, inanıyordu ki, Jane bunu düşünmeyi bırakıp Mr. Bingley'nin arkadaşlığına bakmalıydı.

"Şanssızlık," dedi kısa bir suskunluktan sonra, "arkadaşlarını gitmeden görebilsen iyiydi. Ama Miss Bingley'nin beklediği ilerideki bir günün tahmininden daha çabuk gelmesini, arkadaş olarak tattığınız beraberliğin kız kardeş olarak daha sağlam şekilde yenilenmesini umut edemez miyiz? Onlar Mr. Bingley'yi Londra'da tutamazlar."

"Caroline aileden hiç kimsenin bu kış Hertfordshire'e dönmeyeceğini söylüyor üstüne basa basa. Sana okuyayım:

"'Kardeşim dün bizden ayrılırken Londra'ya gitmesini gerektiren işin üç dört gün içinde halledilebileceğini düşünüyordu; ama şimdi bunun mümkün olmadığını bildiğimiz, aynı zamanda Charles'ın şehre inince dönmek bilmeyeceğine de inandığımız için, boş saatlerini rahatsız bir otelde geçirmek zorunda kalmasın diye arkasından gitmeye karar verdik. Zaten tanıdıklarımın çoğu kış için oraya gelmişler; keşke sen de, sevgili arkadaşım, bize katılmaya niyetlensen... ama bundan umutlu değilim. Bütün içtenliğimle Christmas'ın Hertfordshire'e ve sana her zamanki gibi neşe getirmesini ve hayranlarının seni yoksun bıraktığımız üç arkadaşının kaybını hissetmeni önlemesini dilerim.'"

"Belli ki," diye ekledi Jane, "bu kış geri dönmeyecek."

"Tek belli olan şu, Miss Bingley döneceğini söylemiyor."

"Niye öyle düşünüyorsun? Onun kararı olmalı. Adam kendinin efendisi. Ama henüz hepsini duymadın. Beni bil-

hassa yaralayan bölümü okuyacağım sana. Senden saklaya-
cak bir şeyim yok.

"'Mr. Darcy kız kardeşini görmek için sabırsızlanıyor;
doğrusunu istersen onu görmek konusunda biz de Mr.
Darcy'den daha az istekli değiliz. Bana göre Georgiana
Darcy'nin güzellikte, zarafette ve yetenekte eşi benzeri yok-
tur; Louisa'ya ve bana esinlediği sevgi daha da ilginç bir hal
aldı çünkü bundan sonra kız kardeşimiz olacağını umut
ediyoruz. Sana bu konudaki duygularımdan daha önce
bahsettim mi bilmiyorum; ama sana duygularımı açmadan
buradan ayrılmayacağım ve eminim sen de makul oldukla-
rını düşüneceksin. Kardeşim ona zaten alabildiğine hayran;
şimdi onu en yakın ortamda sık sık görme şansı bulacak;
onun akrabaları da tıpkı bizler gibi bu beraberliği arzu
ediyorlar; kardeşim diye söylemiyorum, ama Charles her
kadının kalbini kazanabilecek çapta biridir. Bütün koşullar
bir ilişkinin lehine olunca, ortada bir engel de olmayınca,
birçok kişinin mutluluğunu temin edecek bir olayı umut
etmekte, sevgili Jane, yanılıyor olabilir miyim?'

"Ya bu cümleye ne diyorsun sevgili Lizzy?" dedi Jane,
mektubu bitirirken. "Gayet açık değil mi? Caroline'in beni
kız kardeşi olarak istemediğini de, umut etmediğini de açık-
ça söylemiyor mu? Kardeşinin kayıtsızlığından gayet emin;
ona olan duygularımdan şüpheleniyorsa bile beni (nazikçe!)
dikkatli olmam için uyarıyor. Bu konunun başka bir yoru-
mu olabilir mi?"

"Evet olabilir; çünkü benimki tamamen farklı... Dinle-
yecek misin?"

"Büyük bir istekle."

"Birkaç kelimeyle söyleyeceğim. Miss Bingley kardeşinin
sana âşık olduğunu görüyor ve onu Miss Darcy ile evlen-
dirmek istiyor. Onu orada tutmak niyetiyle peşinden şehre
gidiyor, seni de adamın seni umursamadığına ikna etmek
istiyor."

Jane başını salladı.

"Gerçekten Jane, bana inanmalısın... Sizi birlikte gören hiç kimse onun sevgisinden kuşku duyamaz. Eminim Miss Bingley de duyamaz. O kadar aptal olamaz. Mr. Darcy'nin ona yarısı kadar âşık olduğunu görebilseydi çoktan gelinliğini sipariş ederdi. Ama durum şöyle... Onlar için yeterince zengin ya da yeterince gösterişli değiliz; Miss Darcy'yi kardeşine almak istiyor çünkü arada bir evlilik olunca ikinci evliliği başarmak daha kolay olur sanıyor, ki kısmen haklı olabilir, hatta başarılı da olabilirdi ortada Miss de Bourgh engeli olmasaydı. Ama sevgili Jane, Miss Bingley sana kardeşi Miss Darcy'yi çok beğeniyor dedi diye Mr. Bingley'nin senin üstünlüğüne salı günkü ayrılışınız sırasındakinden daha az değer verdiğine ya da kızın onu sana âşık olmak yerine arkadaşına âşık etmeye gücünün yeteceğine inanamazsın."

"Miss Bingley hakkında benzer düşüncelerimiz olsaydı," diye cevapladı Jane, "bu açıklamaların beni hayli rahatlatırdı. Ama temelde bir hata olduğunu biliyorum. Caroline bile bile kimseyi kandıramaz; bu durumda tüm umabileceğim kendini aldatıyor olması."

"Bu doğru... Daha doğru bir fikir ortaya atamazdın, benim fikrim seni rahatlatmadığına göre. Ne olursa olsun, onun kendini kandırdığına inan. Ona karşı görevini yaptın; artık üzülme."

"Ama sevgili kardeşim, bütün kız kardeşlerinin ve dostlarının başkasıyla evlensin istediği bir adamı kabul ederek en iyi ihtimalle bile mutlu olabilir miyim?"

"Karar vermek sana düşüyor," dedi Elizabeth; "etraflıca düşünüp de iki kız kardeşini hayal kırıklığına uğratmanın üzüntüsü onun karısı olmanın mutluluğundan daha ağır basıyorsa o zaman onu reddetmeni tavsiye ederim."

"Nasıl böyle konuşabiliyorsun?" dedi Jane belli belirsiz gülümseyerek. "Biliyorsun ki onlar onaylamazlarsa çok üzülürüm ama bir dakika tereddüt etmem."

"Bence de etmezsin; hal böyleyse durumun o kadar da acıklı değil."

"Ama bu kış geri dönmezse, seçim yapmama gerek kalmayacak. Altı ayda bin tane şey olur!"

Bir daha dönmeme düşüncesini Elizabeth hiç ciddiye almadı. Bunun sadece Caroline'in çıkarcı dileklerinin bir iması olduğuna inanıyordu ve bu dileklerin, açık ya da incelikli biçimde ifade edilmiş de olsalar herkesten o denli bağımsız görünen öyle bir genç adamı etkileyebileceğine en küçük ihtimal vermiyordu.

Elizabeth ablasına olanca ikna ediciliğiyle konuyla ilgili düşüncelerini açıkladı ve çok geçmeden yarattığı mutlu etkiyi görme zevkini tattı. Jane'in tabiatı kederlenip kalmaya eğilimli değildi; arada bir sevgi kuşkusu umuda engel olduysa da, Bingley'nin Netherfield'e döneceği ve kalbinin tüm dileklerine cevap vereceği konusunda giderek umutlandı.

Mrs. Bennet'a sadece ailenin gidişinin söylenmesine, adamın davranışından paniğe kapılmasına yol açılmamasına karar verdiler; ama bu kısmi bilgi bile Mrs. Bennet'ın feci canını sıktı; tam da öyle yakınlaştıkları sırada hanımların çekip gitmesi büyük şanssızlık diye söylendi durdu. Yine de yakınması bittikten sonra, çok geçmeden Mr. Bingley'nin pek yakında geleceğini ve pek yakında Longbourn'da yemek yiyeceğini düşünerek avundu; sonuç olarak, sadece aile yemeğine davet edildiyse de çifte menü hazırlaması gerekeceğini söyleyerek neşelendi.

Bölüm XXII

Bennetlar akşam yemeği için Lucaslara söz vermişlerdi; yine günün büyük bölümü boyunca Miss Lucas nezaket gösterip Mr. Collins'i dinledi. Elizabeth bir fırsat bulduğunda ona teşekkür etti. "Sayende oyalanıyor," dedi, "sana bunun için minnettarım." Charlotte işe yaramaktan memnun olduğunu, biraz zaman harcamanın ödülünü fazlasıyla aldığını söyleyerek arkadaşını rahatlattı. Bu çok dostçaydı; ama Charlotte'un nezaketi Elizabeth'in düşündüğünden daha ileriye gitti; amacı sadece Mr. Collins'in ilgisini kendisine çekerek Elizabeth'i karşılık vermek zorunda kalmaktan kurtarmaktı. Miss Lucas'ın planı buydu ve görünüşte öyle işe yaradı ki geceleyin ayrıldıkları zaman, Mr. Collins Hertfordshire'den o kadar çabuk ayrılacak olmasa Miss Lucas başarısından neredeyse emin olacaktı. Ama bu noktada Mr. Collins'in ateşli ve bağımsız karakterini hesaba katamadı; çünkü karakteri onun ertesi sabah Longbourn Konağı'ndan hayranlık verici bir gizlilikle kaçıp kendini Lucas Köşkü'ne, Miss Lucas'ın ayaklarının dibine atmasını sağladı. Kuzenlerine görünmemeye dikkat etmişti, çünkü gittiğini görürlerse amacını tahmin edeceklerini düşünüyordu ve başarısı kesinleşinceye kadar girişimi bilinsin istemiyordu; gerçi kendini hemen hemen güvende hissediyordu, ki hakkı da vardı, çünkü Charlotte oldukça cesaret verici davranmıştı, ama çarşamba günkü maceradan sonra nispeten çekingendi. Yine de gayet gurur okşayıcı bir tarzda karşılandı. Eve doğru yürürken Miss Lucas onu üst kat penceresinden gördü ve rastlantıymış gibi yaparak hemen onu yolda karşılamaya çıktı. Ama onu orada öyle güçlü bir aşkın ve öyle güzel sözlerin beklediğini ummaya cesaret edemezdi.

Mr. Collins'in uzun söylevlerinin izin verdiği kısa süreler içinde aralarındaki her şey ikisini de tatmin edecek şekilde halledildi; eve girerlerken Mr. Collins ondan onu dünyanın en mutlu erkeği yapacak günü belirlemesini istedi; gerçi böyle bir karar için acele edilmemesi gerekiyordu, ama genç hanım onun mutluluğuyla oynamak niyetinde değildi. Tabiatın ona bağışladığı ahmaklık, kur yapma tarzını da bir kadının devam etsin istemesini sağlayabilecek her cazibeye karşı korumuştu; onu saf ve çıkarsız evlilik arzusundan ötürü kabul eden Miss Lucas o evliliğin ne kadar çabuk elde edildiğine aldırmıyordu.

Sir William ve Lady Lucas hızla onayları alınmak için ziyaret edildiler; onay neşe dolu çabuklukla verildi. Mr. Collins'in mevcut şartları onu, pek bir çeyiz veremeyecekleri kızları için gayet uygun bir koca adayı yapıyordu; hem gelecekte zengin olma ihtimali hayli yüksekti. Lady Lucas meselenin daha önce uyandırdığından daha fazla bir ilgiyle hemen Mr. Bennet'ın daha kaç sene yaşayacağını hesaplamaya başladı; Sir William da Mr. Collins Longbourn mülkünün sahibi olduğu zaman onun da karısının da St. James'de boy göstermelerinin gayet uygun olacağını kesin görüşü olarak ifade etti. Kısaca bu olay bütün aileyi sevince boğdu. Küçük kızlar öbür türlü mümkün olacağından bir iki yıl daha erken ortaya çıkabilecekleri umuduna kapıldılar; oğlanlar da Charlotte'un evde kalacağı korkusundan kurtuldular. Charlotte ise daha sakindi. Amacına ulaşmıştı ve bunu değerlendirecek zamanı da olmuştu. Düşünceleri

genel olarak tatmin ediciydi. Mr. Collins elbette ne akıllı
uslu ne de sevimliydi; sohbeti korkunçtu; ona olan bağ-
lılığı da uyduruk olmalıydı. Ama yine de kocası olacaktı.
Erkeklerle ya da karı koca bağıyla ilgili büyük hayaller
kurmadan, evliliği her zaman amaç edinmişti; evlilik ufak
bir çeyizi olan iyi eğitimli genç kadınlar için tek onurlu
çözümdü ve mutluluk garantisi olmasa bile yokluktan
en makul korunma yolları olmalıydı. Bu korunmayı şim-
di elde etmişti; yirmi yedi yaşında ve güzellikten yoksun
olduğu için bunun bir şans olduğunu biliyordu. Meselenin
en sevimsiz yanı Elizabeth Bennet'ı şaşırtma olasılığıydı ki
onun arkadaşlığına herkesten çok değer verirdi. Elizabeth
hayret edecek ve muhtemelen onu suçlayacaktı; kararı
değişmeyecekti gerçi, ama böyle bir şaşkınlık karşısında
duyguları incinecekti. Ona haberi kendisi vermeye karar
verdi ve Mr. Collins'e akşam yemeği için Longbourn'a
döndüğü zaman olanlar hakkında aileden hiç kimseye tek
kelime etmemesini tembihledi. Elbette gizlilik sözü canıgö-
nülden verildi, ama tutulması kolay olmayacaktı; uzun
yokluğunun yarattığı merak dönüşünde öyle doğrudan
sorular ortaya çıkardı ki cevap vermemek için epey kıvrak
olmak gerekiyordu; ayrıca, bir yandan tutkulu aşkını ilan
etmek için de yanıp tutuştuğu için kendisiyle epey mücadele
etmek zorunda kaldı.

Sabahleyin yola aileden kimseyi göremeyecek kadar
erken çıkacağı için vedalaşma töreni hanımlar gece için çeki-
lirlerken yapıldı; Mrs. Bennet müthiş kibarlık ve cömertlikle
onu işleri izin verdiğinde tekrar Longbourn'da görmekten
ne kadar mutlu olacaklarını söyledi.

"Sevgili madam," diye cevapladı, "bu davet bilhassa
onur verici, çünkü ben de bunu bekliyordum; ilk fırsatta
davetinize cevap vereceğimden emin olabilirsiniz."

Hepsi şaşırdılar; o kadar hızlı bir dönüş istemeyen Mr.
Bennet hemen lafa girdi:

"Ama burada Lady Catherine'i gücendirme tehlikesi yok mu beyefendi? Haminizi darıltmak riskine girmektense akrabalarınızı ihmal etmeniz daha iyi."

"Sayın beyefendi," diye cevapladı Mr. Collins, "bu dostça tavsiyeniz için bilhassa minnettarım; lady hazretlerinden icazet almadan zaten öyle önemli bir adım atmayacağıma güvenebilirsiniz."

"Ne kadar dikkatli olsanız azdır. Onun canını sıkmayın da ne yaparsanız yapın; baktınız ki bize tekrar gelmeniz riskli olacak, ki bana kalırsa öyle olacak, paşa paşa evinizde oturun, bizim gücenmeyeceğimize de emin olun."

"İnanın bana sayın beyefendi, minnettarlığım bu sevecen alakanızla kat kat arttı; bunun için ve Hertfordshire'deki misafirliğim sürecince gösterdiğiniz tüm anlayış için benden hemencecik teşekkür mektubu alacağınıza emin olun. Güzel kuzenlerime gelince, gerçi yokluğum bunu gerekli kılacak kadar uzun sürmez, ama onlara sağlık ve mutluluk dilemek isterim, tabii kuzenim Elizabeth de dâhil olmak üzere."

Gerekli kibarlıklardan sonra hanımlar çekildiler; çabucak geri dönmeyi düşündüğü için hepsi aynı ölçüde şaşırmıştı. Mrs. Bennet bundan küçük kızlarından birine yönelmeyi düşündüğü sonucunu çıkarmayı tercih etti; Mary onu kabul etmeye ikna edilebilirdi. Mary onun özelliklerine diğerlerinden daha fazla değer vermişti; düşüncelerinde Mary'ye ilginç gelen bir sağlamlık vardı ve onu kendisi kadar zeki bulmuyorduysa da, onu örnek alıp okumaya, kendisini geliştirmeye yönlendirebilir ve gayet makul bir hayat arkadaşı haline gelebilir diye düşünüyordu. Ama ertesi sabah, bu tür tüm umutlar yok oldu gitti. Kahvaltıdan hemen sonra Miss Lucas uğradı ve baş başa otururlarken Elizabeth'e önceki gün olanları anlattı.

Mr. Collins'in kendisini arkadaşına âşık sanma ihtimali son bir iki gün içinde Elizabeth'in aklına gelmişti; ama Charlotte'un ona cesaret vermesi kendisinin cesaret vermesi kadar uzak bir ihtimal gibi görünmüştü; sonuçta duyduğu şaşkınlık nezaket kurallarını aşacak kadar büyük oldu ve elinde olmadan bağırdı:

"Mr. Collins'le mi nişanlandın! Sevgili Charlotte... imkânsız!"

Miss Lucas'ın hikâyesini anlatırkenki sakin yüzü böyle doğrudan bir ayıplamayla karşılaşınca geçici bir moral bozukluğuna büründü; gerçi, beklediğinden daha fazla değildi, o yüzden çabuk toparlandı ve sakince cevap verdi:

"Niye şaşırdın sevgili Eliza?.. Mr. Collins senin beğenini kazanamadı diye hiçbir kadının beğenisini kazanamaz mı sanıyorsun?"

Ama artık Elizabeth kendini toparlamıştı ve ciddi bir çaba göstererek, makul bir samimiyetle, Miss Lucas'ı ilişkilerinin çok memnuniyet verici olduğunu düşündüğüne, ona hayal edilebilecek tüm mutlulukları dilediğine inandırmayı başardı.

"Neler hissettiğini anlayabiliyorum," diye cevapladı Charlotte... "şaşırmış olmalısın, çok şaşırmış... daha geçen gün Mr. Collins seninle evlenmek istiyordu. Ama her şeyi baştan düşünecek zamanın olunca umarım sen de kararımdan benim kadar memnun olursun. Ben romantik değilimdir, bilirsin; hiç olmadım. Tüm istediğim rahat bir ev; Mr. Collins'in karakterini, bağlantılarını, hayat şartlarını düşününce onunla mutlu olma şansımın evliliğe adım atan herkesin övünebileceği kadar yüksek olduğuna inanıyorum."

Elizabeth, "Kuşkusuz," diye sakince cevap verdi... ve tuhaf bir sessizlikten sonra ailenin diğer üyelerinin yanına döndüler. Charlotte fazla kalmadı; Elizabeth duydukları üzerinde düşüncelere daldı. Böyle uygunsuz bir evlilik fikrini içine sindirmesi uzun zaman aldı. Mr. Collins'in üç gün içinde iki evlilik teklifi yapmasının garipliği şimdi kabul edilmiş olmasıyla karşılaştırılınca bir hiçti. Elizabeth Charlotte'un evlilik fikrinin pek onunkine benzemediğini her zaman sezmişti, ama iş karar vermeye gelince tüm iyi duyguları dünyevi rahatlığa feda edeceğine inanamazdı. Mr. Collins'in karısı Charlotte, ne küçük düşürücü bir resim!.. Ve kendini küçülten ve gözünden düşmüş arkadaş acısına o arkadaşın seçtiği hayatta doğru dürüst mutlu olamayacağını bilmenin üzüntüsü eklendi.

Bölüm XXIII

Elizabeth annesi ve kız kardeşleriyle oturmuş, duyduğu şeyleri düşünüyor, bunları açıklamaya yetkisi olup olmadığına karar vermeye çalışıyordu ki Sir William Lucas kendisi geldi; nişanını aileye bildirsin diye kızı tarafından gönderilmişti. Aileler arasındaki akrabalık olasılığı nedeniyle onlara iltifatlar ederek, kendisiyle de gururlanarak meseleyi açtı... hayret etmekle kalmayan, aynı zamanda kulaklarına inanamayan bir dinleyici kitlesine; öyle ki Mrs. Bennet kibarlığı aşan bir inatla yanılıyor olması gerektiğini söyledi; her zaman şom ağızlı ve sık sık nezaketsiz davranan Lydia ise avazı çıktığı kadar bağırdı:

"Aman Tanrım! Sir William, nasıl böyle bir hikâye uydurursunuz? Mr. Collins'in Lizzy'yle evlenmek istediğini bilmiyor musunuz?"

Saraylı kibarlığından daha az hiçbir şey bu muameleyi öfkelenmeden karşılayamazdı; ama Sir William'ın terbiyesi hepsine dayanmasını sağladı; verdiği bilginin doğruluğunu teyit etmeye yanaşmadı, ama tüm kabalıklarını gayet sabırlı bir soylulukla dinledi.

Adamcağızı böyle sevimsiz bir durumdan kurtarmanın ona düştüğünü hisseden Elizabeth öne çıkıp daha önce Charlotte'un kendisinden öğrendiğini söyleyerek haberi doğruladı; annesiyle kız kardeşlerinin hayret çığlıklarına son verme çabası içinde Sir William'a tebriklerini hararetle ifade etti; Jane de hemen ona katıldı ve evliliğin vaat ettiği mutluluğa, Mr. Collins'in harikulade karakterine ve Hunsford'ın Londra'ya yakınlığına dair çeşitli sözler söylediler.

Mrs. Bennet aslında Sir William orada olduğu sürece fazla bir şey söyleyemeyecek kadar yenik düşmüştü; ama o gider gitmez duyguları hızla boşaldı. İlk olarak, meseleye zerrece inanmamakta ısrar etti; sonra Mr. Collins'in kandırıldığına karar verdi; derken, birlikte asla mutlu olamayacaklarını savundu; nihayet, sözün bozulabileceğini söyledi. Aslında tüm söylediklerinden iki şey ortaya çıkıyordu: Birincisi, tüm menfurluğun asıl sebebi Elizabeth'di; ikincisi de, herkes bizzat onu, Mrs. Bennet'ı barbarca kullanmıştı: Günün geri kalanında bu iki nokta üzerinde durdu. Hiçbir şey onu yatıştıramadı, teselli edemedi. Kederi gün bitince de bitmedi. Elizabeth'e azarlamadan bakabilmesi için bir hafta, Sir William ya da Lady Lucas'la kabalık etmeden konuşabilmesi için bir ay, kızlarını bağışlayabilmesi içinse aylar geçmesi gerekti.

Mr. Bennet'ın meseleyle ilgili duyguları çok daha durgundu; gördüğü kadarıyla gayet makul bir durumdu; dedi ki, aklı başında biri olduğunu sandığı Charlotte Lucas'ın karısı kadar aptal, kızından ise daha aptal olduğunu görmek onu memnun etmiş!

Jane beraberliğe biraz şaşırdığını itiraf etti; ama şaşkınlığından değil de ikisinin mutluluğu için samimi dileklerinden söz etti; Elizabeth bile onu meseleyi imkânsız bulmaya ikna edemedi. Kitty ve Lydia Miss Lucas'ı kıskanmaktan uzaktılar, çünkü Mr. Collins sadece bir din adamıydı; mesele onları Meryton'da yayılacak bir haber kırıntısı olmak dışında ilgilendirmedi.

Lady Lucas kızının iyi evlilik yapmasının keyfini Mrs. Bennet'ın başına kakarak zafer duygusunun tadını çıkarmaktan geri kalmadı; ne kadar mutlu olduğunu söylemek için Longbourn'u her zamankinden daha sık ziyaret etti, oysa Mrs. Bennet'ın ekşi bakışları ve huysuz cevapları mutluluğu yok etmeye yeterdi.

Elizabeth'le Charlotte arasında ikisini de konu hakkında sessiz tutan bir gerginlik vardı; Elizabeth aralarında bir daha gerçek güven olamayacağını hissediyordu. Charlotte konusundaki hayal kırıklığı ablasına daha sevecen bir gözle bakmasını sağladı; ablasının dürüstlüğü ve zevki hakkındaki görüşlerinin asla sarsılmayacağına emindi ve onun mutluluğu için günden güne daha çok endişe ediyordu, Bingley gideli bir hafta olduğu ve dönüşüyle ilgili hiçbir haber alınmadığı için.

Jane Caroline'in mektubuna hemen cevap yazmıştı ve tekrar mektup almayı umabileceği zaman dolsun diye bekliyordu. Mr. Collins'in söz verilen teşekkür mektubu salı günü geldi; babalarına hitaben ve ailenin yanında on iki ay kalmışçasına ciddi bir minnettarlıkla yazılmıştı. Böylece vicdanını rahatlattıktan sonra sevgili komşuları Miss Lucas'ın kalbini kazanmış olmaktan duyduğu mutluluğu coşkulu ifadelerle anlatıyor, sonra da sadece onu tekrar görebilmek amacıyla, kendisine yapmış bulundukları nazik daveti kabul etmeye hazır olduğunu, bir dahaki pazartesi günü dönmeyi umduğunu açıklıyordu; Lady Catherine, diye devam ediyordu, evliliğini öyle yürekten onaylamış ki bir an önce olsun bitsin istiyormuş, kendisi de sevgili Charlotte'unun onu dünyanın en mutlu erkeği yapacak daha erken bir gün seçmeye itirazı olmayacağına inanıyormuş.

Mr. Collins'in Hertfordshire'e dönüşü Mrs. Bennet için artık keyif vesilesi değildi. Aksine, bundan kocası gibi yakınmaya başladı... Lucas Köşkü'ne gitmek yerine Longbourn'a gelmesi çok tuhaftı; ayrıca çok uygunsuz ve son derece rahatsız ediciydi... Sağlığı öyle gelgitliyken evde misafir olmasından nefret ederdi; üstelik, âşıklar dünyanın en aksi insanları olurlardı. Böyle yakınıyordu Mrs. Bennet mırıl

mırıl ve yakınması sadece Mr. Bingley'nin uzayan yokluğunun yarattığı daha büyük sıkıntıya teslim oluyordu.

Ne Jane ne de Elizabeth bu konuda rahattılar. Günler günleri kovaladı ondan hiçbir haber getirmeden; sadece Meryton'da bir söylenti çıktı kış boyunca Netherfield'e bir daha gelmeyecekmiş diye; bu söylenti Mrs. Bennet'ı çileden çıkarttı, yalanın bu kadarı da olmaz diye verip veriştirdi.

Elizabeth bile korkmaya başladı... Bingley'nin kayıtsız olduğundan değil... ama kız kardeşleri onu uzak tutmayı başaracaklar diye. Jane'in mutluluğu için öylesine yıkıcı olacak, âşığının güvenilirliğine de zarar verecek bu fikri kabul etmeye yanaşmasa da, sık sık ortaya çıkmasına engel olamadı. Bingley'nin iki duygusuz kız kardeşinin ve moral bozucu arkadaşının ortak çabaları, Miss Darcy'nin cazibesi ve Londra'nın eğlenceleriyle birleşince bağlılığının gücüne baskın gelebilir diye korkuyordu.

Jane'e gelince, onun bu belirsizlik altındaki korkusu elbette Elizabeth'inkinden daha acı doluydu; ama hislerini saklamak arzusundaydı; o yüzden Elizabeth'le aralarında konuya hiç değinilmiyordu. Ama böyle bir hassasiyet annesini etkilemediği için onun Bingley'den bahsetmediği, ne zaman gelecek diye sabırsızlandığını ifade etmediği, hatta Jane'i eğer geri dönmezse kendini aldatılmış hissedeceğini itiraf etmesi için sıkıştırmadığı bir saat geçmiyordu. Bu saldırılara karşı sakin kalabilmek için Jane'in tüm uysallığını kullanması gerekiyordu.

Mr. Collins tam dediği gibi bir dahaki pazartesi günü döndü, ama Longbourn'da bu kez ilk gelişindeki gibi ihtimamla karşılanmadı. Gelgelelim, fazla ilgi aramayacak kadar mutluydu ve diğerlerinin şansına, cilveleşme işi onları Mr. Collins'e katlanmaktan büyük ölçüde kurtardı. Mr. Collins her günün büyük bölümünü Lucas Köşkü'nde geçirdi ve bazen Longbourn'a aile yatmadan önce yokluğu için özür dileyecek zamanı ancak bulacak kadar geç geldi.

Gurur ve Önyargı

Mrs. Bennet gerçekten acınacak haldeydi. Evliliğe ilişkin her ima onu ıstırap içinde bırakıyor ve nereye gitse mutlaka bundan bahsedildiğini duyuyordu. Miss Lucas'ı görmek bile iğrenç geliyordu ona. O evdeki selefi olarak onu kıskanç bir tiksintiyle izliyordu. Charlotte onları her görmeye geldiğinde eve ne zaman konacağını hesapladığı kanısına varıyordu; Mr. Collins'le her fısıldaştığında Longbourn mülkünden bahsettiklerine, Mr. Bennet ölür ölmez onu ve kızlarını evden atmaya karar verdiklerine inanıyordu. Bütün bunlardan acı acı dert yanıyordu kocasına.

"Doğrusu Mr. Bennet," diyordu, "Charlotte Lucas'ın bu evin hanımı olacağını düşünmek çok zor geliyor; bana evimi zorla ona verdirteceklerini, onun gelip benim yerimi alacağını düşünmek, çok zor geliyor!"

"Hayatım, böyle kederli düşüncelere kapılma. Daha iyi şeyler umut edelim. Mesela kendimize bir iyilik yapıp, hayatta kalanın ben olacağımı düşünelim."

Bunlar Mrs. Bennet'ı rahatlatmıyordu; o yüzden, cevap vermek yerine, bildiği gibi devam ediyordu.

"Bütün bu mülkü aldıklarını düşünmeye dayanamıyorum. İpotek olmasa hiç umurumda olmazdı."

"Ne umurunda olmazdı?"

"Hiçbir şey umurumda olmazdı."

"O halde böyle bir duygusuzluğa mecbur kalmıyorsun diye memnun olalım."

"İpotekle ilgili hiçbir şeye memnun olamam Mr. Bennet. İnsan hangi vicdanla bir evi kendi kızlarından başkasına miras bırakabilir, anlayamıyorum; hem de Mr. Collins'e... Niye başkası değil de o alsın?"

"Kararı sana bırakıyorum," dedi Mr. Bennet.

İKİNCİ KİTAP

Bölüm I

Miss Bingley'nin mektubu geldi ve kuşkuya bir son verdi. İlk cümle kış için Londra'ya yerleştiklerini teyit ediyor ve erkek kardeşinin Hertfordshire'deki arkadaşlarına veda edecek zaman bulamadan ayrıldığı için ne kadar üzgün olduğunu söyleyerek bitiyordu.

Umut bitmişti, bütünüyle bitmişti; Jane mektubun devamına bakabildiği zaman yazarın sözde sevgisi dışında onu rahatlatacak pek bir şey bulamadı. Mektubun büyük bölümü Miss Darcy'yi övmeye ayrılmıştı. Yine birçok meziyeti üzerinde duruluyordu; Caroline artan yakınlıklarıyla neşe içinde övünüyor, önceki mektubunda açıklanmış dileklerinin gerçekleşeceğini tahmin etmeye girişiyordu. Yine büyük bir zevkle erkek kardeşinin Mr. Darcy'nin evinde kaldığını yazıyor, Mr. Darcy'nin yeni mobilya alma planlarından coşkuyla bahsediyordu.

Jane az sonra mektubu Elizabeth'e özetledi; Elizabeth bunu sessiz bir öfke içinde dinledi. Kalbi ablası için duyduğu endişeyle ötekilere karşı duyduğu kızgınlık arasında bölünmüştü. Caroline'in, erkek kardeşinin Miss Darcy'ye ilgi duyduğu iddiasına inanmıyordu. Jane'e gerçekten yakınlık duyduğundan ise hâlâ şüphe etmiyordu; Mr. Bingley'den hoşlanmaya her zaman eğilim duymuş olsa da onu işgüzar arkadaşlarının kölesi yapan ve kendi mutluluğunu onların şımarık tercihlerine kurban etmesine neden olan o gevşekliği, o kararsızlığı öfke, hatta nefret duymadan düşünemiyordu. Dahası, kurban edilen sadece kendi mutluluğu olsa dilediği gibi yapmasına kimsenin itirazı olamazdı, ama ablasının mutluluğu da söz konusuydu ve buna dikkat etmesi gerekirdi. Kısaca, mesele düşünmekle bitecek gibi değildi. Elizabeth başka bir şey düşünemiyordu; Bingley'nin ilgisi gerçekten tükendi mi yoksa arkadaşlarının müdahalesiyle mi bastırıldı, Jane'in bağlılığının farkında mıydı yoksa gözünden mi kaçmıştı; cevap ne olursa olsun, gerçi Bingley hakkındaki görüşü cevaba göre önemli ölçüde değişirdi, ama ablasının durumu aynı kalıyor, kendisinin huzuru da eşit ölçüde yara almış oluyordu.

Jane Elizabeth'e duygularından bahsedecek gücü bulabilinceye kadar birkaç gün geçti; ama sonunda Mrs. Bennet ikisini yalnız bırakınca Netherfield ve sahibiyle ilgili olağandan uzun bir rahatsızlığın ardından, Jane kendini tutamadı ve şöyle dedi:

"Annem de biraz kendini idare etmeyi becerebilse! Sürekli onun hakkında konuşarak bana nasıl acı çektirdiğini bilmiyor. Ama canımı sıkmayacağım. Nasılsa uzun sürmez. Onu unutacağım ve hepimiz eskisi gibi olacağız."

Elizabeth kuşkulu bir endişeyle ablasına baktı, ama bir şey demedi.

"Bana inanmıyorsun," diye haykırdı Jane, hafifçe rengi dönerek, "ama inanmaman için neden yok. Tanıdığım en hoş adam olarak anılarımda yaşayabilir, ama hepsi bu. Umut edecek ya da korkacak bir şeyim yok, onu kınamamı gerektirecek bir şey de yok. Çok şükür! Acının o türünü çekmiyorum. Demek ki az bir zaman yetecek... Elbette düzelmeye çalışacağım."

Hemen arkasından daha güçlü bir sesle ekledi, "Şu bakımdan rahatım, benim açımdan sadece bir hayal hatası oldu ve kendimden başka kimseye zarar vermedi."

"Sevgili Jane!" diye haykırdı Elizabeth, "çok iyisin. Tat-lılığın, soyluluğun meleklere layık gerçekten; sana başka ne diyebilirim bilmiyorum. Sana hiç adil davranmamışım ya da seni hak ettiğin kadar sevmemişim gibi geliyor."

Miss Bennet tüm bu olağanüstü özellikleri ısrarla reddet-ti ve övgüyü kız kardeşinin sevecenliğine verdi.

"Hayır," dedi Elizabeth, "bu adil değil. Sen bütün dün-yanın ahlaklı olduğuna inanmak istiyorsun ve ben birinden kötü bahsedince inciniyorsun. Ben sadece senin mükemmel olduğunu düşünmek istiyorum ve sen buna itiraz ediyorsun. Benim aşırıya kaçmamdan, senin mutlak iyi niyetliliğine kendimi fazla kaptırmamdan korkma. Gerek yok. Gerçek-ten sevdiğim pek az insan var; hele saygı duyduğum daha az insan var. Dünyayı tanıdıkça hoşnutsuzluğum daha da artı-yor; her geçen gün insan karakterinin tutarsızlığına ve akıllı, duygulu görünenlere bile güvenilmeyeceğine olan inancım güçleniyor. Son zamanlarda iki örneğe rastladım; birinin sözünü etmeyeceğim; diğeri Charlotte'un evliliği. Anlaşılır şey değil! Neresinden bakarsan bak, anlaşılır şey değil!"

"Sevgili Lizzy, böyle duygulara kapılma. Mutsuz olur-sun. Mevki ve mizaç farkına yeterince pay vermiyorsun. Mr. Collins'in saygınlığını ve Charlotte'un sağduyulu, istikrarlı karakterini düşün. Unutma ki Charlotte geniş bir aileye mensup; mali bakımdan gayet uygun bir seçim; hem herkesin iyiliği için, kuzenimize saygı, sıcaklık gibi bir şeyler duyabileceğine inanmalısın."

"Seni memnun etmek için hemen her şeye inanmaya çalışırım, ama böyle bir inancın kimseye faydası olmaz; Charlotte'un ona saygı duyduğuna ikna olsam aklı da kalbi kadar gözümden düşer. Sevgili Jane, Mr. Collins kendini beğenmiş, palavracı, bencil, aptal bir adam; öyle olduğunu sen de benim kadar iyi biliyorsun; onunla evlenen bir kadı-nın aklından zoru olması gerektiğini sen de benim kadar tahmin edebiliyor olmalısın. Charlotte Lucas olsa bile öyle bir kadını savunamazsın. Tek bir kişinin hatırı için ilke ve namusun anlamını değiştirecek, kendini ya da beni bencilliğin sağduyu olduğuna, tehlikeye duyarsız olmanın mutluluk güvencesi olduğuna ikna etmeye çalışacak değilsin."

"Bana kalırsa onlardan bahsederken ağır bir dil kullanıyorsun," diye cevapladı Jane; "ve umarım, birlikte mutlu olduklarını görünce buna inanırsın. Ama bunu bırakalım artık. Sen başka bir şeye değindin. İki örnekten söz ettin. Seni yanlış anlamama imkân yok, ama yalvarırım, sevgili Lizzy, o kişinin suçlu olduğunu düşünerek, onun hakkındaki izleniminin berbat olduğunu söyleyerek bana acı çektirme. Kendimizi maksatlı olarak incitilen insanlar olarak görmeye bu kadar hazır olmamalıyız. Neşeli genç bir adamın her an o kadar dikkatli ve tedbirli olmasını beklememeliyiz. Sık sık kendi kibrimizden başka bir şey değildir bizi aldatan. Kadınlar hayranlığı olduğundan daha anlamlı sanıyorlar."

"Erkekler de anlamlı olmaması için çalışıyorlar."

"Planlı olarak yapılıyorsa haklı gösterilemez; ama dünyada bazı insanların sandığı kadar çok plan olduğunu düşünmüyorum."

"Mr. Bingley'nin hareketinin herhangi bir kısmını plana bağlamak niyetinde değilim," dedi Elizabeth; "ama hata yapma ya da başkalarını mutsuz etme kastı olmadan da hata yapılabilir ve üzüntü verilebilir. Düşüncesizlik, başka insanların duygularına karşı dikkatsizlik, kararsızlık da aynı işi görür."

"Sence sebep bunlardan biri mi?"

"Evet; sonuncusu. Ama devam edersem, itibar ettiğin kişiler hakkında ne düşündüğümü söyleyerek canını sıkacağım. Fırsatın varken beni durdur."

"Hâlâ kız kardeşlerinin onu etkilediği düşüncesindesin, öyle mi?"

"Evet, arkadaşıyla ortaklaşa."

"Buna inanamam. Onu niye etkilemek istesinler ki? Sadece mutlu olsun isterler; eğer bana tutkunsa başka hiçbir kadın onu mutlu edemez."

"İlk varsayımın yanlış. Mutluluğun yanında başka şeyler de isterler; serveti ve gücü artsın isterler; parası, önemli akrabaları ve gösterişi olan bir kızla evlensin isterler."

"Kuşkusuz, Miss Darcy'yi seçsin isterler," diye cevapladı Jane; "ama bu sandığından daha iyi duygulardan ötürü olabilir. Onu beni tanıdıklarından daha uzun zamandır tanıyorlar; onu daha çok sevmelerine şaşmamak gerekir. Ama kendi dilekleri ne olursa olsun, kardeşlerinin dileğine karşı çıkmaları uzak ihtimal. Hangi kız kardeş kendinde bu hakkı görür, eğer ortada çok itiraz edilecek bir şey yoksa? Bana bağlandığına inansalar bizi ayırmaya çalışmazlar; çünkü bağlanmış olsaydı başaramazlardı. Böyle bir niyet arayarak herkesin gayritabii ve yanlış davranmasına yol açıyorsun, beni de gayet mutsuz ediyorsun. Bu fikirle beni üzme. Yanılmış olmaktan utanmıyorum... ya da ne bileyim, önemli değil, hatta hiç değil onun ya da kız kardeşlerinin hakkında kötü düşünsem hissedeceğim şeylerin yanında. Meseleye en iyi açıdan bakmama izin ver, yani anlaşılabileceği açıdan."

Elizabeth böyle bir isteğe itiraz edemezdi; o andan sonra bir daha aralarında Mr. Bingley'nin adı geçmedi.

Mrs. Bennet onun artık geri dönmeyecek olmasına hayret etmeye, üzülmeye devam etti; Elizabeth'in durumun açıklamasını yapmadığı tek bir gün bile geçmediği halde, Mrs. Bennet'ın durumu daha sakince ele almasını sağlamanın pek imkânı yok gibiydi. Kızı onu inanmak istemediği bir şeye inandırmaya çalıştı, yani Jane'e olan ilgisinin olağan ve geçici bir hoşlanmadan ibaret olduğuna, onu görmez olunca ilgisinin de kesildiğine; gelgelelim, açıklamanın doğru olabileceği o sırada kabul ediliyorsa da, her gün aynı hikâyeyi tekrar ettiriyordu. Mrs. Bennet'ın tek avuntusu Mr. Bingley'nin yazın yine oraya gelecek olmasıydı.

Mr. Bennet meseleyi farklı şekilde ele aldı. "Demek Lizzy," dedi bir gün, "ablan aşkta kaybetti. Onu tebrik ederim. Evlenmek kadar, her kız arada bir aşkta kaybetmeyi de sever. Düşünecek bir şey olur, ona arkadaşları arasında bir tür farklılık verir. Senin sıran ne zaman geliyor bakalım? Jane'in uzun süre gerisinde kalmaya dayanamazsın. Zamanın geldi. Meryton'da ülkedeki tüm kadınları hayal kırıklığına uğratacak kadar çok subay var. Seninki de Wickham olsun. Hoş adam, seni bir güzel terk eder."

"Teşekkür ederim efendim, ama daha az sevimli bir adam bana yeter. Hepimiz Jane kadar talihli olmayı umamayız."

"Doğru," dedi Mr. Bennet, "ama başına o tür ne gelirse gelsin, durumdan faydalanmayı bilen sevgi dolu bir annesi olduğunu bilmek insanı rahatlatır."

Son zamanlardaki aksiliklerin Longbourn ailesinin birçok üyesinde yarattığı kederi dağıtmada Mr. Wickham'ın varlığı hayli etkili oldu. Onu sık sık gördüler ve diğer niteliklerine şimdi genel bir açıksözlülük de eklendi. Elizabeth'in zaten dinlediği şeyler, Mr. Darcy'yle ilgili iddiaları, onun yüzünden çektikleri artık açıkça söyleniyor, ulu orta ilan ediliyordu; herkes her şeyi öğrenmezden önce bile Mr. Darcy'den ne kadar nefret ettiğini düşünmekten zevk aldı.

Miss Bennet meselede Hertfordshire halkının bilmediği hafifletici sebepler olabileceğini düşünebilen tek kişiydi; ılımlı ve istikrarlı içtenliği her zaman hoşgörü payı bırakır, hata ihtimali arardı... ama ondan başka herkes Mr. Darcy'yi dünyanın en kötü kalpli adamı diye lanetliyordu.

Bölüm II

Aşk yeminleri ve saadet hayalleri içinde geçen bir haftadan sonra Mr. Collins cumartesinin gelişiyle sevgili Charlotte'undan ayrılmak zorunda kaldı. Ama ayrılık acısı, onun açısından, gelininin gelişi için yapılan hazırlıklar sayesinde hafifliyordu; Hertfordshire'e bir dahaki dönüşünden hemen sonra onu dünyanın en mutlu adamı yapacak günün belirleneceğini ummak için nedenleri vardı. Longbourn'daki akrabalarına önceki gibi ağırbaşlılıkla veda etti; güzel kuzenlerine tekrar sağlık ve mutluluk diledi ve babalarına yeni bir teşekkür mektubu sözü verdi.

Ertesi pazartesi Mrs. Bennet her zamanki gibi Christmas'ı Longbourn'da geçirmeye gelen erkek kardeşiyle karısını sevinçle karşıladı. Mr. Gardiner aklı başında, beyefendi bir adamdı; hem tabiat hem de eğitim bakımından kız kardeşinden çok daha üstündü. Netherfield'deki hanımlar esnaflıkla geçinen ve evi dükkânının görüş alanı içinde bulunan bir adamın böyle kibar ve sevimli olabilmesine zor inanırlardı. Mrs. Bennet'la Mrs. Philips'den birkaç yaş küçük olan Mrs. Gardiner cana yakın, zeki, zarif bir kadındı; Longbourn'daki tüm yeğenlerinin gözdesiydi. Bilhassa en büyük iki yeğeniyle arasında çok özel bir yakınlık vardı. Şehre gittiklerinde sık sık onun yanında kalırlardı.

Mrs. Gardiner'ın gelir gelmez ilk işi hediyelerini dağıtmak ve modadaki son yenilikleri anlatmak oldu. Bu iş bitince daha az faal bir rolü kaldı. Dinleme sırası ona geçti. Mrs. Bennet'ın anlatacak bir dolu ıstırabı ve çokça şikâyeti vardı. Yengesini son gördüğünden beri hepsinin her işi ters gitmişti. İki kızı evliliğin eşiğine gelmişler ama orada kalmışlardı.

"Jane'i suçlamıyorum," diye devam etti, "çünkü Jane elinden gelse Mr. Bingley'yi tavlardı. Ama Lizzy! Ah, hemşirem! Şimdiye kadar çoktan Mr. Collins'in karısı olduydu sapıklık etmeseydi. Adam ona bu odada evlenme teklif etti, o reddetti. Sonuç ortada, Lady Lucas benden önce evli kız anası olacak; Longbourn mülkü de yine aynen ipotekli. Lucaslar cidden çok becerikli insanlar, hemşirem. Ne alabileceklerse alıyorlar. Onlar hakkında böyle konuştuğum için üzgünüm, ama öyle. Kendi ailemin içinde böyle itilip kakılmak asabımı bozuyor, sefil ediyor beni; bir de insanın herkesten önce kendilerini düşünen komşuları olunca. Mamafih, böyle bir zamanda gelmeniz en büyük teselli; uzun yenlerle ilgili anlattıkların çok hoşuma gitti."

Jane ve Elizabeth'le mektuplaşmaları sırasında bu haberlerin esasını öğrenmiş olan Mrs. Gardiner görümcesine hafifçe cevap verdi, sonra yeğenlerine acıyıp konuşmayı değiştirdi.

Daha sonra Elizabeth'le yalnız kaldığı zaman bu konu hakkında biraz daha konuştu. "Jane için ideal bir evlilik olurmuş gibi görünüyor," dedi. "Olmadığına üzüldüm. Ama böyle şeyler çok oluyor! Mr. Bingley tarif ettiğin gibi bir adamsa, güzel bir kıza birkaç haftalığına kolayca âşık oluyor ve tesadüfler ayırınca onu öyle kolay unutuyorsa, bu tür sadakatsizliği çok sık yapıyor demektir."

"Kendi başına mükemmel bir avuntu," dedi Elizabeth, "ama bizim işimize yaramıyor. Tesadüfen acı çekiyor değiliz. Arkadaş müdahalesi kendi geliri olan genç bir adamı daha birkaç gün önce şiddetle âşık olduğu bir kızı unutmaya ikna etsin, asıl bu sık olan bir şey değil."

"Ama bu 'şiddetle âşık olduğu' ifadesi öyle basmaka-lıp, öyle kuşkulu, öyle belirsiz ki bana pek az fikir veriyor. Yarım saat tanışıklıktan doğan duygulara olduğu kadar ger-çek, güçlü bağlılıklara da uyabilir. Lütfen Mr. Bingley'nin aşkı ne kadar şiddetliydi, söyler misin?"

"Hiç daha vaatkâr bir ilgi görmedim; gitgide başka insanları gözü görmez oluyordu; Jane'e öyle kapılmıştı. Ne zaman buluşsalar bu daha açık, daha kesin bir biçimde görünüyordu. Kendi balosunda birkaç hanımı dansa kal-dırmayarak gücendirdi; onunla iki kez ben de konuştum ama cevap alamadım. Daha net belirtiler olabilir mi? Etrafa kayıtsızlaşmak aşkın özü değil midir?"

"A evet!.. onun hissettiğini sandığım türden aşkın. Zavallı Jane! Onun için üzülüyorum; onun karakterinde biri bunu çabuk atlatamaz. Keşke senin başına gelseydi Lizzy; sen daha çabuk güler geçerdin. Ama sence Jane'i bizimle dönmeye ikna edebilir miyiz? Hava değişimi işe yarayabilir... hem belki evden uzaklaşmak bile başlı başına bir rahatlık olur."

Elizabeth bu teklife son derece memnun oldu; ablasının dünden razı olduğuna inandığını söyledi.

"Umarım," diye ekledi Mrs. Gardiner, "bu genç adamla ilgili endişeleri onu etkilemez. Biz şehrin çok farklı bir böl-gesinde yaşıyoruz, tüm ilişkilerimiz çok farklı ve bildiğin gibi pek az dışarı çıkarız; o yüzden bizimle karşılaşmaları imkânsız gibi bir şey, tabii adam onu görmeye gelmezse."

"Buna imkân yok; çünkü şimdi arkadaşının göz hap-sinde; Mr. Darcy onun Londra'nın öyle bir semtinde Jane'i ziyaret etmesine katlanamaz! Yengeciğim, böyle bir şey nasıl aklınıza gelebilir? Mr. Darcy Gracechurch Street diye bir yer duymuştur belki, ama bir kez adım atmayagörsün, bir ay paklansa yine oranın kirini üstünden çıkaramayacağını düşünür; emin olun Mr. Bingley de onsuz bir yere kımıldamaz."

"Daha iyi ya. Umarım hiç karşılaşmazlar. Ama Jane adamın kız kardeşiyle yazışmıyor mu? O aramamazlık edemez."

"Arkadaşlığını temelli kesecek."

Ama Elizabeth bu noktayı ve bundan daha ilgi çekici olan, Bingley'nin Jane'i görmekten alıkonmasını anlatırken ne kadar kendinden emin gözükse de, aklına konuyla ilgili bir kuşku takıldı ve düşününce, durumu büsbütün umutsuz görmediğine inandırdı onu. Bingley'nin sevgisinin canlandırılması ve arkadaşlarının etkisinin Jane'in cazibesinin daha doğal etkisiyle alt edilmesi mümkündü, hatta gayet mümkündü.

Miss Bennet yengesinin davetini zevkle kabul etti; Bingleyler hakkında tek düşüncesi Caroline oldu; erkek kardeşiyle aynı evde yaşamadığı için onu görme tehlikesi olmadan arada bir Caroline'le bir sabah geçirebileceğini umuyordu.

Gardinerlar Longbourn'da bir hafta kaldılar; Philipsler, Lucaslar ve subaylar da olunca eğlencesiz tek gün geçmedi. Mrs. Bennet kardeşiyle yengesinin eğlenmeleri için öyle çok çabaladı ki bir kere bile oturup ailece akşam yemeği yiyemediler. Eğlence evde olduğu zaman bazı subaylar her zaman orada yerlerini aldılar... Mr. Wickham elbette bunlardan biriydi; bir keresinde Mrs. Gardiner Elizabeth'in ondan sıcak bir şekilde bahsetmesi üzerine şüphelendi ve ikisini yakın takibe aldı. Gördüklerinden ciddi ciddi âşık oldukları sonucunu çıkarmadı, ama birbirlerine gösterdikleri apaçık ilgi onu biraz rahatsız etti ve Hertfordshire'den ayrılmadan önce konuyu Elizabeth'le konuşmaya ve öyle bir yakınlığı sürdürmenin basiretsizlik olacağını söylemeye karar verdi.

Mrs. Gardiner için Wickham'ın genel özelliklerinden ayrı olarak ilginç bir yanı vardı. On, on iki yıl önce, henüz bekârken, Derbyshire'in Wickham'ın memleketi olan o tarafında epey zaman geçirmişti. Dolayısıyla birçok ortak tanıdıkları vardı; beş yıl önce Darcy'nin babası öldüğünden beri Wickham oraya pek gitmediyse de Mrs. Gardiner'a eski dostlarıyla ilgili onun alabileceğinden daha yeni haberler verecek malumata sahipti.

Mrs. Gardiner Pemberley'yi görmüş, merhum Mr. Darcy'nin ününü çok duymuştu. İşte burada tüketilemez bir sohbet konusu vardı. Pemberley'den hatırladıklarını Wickham'ın verdiği ayrıntılı tarifle karşılaştırınca ve merhum sahibinin karakteriyle ilgili övgü dolu sözler söyleyince hem Wickham'ı hem de kendini mutlu etti. Şimdiki Mr. Darcy'nin ona yaptıklarını duyunca o beyin çocukkenki şöhretine dair bunlarla uyuşacak bir şeyler hatırlamaya çalıştı ve sonunda Mr. Fitzwilliam Darcy'den daha o zaman aşırı gururlu, yaramaz bir çocuk diye söz edildiğini hatırladığına emin oldu.

Bölüm III

Mrs. Gardiner Elizabeth'i yalnız kalıp konuşacabile-cekleri ilk fırsatta kararlı ve nazik bir biçimde uyardı; ona düşüncesini söyledikten sonra şöyle devam etti...

"Sen çok aklı başında bir kızsın Lizzy, sırf ikaz edildiğin için kimseye âşık olmazsın; o yüzden seninle açık konuş-maktan korkmuyorum. Cidden, sana kendini korumanı öneririm. Parasızlığın imkânsız kılacağı bir beraberliğe ken-din de girme, onu sokmaya da çalışma. Ona karşı söyleye-cek hiçbir şeyim yok; çok ilgi çekici bir delikanlı; eğer hak ettiği servete sahip olsaydı daha iyisini yapamazdın derdim. Ama bu haliyle kendini hayallerine kaptırmamalısın. Senin sağduyun var ve hepimiz sağduyunu kullandığını görmek istiyoruz. Baban kararlarına ve davranışlarına güveniyor, eminim. Babanı hayal kırıklığına uğratmamalısın."

"Yengeciğim, bu iş çok ciddileşiyor."

"Evet ve seni aynı şekilde ciddi olmaya davet ediyorum."

"İyi öyleyse; telaş etmenize gerek yok. Kendime göz kulak olurum, tabii Mr. Wickham'a da. Bana âşık olmaya-caktır, önleyebilirsem yani."

"Elizabeth şu an ciddi değilsin."

"Bağışlayın; tekrar deneyeceğim. Halihazırda Mr. Wick-ham'a âşık değilim; hayır, hiç değilim. Ama o hayatta gördüğüm en çekici adam... eğer bana gerçekten bağlanırsa... sanırım bağlanmaması daha iyi olur. İmkânsızlığını görebiliyorum... Ah! O alçak Mr. Darcy!.. Babamın hakkımdaki görüşü bana şeref verir; bunu kaybedersem perişan olurum. Babam da bu arada Mr. Wickham'ı beğeniyor. Kısaca sevgili yengeciğim, sizi mutsuz ettiğim için çok üzgünüm; ama her gün görüyoruz, ortada sevgi olunca gençler parasızlık filan demeden hemen sözleniveriyorlar; bu durumda, baştan çıkarılmak üzereyken ben nasıl onca yaşıtımdan daha akıllı olmaya söz verebilirim ya da hatta karşı koymanın akıllıca olacağını nasıl bilebilirim? O yüzden, size tüm söz verebileceğim, acele etmemek. Onun ilk tercihi olduğuma inanmakta acele etmeyeceğim. Onun yanındayken istekli olmayacağım. Kısaca, elimden geleni yapacağım."

"Belki buraya bu kadar sık gelmesine de engel olursun. Hiç olmazsa annene onu davet etmeyi hatırlatmazsın."

"Geçen gün yaptığım gibi," dedi Elizabeth anlamlı bir gülümsemeyle: "Çok doğru, bundan vazgeçsem iyi olur. Ama o kadar sık geldiğini sanmayın. Bu hafta sizin sayenizde bu kadar sık davet edildi. Annemin her an eş dost istediğini bilirsiniz. Ama gerçekten, şeref sözü, bana en akıllıca gelen şeyi yapacağım; şimdi umarım tatmin olmuşsunuzdur."

Yengesi tatmin olduğunu söyledi, Elizabeth de ona uyarılarındaki nezaket için teşekkür ettikten sonra ayrıldılar; böyle bir konuda öğüt vermenin ve gücendirmemenin olağandışı bir örneği.

Gardinerlarla Jane gittikten hemen sonra Mr. Collins Hertfordshire'e geri döndü; ama Lucaslarda kaldığı için gelişi Mrs. Bennet için büyük bir rahatsızlık yaratmadı. Evliliği artık hızla yaklaşıyordu; Mrs. Bennet sonunda bu işin kaçınılmaz olduğunu kabul etmek zorunda kalmıştı, hatta tekrar tekrar, kötü niyetli bir ses tonuyla, "Dilerim mutlu olabilirler," diyordu. Nikâh perşembe günü olacaktı; çarşamba günü Miss Lucas veda ziyaretine geldi; gitmek için kalktığında, annesinin asık yüzlü, zoraki iyi dileklerinden utanan ve kendi adına içtenlikle duygulanan Elizabeth odadan çıkarken ona eşlik etti. Merdivenden birlikte inerlerken Charlotte şöyle dedi:

"Senden sık sık haber alacağıma inanıyorum Eliza."

"Elbette alacaksın."

"Bir ricam daha var. Gelip beni görür müsün?"

"Hertfordshire'de sık sık karşılaşırız umarım."

"Bir süre Kent'ten ayrılmam mümkün görünmüyor. O yüzden Hunsford'a gelmeye söz ver."

Elizabeth ziyaret düşüncesinden hoşlanmadı, ama hayır da diyemedi.

"Babamla Maria Mart'ta bana gelecekler," diye ekledi Charlotte, "umarım sen de onlara katılırsın. Cidden Eliza, gelişin beni onlar kadar sevindirir."

Nikâh kıyıldı: Gelin ve damat kilise kapısından çıkıp Kent'e doğru yola koyuldular; her zamanki gibi, herkesin konuyla ilgili anlatacak ya da dinleyecek çok şeyi vardı. Elizabeth çok geçmeden arkadaşından haber aldı; yine eskisi kadar sık ve düzenli mektuplaşıyorlardı; ama o kadar samimi olması imkânsızdı. Elizabeth tüm yakınlık duygusunun bittiğini hissetmeden ona yazamıyordu ve mektup yazmayı ihmal etmemeye kararlı olduğu halde, mektuplarını mevcut şeyler hatırına değil geçmişteki şeyler hatırına yazıyordu. Charlotte'un ilk mektupları epey bir heyecanla alındı; yeni evinden nasıl bahsedeceği, Lady Catherine'i sevip sevmediği, mutlu olup olmadığı konusunda ne diyeceği haliyle merak ediliyordu; gelgelelim, mektuplar okunduğunda, Elizabeth Charlotte'un kendisini her konuda tam da beklediği gibi ifade ettiğini hissetti. Neşeyle yazıyordu, konfor içinde görünüyordu ve methedemeyeceği hiçbir şeyden bahsetmiyordu. Ev, mobilyalar, muhit, yollar, hepsi gönlüne göreydi ve Lady Catherine'in tutumu son derece dostane ve nazikti.

Mr. Collins'in Hunsford ve Rosings resmiydi çizdiği, sadece akıllıca yumuşatılmıştı; Elizabeth gerisini öğrenmek için kendi ziyaretini beklemesi gerektiğini anladı.

Jane kız kardeşine birkaç satır yazarak Londra'ya sağ salim vardıklarını zaten bildirmişti; tekrar yazdığı zaman Elizabeth Bingleylerle ilgili bir şeyler söyleyebilecek durumda olacağına inanıyordu.

Bu ikinci mektup için duyduğu sabırsızlık her sabırsızlık gibi ödülünü aldı. Jane bir haftadır şehirdeydi ve Caroline'i görmemiş, ondan haber de almamıştı. Ama bunu arkadaşına Longbourn'dan yazdığı son mektubun kazayla kaybolmuş olma ihtimaline bağlıyordu.

"Yengem," diye devam ediyordu, "yarın şehrin o tarafına gidiyor; benim de Grosvenor Street'e uğrama fırsatım olacak."

Ziyaretten sonra tekrar yazdı; Miss Bingley'yi görmüştü. "Caroline'i keyifsiz buldum," diye yazdı, "ama beni gördüğüne çok sevindi; Londra'ya gelişimi haber vermedim diye bana kızdı. Demek ki haklıymışım; son mektubum eline geçmemiş. Kardeşlerini sordum tabii. İyiymiş, ama Mr. Darcy'yle öyle meşgulmüş ki onu nadiren görüyorlarmış. Miss Darcy'nin akşam yemeğine beklendiğini öğrendim. Keşke onu görebilseydim. Uzun kalamadım; Caroline'le Mrs. Hurst çıkmak üzereydiler. Sanırım yakında onları burada göreceğim."

Elizabeth mektubu başını sallayarak okudu. Demek ki Mr. Bingley ablasının şehirde olduğunu sadece rastlantı sonucu öğrenebilirdi.

Dört hafta geçti ve Jane Mr. Bingley'yi görmedi. Kendini buna üzülmediğine inandırmaya çalıştı; ama Miss Bingley'nin ilgisizliğini daha fazla görmezden gelemedi. On beş gün boyunca her sabah evde bekledikten, her akşam onun adına bir bahane uydurduktan sonra, ziyaretçi sonunda göründü; ama kısa kalışı, dahası tavrındaki değişim Jane'in kendini daha fazla kandırmasına izin vermedi. Kız kardeşine bu konuda yazdığı mektup ne hissettiğini gösterecektir.

"Eminim, sevgili Lizzy, Miss Bingley'nin bana bakışı konusunda tümüyle aldandığımı kendime itiraf ettiğim zaman yargılarında bana karşı haklı çıkmış olmaktan keyif duymayacaktır. Ama sevgili kardeşim, olaylar seni haklı çıkardıysa da, Miss Bingley'nin davranışlarını göz önüne alınca, cesaretimin hâlâ senin şüphen kadar doğal olduğunu söylemeye devam edersem inatçı olduğumu düşünme. Benimle neden yakın olmak istediğini bir türlü anlayamıyorum; ama aynı şeyler yeniden olsa, eminim yine aldatılırım. Caroline ziyaretime ancak dün karşılık verdi; aradaki zaman boyunca ne bir not, ne tek bir satır aldım. Geldiği zaman da bundan hoşlanmadığı belliydi; daha önce uğrayamadığı için hafif, resmi bir özür diledi, beni tekrar görme arzusu hakkında tek kelime etmedi ve her bakımdan öyle değişmiş biriydi ki gittiği zaman arkadaşlığımı devam ettirmemeye kesin karar vermiştim. Ona acıyorum, ama onu suçlamamak elimde değil. Herkesin arasından beni seçmekle büyük hata yapmış; tüm yakınlaşma girişimlerinin ondan geldiğini rahatlıkla söyleyebilirim. Ama ona acıyorum, çünkü hatalı davrandığını hissediyor olmalı, çünkü eminim kardeşi için duyduğu endişedir bunun nedeni. Kendimle ilgili daha fazla açıklama yapmama gerek yok; bu endişenin gayet gereksiz olduğunu biz biliyoruz, ama o endişe duyuyorsa, bu bana olan davranışını kolaylıkla açıklayacaktır; kız kardeşi haklı olarak ona o kadar düşkün olduğu için, onun adına duyduğu her endişe doğal ve makuldür. Ne var ki, bu tür korkuları şimdi duymasına şaşırmamak elimde değil, çünkü Mr. Bingley beni önemsiyor olsaydı çok, çok uzun zaman önce karşılaşmış olurduk. Benim şehirde olduğumu biliyor, Miss Bingley'nin söylediği bir şeyden anladım; yine de Mr. Bingley'nin Miss Darcy'yi gerçekten beğendiğine kendini inandırmak istediği konuşma şeklinden belli oluyordu. Anlayamıyorum. Kaba bir yargı vermekten korkmasam, bütün bunlarda güçlü bir ikiyüzlülük görüntüsü var diyeceğim. Ama her ıstıraplı düşünceyi uzak tutmaya ve sadece beni mutlu edecek şeyler düşünmeye çalışacağım, senin sevgin, sevgili dayımın ve yengemin şaşmaz iyiliği. Senden bir an önce haber almak isterim. Miss Bingley Netherfield'e bir daha dönmemek, evi bırakmak konusunda bir şeyler dedi ama kesin konuşmuyordu. En iyisi bundan bahsetmeyelim. Hunsford'daki dostlarımızdan hoş haberler almana son derece sevindim. Lütfen gidip gör onları, Sir William ve Maria'yla birlikte. Orada çok rahat edeceğine eminim... Sevgilerimle."

Bu mektup Elizabeth'i biraz üzdü; ama hiç olmazsa Jane'in artık o kız kardeş tarafından kandırılamayacağını düşününce keyfi yerine geldi. Erkek kardeşle ilgili beklentiler artık kesinlikle bitmişti. İlgisi yeniden canlansın bile istemezdi. Karakteri her incelemede biraz daha sevimsizleşti; onu cezalandırır, Jane'e de muhtemel bir üstünlük verircesine, yakında Mr. Darcy'nin kız kardeşiyle gerçekten evlenmesini ciddi ciddi umut etti, çünkü Wickham'ın anlattığına göre kız onu kaldırıp attığı şeyler için bin pişman edecek türde bir kızdı.

Hemen hemen aynı günlerde Mrs. Gardiner Elizabeth'e o beyle ilgili sözünü hatırlatarak bilgi istedi; Elizabeth'te kendisinden çok yengesini memnun edecek böyle bir bilgi vardı. Wickham'ın o belirgin beğenisi geçmiş, ilgisi bitmişti; artık başka birine hayrandı. Elizabeth hepsini görecek kadar uyanıktı, ama bunları önemli bir acı duymadan görebiliyor ve yazabiliyordu. Pek öyle canı yanmamıştı; para durumu izin verse tek seçiminin kendisi olacağına inanınca gururu tatmin olmuştu. Şimdi kendini beğendirmeye çalıştığı genç hanımın en dikkat çekici cazibesi aniden on bin pound sahibi olmuş olmasıydı; ama belki Wickham'a Charlotte'a gösterdiğinden daha fazla anlayış gösteren Elizabeth serbest kalmak istediği için onunla kavga etmedi. Aksine, hiçbir şey daha doğal olamazdı; onu terk etmek için Wickham'ın biraz mücadele etmiş olması gerektiğini tahmin etmekle birlikte bunun her ikisi için de akıllı ve uygun bir çözüm olduğunu kabul etmeye hazırdı ve içtenlikle mutlu olmasını diledi.

Bütün bunlar Mrs. Gardiner'a anlatıldı; olayları aktardıktan sonra Elizabeth şöyle devam etti: "Şimdi inanıyorum ki sevgili yengeciğim, fazla âşık olmamışım; çünkü o saf ve sarhoş edici tutkuyu yaşamış olsaydım şu an adına lanet okuyor, kendisine beddua ediyor olurdum. Ama hem ona karşı içimdc iyi duygular var, hem de Miss King'e karşı kayıtsızım. Ondan nefret etmek ya da çok iyi bir kız olduğunu düşünmeye yanaşmamak bile gelmiyor içimden. Bütün bunlarda aşk olamaz. Uyanık olmam işe yaradı; ona delice âşık olsam tüm tanıdıklarım için daha ilginç bir kişi olurdum elbette, ama görece önemsizliğime üzüldüğümü söyleyemem. Önem bazen çok pahalıya satın alınabiliyor. Kitty ve Lydia bu ihaneti benden çok daha fazla dert ediyorlar. Dünya işleri konusunda henüz gençler; yakışıklı genç erkeklerin de sıradan erkekler gibi geçim derdine düşebilecekleri gerçeğine inanmaya henüz açık değiller."

Bölüm IV

Ocak ve Şubat ayları Longbourn ailesinde bunlardan daha büyük olaylar olmaksızın ya da çok çok Meryton'a bazen çamurda, bazen soğukta yapılan yürüyüşler dışında renklenmeksizin geçti. Mart'ta Elizabeth Hunsford'a gidecekti. Gitmek konusunda önceleri pek ciddi değildi; ama çok geçmeden Charlotte'un planı önemsediğini fark etti ve gitgide kendisi de bunu hem daha büyük zevkle hem de daha büyük kararlılıkla düşünmeyi öğrendi. Yokluklarında Charlotte'u tekrar görme arzusu artmış, Mr. Collins'e duyduğu hoşnutsuzluk da azalmıştı. Hayat yenilik istiyordu; öyle bir anne ve öyle çekilmez kardeşlerle ev kusursuz sayılamazdı; ufak bir değişiklik kendi hatırı için bile hiç de fena olmayacaktı. Kaldı ki yolculuk ona Jane'i görme fırsatı verecekti; kısaca, zaman yaklaştıkça, erteleme filan olacak diye endişelenmeye başladı. Ama her şey yolunda gitti ve Charlotte'un ilk planına uygun olarak halledildi. Sir William'la iki numaralı kızına eşlik edecekti. Londra'da geceleme fikri de eklenince plan mükemmel oldu.

Tek üzüntüsü babasından ayrılmaktı; babası onu çok özleyecekti, o yüzden, zaman geldiğinde gitmesine pek taraftar olmadı, ona yazmasını söyledi ve mektubuna cevap vermeye neredeyse söz verdi.

Mr. Wickham'la vedalaşması gayet dostça oldu, bilhassa Wickham açısından. Halihazırdaki hedefi ona Elizabeth'in ilgisini ilk çeken ve hak eden, ilk dinleyen ve acıyan, ilk hayran olunan kadın olduğunu unutturamamıştı; hoşçakal derkenki, iyi eğlenceler dilerkenki, Lady Catherine de Bourgh'dan ne umması gerektiğini hatırlatırkenki ve onun hakkında... herkes hakkında görüş birliği içinde olacaklarına inandığını söylerkenki halinde bir yakınlık, bir ilgi vardı ve Elizabeth bu yüzden içtenlikli bir beğeniyle Wickham'a ilelebet bağlı kalacağını hissetti; ondan ayrıldığı zaman, ister evli olsun ister bekâr, onun için her zaman cazibeli ve sevimli erkek modeli olacağına inanmıştı.

Ertesi gün beraberindeki yolcular Wickham'ı gözünden düşürecek türden değildiler. Sir William Lucas'la kızı Maria, terbiyeli ama babası kadar boş kafalı bir kız, işitmeye değer bir şey anlatmıyorlardı; onları dinlemek arabanın çatırtılarını dinlemekten daha fazla zevk vermedi. Elizabeth tuhaflıkları severdi, ama Sir William'ınkileri çok uzun zamandır tanıyordu. Saraya takdiminin ve şövalyeliğin harikaları hakkında ona yeni bir şey anlatamazdı; kibar halleri de hikâyeleri gibi aşınıp gitmişti.

Yirmi dört millik bir yolculuktu; yola erken çıkıp öğleye doğru Gracechurch Street'e vardılar. Mr. Gardiner'ın kapısına yaklaşırlarken Jane oturma odasının penceresine çıkmış, gelmelerini bekliyordu; avluya girdikleri zaman inip onları karşıladı; merakla yüzüne bakan Elizabeth onu her zamanki gibi sağlıklı ve sevimli görünce mutlu oldu. Merdivende bir alay kız ve oğlan vardı; kuzenlerini görme merakı oturma odasında beklemelerine, onu on iki aydır görmedikleri için utangaçlıkları da aşağı inmelerine izin vermemişti. Her şey neşeli, tatlıydı. Günün çoğu keyifli geçti; sabahleyin koşuşturma ve alışveriş, akşamleyin tiyatro.

Elizabeth bir ayarlama yapıp yengesinin yanına oturdu. İlk konuları ablası oldu; ayrıntılı soruları cevaplanırken,

Jane'in neşeli olmak için her zaman mücadele ettiğini ama çöküntü dönemleri de geçirdiğini işitince şaşkınlıktan çok acı duydu. Neyse ki uzun sürmeyeceğini ummak mümkündü. Mrs. Gardiner ona Miss Bingley'nin Gracechurch Street'e yaptığı ziyaretin ayrıntılarını da verdi ve farklı zamanlarda Jane'le arasında geçen konuşmaların ayrıntılarını da tekrarladı; anlaşılıyordu ki Miss Bingley kendi açısından arkadaşlığı bitirmişti.

Mrs. Gardiner sonra yeğenini Wickham'ın vukuatı konusunda sıkıştırdı ve buna o kadar iyi dayandığı için onu kutladı.

"Ama, sevgili Elizabeth," diye ekledi, "Miss King ne tür bir kız? Dostumuzun paragöz olduğunu düşünmek üzücü."

"Lütfen söyleyin yengeciğim, evlilik meselelerinde paragöz olmakla sağduyulu olmak arasında ne fark vardır? Duygular nerede biter, açgözlülük nerede başlar? Geçen Christmas'da benimle evlenmesinden korkuyordunuz akılsızlık olur diye; ama şimdi sadece on bin poundu olan bir kızı elde etmeye çalışıyor diye paragöz olduğunu düşünmek istiyorsunuz."

"Bana Miss King'in ne tür bir kız olduğunu söylersen ne düşüneceğime karar veririm."

"Çok iyi bir kız bence. Bir zararını görmedim."

"Ama büyükbabasının ölümüyle bu servetin sahibi olana kadar kıza hiç ilgi göstermedi."

"Hayır... niye göstersin ki? Param yok diye benim kalbimi kazanmasına izin yoksa umursamadığı ve aynı ölçüde parasız bir kıza kur yapmasının ne anlamı var?"

"Ama bu olaydan hemen sonra ilgisini ona çevirmesinde kaba saba bir şey var sanki."

"Sıkıntı içindeki bir adamın başka insanların gözetebileceği bütün o zarif âdetlere ayıracak zamanı olmaz. Kız itiraz etmiyorsa biz niye edelim?"

"Kızın itiraz etmemesi adamı haklı çıkarmaz. Sadece kızın kendi içindeki bir şeyin yetersizliğini gösterir... duygu ya da duyarlık."

"Nasıl isterseniz öyle deyin," diye haykırdı Elizabeth, "adam paragöz olsun, kız da aptal olsun."

"Hayır Lizzy, kastettiğim bu değil. Derbyshire'de o kadar uzun süre yaşamış bir delikanlı hakkında kötü düşünmek beni üzer, doğrusu."

"Ya! Mesele buysa, ben Derbyshire'de yaşayan delikanlılara hiç itibar etmem; onların Hertfordshire'de yaşayan yakın arkadaşları da daha makbul değildir. Hepsinden bıktım. Tanrı'ya şükür! Yarın tek bir sevimli tarafı olmayan, içi de dışı da bir şeye benzemeyen bir adamla karşılaşacağım bir yere gidiyorum. Ahmak adamlar tanımaya değer yegâne adamlardır bana kalırsa."

"Aman Lizzy; bu konuşmada kuvvetli bir hayal kırıklığı okunuyor."

Oyunun sonunda birbirlerinden ayrılmadan önce, beklenmedik bir sevinçle, yazın yapmayı düşündükleri gezide dayısıyla yengesine eşlik etme daveti aldı.

"Nereye kadar gideriz, daha tam karar vermedik," dedi Mrs. Gardiner, "bakarsın Göller Bölgesi'ne kadar gideriz."

Hiçbir teklif Elizabeth için daha cazip olamazdı; daveti hemen ve minnettarlıkla kabul etti. "Sevgili, biricik yengeciğim," diye haykırdı coşkuyla. "Ne zevk! Ne mutluluk! Bana yeni bir hayat ve enerji verdiniz. Hayal kırıklığına ve kedere elveda. Dağın taşın yanında erkekler de neymiş? Ah! Yollarda geçireceğimiz saatleri düşünsenize! Döndüğümüz zaman öbür seyyahlar gibi olmayacağız, biz her şeyi ince ince anlatmayı becerebileceğiz. Biz nereye gittik, bileceğiz... gördüklerimizi hatırlayacağız. Göller, dağlar, nehirler aklımızda birbirine girmeyecek; belli bir sahneyi tarif etmeye kalktığımız zaman nereye yakındı nereye uzaktı diye kavga etmeye başlamayacağız. Bir heves anlattıklarımız bile çoğu seyyahınkinden daha inandırıcı olacak."

Bölüm V

Ertesi günkü yolculukta gördüğü her şey Elizabeth için yeni ve ilginçti; keyifli bir ruh hali içindeydi çünkü ablasını sağlığıyla ilgili tüm korkularını giderecek kadar iyi görmüştü ve kuzey turu yapma olasılığı onun için sürekli bir neşe kaynağıydı.

Anayoldan çıkıp Hunsford yoluna saptıkları zaman bütün gözler Rahip Lojmanı'nı aramaya başladı ve her dönemeçten sonra şimdi görünecek diye beklendi. Rosings Korusu'nun çiti bir yandaki sınırlarını çiziyordu. Elizabeth mülkün sakinleri hakkında bütün o duyduklarını gülümseyerek hatırladı.

Sonunda lojman seçilir oldu. Yola doğru eğimlenen bahçe, içindeki ev, yeşil direkler, defne çalılığı, her şey geldiklerini haber veriyordu. Mr. Collins ve Charlotte kapıda belirdiler; araba küçük bir kapıda durdu; kapıdan yukarı çakıl taşı döşeli kısa bir patika eve uzanıyordu; herkesin memnuniyeti yüzünden okunuyordu. Az sonra hepsi arabadan inmişler, sevinçle birbirlerine bakıyorlardı. Mrs. Collins arkadaşını coşkulu bir keyifle karşıladı; Elizabeth öyle duygulu bir şekilde karşılandığını görünce geldiğine daha da memnun oldu. Kuzeninin davranışlarının evlilikten sonra değişmediğini hemen gördü; resmi kibarlığı aynen eskisi gibiydi ve Elizabeth'i birkaç dakika kapıda alıkoydu ailesinin tek tek sağlığını sorarak. Sonra, girişin bakımlılığına dikkatlerini çekmesi dışında bir gecikme olmadan eve alındılar; salona girer girmez gösterişli bir resmiyetle onları fakirhanesine ikinci kez buyur etti ve karısının tüm içecek tekliflerini harfiyen tekrarladı.

Elizabeth onu zaferini sergilerken görmeye hazırlıklıydı; odanın ölçülerine, havasına ve mobilyasına dikkat çekerken özel olarak ona hitap ettiğini elinde olmadan düşündü: Sanki ona onu reddetmekle neler kaybettiğini hissettirmek istiyordu. Gelgelelim, her şey yerli yerinde ve konforlu görünse de, Elizabeth onu memnun edecek herhangi bir pişmanlık belirtisi gösteremedi; aksine, öyle bir hayat arkadaşıyla öyle neşeli bir hava yakalayabildiği için biraz hayretle arkadaşına baktı. Mr. Collins normal olarak karısının utanabileceği bir şey söylediği zaman, ki besbelli seyrek oluyor değildi, Elizabeth elinde olmadan gözlerini Charlotte'a dikiyordu. Bir iki kez hafif bir kızarıklık seçer gibi oldu; ama Charlotte akıllılık ediyor, çoğunlukla duymazdan geliyordu. Vitrinden şömine ızgarasına dek odadaki her mobilya parçasına hayran olacak, yolculuklarını ve Londra'da olanları anlatacak kadar oturduktan sonra Mr. Collins onları bahçede yürüyüş yapmaya davet etti; bahçe genişti, iyi düzenlenmişti ve bakımını bizzat kendisi yapıyordu. Bahçesinde çalışmak onun en saygın zevklerinden biriydi; Elizabeth Charlotte'un egzersizin yararlarından ve kendisinin bu konudaki büyük teşvikinden bahsettiği sırada yüz ıfadesine hâkim olma becerisine hayran oldu. Her patikada önlerine düşüp, beklediği övgüleri söylemeleri için bir saniye fırsat vermeden, her güzelliği unutturan bir çabuklukla manzaranın ayrıntılarına tek tek dikkat çekti. Her yöndeki tarlaları sayabiliyor, en uzak ağaçlıkta kaç ağaç olduğunu söyleyebiliyordu. Ama bahçesinin ya da memleketin veya krallığın övünç duyabileceği tüm manzaralar içinde Rosings mukayese kabul

etmezdi, evinin ön cephesinin baktığı koruyu çeviren ağaçlar arasındaki açıklıktan göründüğü üzere. Güzel, modern
bir binaydı; toprağın yükseldiği yerde inşa edilmişti.

Bahçesinden sonra Mr. Collins onlara iki çimenliğini gezdirecekti, ama hanımlar ayakkabıları yerdeki kırağı
kalıntıları için uygun değil diye geri döndüler; Sir William
ona eşlik ederken Charlotte kardeşiyle arkadaşını eve götürdü, galiba evi kocasının yardımı olmadan gösterme fırsatı
bulduğu için müthiş sevinerek. Küçük bir evdi, ama iyi inşa
edilmiş ve kullanışlıydı; Elizabeth'in Charlotte'a atfettiği bir
özen ve uyum içinde her şey birbirine yakıştırılmıştı. Mr.
Collins unutulunca her yanda büyük bir konfor havası ve
Charlotte'un bundan aldığı zevk vardı; Elizabeth adamın
sık sık unutuluyor olması gerektiğini düşündü.

Lady Catherine'in hâlâ taşrada olduğunu önceden
öğrenmişti. Akşam yemeğinde bundan tekrar bahsedildi;
Mr. Collins sohbete katıldı ve şöyle dedi:

"Evet Miss Elizabeth, Lady Catherine de Bourgh'u
gelecek pazar kilisede görme şerefine sahip olacaksınız;
ona bayılacağınızı söylememe bile gerek yok. Kendisi bir
nezaket ve yüce gönüllülük timsalidir; ayin bittiği zaman
belli bir miktar ilgisine nail olacağınızdan hiç şüphem yok.
Şunu tereddütsüz söyleyebilirim ki buradaki misafirliğiniz
sırasında bizi onurlandırdığı her davete sizi ve baldızım
Maria'yı da dâhil edecektir. Sevgili Charlotte'uma kar
şı davranışı tek kelimeyle büyüleyici. Her hafta iki kez
Rosings'de akşam yemeği yiyoruz ve eve yürümemize izin
verilmiyor. Lady hazretlerinin arabası bizim için düzenli
olarak çağrılıyor. Arabalarından biri, demem gerek, çünkü
birkaç arabası var."

"Lady Catherine çok saygın, anlayışlı bir kadın gerçekten," diye ekledi Charlotte, "ve çok dikkatli bir komşu."

"Çok doğru hayatım, ben de aynen öyle diyorum. Öyle
bir kadın ki insan ne kadar hürmet etse yetmez."

Akşam çoğunlukla Hertfordshire haberleri hakkında konuşarak ve zaten yazılmış şeyleri tekrar anlatarak geçti; akşam sona erince Elizabeth odasının yalnızlığında Charlotte'un ne ölçüde hayatından memnun olduğu üzerine düşünmek, kocasına yol gösterme becerisini ve kocasına katlanma metanetini kavramak ve her şeyin gayet yolunda gittiğini kabul etmek zorunda kaldı. Ziyaretinin nasıl geçeceğini, gündelik meşgalelerinin sakin akışını, Mr. Collins'in sıkıcı müdahalelerini ve Rosings'le ilişkilerindeki eğlenceleri de tahmin etmek zorunda kaldı. Canlı bir hayal gücü çok geçmeden her şeyi halletti.

Ertesi günün ortasına doğru odasında yürüyüş hazırlığı yaparken, aşağıdan gelen ani bir gürültü bütün evi altüst eder gibi oldu; bir an dinledikten sonra, vahşi bir acele içinde birinin merdivenden yukarı koştuğunu ve ona bağırdığını duydu. Kapıyı açtı, sahanlıkta Maria'yı gördü; heyecandan nefesi kesilmiş, haykırıyordu:

"Ah sevgili Eliza! Lütfen acele et, yemek odasına gel, görülecek manzara! Ne olduğunu söylemeyeceğim. Acele et, hemen in."

Elizabeth boş yere sorular sordu; Maria başka bir şey söylemeyecekti; birlikte koşarak yemek odasına indiler; yemek odası yola bakıyordu, peşine düştükleri harika da önlerindeydi! Bahçe kapısındaki alçak bir faytonda iki hanım duruyordu.

"Hepsi bu mu?" diye haykırdı Elizabeth. "Hiç olmazsa domuzların bahçeye girdiğini filan ummuştum, oysa burada Lady Catherine'le kızından başka bir şey yok!"

"A! Şekerim," dedi Maria, hata karşısında afallayarak, "Lady Catherine değil bu. Yaşlı hanım Mrs. Jenkinson, onlarla birlikte yaşıyor; öteki de Miss de Bourgh. Baksana şuna. Ne çıtır şey. Bu kadar ince ve ufak olduğu kiminin aklına gelirdi!"

"Bu rüzgârda Charlotte'u dışarıda tutması büyük kaba-lık. Niye içeri girmiyor?"

"Charlotte pek girmez diyor. Miss de Bourgh'un içeri girmesi en büyük iltifatmış."

"Görünüşünü sevdim," dedi Elizabeth aklı başka düşün-celerle meşgul halde. "Hasta ve huysuz görünüyor. Evet, ona iyi gelir. Ona gayet uygun bir eş olur."

Mr. Collins ve Charlotte kapıda dikilmiş, hanımlarla konuşuyorlardı; Sir William ise, Elizabeth'i şaşırtacak bir şekilde, kapının önünde mevzilenmiş, bir heves önündeki soylu kişiyi izliyor, Miss de Bourgh o yana her baktığında habire başını eğerek selam veriyordu.

Nihayet söyleyecek bir şey kalmadı; hanımlar yollarına devam ettiler, ötekiler de eve döndüler. Mr. Collins iki kızı görür görmez onları kısmetleri için tebrik etmeye başladı, Charlotte da kısmetin ne olduğunu açıkladı: Bütün grup ertesi gün akşam yemeğine Rosings'e çağrılmıştı.

Bölüm VI

Bu davetle Mr. Collins'in başarısı tam oldu. Hamisinin ihtişamını meraklı misafirlerine sergileme ve kendisine ve karısına gösterdiği nezakete tanık olmalarını sağlama fırsatı tam da istediği şeydi; bu fırsatın bu kadar çabuk verilmesi de Lady Catherine'in cömertliğinin öyle nadide bir örneğiydi ki ne kadar minnet duysa azdı.

"İtiraf ederim ki," dedi, "lady hazretleri bizi pazar günü Rosings'e çay içmeye ve akşamı birlikte geçirmeye çağırsaydı hiç şaşırmazdım. Ne kadar mütevazı olduğunu bildiğim için bunu bekliyordum. Ama gelişinizden hemen sonra oraya yemeğe davet edileceğimiz kimin aklına gelirdi, hem de hepimiz birden!"

"Ben o kadar şaşırmadım," diye cevapladı Sir William, "neden derseniz, büyük insanların tarzlarını bilirim, hayattaki konumum o tarzı edinmeme imkân vermiştir. Saray çevresinde bu tip incelikler az görülür şey değildir."

Bütün gün ve ertesi sabah Rosings ziyaretinden başka pek az şeyden bahsedildi. Mr. Collins ne beklemeleri gerektiği konusunda onları dikkatle uyarıyordu, öyle odaların, onca hizmetçinin, öyle muhteşem bir sofranın görüntüsü onları büsbütün ezmesin diye.

Hanımlar giyinmek için çekilirlerken, Elizabeth'e şöyle dedi:

"Kıyafetinizle ilgili rahatsızlık duymayın sevgili kuzenim. Lady Catherine bizden kendisine ve kızına yakışacak zarafette elbiseler giymemizi beklemez. Tavsiyem, diğerlerinden daha üstün olan giysiniz hangisiyse onu giymenizdir... fazlasına gerek yok. Lady Catherine sade giyimli olduğunuz için hakkınızda kötü düşünmeyecektir. Kendisi seviye farkının muhafaza edilmesinden hoşlanır."

Giyinirlerken birkaç kez kapılarına gelip çabuk olmalarını söyledi, Lady Catherine yemek için bekletilmekten hoşlanmaz diye. Lady hazretleri ve yaşam tarzı hakkındaki böyle büyük açıklamalar kalabalığa pek alışkın olmayan Maria Lucas'ı ürküttü ve Rosings'deki takdimini babasının St. James'deki takdimini beklediği aynı endişeyle beklemeye başladı.

Hava güzel olduğu için koruda yarım millik tatlı bir yürüyüş yaptılar. Her korunun kendi güzelliği ve özellikleri vardır; Elizabeth hoşuna giden birçok şey gördü, ama yine de Mr. Collins'in sahnenin esinleyeceğini umduğu kadar coşku duymadı, evin ön cephesindeki pencereleri saymasından, camların Sir Lewis de Bourgh'a aslen kaça mal olduğunu anlatmasından da pek etkilenmedi.

Hol merdivenlerini çıkarlarken Maria'nın telaşı her an biraz daha arttı; Sir William bile pek sakin görünmüyordu. Elizabeth'in cesareti onu yarı yolda bırakmadı. Lady Catherine'den olağanüstü yetenekleri ya da mucizevi erdemleri için övgüyle bahsedildiğini duymamıştı, paranın ve mevkinin olağan ihtişamını ise ezilip büzülmeden izleyebileceğini düşünüyordu.

Mr. Collins'in kendinden geçmiş bir halde geniş ölçülerine ve kusursuz süslerine işaret ettiği giriş holünden itibaren hizmetçileri takip ederek bir bekleme odasından geçip Lady Catherine, kızı ve Mrs. Jenkinson'ın oturduğu odaya girdiler. Lady hazretleri büyük bir yüce gönüllülükle onları kabul etmek için ayağa kalktı; Mrs. Collins takdim görevinin onda olmasını önceden kocasıyla ayarladığı için takdim usulünce yapıldı, adamın gerekli sanacağı o özür ve teşekkürlerin hiçbiri olmadan.

Daha önce St. James'de bulunmuş olmasına rağmen Sir William onu çevreleyen ihtişamdan öyle hayrete düşmüştü ki yerlere kadar eğilerek selam verecek cesareti ancak buldu ve tek kelime etmeden yerine oturdu; neredeyse korkudan bayılacak haldeki kızı hangi yana bakacağını bilemeden koltuğunun ucuna oturdu. Elizabeth kendini gayet rahat hissetti ve karşısındaki üç hanımı sakince gözlemleyebildi... Lady Catherine uzun boylu, iriyarı bir kadındı, belki vaktiyle güzel olan sert hatları vardı. Havası uzlaşmacı değildi, onları kabul etme tarzı da ziyaretçilerine düşük seviyelerini unutturacak şekilde değildi. Susunca korkutucu değildi; ama her dediğini kendine verdiği önemi gösteren öyle otoriter bir sesle söylüyordu ki Elizabeth'in aklına hemen Mr. Wickham geldi; bütün gün gözlemledikten sonra Lady Catherine'in tam da onun anlattığı gibi olduğuna karar verdi.

Yüzünde ve duruşunda hemen Mr. Darcy'ye benzerlik bulduğu anneyi inceledikten sonra gözlerini kıza çevirince Maria'nın onu öyle ince ve ufak tefek bulmasındaki şaşkınlığa katılır gibi oldu. Hanımlar arasında ne endam ne de yüz benzerliği vardı. Miss de Bourgh solgun ve hasta görünüşlüydü; yüz hatları sıradan değilse bile ifadesizdi; pek az ve alçak sesle sadece Mrs. Jenkinson'la konuştu; Mrs. Jenkinson'ın görünümünde dikkat çekici bir şey yoktu ve tümüyle onun dediklerini dinlemekle ve şöminenin ışığı gözünü almasın diye paravanı hizalamakla meşguldü.

Birkaç dakika oturduktan sonra manzarayı seyretsinler diye hep birden pencereye gönderildiler; Mr. Collins manzaranın güzelliklerine işaret etmek için onlara eşlik etti, Lady Catherine de asıl yazın görülmesi gerektiğini söyledi.

Yemek son derece güzeldi ve Mr. Collins'in söz verdiği bütün o hizmetçiler ve bütün o sofra takımları oradaydılar; yine önceden söylediği gibi, lady hazretlerinin arzusu üzerine masanın diğer ucundaki yerini aldı ve hayat insana daha fazlasını sunamaz diyen biri gibi göründü. Yemeğini parçalara ayırdı, yedi ve keyifli bir özenle övdü; her tabağa ayrı iltifat edildi, önce o, sonra Sir William tarafından; Sir William o zamana kadar damadının her dediğini tekrarlayacak kadar toparlanmıştı, hem de Elizabeth'in Lady Catherine'e nasıl dayanabiliyor, anlayamadığı bir tarzda. Ama Lady Catherine onların aşırı hayranlığından zevk alıyor gibiydi ve cömert gülücükler dağıtıyordu, bilhassa masaya daha önce tatmadıkları anlaşılan bir yemek gelince. Topluluk pek konuşkan değildi. Elizabeth bir boşluk bulunca konuşmaya hazırdı, ama Charlotte'la Miss de Bourgh arasında oturuyordu... ilki Lady Catherine'i dinlemekle meşguldü, diğeri de bütün yemek boyunca ona tek kelime etmedi. Mrs. Jenkinson çoğunlukla Miss de Bourgh'un ne kadar az yediğini izlemekle, başka bir yemeği denemesi için ısrar etmekle ve iştahsız olmasından korkmakla meşguldü. Maria konuşmanın söz konusu olmadığını düşünüyordu, beyefendi ise yemek ve hayran olmak dışında bir şey yapmıyordu.

Hanımlar oturma odasına döndükleri zaman Lady Catherine'in konuşmasını dinlemekten başka yapacak pek bir şey yoktu; o da kahve gelene kadar hiç durmadan konuştu, her konu hakkındaki görüşünü öyle kesin bir tavırla bildirdi ki yargılarına karşı çıkılmasına alışkın olmadığı belli oluyordu. Charlotte'un evdeki işlerini yakinen ve ince ince soruşturdu ve ona hepsinin nasıl halledileceğine ilişkin bolca öğüt verdi; onunki gibi küçük bir ailede her şeyin nasıl düzenlenmesi gerektiğini anlattı, inekleriyle tavuklarının bakımı konusunda dersler verdi. Elizabeth hiçbir şeyin bu büyük hanımın ilgisinin aşağısında olmadığını fark etti, yeter ki ona başkalarına talimat verme imkânı sağlasın. Mrs. Collins'le sohbetinin aralarında Maria'yla Elizabeth'e, ama bilhassa Elizabeth'e çeşitli sorular yöneltti; onun akrabalarını tanımıyordu ve Mrs. Collins'e pek zarif, güzel bir kız olduğunu söyledi. Elizabeth'e farklı zamanlarda kaç kız kardeşi olduğunu, ondan büyük mü küçük mü olduklarını, içlerinden herhangi birinin evlenme ihtimali olup olmadığını, güzel olup olmadıklarını, nerede eğitim gördüklerini, babasının ne tür arabaları olduğunu ve annesinin kızlık soyadını sordu... Elizabeth sorularının tüm küstahlığını hissettiyse de gayet sakince cevap verdi... Lady Catherine sonra şu gözlemi yaptı:

"Babanızın mülkü Mr. Collins'e ipotekli sanırım. Senin açından," Charlotte'a döndü, "buna sevindim; ama aslında malı mülkü kızlardan başkasına ipoteklemek kabul edilir şey değil... Sir Lewis de Bourgh'un ailesinde buna gerek görülmemiş. Piyano çalmayı, şarkı söylemeyi bilir misiniz, Miss Bennet?"

"Biraz."

"A! Öyleyse bir ara sizi dinlemekten mutlu oluruz. Bizim piyanomuz en iyisindendir, muhtemelen sizinkinden daha... Bir gün denemelisiniz. Kardeşleriniz de çalıp söylerler mi?"

"Bir tanesi."

"Niye hepiniz öğrenmediniz?.. Hepiniz öğrenmiş olmalıydınız. Webblerin hepsi biliyor, üstelik babalarının geliri sizinki kadar iyi değil... Resim yapar mısınız?"

"Hayır, hiç."

"Nasıl yani, hiçbiriniz mi?"

"Hiçbirimiz."

"Bu çok tuhaf. Ama herhalde fırsatınız olmamıştır. Anneniz sizi her baharda hocalardan istifade etmek için şehre götürmeliydi."

"Annem itiraz etmezdi ama babam Londra'dan nefret eder."

"Mürebbiyeniz sizi bıraktı mı?"

"Hiç mürebbiyemiz olmadı."

"Hiç mi! Nasıl olur? Evde mürebbiyesiz beş kız büyütmek! Hiç böyle şey duymadım. Anneniz sizin eğitiminiz için köle gibi çalışmış olmalı."

Elizabeth durumun öyle olmadığını söylerken elinde olmadan gülümsedi.

"Öyleyse kim eğitti sizi? Kim göz kulak oldu? Mürebbiyesiz ihmal edilmiş olmalısınız."

"Bazı ailelere göre eminim edilmişizdir; ama öğrenmek isteyenimiz gerekli imkândan hiç yoksun olmadı. Her zaman okumaya teşvik edildik ve gereken tüm hocalarımız oldu. Ama aylaklığı seçenler de seçmekte serbesttiler."

"Ya, şüphesiz; ama mürebbiye de zaten bunu önlemek içindir; annenizi tanısaydım birini tutmasını ısrarla salık verirdim. Her zaman derim, sürekli ve düzenli ders olmadan eğitimde hiçbir şey başarılamaz, o dersi de sadece mürebbiye verebilir. Kaç ailenin bu konudaki ihtiyacını karşıladığımı bilseniz hayret edersiniz. Genç bir insanı iyi bir yere yerleştirmekten her zaman memnun olurum. Mrs. Jenkinson'ın dört yeğeni benim sayemde gayet güzel yerler edindiler; daha geçen gün bana kazaen sözü edilmiş başka bir genci tavsiye ettim, aile de kızdan çok memnun kaldı. Mrs. Collins, size Lady Metcalfe'ın dün bana teşekküre geldiğini anlattım mı? Miss Pope onun için bir hazineymiş. 'Lady Catherine,' dedi, 'bana bir hazine verdiniz.' Küçük kardeşleriniz cemiyete takdim edildiler mi, Miss Bennet?"

"Evet efendim, hepsi."

"Hepsi!.. Beşiniz birden mi? Çok tuhaf!.. Üstelik siz daha ikincisiniz... Büyükler evlenmeden küçükler ortaya çıkıyor!.. Kardeşleriniz çok mu küçükler?"

"Evet, en küçüğümüz on altı bile değil. Belki fazla insan içinde olmak için çok genç. Ama gerçekten efendim, büyüklerin erken yaşta evlenecek imkânları ya da hevesleri yok diye küçüklerin toplantılardan, eğlencelerden yoksun kalması çok acı olurdu. En son doğanın da ilk doğan kadar gençliğin zevklerini tatma hakkı var. Böyle bir sebeple kapalı tutulmak! Kardeşlik sevgisini ya da anlayışını geliştirmeye pek faydası olmazdı diye düşünüyorum."

"Doğrusu," dedi lady hazretleri, "böyle genç biri için görüşlerinizi gayet kararlı ifade ediyorsunuz. Tanrı aşkına, yaşınız kaç?"

"Üç küçük kardeşim büyüdüğüne göre," diye cevapladı Elizabeth gülümseyerek, "lady hazretleri yaşımı söylememi bekleyemez sanırım."

Lady Catherine doğrudan bir cevap alamamaya çok şaşırmış göründü; Elizabeth böyle ağırbaşlı bir küstahlığı hafife almaya cesaret eden ilk insanın kendisi olduğundan kuşkulandı.

"Yirmiden fazla olamazsınız eminim... demek ki yaşınızı saklamanıza gerek yok."

"Yirmi bir olmadım henüz."

Beyler onlara katılınca, çay ikramı da bitince, oyun masaları yerleştirildi. Lady Catherine, Sir William ve Mr. ve Mrs. Collins quadrille'e oturdular; Miss de Bourgh cassino oynamayı tercih ettiği için iki kız ona grup olmak için Mr. Jenkinson'a destek oldular. Masaları olağanüstü aptaldı. Oyuna ilişkin olmayan tek hece çıkmadı kimsenin ağzından; sadece Mrs. Jenkinson korkularını dile getirdi Miss de Bourgh sıcakladı mı yoksa üşüdü mü, üstü çok mu kalın yoksa çok mu ince diye. Öteki masada daha çok şey olup bitiyordu. Lady Catherine genel olarak konuşuyordu... diğer üç kişinin hatalarını belirtiyor ya da kendisiyle ilgili bir anektod anlatıyordu. Mr. Collins lady hazretlerinin her dediğini onaylamakla, kazandığı her fiş için ona teşekkür etmekle ve fazlaca kazandığını düşünürse özür dilemekle meşguldü. Sir William pek bir şey söylemedi. Hafızasına anekdotları ve soylu isimleri depoluyordu.

Lady Catherine'le kızı canları sıkılana kadar oynadıktan sonra masalar dağıldı, Mrs. Collins'e araba teklif edildi, teklif şükranla kabul edildi, araba hemen emredildi. Sonra grup Lady Catherine'in ertesi günün havasına dair tahminlerini dinlemek üzere ateşin etrafında toplandı. Arabanın gelişiyle bu tespitlere veda ettiler; Mr. Collins'in sayısız minnet ifadesiyle ve Sir William'ın sonsuz selamlarıyla oradan ayrıldılar. Araba kapıdan çıkar çıkmaz Elizabeth kuzeni tarafından Rosings'de gördükleri hakkında yorumda bulunmaya davet edildi; Elizabeth, Charlotte'un hatırı için gerçekte olduğundan daha parlak bir yorumda bulundu. Ama uydurmak için o kadar sıkıntı çektiği övgüler Mr. Collins'i hiçbir şekilde tatmin etmedi ve çok geçmeden Mr. Collins lady hazretlerini övme işini kendi ellerine almak durumunda kaldı.

Bölüm VII

Sir William Hunsford'da sadece bir hafta kaldı, ama ziyareti onu kızının fevkalade bir evlilik yaptığına, ender bulunur bir kocası ve komşusu olduğuna ikna edecek kadar uzundu. Sir William yanlarındayken Mr. Collins sabahlarını onu tek atlı arabasına bindirip kırları gezdirmeye ayırdı; ama o gittikten sonra bütün aile her zamanki işlerine döndüler; Elizabeth değişiklik yüzünden kuzenini daha sık görmek zorunda kalmadığına sevindi; Mr. Collins kahvaltıyla akşam yemeği arasındaki zamanın büyük bölümünü ya bahçede çalışarak ya da okuyup yazarak, ön yola bakan kendi okuma odasının penceresinden dışarıyı seyrederek geçiriyordu.

Hanımların oturduğu oda arka taraftaydı. Elizabeth önce Charlotte'un yemek salonunu gündelik kullanım için tercih etmemiş olmasına şaşırdı; daha büyük bir odaydı ve daha hoş bir görünümü vardı; ama çok geçmeden arkadaşının bunu yapmak için harika bir nedeni olduğunu gördü, çünkü aynı ölçüde güzel bir odada otursalar Mr. Collins kendi odasında kuşkusuz daha az zaman geçirecekti; Elizabeth bu düzenleme için Charlotte'u takdir etti.

Oturma odasındayken yolda olup bitenlerden habersiz oluyorlardı; yoldan hangi arabaların geçtiğini ancak Mr.

Collins sayesinde öğrenebiliyorlardı ki o da bilhassa Miss de Bourgh'un her geçişini hiç aksatmadan onlara yetiştiriyordu hemen her gün geçtiği halde. Arada bir lojmanda duruyor ve Charlotte'la birkaç dakika konuşuyordu, ama arabadan çıkmaya yanaşmıyordu.

Pek az gün geçiyordu ki Mr. Collins Rosings'e yürümesin, karısı da aynı şekilde gitmeyi gerekli görmesin; Elizabeth dağıtılacak başka kilise bölgeleri olabileceğini akıl edinceye kadar bunca saatlik fedakârlığı anlayamadı. Arada bir lady hazretlerinin ziyaretiyle onurlandırılıyorlardı; bu ziyaretler sırasında odada olan biten hiçbir şey gözünden kaçmıyordu. Meşgalelerini inceliyor, çıkardıkları işe bakıyor ve farklı şekilde yapmalarını tavsiye ediyordu; mobilyanın yerleşimine kusur buluyor ya da hizmetçinin ihmalini tespit ediyordu; bir şeyler yeyip içmeyi kabul ederse bunu sadece Mrs. Collins'in et istihkakının ailesine göre çok fazla olduğunu görmek için yapmışa benziyordu.

Elizabeth çok geçmeden bu büyük hanımın vilayet sulh heyetinde yer almadığı halde kendi köyünde çok faal bir yargıçlık yaptığını fark etti; Mr. Collins ona ayrıntılı raporlar getiriyor, o da ne zaman köylülerden biri kavga etse, dertlense ya da çok yoksul düşse hemen köye gidiyor, ihtilafları hallediyor, şikâyetleri susturuyor ve kulaklarını çekip, birlik beraberlik çağrısı yapıyordu.

Rosings'de akşam yemeği eğlencesi haftada iki kez tekrarlanıyordu; Sir William'ın yeri boşaldığı ve akşam boyunca tek bir oyun masası kurulduğu için bu tür her eğlence ilkinin kopyası oluyordu. Başka pek az meşgaleleri vardı, muhitin yaşam tarzı genel olarak Mr. Collins'in imkânlarını aştığı için. Yine de Elizabeth bundan rahatsız olmadı ve çoğunlukla zamanını gayet keyifli geçirdi; Charlotte'la yapılan yarım saatlik tatlı sohbetler vardı ve hava yılın o zamanı için öyle güzeldi ki sık sık açık havada neşeli saatler geçiriyordu. Diğerleri Lady Catherine'i ziyarete gittiğinde o sık sık yürüyüşe çıkıyordu; sevdiği bir güzergâh vardı; korunun o kenarına komşu açık düzlük boyunca ondan başka kimsenin umurunda görünmeyen korunaklı, güzel bir patika vardı ve burada kendini Lady Catherine'in merakının ulaşamayacağı bir yerde hissediyordu.

Ziyaretinin ilk on beş günü bu sakinlik içinde çabucak geçti. Paskalya yaklaşıyordu ve ondan önceki hafta Rosings'deki aileye yeni bir katılım olacaktı, ki bu da öyle küçük bir çevre için önemli olmalıydı. Elizabeth oraya gelişinden hemen sonra Mr. Darcy'nin birkaç hafta içinde oraya gelmesinin beklendiğini duymuştu; onun kadar hazzetmediği pek az tanıdığı olduğu halde gelişi Rosings'deki partilere yüzüne bakılacak nispeten yeni biri katmış olacaktı; hem kuzenine davranışlarına bakarak Miss Bingley'nin onunla ilgili planlarının ne kadar umutsuz olduğunu görüp eğlenebilirdi; Lady Catherine belli ki onu kızı için düşünüyordu; gelişinden büyük bir sevinçle bahsetti, onu öve öve bitiremedi ve Miss Lucas'la Elizabeth'in onu zaten birçok kez gördüklerini öğrenince neredeyse öfkelendi.

Mr. Darcy'nin gelişi lojmanda hemen duyuldu, çünkü Mr. Collins bütün sabah Hunsford Yolu'na açılan müştemilatın görüş alanı içinde yürümüş durmuştu geldiğini o an tespit etmek için ve araba Koru'ya dönerken eğilip selamını verdikten sonra büyük havadisle koşa koşa eve gelmişti. Ertesi sabah saygılarını sunmak için Rosings'e seğirtti. Lady Catherine'in saygı bekleyen iki yeğeni vardı; Mr. Darcy yanında amcası Lord --------'un küçük oğlu olan Albay Fitzwilliam'ı getirmişti, Mr. Collins eve dönerken iki bey ona eşlik ederek herkese büyük bir şaşkınlık yaşattılar. Charlotte onları kocasının odasından görmüştü, yoldan karşıya geçiyorlardı; hemen diğer odaya koşup kızlara onları nasıl bir onurun beklediğini söyledi ve ekledi:

"Sana teşekkür borçluyum Eliza, bu nazik hareket için. Mr. Darcy beni ziyarete bu kadar çabuk gelmezdi."

Elizabeth'in bu iltifatı hiç hak etmediğini söylemesine kalmadan kapının zili geldiklerini haber verdi ve az sonra üç bey odaya girdiler. Önden yürüyen Albay Fitzwilliam otuz yaşlarında, gösterişsiz, ama hareketleriyle de konuşmasıyla da gerçek bir beyefendiydi. Mr. Darcy tıpkı Hertfordshire'de göründüğü gibi görünüyordu... her zamanki ölçülü haliyle Mrs. Collins'e iltifatlarını etti ve arkadaşına karşı ne hissediyor olursa olsun ona kusursuz bir sakinlikle baktı. Elizabeth sadece dizlerini bükerek selam verdi, tek kelime etmeden.

Albay Fitzwilliam iyi yetişmiş bir adamın enerjisi ve rahatlığıyla doğrudan konuşmaya girdi ve tatlı tatlı konuştu; ama kuzeni, Mrs. Collins'e ev ve bahçeyle ilgili hafif bir gözlemini ifade ettikten sonra bir süre kimseyle konuşmadan oturdu. Yine de sonunda kibarlığı insafa geldi de Elizabeth'e ailesinin sağlığını sordu. Elizabeth olağan şekilde cevap verdi ve bir an duraksayıp, şöyle dedi:

"Ablam üç aydır şehirde. Ona orada hiç rastlamadınız mı?"

Elizabeth rastlamadığını gayet iyi biliyordu, ama Bingleylerle Jane arasında geçenleri bildiğini belli edecek mi, görmek istedi ve Miss Bennet'ı görme şansı bulamadığı cevabını verirken bir parça şaşırmış göründüğünü düşündü. Konu uzatılmadı; beyler de az sonra gittiler.

Bölüm VIII

Albay Fitzwilliam'ın davranışı lojmanda pek beğenildi; tüm hanımlar Rosings'deki faaliyetlerine zevk katacağını hissettiler. Ne var ki oradan herhangi bir davet almaları birkaç gün sürdü... çünkü evde misafirler varken onlara ihtiyaç duyulmazdı; Paskalya gününe, yani beylerin gelişinin bir hafta sonrasına kadar böyle bir ilgi görmediler; o zaman da sadece kiliseden çıkarken akşamleyin oraya gelmeleri istendi. Geçen hafta boyunca Lady Catherine'i ya da kızını pek az görmüşlerdi. Albay o süre içinde lojmana birkaç sefer gelmişti, ama Mr. Darcy'yi sadece kilisede görmüşlerdi.

Davet elbette kabul edildi; uygun bir saatte Lady Catherine'in oturma odasında gruba katıldılar. Lady hazretleri onları kibarca karşıladı, ama açıkça mevcudiyetleri başka kimseyi bulamadığı zamanki kadar makbul değildi; zaten, yeğenleriyle neredeyse kendinden geçmişti ve odadaki başka birinden çok onlarla, bilhassa Darcy'yle konuşuyordu.

Albay Fitzwilliam onları gördüğüne gerçekten sevinmiş gibiydi; Rosings'de her şey onun için hoş bir eğlenceydi; Mrs. Collins'in güzel arkadaşı ise hayli ilgisini çekmişti. Onun yanına oturdu ve Kent ve Hertfordshire'den, seyahatten ve evde oturmaktan, yeni kitaplardan ve müzikten öyle tatlı tatlı bahsetti ki Elizabeth o odada daha önce bunun yarısı kadar bile eğlenmemişti; hem Lady Catherine'in hem de Mr. Darcy'nin ilgisini çekecek kadar neşeli ve akıcı bir şekilde sohbet ettiler. Mr. Darcy'nin gözleri çok geçmeden ve tekrar tekrar meraklı bir bakışla onlara döndü; lady hazretleri de bir süre sonra hiç tereddüt etmeden onlara seslenerek bu duyguyu paylaştığını daha açık bir şekilde beyan etti:

"Neden bahsediyorsun Fitzwilliam? Ne anlatıyorsun öyle? Ne söylüyorsun Miss Bennet'a? Söyle, ben de dinleyeyim."

"Müzikten bahsediyoruz madam," dedi Fitzwilliam, cevap vermekten daha fazla kaçınamadığı zaman.

"Müzikten! O halde lütfen yüksek sesle bahsedin. En sevdiğim konudur. Müzikten bahsediyorsanız sohbetten ben de payımı almalıyım. İngiltere'de benim kadar has bir müzik dinleyicisi, hatta benim kadar doğal zevki olan azdır, kanımca. Öğrenseydim büyük sanatçı olurdum. Ha bak, Anne de öyle, tabii sağlığı çalışmasına izin verseydi. Eminim fevkalade iyi götürürdü. Georgiana nasıl gidiyor Darcy?"

Mr. Darcy kız kardeşinin yeteneğinden duygulu bir övgüyle bahsetti.

"Bunu duyduğuma çok sevindim," dedi Lady Catherine; "lütfen ona çok pratik yapmazsa asla başarılı olamaz dediğimi söyle."

"Emin olun madam," diye cevapladı Mr. Darcy, "böyle bir öğüde ihtiyacı yok. Sürekli olarak pratik yapıyor."

"Ne kadar çok o kadar iyi. Bunun sonu yok; ona bir daha mektup yazdığımda bu işi asla ihmal etmemesini tembih edeceğim. Genç hanımlara sık sık söylerim, müzikte mükemmellik sürekli pratik yapmadan elde edilmez diye. Miss Bennet'a da birkaç kez dedim, daha fazla pratik yapmazsa hiçbir zaman gerçekten iyi çalamaz diye; Mrs. Collins'in piyanosu yok, ama kaç kez dedim ona, her gün rahatlıkla Rosings'e gelebilir, Mrs. Jenkinson'ın odasındaki piyanoyu çalabilir diye. Kimsenin işine engel olmaz, nasılsa evin o tarafında."

Mr. Darcy teyzesinin densizliğinden biraz utandı ve cevap vermedi.

Kahve bittiği zaman Albay Fitzwilliam Elizabeth'e onun için piyano çalma sözünü hatırlattı; Elizabeth doğruca piyanoya oturdu. Fitzwilliam da yanına bir iskemle çekti. Lady Catherine bir şarkının yarısını dinledi, sonra önceki gibi öbür yeğeniyle konuştu; ta ki yeğeni yanından uzaklaşıp her zamanki kararlılığıyla piyanoya ilerleyerek kendini güzel piyanistin yüzünü dolu dolu görebileceği bir yere sabitleyene kadar. Elizabeth onun ne yaptığını gördü ve ilk uygun boşlukta alaycı bir gülümsemeyle ona dönüp şöyle dedi:

"Bu halde beni dinlemeye gelerek beni korkutmak mı istiyorsunuz Mr. Darcy? Ama kız kardeşiniz o kadar iyi çalıyor diye telaş etmeyeceğim. Başkaları tarafından korkutulmayı kabul etmeyen bir inatçılığım vardır. Beni korkutmaya yönelik her girişim cesaretimi daha da artırır."

"Yanıldığınızı söyleyecek değilim," diye cevapladı Mr. Darcy, "çünkü sizi korkutmayı planladığıma gerçekten inanamazsınız; arada bir aslında size ait olmayan görüşleri benimsemekten büyük zevk aldığınızı bilecek kadar uzun zamandır tanıyorum sizi."

Elizabeth çizilen bu resme yürekten güldü ve Albay Fitzwilliam'a şöyle dedi: "Kuzeniniz size benimle ilgili gayet hoş bir fikir verecek ve söylediğim tek kelimeye inanmamanızı öğütleyecek. Dünyanın kendimi birazcık beğendirebilirim diye umduğum bır yerinde gerçek karakterimi bu kadar iyi ortaya çıkaran biriyle karşılaştığım için cidden şanssızım. Gerçekten Mr. Darcy, Hertfordshire'de aleyhimde öğrendiğiniz her şeyden söz etmeniz çok zalimce... ve söylememe izin verin, çok dikkatsizce... çünkü beni intikam almaya kışkırtıyor; akrabalarınızı şok edebilecek şeyler ortaya çıkabilir."

"Sizden korkmuyorum," dedi Mr. Darcy gülümseyerek.

"Lütfen onu neyle suçladığınızı bana da söyleyin," diye haykırdı Albay Fitzwilliam. "Yabancıların arasında nasıl davrandığını bilmek isterim."

"Dinleyin o halde... ama kendinizi çok feci bir şeye hazırlayın. Onu Hertfordshire'de ilk gördüğümde balodaydık... ve bu baloda bilin bakalım ne yaptı? Sadece dört kez dans etti! Sizi üzdüğüm için özür dilerim... ama öyle. Az erkek olduğu halde sadece dört dans ve iyi biliyorum ki birçok hanım eş yokluğundan oturup kalmıştı. Mr. Darcy, yaptığınızı inkâr edemezsiniz."

"O zaman kendi grubum dışında hiçbir hanımla tanışma şerefine erişmemiştim."

"Doğru, zaten baloda kimse kimseyle tanışamaz. Peki, Albay Fitzwilliam, şimdi ne çalayım? Parmaklarım emirlerinizi bekliyor."

"Belki," dedi Darcy, "farklı davranırdım, tanışma imkânı arasaydım; ama kendimi yabancılara tanıtmak konusunda beceriksizim."

"Kuzeninize bunun nedenini soralım mı?" dedi Elizabeth hâlâ Albay Fitzwilliam'a hitap ederek. "Akıllı, eğitimli bir adam, dünyayı tanımış biri, kendini yabancılara tanıtmada neden beceriksiz olur, soralım mı?"

"Sorunuza ben cevap verebilirim," dedi Fitzwilliam, "ona başvurmanıza gerek yok. Çünkü sıkıntıya girmez."

"Bazı insanların sahip olduğu yetenek bende yok," dedi Darcy, "daha önce görmediğim insanlarla rahat konuşma yeteneği. Başkaları gibi konuşmalarının tonunu yakalayamıyorum, söz ettikleri şeylere ilgi duyuyormuş gibi görünemiyorum."

"Parmaklarım," dedi Elizabeth, "bu aletin üstünde birçok kadının parmakları gibi ustaca gezinmiyor. Aynı güce, aynı hıza sahip değiller, aynı ifadeyi de yaratmıyorlar. Ama ben bunun hep kendi hatam olduğunu düşündüm... pratik yapma sıkıntısına katlanmadığım için. Yoksa benim parmaklarımın başka bir kadının parmakları gibi üstün beceriye sahip olamayacağına inandığımdan değil."

Darcy gülümsedi ve şöyle dedi: "Çok haklısınız. Zamanınızı çok daha iyi kullanmışsınız. Sizi dinleme ayrıcalığı kazanmış hiç kimse herhangi bir kusur bulamaz. Biz ikimiz de yabancılara çalmayız."

Burada Lady Catherine araya girdi: Seslenip neden bahsettiklerini sordu. Elizabeth hemen çalmaya başladı. Lady Catherine yaklaştı ve birkaç dakika dinledikten sonra Darcy'ye şöyle dedi:

"Miss daha çok pratik yapsa ve Londralı bir hocadan istifade edebilse hiç hatalı çalmaz. Parmak tekniği çok iyi, ama tabii zevki Anne'inki kadar değil. Anne harikulade bir piyanist olurdu, sağlığı izin verseydi de öğrenebilseydi."

Elizabeth kuzeniyle ilgili övgüye nasıl tepki vereceğini görmek için Darcy'ye baktı; ama ne o anda ne de başka bir zaman herhangi bir sevgi belirtisi görmedi; Miss de Bourgh'a olan davranışlarının bütününden Miss Bingley adına şu avuntuyu çıkardı Elizabeth: Onunla da evlenebilirdi, akrabası olsaydı.

Lady Catherine Elizabeth'in gösterisiyle ilgili görüşlerini bildirmeye devam etti, görüşlerine uygulama ve zevk dersleri ekleyerek. Elizabeth bu sözleri kibarlığın olanca metanetiyle karşıladı ve beylerin ricası üzerine piyano çalmaya devam etti, ta ki lady hazretlerinin arabası onları eve götürmek için hazır oluncaya kadar.

Bölüm IX

Elizabeth ertesi sabah tek başına oturmuş, Jane'e mektup yazıyordu; Mrs. Collins'le Maria iş için köye gitmişlerdi; bir ara Elizabeth kapı zilinin çalmasıyla irkildi, besbelli ziyaretçi vardı. Araba sesi duymadığı için gelenin Lady Catherine olabileceğini düşündü ve o düşünce içinde küstah sorulara maruz kalmamak için yarı bitmiş mektubunu kaldırıyordu ki kapı açıldı ve Elizabeth'i büyük bir şaşkınlık içinde bırakarak Mr. Darcy içeri girdi, hem de sadece Mr. Darcy.

O da Elizabeth'i tek başına bulduğuna şaşırmış gibiydi ve bütün hanımların evde olduklarını sandığını söyleyerek davetsiz gelişi için özür diledi.

Sonra oturdular; Elizabeth'in Rosings'le ilgili soruları sorulduktan sonra sessizliğe gömülme tehlikesi baş gösterdi. Demek ki mutlaka bir şey düşünmek gerekiyordu ve bu acil durumda, onu Hertfordshire'de son görüşünü hatırlayarak, alelacele ayrılmalarıyla ilgili ne söyleyeceğini merak ederek, söze başladı:

"Geçen Kasım'da Netherfield'den ne kadar ani ayrıldınız Mr. Darcy! Hepinizi hemen arkasından gelmiş görünce Mr. Bingley çok şaşırmış ve sevinmiştir; doğru hatırlıyorsam bir gün önce gitmişti. Onun da kardeşlerinin de sağlığı yerindeydi umarım siz Londra'dan ayrılırken."

"Gayet iyiydiler, teşekkür ederim."

Elizabeth başka bir cevap alamayacağını anladı ve kısa bir sessizlikten sonra devam etti:

"Sanırım Mr. Bingley'nin Netherfield'e bir daha dönmeyeceğini söylediler."

"Öyle bir şey dediğini duymadım; ama ileride orada fazla kalmaması muhtemeldir. Birçok arkadaşı var ve arkadaşlarının da ilişkilerinin de sürekli arttığı bir yaşta."

"Netherfield'de pek kalmayı düşünmüyorsa orayı tümden bırakması muhit için daha iyi olur, çünkü o zaman oraya bir aile yerleşebilir. Ama belki Mr. Bingley evi muhite yararı olsun diye değil kendisi için tutmuştur; bu aynı nedenle de tutacak ya da bırakacaktır herhalde."

"Satın alacak bir yer çıkar çıkmaz orayı bırakırsa," dedi Darcy, "hiç şaşırmam."

Elizabeth cevap vermedi. Arkadaşından daha fazla bahsetmeye korktu; söyleyecek başka bir şeyi de olmadığı için konu bulma derdini ona bırakmaya karar verdi.

Darcy işareti aldı ve az sonra söze başladı, "Burası çok rahat bir eve benziyor. Mr. Collins Hunsford'a ilk geldiğinde sanırım Lady Catherine buraya çok şey yaptı."

"Yapmış olmalı... nezaketini teşekkür etmeyi daha iyi bilen biri için gösteremezdi."

"Mr. Collins eş seçiminde çok talihli görünüyor."

"Gerçekten öyle; dostları onu kabul edebilecek, hatta onu mutlu edebilecek nadir aklı başında kadınlardan birine rastladığı için sevinebilirler. Arkadaşımın kusursuz bir zekâsı vardır... tabii Mr. Collins'le evlenmenin yaptığı en akıllıca şey olduğundan emin değilim. Bununla beraber, gayet mutlu görünüyor; hem sağduyu açısından bakarsak onun için hayli uygun bir kısmet."

"Ailesiyle arkadaşlarının bu kadar yakınında bir yere yerleşmek hoşuna gitmiştir."

"Buraya yakın mı diyorsunuz? Neredeyse elli mil."

"Yol iyi olduktan sonra elli mil nedir ki? Yarım günlük yolculuktan biraz daha fazla, o kadar. Evet, bence çok yakın."

"Yakınlığı evliliğin avantajlarından biri olarak görmezdim doğrusu," diye haykırdı Elizabeth. "Mrs. Collins ailesine yakın bir yere yerleşti demezdim."

"Bu sizin Hertfordshire'e bağlılığınızın kanıtı. Longbourn'un civarından başka her yer size belli ki uzak görünüyor."

Darcy konuşurken yüzünde bir tür gülümseme vardı ve Elizabeth bunu anladığını düşündü; Jane'le Netherfield'i düşündüğünü varsaymış olmalıydı; cevap verirken yüzü kızardı:

"Bir kadının ailesinin çok yakınına yerleşemeyeceğini söylemek istemiyorum. Uzak ve yakın göreceli olmalı; birçok değişik unsura bağlı. Seyahat masraflarını önemsiz kılacak servet olunca mesafe sorun olmaz. Ama burada durum bu değil. Mr. ve Mrs. Collins rahat bir gelire sahipler, ama sık yolculuklara izin verecek kadar da değil... bence arkadaşım bunun yarısı kadar bir mesafede otuyor olmadan kendini ailesine yakın saymazdı."

Mr. Darcy iskemlesini bir parça ona doğru çekip şöyle dedi: "Bu kadar güçlü memleket bağlılığına hakkınız yok. Her zaman Longbourn'da yaşayamazsınız."

Elizabeth şaşırmış gibiydi. Mr. Darcy fikir değiştirdi; iskemlesini geriye çekti, masadan gazete aldı ve gazetenin üstünden bakarak soğuk bir sesle şöyle dedi:

"Kent'i beğendiniz mi?"

Arkasından bölgeyle ilgili her iki tarafın da sakin ve ölçülü olduğu kısa bir konuşma geldi, ... zaten az sonra da yürüyüşten dönen Charlotte'la kız kardeşinin girişiyle kesildi. İkisini baş başa görünce şaşırdılar. Mr. Darcy Miss Bennet'a davetsiz misafir olmasına neden olan hatayı anlattı ve kimseye pek bir şey demeden birkaç dakika daha oturduktan sonra gitti.

"Bunun anlamı ne olabilir?" dedi Charlotte gider git-
mez. "Elizacığım, sana âşık olmalı, yoksa asla bize böyle
teklifsiz gelmezdi."

Ama Elizabeth Darcy'nin sessizliğinden bahsedince
Charlotte'un dileklerine rağmen durumun pek öyle olma-
dığı anlaşıldı; çeşitli tahminlerden sonra nihayet ziyaretinin
yapacak bir şey bulma zorluğundan ileri geldiğini varsaya-
bildiler ki yılın o zamanı için çok mümkündü. Bütün açık-
hava sporları bitmişti. İçeride de sadece Lady Catherine,
kitaplar ve bir bilardo masası vardı, ama erkekler sürekli
içeride kalamazlar; yakında rahip lojmanı ya da oraya yürü-
menin veya oradaki insanların hoşluğu varken iki kuzen
ondan sonra hemen her gün oraya yürümenin cazibesine
kapıldılar. Sabahleyin değişik zamanlarda, bazen ayrı ayrı,
bazen birlikte uğradılar, bazen de teyzeleri onlara eşlik etti.
Albay Fitzwilliam'ın onların sohbetinden hoşlandığı için
geldiğini hepsi anlıyordu, o yüzden onu daha da çok sevdi-
ler; Elizabeth onunla beraber olmaktan aldığı keyfi, bilhas-
sa kendisine gösterdiği hayranlığı düşününce eski gözdesi
George Wickham aklına geliyordu; ikisini karşılaştırınca,
Albay Fitzwilliam'ın davranışlarında daha az gönülçelen bir
yumuşaklık olduğunu gördüyse de onun daha iyi eğitimli
olduğuna karar verdi.

Ama Mr. Darcy lojmana niye o kadar sık geliyor, anla-
mak zordu. Arkadaşlık için olamazdı, çünkü gelip on daki-
ka oturup gidiyordu ve ağzını açmıyordu; konuştuğu zaman
da istediğinden değil mecburiyetten konuşuyor gibiydi...
zevk almak için değil, kabalık olmasın diye. Nadiren neşeli
görünüyordu. Mrs. Collins bunu neye yoracağını bilemiyor-
du. Albay Fitzwilliam'ın arada bir onun dalgınlığına gülme-
si aslında daha farklı biri olduğunu gösteriyordu, yoksa Mr.
Darcy'yi buna kendisi karar verecek kadar tanımıyordu;
bu değişikliğin aşkın etkisi, aşkın nesnesinin de arkadaşı
Elizabeth olduğuna inanmak hoşuna gittiği için kendini

Bir gün Jane'in son mektubunu tekrar okuyarak, Jane'in neşesiz yazdığını gösteren bir bölüme aklı takılmış, yürüyordu ki tekrar Mr. Darcy tarafından şaşırtılmak yerine, başını kaldırınca Albay Fitzwilliam'ın ona doğru geldiğini gördü. Mektubu hemen kaldırıp zorlukla gülümseyerek şöyle dedi:

"Bu yoldan yürüdüğünüzü bilmiyordum."

"Koruyu geziyordum," diye cevapladı Albay Fitzwilliam, "her sene yaparım; geziyi de lojmana uğrayarak bitirecektim. Daha ileri gidiyor musunuz?"

"Hayır, ben de dönmek üzereydim."

Döndü de; lojmana doğru birlikte yürümeye başladılar.

"Cumartesi gerçekten Kent'ten gidiyor musunuz?" dedi Elizabeth.

"Evet... Darcy yine ertelemezse. Ama ona tabiyim. İşi dilediği gibi ayarlıyor."

"Ayarlamadan memnun kalmazsa en azından seçme şansına sahip olduğu için memnun olabilir. Dilediğini yapma gücüne sahip olmayı Mr. Darcy'den daha çok seven kimseyi görmedim."

"Bildiği gibi yapmayı çok sever," diye cevapladı Albay Fitzwilliam. "Ama tabii hepimiz severiz. Sadece onun daha fazla imkânı var, çünkü o zengin ve birçok başka insan fakir. Kendimden bahsediyorum. Küçük oğul olduğum için fedakârlığa ve bağımlılığa alışkınım."

"Bence bir kontun küçük oğlu ikisini de pek bilmez. Cidden, fedakârlığı ve bağımlılığı biliyor musunuz? Parasızlık ne zaman istediğiniz yere gitmenize engel oldu ya da canınızın çektiği bir şeyi almanıza?"

"Bunlar yerinde sorular... belki o tür fazla zorluk çektiğimi söyleyemem. Ama daha önemli işlerde parasızlık çekebilirim. Küçük oğullar istedikleri kişiyle evlenemezler."

"Servet sahibi kadınları istemezlerse tabii; sanırım bunu çok sık yaparlar."

"Harcama alışkanlıklarımız bizi gayet bağımlı yapıyor; hayatta benim mevkimde olup da paraya biraz önem vermeden evlenmeyi kaldırabilecek fazla insan yoktur."

"Acaba," diye düşündü Elizabeth, "bununla beni mi kastediyor?" ve düşüncesi yüzünü kızarttı; ama kendini toparlayınca, neşeli bir sesle şöyle dedi: "Tanrı aşkına, söyler misiniz, bir kontun küçük oğlunun normal bedeli nedir? Ağabeyi çok hasta değilse, herhalde elli bin pounddan fazla istemezsiniz."

O da aynı tarzda cevap verdi ve konu kapandı gitti. Elizabeth konuşulanlardan etkilendiğini sanmasına yol açacak bir sessizlik olmasın diye hemen ardından şöyle dedi:

"Sanırım kuzeniniz sizi emrinde biri olsun diye yanında getirdi. Bu tür bir konfora sürekli sahip olmak için evlenmemesine şaşıyorum. Ama belki şimdilik kız kardeşi yetiyordur; velisi olduğu için onu istediği gibi idare edebiliyordur."

"Hayır," dedi Albay Fitzwilliam, "bu benimle paylaşması gereken bir ayrıcalık. Miss Darcy'nin velayetinde onunla ortağım."

"Öyle mi gerçekten? Tanrı bilir nasıl birer veli olmuşsunuzdur? Küçükhanım sizi çok üzüyor mu? O yaştaki genç kızları çekip çevirmek biraz zordur; hele kendisinde gerçek Darcy ruhu varsa bildiğini okumak isteyebilir."

Elizabeth konuşurken Albay Fitzwilliam'ın ona merakla baktığını fark etti ve ona hemen Miss Darcy'nin neden onları üzebileceğini düşündüğünü sorma şekli Elizabeth'i gerçeğe bir yanından hayli yaklaştığına inandırdı. Hemen cevap verdi:

"Korkmanıza gerek yok. Onunla ilgili fena bir şey duymadım; hatta onun dünyadaki en cazip insanlardan biri olduğunu düşünüyorum. Tanıdığım bazı hanımların, Mrs. Hurst'le Miss Bingley'nin gözdesi o. Onları tanıdığını söylemiştiniz yanılmıyorsam."

"Biraz tanıyorum. Kardeşleri hoş bir beyefendi... Darcy'nin yakın arkadaşı."

"Öyle," dedi Elizabeth kuru bir sesle... "Mr. Darcy Mr. Bingley'ye karşı son derece nazik; ona çocuğuymuş gibi göz kulak oluyor."

"Göz kulak olur, doğru! Evet, bence Darcy ihtiyaç duyduğu noktalarda ona göz kulak oluyor. Bana buraya gelirken söylediği bir şeyden Bingley'nin ona borçlu olduğu fikrine kapıldım. Ama beni affetsin, söz konusu kişinin Bingley olduğunu düşünmeye hakkım yok. Hepsi benim varsayımım."

"Neyi kastediyorsunuz?"

"Darcy'nin etrafa yayılmasını istemediği bir durum; hanımın ailesinin kulağına giderse çok sevimsiz olur."

"Kimseye bahsetmeyeceğimden emin olabilirsiniz."

"Ama Bingley olduğuna inanmak için fazla nedenim yok, unutmayın. Bana dediği sadece şuydu; geçenlerde bir arkadaşını yanlış bir evlilik yapmaktan kurtardığını söyleyerek kendini kutluyordu, ama isim ya da ayrıntı vermedi, sadece ben Bingley olduğundan şüphelendim, çünkü o tür etki altına girecek bir adamdır; bir de geçen yaz boyu birlikte olduklarını bildiğim için."

"Mr. Darcy size müdahale nedenlerini söyledi mi?"

"Hanıma karşı çok güçlü bazı itirazlar varmış."

"Peki onları ayırmak için hangi becerilerini kullanmış?"

"Bana kendi becerilerinden bahsetmedi," dedi Fitzwilliam gülümseyerek. "Sadece size anlattıklarımı anlattı."

Elizabeth cevap vermedi; yürümeye devam etti, kalbi öfkeyle şişerek. Onu bir süre seyrettikten sonra Fitzwilliam neden öyle düşünceli olduğunu sordu.

"Bana anlattığınız şeyi düşünüyorum," dedi Elizabeth. "Kuzeninizin davranışı benim duygularıma uymuyor. Niye yargıç olsun ki?"

"Müdahalesini işgüzarca bulmuş gibisiniz."

"Arkadaşının isteğinin uygun olup olmadığına karar vermeye Mr. Darcy'nin ne hakkı var ya da arkadaşının ne şekilde mutlu olacağını kendi başına nasıl belirliyor, yönlendiriyor, anlamıyorum. Ama," diye devam etti kendini toplayarak, "ayrıntıları bilmediğimiz için onu kınamak adilce olmaz. Belli ki ortada kayda değer bir sevgi yokmuş."

"Bu yanlış bir varsayım değil," dedi Fitzwilliam, "ama kuzenimin zaferinin ihtişamını hüzünlü bir şekilde azaltıyor."

Bu söz şakadan söylenmişti, ama Elizabeth'e Darcy'nin öyle doğru bir resmi gibi göründü ki cevap vermeye cesaret edemedi; bunun üzerine, konuyu hemen değiştirip lojmana gelinceye kadar önemsiz meselelerden bahsetti. Lojmanda, misafir gider gitmez, kendi odasına kapanıp bütün o duyduklarını düşündü uzun uzun. Onun tanıdığı kişilerden başkasının kastedilmiş olamayacağını düşündü. Dünyada Darcy'nin öyle sınırsız etkisi altına alabileceği bir ikinci erkek olamazdı. Mr. Bingley'yle Jane'i ayıracak önlemlerle uğraştığından hiç şüphesi yoktu; ama esas planı ve uygulamayı hep Miss Bingley'e atfetmişti. Eğer Mr. Bingley'nin kendi kibri onu yönlendirmediyse, o zaman Jane'in bütün o çektiklerinin, hâlâ da çekmeye devam ettiklerinin sebebi oydu, onun kibri ve şımarıklığıydı. Dünyanın en sevgi dolu, en cömert kalbindeki tüm mutluluk umudunu bir süreliğine yerle bir etmişti; üstelik ne kadar kalıcı bir zarar verdiğini henüz kimse bilemezdi.

"Hanıma karşı çok güçlü bazı itirazlar varmış." Albay Fitzwilliam'ın sözleri bunlardı ve o güçlü itirazlar da herhalde eniştesinin taşrada avukat, dayısının da Londra'da esnaf olmasıydı.

"Jane'in kendisine," diye haykırdı, "asla itiraz etmiş olamaz. O bir güzellik ve iyilik abidesidir! Zekâsı öyle kusursuz, ruhu öyle olgun, hareketleri öyle zariftir ki. Babama karşı da bir şey söylenemez; tamam, tuhaflıkları vardır ama

Mr. Darcy'nin hor göremeyeceği yetenekleri ve muhtemelen hiç sahip olamayacağı bir dürüstlüğü vardır." Annesini düşününce, tabii güveni biraz sarsıldı, ama o noktadaki itirazların bile Mr. Darcy üzerinde önemli bir etkisi olacağına inanmadı; Mr. Darcy'nin gururu, Elizabeth'e öyle geliyordu ki, en derin yarayı arkadaşının akrabalarının önemsizliğinden almıştı, yoksa densizliğinden değil; sonunda bir yandan gururun bu en kötü türü, diğer yandan da Mr. Bingley'yi kendi kız kardeşi için elde tutma arzusu içinde hareket ettiğine karar verdi.

Meselenin yol açtığı heyecan ve gözyaşları başağrısı getirdi; ağrı akşama doğru öyle kötüleşti ki, Mr. Darcy'yi görme isteksizliği de eklenince, Rosings'deki çay daveti için kuzenlerine eşlik etmesini engelledi. Gerçekten kötü olduğunu gören Mrs. Collins gitmesi için ısrar etmedi, kocasının ısrar etmesini de elinden geldiğince engelledi, ama Mr. Collins Lady Catherine bunu duyunca hoşlanmayacak diye korktuğunu saklamadı.

Bölüm XI

Gittikleri zaman Elizabeth kendini Mr. Darcy'ye karşı daha da kızdırmak istercesine Kent'e geldiğinden beri Jane'in ona yazdığı tüm mektupları incelemeye girişti. Mektuplarda belli bir yakınma yoktu; geçmişteki olaylar da hatırlanmıyor, bugüne ilişkin bir ıstırap da anlatılmıyordu. Ama hepsinde ve hepsinin hemen her satırında, onun üslubunun tipik özelliği olan ve kendisiyle barışık, herkese karşı nazik bir ruhun dinginliği içinden geldiği için o zamana kadar hemen hiç kararmamış o neşenin eksikliği vardı. Elizabeth ilk okuduğundan daha dikkatli okuyunca her cümlenin rahatsızlık duygusu taşıdığını fark etti. Mr. Darcy'nin yol açtığı kederle alçakça böbürlenmesi ona ablasının acılarını daha keskin bir biçimde hissettirdi. Mr. Darcy'nin Rosings ziyaretinin bir dahaki gün sona ereceğini düşünmek biraz olsun içini rahatlatıyordu; on beş günden az bir süre sonra kendisinin tekrar Jane'le birlikte olacağını, tüm sevgisiyle neşesinin yerine gelmesine yardım edeceğini düşünmek ise içini daha da rahatlatıyordu.

Kuzeninin de onunla birlikte gideceğini hatırlamadan Darcy'nin Kent'ten ayrılacağını düşünemiyordu; ama Albay Fitzwilliam onunla ilgili hiçbir niyeti olmadığını açıkça belli etmişti ve hoş bir adam da olsa Elizabeth'in onun yüzünden mutsuz olmaya niyeti yoktu.

Bu noktayı aklında hallederken, ansızın kapı ziliyle irkildi; gelenin Albay Fitzwilliam olması düşüncesi kalbini hızlandırdı; Albay Fitzwilliam akşamüstü de bir kez uğramıştı ve şimdi özel olarak onu merak ettiği için gelmiş olabilirdi. Ama bu düşünce çabuk geçti ve kalbi farklı bir etki altına girdi: Mr. Darcy'nin odaya girdiğini şaşkınlık içinde gördü. Mr. Darcy acelesiz bir tavırla hemen sağlığını sordu, ziyaret sebebini kendini daha iyi hissettiğini duyma dileğine bağlayarak. Elizabeth ona soğuk bir kibarlıkla cevap verdi. Mr. Darcy birkaç saniye oturdu, sonra kalkıp odada yürümeye başladı. Elizabeth şaşırdı, ama tek kelime etmedi. Birkaç dakikalık bir sessizlikten sonra heyecanlı bir halde ona doğru geldi ve konuşmaya başladı:

"Boşuna mücadele ettim. İşe yaramayacak. Duygularım bastırılır gibi değil. Size ne büyük bir tutkuyla hayran ve âşık olduğumu söylememe izin verin."

Elizabeth'in şaşkınlığı tarif edilemezdi. Gözleri iri iri açıldı, yüzü kızardı, kuşkuya kapıldı ve sustu. Mr. Darcy bunu umut vaadi olarak değerlendirdi; hemen sonra, onun için tüm hissettiklerini, hem de uzun zamandır hissettiklerini itiraf etmeye koyuldu. Güzel konuşuyordu, ama kalbe ait duyguların yanında ifade edecek başka duygular da vardı; sevgiden bahsederken gururdan bahsettiği zamankinden daha tutkulu değildi. Elizabeth'in aşağı seviyeden oluşu, bunun küçük düşürücü oluşu, ortadaki aile engeli ve aklının buna hep nasıl karşı çıktığı konusundaki düşünceleri, yaralamakta olduğu kendi ailevi konumuna yönelik görünen ama evlilik teklifine faydalı olacağa pek benzemeyen bir sıcaklıkla anlatıldı.

Elizabeth duyduğu derin soğukluğa karşın, böyle bir adamın sevgisini kazanmış olmanın keyfine kayıtsız kalamadı; niyeti bir an için bile değişmediyse de, önce çekmek üzere olduğu acı için ona acıdı; ama sonra kullandığı dilden rahatsız olunca tüm acıması öfke içinde kayboldu. Yine de konuşması bittiği zaman ona sabırla cevap verebilmek için kendini toparlamaya çalıştı. Mr. Darcy tüm çabalarına rağmen unutmayı başaramadığı sevgisinin gücünü anlatarak, sevgisinin karşılık bulacağına, teklifinin kabul edileceğine ilişkin umudunu ifade ederek konuşmasını bitirdi. O bunları söylerken, Elizabeth olumlu cevap alacağından hiç kuşkusu olmadığını kolaylıkla görebiliyordu. Tedirginlik ve endişeden bahsediyordu ama yüzü gerçek bir güven ifade ediyordu. Bu görüntü öfkeyi artırdığıyla kaldı; Mr. Darcy sözlerini bitirdiği zaman Elizabeth yanakları al al olmuş bir halde şöyle dedi:

"Bu gibi durumlarda sanırım aynı ölçüde karşılık verilemeyecek bile olsalar, itiraf edilen duygular karşısında bir yükümlülük duygusu ifade etmek usuldendir. Yükümlülük duyulması doğaldır; ben de eğer minnettarlık duyabilseydim şimdi size teşekkür ederdim. Ama duyamıyorum... güzel duygularınızı hiçbir zaman arzu etmedim, zaten siz de gayet isteksizce ifade ettiniz. Kimseye acı çektirmek istemezdim. Düşüncesizce yapılmış bir şey ve umarım kısa zamanda geçer. Duygularınızı kabul etmenizi uzun süre engellediğini söylediğiniz düşünceler bu açıklamadan sonra duygularınızın üstesinden gelmekte fazla zorluk çekmeyecektir."

Gözleri Elizabeth'in yüzünde sabitlenmiş bir halde şömineye yaslanmakta olan Mr. Darcy onun sözlerini şaşkınlık kadar sıkıntıyla da karşılamış gibiydi. Yüzü öfkeyle soluklaştı; yüzünün her çizgisinde görülebiliyordu aklının karıştığı. Görüntüsüne hâkim olmak için mücadele ediyordu ve hâkim olduğuna inanıncaya kadar ağzını açmadı. Sessizlik Elizabeth'e korkunç geldi. Sonunda Mr. Darcy zorlama bir sakinlikle şöyle dedi:

"Bağışladığınız cevap bu kadar belli ki! Belki neden bu kadar sınırlı bir nezaketle reddedildiğimi öğrenme şansım olur. Ama çok da önemli değil."

"Ben de şunu sorabilirim," diye cevapladı Elizabeth, "neden o kadar açık bir hakaret düşüncesiyle beni iradenize, sağduyunuza, hatta inançlarınıza rağmen sevdiğinizi söylüyorsunuz? Nezaketsiz davrandıysam, bu nezaketsiz davranmak için yeterli sebep değil midir? Ama başka sebeplerim de var. Biliyorsunuz, var. Size karşı kendi duygularım olumsuz olmasaydı, kayıtsız olsaydı ya da olumlu olsaydı bile biricik ablamın mutluluğunu belki de ilelebet harap eden adamı herhangi bir nedenle kabul eder miydim sanıyorsunuz?"

Bunları duyunca Mr. Darcy'nin rengi değişti; ama rahatsızlığı çabuk geçti ve konuşmaya devam eden Elizabeth'i müdahale etmeden dinledi.

"Sizin hakkınızda kötü düşünmek için her türlü nedenim var. Hiçbir açıklama orada oynadığınız haksız ve zalim rolü mazur gösteremez. Onları birbirlerinden ayırma konusunda yalnız olmasanız da başrolü oynadığınızı inkâr edemezsiniz, birini şımarık ve dengesiz diye milletin gözünden düşürdünüz, diğerini boşa yere umutlandı diye alay konusu yaptınız, ikisini de şiddetli bir sefalete mecbur ettiniz."

Sustu, zerre kadar vicdan azabı duymadığını gösteren bir havayla onu dinlediğini gördü, yine öfkelendi. Mr. Darcy aksine, yapmacık bir inanmazlık gülümsemesiyle bakıyordu ona.

"Bu yaptığınızı inkâr edebilir misiniz?" diye tekrarladı.

O zaman Mr. Darcy sahte bir sakinlikle cevap verdi, "Arkadaşımı ablanızdan ayırmak için elimden gelen her şeyi yaptığımı, başarımdan da memnun olduğumu inkâr edecek değilim. Arkadaşıma karşı kendime olduğumdan daha özenli davrandım."

Elizabeth bu iyi kalpli düşünceye dikkat etmiş görünmeyi kendine yediremedi, ama anlamı da gözünden kaçmadı; zaten onu yatıştırması mümkün değildi.

"Ama sizden hoşlanmamamın nedeni sadece bu mesele değil," diye devam etti; "bu olmadan çok önce sizinle ilgili görüşüm kesinleşmişti. Aylar önce Mr. Wickham'dan dinlediğim hikâye karakterinizi iyice ortaya koydu. Bu konuda söyleyecek neyiniz var? Hangi hayali arkadaşlık eylemiyle savunabilirsiniz kendinizi? Ya da hangi asılsız sözlerle başkalarını kandırabilirsiniz?"

"O beyin meseleleriyle hayli ilgileniyorsunuz," dedi Darcy daha az sakin bir ses tonuyla ve rengi daha da koyulaşarak.

"Uğradığı talihsizliği duyan hiç kimse ona kayıtsız kalamaz."

"Talihsizlik!" diye tekrarladı Darcy küçümsemeyle; "evet, büyük talihsizliğe uğradı gerçekten."

"Sebep de sizsiniz," diye haykırdı Elizabeth heyecanla. "Onu bu yoksulluğa siz ittiniz, nispeten yoksulluğa yani. Onun için ayrıldığını bildiğiniz imkânları ondan esirgediniz. Hayatının en iyi yıllarını, hak ettiği o hürriyet şansını elinden aldınız. Bütün bunları siz yaptınız! Bir de talihsizliğiyle alay ediyorsunuz."

"Demek böyle," diye haykırdı Darcy hızlı adımlarla odada yürürken, "demek hakkımda böyle düşünüyorsunuz! Demek beni böyle görüyorsunuz! Böyle etraflıca anlattığınız için teşekkür ederim. Bu hesaba göre hatalarım büyük tabii! Belki," diye ekledi durup ona doğru dönerek, "bu hakaretler görmezden gelinebilirdi, ama uzun zamandır ciddi bir girişimde bulunmamı önleyen endişeleri dürüstçe itiraf ettim diye gururunuz yaralandı. Daha ince bir politikayla mücadelemi saklasaydım, akılla, mantıkla, her şeyle gururunuzu okşayarak sizi tarifsiz, katıksız bir tutkunun esiri olduğuma inandırsaydım bu acı suçlamalar geçiştirilebilirdi. Ama sahteliğin her türünden nefret ederim. Ayrıca anlattığım duygularımdan da utanmıyorum. Doğal ve haklı duygular çünkü. Akrabalarınızın düşük seviyesinden zevk duymamı bekleyebilir misiniz? Hayattaki mevkileri benim o kadar altımda olan hısımlarım olacak diye kendimi tebrik mi edeyim?"

Elizabeth her an daha da öfkelendiğini hissediyordu; yine de konuşurken kendine hâkim olmak için büyük çaba sarf etti:

"Teklifinizi başka tarzda yapmanız beni etkilerdi sanıyorsanız yanılıyorsunuz Mr. Darcy; daha beyefendice davranmamakla beni sadece reddettiğim için incindi mi diye hakkınızda endişelenmekten kurtarmış oldunuz."

Darcy'nin bu sözler karşısında irkildiğini ama cevap vermediğini gördü ve devam etti:

"Uzattığınız eli kabul etmemi sağlamanın hiçbir yolu yoktu."

Bir kez daha şaşkınlığı belli oldu; kulaklarına inanamama ve küçük düşmüş olma karışımı bir ifadeyle ona bakıyordu. Elizabeth devam etti:

"Daha en başta, hatta sizi gördüğüm neredeyse ilk anda tavırlarınız beni küstah, burnu büyük ve başkalarının duygularına bencilce dudak büken biri olduğunuza inandırdı, size kızgınlığım öyle doğdu ve sonraki olaylarla ağır bir hoşnutsuzluğa dönüştü; sizi tanıyalı bir ay olmamıştı ki dünyadaki son erkek olsanız yine de hiçbir kuvvetin beni sizinle evlenmeye ikna edemeyeceğini hissettim."

"Yeterince konuştunuz madam. Duygularınızı gayet iyi anlıyorum; şimdi sadece kendi duygularımdan utanmak durumundayım. Bu kadar zamanınızı aldığım için beni bağışlayın ve sağlık ve mutluluk dileklerimi kabul edin."

Ve bu sözlerle acele içinde odadan çıktı; hemen sonra Elizabeth ön kapıyı açtığını ve evden çıktığını duydu.

Aklındaki fırtına acı verecek ölçüde artmıştı. Nasıl ayakta duracağını bilemedi ve tam bir halsizlik içinde oturup yarım saat boyunca ağladı. Olanları düşünürken her görüntü şaşkınlığını daha da artırdı. Mr. Darcy'den evlilik teklifi alsın! Ona onca aydır âşık olsun! Arkadaşının ablasıyla evlenmesini önlemesine yol açan ve haliyle onun durumu için de bir o kadar geçerli olan onca engele rağmen onunla

199

evlenmek isteyecek kadar âşık olsun, inanılır gibi değildi! Bilmeden böyle güçlü bir sevgi esinlemiş olmak onur vericiydi. Ama Darcy'nin gururu, o iğrenç gururu, Jane konusunda yaptıklarını hiç sıkılmadan itiraf edişi, kendini haklı gösteremediği halde bunu kabul ederkenki affedilmez küstahlığı ve Mr. Wickham'dan söz ederkenki duygusuz tavrı, ona karşı inkâr etmediği zalimliği çok geçmeden sevgisini düşünmenin bir an için yarattığı acıma duygusunu yok etti.

Kalbini sarsan düşüncelere devam etti, ta ki Lady Catherine'in arabasının gürültüsüyle Charlotte'un karşısına çıkacak halde olmadığını fark edene ve odasına seğirtene kadar.

Bölüm XII

Ertesi sabah Elizabeth gözlerinin son kapandığı andaki duygu ve düşünceler içinde uyandı. Olanların etkisinden henüz kurtulamamıştı; başka bir şey düşünmek imkânsızdı; herhangi bir işle uğraşmak da içinden gelmiyordu, o yüzden kahvaltıdan hemen sonra açık havada yürüyüş yaparak kendini eğlendirmeye karar verdi. Doğruca sevdiği yola gidiyordu ki Mr. Darcy'nin bazen oraya geldiğini hatırlayınca durdu ve koruya girmek yerine patikadan yukarı çıkarak anayoldan uzaklaştı. Koru çitleri hâlâ bir yanında sınır çiziyordu; az sonra kapıların birinden geçip araziye çıktı.

Patikanın o kısmı boyunca iki üç kez yürüdükten sonra sabahın güzelliğine kapılarak kapıda durup koruyu seyretme isteği duydu. Kent'te geçirdiği beş hafta doğada çok şeyi değiştirmişti; her yeni gün çiçeklenen ağaçların yeşilliğini artırıyordu. Yürüyüşüne devam etmek üzereyken korunun kıyısı boyunca uzanan ağaçlıkta bir adamın görüntüsü ilişti gözüne; o yana doğru geliyordu; adamın Mr. Darcy olmasından korkup hemen dönüş yoluna koyuldu. Ama yaklaşan adam şimdi onu görecek kadar yakındı ve heyecanla ileri atılıp adını seslendi. Elizabeth öte yana dönmüştü, ama kendisine seslenildiğini duyunca Mr. Darcy'nin sesini tanımış olsa da yine kapıya doğru yürümeye devam etti. Mr. Darcy ona kapıda yetişti ve bir mektup uzatıp, Elizabeth

içgüdüsel bir hareketle mektubu alırken, kibirli bir ağırbaş-
lılık içinde şöyle dedi: "Size rastlarım diye ağaçlıkta yürü-
yordum. Lütfedip bu mektubu okur musunuz?"... Sonra
hafifçe eğilerek selam verdi, döndü, ağaçların arasına girdi
ve gözden kayboldu.

Hiçbir memnuniyet beklentisi duymadan, ama güçlü bir
merak içinde Elizabeth mektubu açtı ve artan bir hayretle,
zarfın sıkışık el yazısıyla dolu dolu yazılmış iki tabaka mek-
tup kâğıdı ihtiva ettiğini gördü... Zarf kâğıdının kendisi de
aynı şekilde doluydu... Patika boyunca yürürken mektubu
okumaya başladı. Rosings'de, sabah saat sekizde yazılmıştı
ve şöyle diyordu...

"Bu mektubu alınca madam, dün gece size öylesine itici
gelen itirafları tekrar ettiğini ya da o teklifleri yenilediğini
düşünerek ürkmeyin. Her ikimizin de mutluluğu için bir
an önce unutulması gereken dilekler üzerinde durarak size
acı çektirme, kendimi de küçük düşürme niyetiyle yazmıyo-
rum; saygınlığım yazılmasını ve okunmasını gerektirmesiydi
bu mektubun yazılması için de okunması için de yorulma-
ya değmezdi. Dolayısıyla, dikkatinizi talep etme cüretimi
mazur görmelisiniz; biliyorum, duygularınız talebime istek-
sizce cevap verecek, ama bunu adalet duygunuza sığınarak
talep ediyorum.

"Dün gece beni çok farklı niteliklerde ve birbirinden çok
değişik önemde iki kötülükle suçladınız. İlki, ikisinin de duy-
gularına aldırış etmeden, Mr. Bingley'i ablanızdan ayırdığım,
diğeri de çeşitli iddiaları reddederek, şeref ve insanlık duygu-
larını reddederek Mr. Wickham'ın refahını engellediğim ve
geleceğini kararttığım... Babamın gözdesi olduğu bilinen,
bizim himayemiz dışında hiçbir geçim kaynağı olmayan ve
himayemizden faydalanacağını umacak şekilde büyütülen
çocukluk arkadaşımı kasten ve sorumsuzca kaldırıp atmak,
duyguları sadece birkaç haftalık bir geçmişe sahip çocukların

ayrılığıyla karşılaştırılamayacak bir yoksunluk olurdu... Ama hareketlerimin ve sebeplerimin aşağıdaki açıklaması okunduğunda, her iki konuda da dün gece öyle sakınmasızca yöneltilen suçlamanın şiddetinden esirgeneceğimi umuyorum... Eğer bunları açıklarken size itici gelebilecek duyguları da anlatma mecburiyeti duyarsam bunun için sadece özür dileyebilirim... Bu mecburiyete uymak zorundayım... daha fazla özür dilemek komik olur... Hertfordshire'e geleli çok olmamıştı ki başkaları gibi ben de Bingley'nin ablanızı taşradaki diğer tüm kızlara tercih ettiğini gördüm. Ama Netherfield'deki dans akşamına kadar ciddi bir bağlılık duyduğunu fark etmemiştim... Onun daha önce birçok kez âşık olduğunu gördüm... O baloda ben sizinle dans ederken, Sir William Lucas'ın rastgele bir sözüyle, Bingley'nin ablanıza gösterdiği ilginin herkeste evlilik beklentisi yaratmış olduğunu ilk kez anladım. Sir William konudan sadece tarihinin belirlenmesi kalmış kesin bir olay gibi bahsediyordu. O andan itibaren arkadaşımın hareketlerini dikkatle inceledim ve Miss Bennet'a duyduğu yakınlığın onda daha önce gördüklerimin ötesinde olduğunu ancak o zaman kavrayabildim. Ablanızı da izledim... Hali tavrı her zamanki gibi açık, neşeli ve çekiciydi, ama hiçbir özel ilgi işareti yoktu; ben de o akşamki gözlemimden sonra Miss Bennet'ın Bingley'in ilgisini zevkle kabul etmekle birlikte bu ilgiyi hiçbir duygu ortaklığıyla davet etmediği kanısına vardım... Bu noktada siz yanılmıyorsanız, demek ki ben yanılmışım. Ablanızı daha iyi tanıyor olmanız ikinci ihtimali güçlendiriyor... Eğer öyleyse, eğer ben yanılıp da ona acı çektirecek bir hata yaptıysam dargınlığınız haksız olmaz. Ama tereddütsüz şunu da söyleyeceğim, ablanızın yüzündeki ve havasındaki ciddiyet öyleydi ki en dikkatli gözlemciye bile, cana yakın olmakla birlikte, kalbine kolay ulaşılmayan biri olduğunu düşündürürdü... Onun kayıtsızlığına inanmak istediğim doğrudur... ama araştırma ve kararlarımın genellikle umut ya da korkularımdan etkilenmediğini söyleyebilirim... Ablanızın kayıtsız olduğuna ben öyle olsun istediğim için inanmadım... tarafsız bir kanaatle inandım, hem de aynı samimiyetle... Evliliğe itirazlarım, kendi adıma büyük bir tutku gücü olunca ortadan kalkabileceğini dün gece itiraf ettiğim meseleler değildi; hısım akraba sorunu arkadaşım için benim kadar büyük bir engel değildir... Ama başka can sıkıcı durumlar vardı... hâlâ mevcutsa da, hatta her ikimiz için de aynı ölçüde mevcutsa da her an önümde olmadıkları için benim şahsen unutmaya çalıştığım durumlar... Bu nedenlerden de kısaca söz etmek gerekiyor... Annenizin ailesinin durumu, itici olmakla birlikte, onun kendisinin, üç kız kardeşinizin ve hatta zaman zaman babanızın neredeyse hep bir elden sergilediği o mutlak görgüsüzlüğün yanında hiç sayılır... Beni bağışlayın... Sizi gücendirmek bana acı veriyor. Ne var ki en yakın akrabalarınızın kusurları yüzünden duyduğunuz rahatsızlığa ve onların böyle tarif edilmesi karşısında duyacağınız hoşnutsuzluğa rağmen, sizin benzeri bir yargıdan pay almanıza izin vermeyecek şekilde davrandığınız övgüsünün de siz ve ablanız için zekânız ve duyarlılığınızla layık olduğunuz sıklıkta dile getirildiğini bilmek sizi teselli edebilir... Son olarak şunu da söylemeliyim ki o akşam olanlar herkesle ilgili görüşlerimi doğruladı ve daha fazla gecikmeden arkadaşımı gayet sevimsiz bulduğum bir akrabalıktan koruma isteğimi güçlendirdi... Ertesi gün, eminim biliyorsunuz, kısa zamanda geri dönmek üzere Netherfield'den Londra'ya gitti... Şimdi sıra benim oynadığım rolü açıklamada... Kız kardeşlerinin rahatsızlığı da benimkinden aşağı değildi; çok geçmeden aynı düşünceyi paylaştığımızı anladık ve hep birden kardeşlerini ayırmak konusunda zaman kaybetmemek gerektiğine inanarak hemen Londra'ya, yanına gitmeye karar verdik... Gittik de... orada arkadaşıma öyle bir seçimin belli sakıncalarını anlatmaya koyuldum... Bunları tarif etmekle kalmadım, kanıtladım da... Bu müdahale onun kararını hızlandırabilir ya da geciktirebilirdi gerçi, ama kanımca sonunda evliliği önlemeyecekti, ablanızın kayıtsızlığını söz konusu etmeseydim, ki hiç duraksamadan ettim. O zamana kadar duygularına onunki ölçüsünde değilse de samimi bir karşılık aldığına inanıyordu... Ama Bingley'nin müthiş bir doğal alçakgönüllülüğü vardır; benim yargılarıma kendi yargılarından daha fazla güvenir... Onu kendini kandırdığına inandırmak çok zor olmadı. Bu inancı verdikten sonra Hertfordshire'e dönmemeye ikna etmek zaten bir anlık işti... Bunları yaptığım için kendimi suçlayamam. Bütün meselede davranışımın bir yanı var ki hatırlamak hoşuma gitmiyor; o da şu, ablanızın şehirde olduğunu ondan saklamak için dolaplar çevirecek kadar alçaldım. Ben biliyordum, Miss Bingley biliyordu, ama kardeşinin şimdi bile haberi yok... Mümkündür ki kötü sonuçlar doğmadan da görüşebilirlerdi... ama duyguları henüz onu tehlikesizce görebileceği kadar kaybolmamış gibi geldi... Belki bu gizli kapaklı, dolambaçlı işler bana yakışmıyordu... Ama bir kere yaptım ve iyi niyetle yaptım... Bu konuda söyleyecek başka bir şeyim, sunabilecek başka bir özrüm yok. Ablanızın duygularını yaraladıysam, bilmeden oldu; beni yönlendiren sebepler size haliyle yetersiz görünebilir, ama ben henüz bunları reddetmeyi öğrenemedim... Daha ağır olan diğer suçlamaya, Mr. Wickham'a zarar verdiğim suçlamasına gelince, kendisinin ailemle olan tüm bağlantısını ortaya koyarak bunu çürütebilirim. Beni tam olarak neyle suçladığını bilmiyorum; ama anlatacaklarımın doğruluğu konusunda güvenilirliği kuşku götürmez birden fazla tanık gösterebilirim. Mr. Wickham tüm Pemberley mülklerinin idaresini üstlenmiş çok saygıdeğer bir adamın oğludur; babasının görevindeki iyi hali doğal olarak babamda ona faydalı olma isteği doğurmuş, vaftiz oğlu olan George Wickham'a yakınlığını tüm cömertliğiyle göstermiştir. Babam onu okulda, daha sonra Cambridge'de desteklemiştir... hem de önemli ölçüde, çünkü karısının müsrifliği yüzünden parasızlığa mahkûm olan kendi babası ona bir beyefendiye yaraşır eğitimi sağlayacak durumda değildi. Babam her zaman hoş tavırları olan bu genç adamın dostluğuna değer vermekle kalmadı, onun için yüksek umutlar da besledi ve kiliseyi kendine meslek seçeceğini umarak ona bu yolla geçim imkânı sağlamaya karar verdi. Kendi adıma ben onun hakkında farklı şeyler düşünmeye ilk kez yıllar, uzun yıllar önce başladım. Ahlaksız eğilimlerini, edepsizliğini en yakın dostundan saklamaya dikkat ediyordu, ama bunlar onunla hemen hemen aynı yaşta olan ve onu Mr. Darcy'nin aksine ·dikkatsiz anlarında yakalama fırsatı bulan bir delikanlının gözünden kaçmadı. Burada sizi yine üzeceğim... ne kadar olduğunu sadece siz bilebilirsiniz. Ama Mr. Wickham'ın yarattığı duygular ne olursa olsun, o duyguların tabiatına ilişkin şüphem onun gerçek yüzünü açıklamamı engellemeyecek. Bir başka sebep daha var. İyi kalpli babam beş yıl önce öldü; Mr. Wickham'a olan bağlılığı son ana kadar sürdü; öyle ki vasiyetinde onun mesleğinin izin verebileceği en iyi şekilde ilerlemesine yardımcı olmamı, eğer rahipliğe hak kazanırsa, değerli bir aile kilisesinin boşalır boşalmaz ona verilmesini bana özel olarak tembihledi. Ayrıca bin poundluk bir de para vardı. Babası benim babamdan fazla uzun yaşamadı; bu olayların üstünden altı ay geçtikten sonra Mr. Wickham bana bir mektup yazıp din eğitimini bırakmaya karar verdiğini, bir işine yaramayacak kilise tayini yerine biraz daha çabuk tarafından mali yardım umut etmesini uygunsuz bulmayacağıma inandığını söyledi. Hukuk okumak niyetinde olduğunu da ekliyordu; bin poundun faizinin onu orada yaşatmaya yetmeyeceğini tahmin edermişim. Samimi olduğuna inanmadımsa da samimi olmasını diledim; ama ne olursa olsun teklifini kabul etmeye hazırdım. Mr. Wickham'ın rahip olmaması gerektiğini biliyordum. Mesele çabucak halledildi. Kiliseden alabilecek durumda olsa alacağı tüm mali haklarından feragat etti ve karşılığında üç bin poundu kabul etti. Böylece aramızdaki tüm ilişki bitmiş gibiydi.

Hakkındaki düşüncelerim öyle olumsuzdu ki onu ne Pember-
ley'e davet ettim ne de şehirde bana görünmesine izin verdim.
Çoğunlukla şehirde yaşıyordu sanırım, ama hukuk tahsili
sadece yalandı; şimdi bütün engellerden kurtulunca hayatı
tam bir aylaklık ve berduşluk hayatı olmuştu. Üç yıl boyunca
ondan pek az haber aldım; ama onun için düşünülmüş kilise-
nin rahibinin vefatı üzerine tayin mektubu için yine bana
başvurdu. Çok kötü durumda olduğuna inanmamı istiyordu,
ki buna inanmakta zorlanmadım. Hukukun para getirmeyen
bir meslek olduğunu görmüş ve şimdi kesinlikle rahipliğini
almaya karar vermiş, tabii ben ona söz konusu kiliseyi verir-
sem... bundan şüphesi yokmuş, hem bakacak başka kimim
varmış, ayrıca muhterem babamın niyetini unutmuş olamaz-
mışım. Bu girişimini reddettiğim ya da tekrarlanmasına
direndiğim için beni suçlayamazsınız. Dargınlığı şartlarının
zorluğuyla orantılı oldu... beni başkalarına çekiştirmesi bana
ettiği hakaretler kadar şiddetli oldu. Bu dönemden sonra tüm
tanışıklık belirtileri terk edildi. Nasıl yaşadığını bilmiyorum.
Ama geçen yaz yine gayet acı verici bir şekilde hayatıma girdi.
Şimdi unutmuş olmayı çok istediğim ve şu anki mesele dışın-
da hiçbir kuvvetin beni herhangi birine açıklamaya zorlaya-
mayacağı bir olaydan bahsetmeliyim. Bunları anlatıyorum
çünkü sır tutmayı bildiğinizden kuşkum yok. Benden en az
on yaş genç olan kız kardeşim annemin yeğeni Albay Fitzwil-
liam'la benim vesayetimize bırakıldı. Bir yıl kadar önce okul-
dan alındı ve Londra'da onun için bir ev açıldı; geçen yaz evi
idare eden bayanla birlikte Ramsgate'e gitti; Mr. Wickham
da oraya gitti, şüphesiz maksatlı olarak; çünkü Mrs. Youn-
ge'la arasında daha evvelden bir tanışıklık olduğu ortaya
çıktı ki bu bayanın karakteri konusunda hayli yanılmışız;
onun tertip ve yardımıyla işi kendini Georgiana'ya beğendir-
meye kadar götürmüş; hassas kalbi çocukluğundan beri
onun sevecen anılarıyla dolu olan kız kardeşim ona âşık
olduğuna inandırılmış ve onunla kaçmaya razı olmuş. O

zaman daha on beş yaşındaydı; mazereti bu olmalı; basiret-
sizliğini ifade ettikten sonra şunu eklemekten de memnunum
ki konuyu yine ondan öğrendim. Kaçış planından bir iki gün
önce hiç hesapta yokken onlara katıldım; o zaman Georgia-
na baba gibi gördüğü bir ağabeyi böyle bir ıstırap ve hakare-
te maruz bırakma fikrini daha fazla sürdüremeyip bana her
şeyi olduğu gibi anlattı. Ne hissettiğimi, nasıl davrandığımı
tahmin edebilirsiniz. Kız kardeşimin itibarına ve duygularına
verdiğim önem ulu orta bir şey olmasını önledi; ama Mr.
Wickham'a mektup yazmamla oradan ayrılması bir oldu;
Mrs. Younge da elbette görevinden uzaklaştırıldı. Mr. Wick-
ham'ın ana gayesi hiç şüphesiz kız kardeşimin otuz bin
poundluk servetiydi; öte yandan benden intikam almak umu-
du da güçlü bir etkendi diye düşünmemek elimde değil. Bu
madam, aramızda konu olan her olayın dürüst bir açıklama-
sı; eğer yalan diye reddetmezseniz, umarım, bundan sonra
Mr. Wickham'a zalimlik yaptığım suçlamasını geri alırsınız.
Sizi hangi tarzda, hangi yalanlarla etkilediğini bilmiyorum;
ama belki de başarısına şaşılmamalı, önceden bunlara dair
hiçbir bilginiz olmadığı için. Bunları kendiniz öğrenemezdi-
niz; kuşku duymak da elbette doğanızda yok. Bütün bunların
size neden dün gece anlatılmadığını düşünebilirsiniz. Ama o
zaman neyin ne kadar açıklanabileceğine karar verecek
kadar aklım başımda değildi. Burada anlatılan her şeyin ger-
çekliği konusunda bilhassa Albay Fitzwilliam'ın tanıklığını
önerebilirim; kendisi yakın ilişkimiz ve sürekli sırdaşlığımız
nedeniyle, ayrıca babamın vasiyetinin uygulayıcılarından biri
olarak bu işlemlerin her ayrıntısıyla kaçınılmaz bir biçimde
haşır neşir olmuştur. Eğer beni hor görmeniz açıklamalarımı
değersiz yapıyorsa bunları kuzenimle konuşmanızı önleyecek
bir neden yok; ona danışmanız mümkün olsun diye bu mek-
tubu bu sabah size verme fırsatı bulmaya çalışacağım. Tek
dileyebileceğim, Tanrı sizi korusun.

FITZWILLIAM DARCY"

Bölüm XIII

Mr. Darcy mektubu verdiği zaman Elizabeth mektubun evlenme teklifini yinelemesini beklemediyse de ne anlatıyor olabileceği konusunda aklına hiçbir şey gelmemişti. Ama bunları anlattığına göre mektubu nasıl merakla okuduğu ve ne karmaşık heyecanlar yaşadığı kolayca tahmin edilebilir. Okurken hissettikleri tarif edilemez. Önce hayretle gördü ki Mr. Darcy bir şekilde özür dilemeyi becerebileceği kanısındaydı; oysa Elizabeth Mr. Darcy'nin utançtan yüzü kızarmadan yapabileceği hiçbir açıklama olmadığına sıkı sıkı inanıyordu. Onun söyleyebileceği her şeye karşı güçlü bir önyargı duyarak, Netherfield'de olanlarla ilgili sözlerine başladı. Kavrayış gücünü rahat bırakmayan bir heyecanla okudu ve ertesi cümlenin ne getirebileceğini öğrenme sabırsızlığı yüzünden önündeki cümlenin anlamına dikkat etmeyi beceremedi. Mr. Darcy'nin, ablasının duyarsızlığı konusundaki inancına hemen yanlış dedi; evlilik aleyhindeki en gerçek, en kötü itirazları ise tarafsız davranamayacağı kadar kızdırdı onu. Yaptıkları için pişman olmadığını söylemesini anlaşılır buldu; üslubunda pişmanlık yoktu, küstahlık vardı. Baştan sona gururlu ve saygısızdı.

Ama bu konunun ardından Mr. Wickham'la ilgili açıklaması gelince, eğer doğruysa Mr. Wickham'la ilgili her güzel düşüncesini yerle bir etmesi gereken ve onun kendi anlattığı hikâyesine gayet tedirgin edici bir benzerlik gös-

teren olayların açıklamasını biraz daha berrak bir dikkatle
okuyunca, daha da şiddetli ve tarifi daha da zor bir acı
duydu. Şaşkınlık, endişe, hatta dehşet içinde kaldı. Hepsine
karşı çıkmak istedi, tekrar tekrar haykırdı: "Yalan! Doğru
olamaz! Yalanın dik âlâsı!"... mektubu okuyup bitirince,
son bir iki sayfadan pek az şey anladıysa da aceleyle katla-
yıp kaldırdı, yazılanlara itibar etmeyeceğini, bir daha dönüp
bakmayacağını söyleyerek.

Bu sarsılmış ruh hali içinde, dağınık düşüncelerle yürü-
meye devam etti; ama olmadı; yarım dakika sonra mektup
tekrar açıldı; kendini elinden geldiğince toparlayıp Wick-
ham'a ilişkin bütün o şeyleri utanç içinde tekrar okuma-
ya başladı ve kendini her cümlenin anlamını incelemeye
zorladı. Pemberley ailesiyle olan bağı tastamam kendisinin
de anlattığı gibiydi; o zamana kadar kapsamını bilmiyor-
duysa da, merhum Mr. Darcy'nin iyiliği onun kendi söz-
lerine aynen uyuyordu. Oraya kadar her iki ifade birbirini
doğruluyordu: Ama vasiyete geldiği zaman fark büyüktü.
Wickham'ın kilise hakkında söyledikleri henüz hafızasında
tazeliğini koruyordu; onun sözlerini hatırlayınca o ya da bu
tarafta ağır bir yalan olduğunu hissetmemek imkânsızdı;
birkaç dakikalığına, sezgilerinin onu yanıltmayacağını söy-
leyerek kendine iltifat etti. Ama daha yakından okuyunca,
tekrar okuyunca, Wickham'ın kiliseye ilişkin tüm taleplerin-
den vazgeçmesinin ve bunun yerine üç bin pound gibi ciddi
bir para almasının ardındaki ayrıntılar onu yine tereddüte
düşürdü. Mektubu bıraktı, tarafsız olmaya çalışarak her
ihtimali aklında tarttı... her sözün olasılığı üzerinde düşün-
dü, taşındı, ama başarılı olamadı. Her iki ifade de yalnızca
birer iddiaydı. Tekrar okudu. Ama her satır daha net bir
şekilde ortaya koyuyordu ki mesele Mr. Darcy'nin davra-
nışını alçakça gösterecek bir tahrifata uğramış olmasına
ihtimal vermediği halde, onu hikâyenin başından sonuna
tamamen suçsuz gösterecek bir yoruma da müsaitti.

Mr. Wickham'a yöneltmekte tereddüt etmediği aşırı-
lık ve genel ahlaksızlık suçlaması onu son derece sarstı;
suçlamanın haksızlığına karşı bir kanıt bulamadıkça daha
da sarstı. -------shire Bölüğü'ne katılmadan önce onun
hakkında hiçbir şey duymamıştı; bu bölüğe de rastlantı
sonucu şehirde karşılaştığı ve arkadaşlığını tazeleyiverdiği
delikanlının tavsiyesi üzerine girmişti. Önceki yaşam tarzı
hakkında kendisinin Hertfordshire'de anlattıkları dışında
hiçbir şey bilinmiyordu. Gerçek karakterine dair bir şey-
ler öğrenmiş olsaydı araştırma isteği duymazdı. Yüzü, sesi,
tavrı sayesinde kendini hemen gayet erdemli biri olarak
kabul ettirmişti. Elizabeth onu Mr. Darcy'nin saldırıların-
dan kurtarabilecek ya da hiç olmazsa Mr. Darcy'nin uzun
geçmişe sahip aylaklık ve kötülük diye tarif ettiği kusurları
özündeki ahlaklılık yoluyla telafi edecek, sıradan hata diye
sınıflamasına yardımcı olacak bir iyilik örneği, bir belirgin
dürüstlük ya da insancıllık işareti hatırlamaya çalıştı, ama
köydeki genel olumlu görüşten ve muhabbet becerisinin ona
asker arkadaşları arasında kazandırdığı itibardan daha elle
tutulur bir şey hatırlayamadı. Bu nokta üstünde epey bir
durduktan sonra bir kez daha okumaya devam etti. Ama
ne yazık! Sıradaki hikâye Miss Darcy üzerindeki planları-
nı anlatıyordu ve daha önceki sabah Albay Fitzwilliam'la
aralarında geçen konuşmalarla bir ölçüde teyit edilmiş
oluyordu; sonunda her ayrıntının doğruluğu konusunda
bizzat Albay Fitzwilliam'a havale ediliyordu ki ondan zaten
kuzeninin tüm meselelerine olan yakın ilgisini öğrenmişti ve
karakterini sorgulaması için sebep yoktu. Bir ara az kalsın
ona başvurmaya karar veriyordu ama tuhaf kaçacağını fark
edip vazgeçti; sonunda Mr. Darcy'nin kuzeninin iş birliğin-
den iyice emin olmasa böyle bir teklifte bulunma riskine
girmeyeceğini düşünüp bu fikri tümden aklından çıkardı.

Mr. Philipslerde Wickham'la sohbetleri sırasında geçen
her şeyi gayet iyi hatırlıyordu. Sözlerinin çoğu hafızasın-

da tazeliğini koruyordu. Şimdi de bu açıklamaların bir yabancıya yapılmasındaki uygunsuzluktan rahatsız oldu ve bunun o zamana kadar gözünden kaçmış olmasına hayret etti. İnsanın kendini o şekilde ortaya koymasındaki densizliği ve sözlerinin davranışlarıyla uyuşmadığını gördü. Mr. Darcy'yi görmekten korkmuyorum... istiyorsa Mr. Darcy köyü terk edebilir, ama yerimden kırpırdamam diye böbürlendiğini ama ertesi hafta Netherfield'deki balodan kaçtığını hatırladı. Netherfield'deki aile köyden ayrılıncaya kadar hikâyesini ondan başka kimseye anlatmadığını, ama onlar gittikten sonra hikâyenin her yerde konuşulur olduğunu, o zaman da, babasına duyduğu saygının oğlunu el âleme rezil etmesine izin vermeyeceğini söylediği halde Mr. Darcy'nin aleyhinde dur durak bilmeden verip veriştirdiğini hatırladı.

Wickham'la ilgili her şey şimdi ne kadar da farklı görünüyordu! Miss King'e gösterdiği ilgi şimdi yalnızca ve alçakça çıkarcı eğilimlerinin sonucuydu; kızın servetinin mazbutluğu artık Wickham'ın isteklerinin sıradanlığını değil, ne bulursa sarılma isteğini kanıtlıyordu. Elizabeth'e davranışının da şimdi hiçbir anlaşılır sebebi yoktu; ya serveti konusunda yanılmıştı ya da Elizabeth'in gayet tedbirsizce gösterdiğine inandığı yakınlığı cesaretlendirerek kendi kibrini besliyordu. Onu son savunma çabaları da giderek zayıflar ve Mr. Darcy'yi daha da haklı çıkarırken, çok önce Mr. Bingley'nin Jane'in sorusu üzerine onun suçsuz olduğunu söylemesine hak vermeden edemedi; davranışları öyle gururlu ve itici de olsa, son zamanlarda onları sıkça bir araya getiren ve üslubuna aşina olmasını sağlayan tanışıklıkları boyunca bir kez bile ilkesiz ya da adaletsiz olduğunu ele veren... dinsiz ya da ahlaksız alışkanlıkları olduğunu düşündüren bir şey görmemişti. Kendi tanıdıkları arasında saygı ve iltifat görüyordu... Wickham bile kardeş olarak değerli biri olduğunu kabul etmiş, Elizabeth de sık sık kız kardeşinden büyük bir sevgiyle bahsettiğine tanık olmuştu, öyle ki kendi tarzında yakınlık duymayı becerebilen biri olduğunu düşünmüştü. Hareketleri Wickham'ın anlattığı gibi olsa, doğru olan her şeyin öyle ağır biçimde hiçe sayılması dünyadan zor saklanırdı; bunu yapabilecek bir kişiyle Mr. Bingley gibi son derece iyi kalpli bir adam arasındaki arkadaşlık akıl almaz olurdu.

Sonunda kendinden fena utandı... Darcy'yi de Wickham'ı da kör, taraflı, önyargılı, gülünç olduğunu hissetmeden düşünemedi.

"Ne rezilce davrandım!" diye haykırdı... "Ben ki sezgilerimle gurur duyardım!.. Ben ki yeteneklerimi beğenirdim! Ablamın sınırsız iyi niyetini küçümser, ayıp ve anlamsız bir şüphecilik içinde kendime hayran olur dururdum... Bunu fark etmek ne kadar küçük düşürücü!.. Nasıl da küçük düşürücü!.. Âşık olsaydım bundan daha sefil bir körlük içinde olamazdım. Ama aptalca hatam aşk değil gurur oldu. Daha tanışır tanışmaz birinin tercihi olmaktan hoşlandım, öteki tarafından ihmal edildiğime gücendim; her ikisi hakkında da önyargılı ve cahilce davrandım, aklı bir kenara bıraktım. Meğer bu ana kadar kendimi tanımıyormuşum."

Kendisinden Jane'e... Jane'den Bingley'ye, düşünceleri bir çizgi üzerinde ilerledi ve az sonra aklına Mr. Darcy'nin oradaki açıklamasının gayet yetersiz görünmüş olduğunu getirdi; mektubu bir kez daha okudu. İkinci okumanın etkisi çok daha farklıydı... Açıklamalarının bir kısmını doğru kabul ederken diğer kısmını nasıl reddedebilirdi?.. Ablasının ilgi duyduğuna hiç ihtimal vermediğini söylemişti; Elizabeth Charlotte'un düşüncesini hatırlamadan edemedi... Jane'le ilgili tespitlerinin doğru olduğunu da inkâr edemezdi... Elizabeth Jane'in duygularının, ateşli bile olsalar, pek az belli edildiğini, havasında ve tavrında büyük bir duyarlılığın sık eşlik etmediği sürekli bir doygunluk olduğunu hissetti.

Mektubun ailesinden öyle küçük düşürücü ama haklı bir kınamayla söz edildiği yerine geldiğinde şiddetli bir utanç duydu. Suçlamanın haklılığı onu itiraz edemeyeceği kadar sert bir biçimde sarstı; Darcy'nin özellikle değindiği Netherfield'deki baloda geçen ve en baştaki tüm kuşkularını teyit eden olaylar onun aklında Elizabeth'in aklında yer ettiğinden daha güçlü bir yer etmiş olamazdı.

Ona ve ablasına yönelik iltifatlar ise göz ardı edilmedi. İltifatlar ailesinin diğer üyelerinin kendi yarattıkları düşüklüğün ondaki acısını yatıştırıyordu, ama silemiyordu... Jane'in hayal kırıklığının da aslında en yakın akrabalarının işi olduğunu, öyle bir görgüsüzlüğün her ikisinin saygınlığına ne büyük zarar vermiş olması gerektiğini düşünürken daha önce tattığı her şeyden daha ağır bir sıkıntı duydu.

İki saat boyunca patikada yürüdükten, her çeşit düşünceye kapıldıktan, olayları tekrar düşündükten, olasılıkları belirledikten ve öyle ani, öyle önemli bir değişiklikle elinden geldiğince uzlaştıktan sonra yorgunluk ve uzun yokluğunu fark etmek onu eve yöneltti; eve her zamanki gibi neşeli görünme arzusuyla ve başkalarının yanında suskunlaşmasına neden olabilecek düşünceleri bastırma kararıyla girdi.

Girer girmez de o dışarıdayken Rosings'den iki beyin ayrı ayrı uğradığını söylediler; Mr. Darcy veda etmek için sadece birkaç dakikalığına uğramıştı, ama Albay Fitzwilliam Elizabeth döner umuduyla en az bir saat onlarla oturmuş, hatta onu bulmak için arkasından yürümeye kalkmıştı... Elizabeth onu kaçırdığına üzülmüş gibi yaptı, ama içinden sevindi. Albay Fitzwilliam artık onu ilgilendirmiyordu. Artık elindeki mektuptan başka hiçbir şey düşünemiyordu.

Bölüm XIV

İki bey ertesi sabah Rosings'den ayrıldılar; veda selamını vermek için müştemilatın yakınında beklemekte olan Mr. Collins eve şu hoş haberlerle geldi: İkisinin de sağlığı gayet yerinde görünüyordu, Rosings'de az önce yaşanan hüzünlü sahneye rağmen keyifleri de hayli yerindeydi. Sonra Lady Catherine'le kızını teselli etmeye Rosings'e seğirtti; dönüşünde büyük bir memnuniyetle Lady Catherine'den mesaj getirdi; kendini öyle kederli hissediyormuş ki hepsini yemekte yanında görmek istiyormuş.

Elizabeth Lady Catherine'e istese o vakte kadar müstakbel yeğeni olarak ona takdim edilmiş olabileceğini düşünmeden bakamıyordu; ne de gülümsemeden, lady hazretlerinin öfkesinin nasıl olacağını düşünebiliyordu. "Ne derdi?.. nasıl davranırdı?" bu sorularla kendini eğlendirdi.

İlk konuları Rosings'deki grubun azalmış olmasıydı... "İnanın, bunu alabildiğine hissediyorum," dedi Lady Catherine; "eminim kimse dostlarının kaybını benim kadar hissetmez. Ama bu genç adamlara bir başka düşkünüm; onların da bana öyle düşkün olduğunu biliyorum!.. Gittiklerine nasıl da üzüldüler! Zaten hep öyledirler. Sevgili albay son ana kadar moralini gayet yüksek tuttu; ama Darcy çok üzülüyor gibi geldi, geçen seneden bile çok sanki. Rosings'e olan bağlılığı belli ki artıyor."

Mr. Collins burada bir iltifat etti, bir de bir imada bulunuverdi ve anneyle kızdan nazik bir gülümseme aldı.

Lady Catherine yemekten sonra Miss Bennet'ın keyifsiz göründüğünü söyledi, sonra hemen nedenini de söyledi; çünkü eve o kadar çabuk dönmek istemiyormuş ve devam etti: "Ama madem öyle, siz de annenize yazın, izin isteyin biraz daha kalmak için. Mrs. Collins kalmanıza çok sevinir bence."

"Lady hazretlerine nazik daveti için minnettarım," diye cevapladı Elizabeth, "ama bunu kabul etmem mümkün değil... Gelecek cumartesi şehirde olmalıyım."

"Ama öyle olursa burada sadece altı hafta kalmış olursunuz. Ben iki ay kalmanızı bekliyordum. Siz gelmeden önce Mrs. Collins'e öyle dedim. Bu kadar çabuk gitmeniz için bir neden olamaz. Mrs. Bennet elbette size bir on beş gün daha izin verebilir."

"Ama babam veremez... Geçen hafta yazıp çabuk dönmemi söyledi."

"Aman canım! Anneniz izin verebiliyorsa babanız haydi haydi verir... Kız çocukları baba için o kadar önemli değillerdir. Bir ay daha kalırsanız birinizi Londra'ya kadar götürürüm; Haziran başında gidiyorum; Dawson büyük arabaya itiraz etmediğine göre biriniz için geniş yer olur... hatta hava serin olursa ikinizi birden götürmeye hayır demem, ne de olsa ikiniz de şişman değilsiniz."

"Çok iyisiniz madam; ama planımıza uysak iyi olur."

Lady Catherine vazgeçiyor gibiydi.

"Mrs. Collins, yanlarına bir hizmetçi vermelisiniz. Bilirsiniz, aklımdan geçeni her zaman söylerim; iki genç hanımın kendi başlarına kiralık arabayla yolculuk etmesi düşüncesine dayanamam. Çok yakışıksız. Birini bul, gönder. Bu tür bir şey dünyada en hazzetmediğim şeydir... Genç hanımların yanında her zaman refakatçisi, muhafızı olmalıdır, tabii mevkiine göre. Yeğenim Georgiana geçen yaz Ramsgate'e gittiği zaman, yanında iki uşak olmasında ısrar ettim... Miss

Darcy, Pemberley'li Mr. Darcy'yle Lady Anne'in kızı başka türlü ortaya çıkamazdı, yakışık almazdı... Böyle şeylere son derece dikkat ederim. John'u genç hanımlarla göndermelisiniz, Mrs. Collins. İyi ki aklıma geldi de söyledim; yalnız gönderseydiniz cidden affedilmez bir şey yapmış olurdunuz."

"Dayım bizim için bir hizmetçi gönderecek."

"Ha, dayınız!.. Uşağı var, öyle mi?.. Bu tip şeyleri düşünen bir yakınınız olmasına sevindim. Atları nerede değiştireceksiniz?.. Ah, Bromley tabii... Bell hanında adımı verirseniz size iyi hizmet ederler."

Lady Catherine'in seyahatleri hakkında soracak birçok başka sorusu daha vardı ve soruların hepsini kendisi yanıtlamadığı için dikkat etmek gerekiyordu ki Elizabeth buna memnun oldu, yoksa aklı öyle meşgulken nerede olduğunu unutabilirdi. Düşünceye dalmak yalnız saatler için ayrılmalıdır; her yalnız kaldığında büyük bir rahatlama duyarak kendini düşünmeye verdi; tek başına yürüyüş yapmadığı, rahatsız edici anıların tüm keyfini çıkarmadığı tek bir gün geçmedi.

Mr. Darcy'nin mektubunu bu gidişle ezberleyecekti. Her cümleyi inceledi; mektubun yazarına karşı olan duyguları sık sık değişiyordu. Yazı üslubunu hatırladığı zaman içi hâlâ öfke doluyordu; ama onu nasıl haksızca suçlayıp kınadığını düşününce öfkesi kendisine yöneliyordu; karşılık görmeyen duyguları için Mr. Darcy'ye acımaya başlıyordu. Adamın ilgisi minnettarlık uyandırıyordu, karakteri ise saygı; yine de Elizabeth onu hâlâ kabul edemiyordu, hatta onu reddettiği için bir an bile pişmanlık duymuyordu; onu bir daha görmek bile içinden gelmiyordu. Geçmişteki kendi davranışları içinde sürekli bir sıkıntı ve pişmanlık kaynağı vardı, ailesinin üzücü hatalarında ise daha da ağır bir mutsuzluk konusu. Durumları umutsuzdu. Onlara gülerek avunan babası küçük kızlarının yabani çılgınlığını zapt etmek için çaba sarf etmezdi; doğruluktan çok uzak hareketleriyle annesi ise ortadaki bayağılığın farkında değildi. Elizabeth sık sık

Jane'le el ele veriyor, Catherine'le Lydia'nın dengesizliğini kontrol etmeye çalışıyorlardı; ama annelerinin saplantısıyla desteklendikleri sürece gelişme göstermeleri nasıl mümkün olabilirdi ki? İradesiz, rahatsız ve kendine tümüyle Lydia'yı örnek almış Catherine verdikleri öğütlere alınıyordu; hırslı ve umursamaz Lydia onları işitmiyordu bile. Cahil, aylak ve dikbaşlıydılar. Meryton'da subay oldukça onlarla flört edeceklerdi; Meryton Longbourn'un yürüme mesafesi içinde oldukça ilelebet oraya gideceklerdi.

Bir diğer mutsuzluğu ise Jane için duyduğu endişeydi; Mr. Darcy'nin açıklaması Bingley'yle ilgili bütün eski olumlu görüşlerini canlandırarak Jane'in kaybının büyüklüğünü daha fazla hissettirmişti. Bingley'nin sevgisi gerçek çıkmıştı, davranışı suçlamalardan arınmıştı, tabii eğer arkadaşına duyduğu güvenin sorgu sual tanımaz oluşuna suç bulunmazsa. Jane'in her bakımdan öyle mükemmel, öyle tatmin edici, öyle mutluluk vaat eden bir kısmeti kendi ailesinin aptallığı ve görgüsüzlüğü yüzünden kaybetmesi nasıl da acı vericiydi!

Bu düşüncelere Wickham'ın karakterinin ortaya çıkması da eklenince, daha önce nadiren kararan mutlu ruh halinin şimdi bir ölçüde neşeli görünmesini bile mümkün kılmadığı rahatlıkla düşünülebilir.

Ziyaretinin son haftası boyunca Rosings'deki davetler yine ilk haftadaki kadar sıktı. Son akşam da orada geçirildi; Lady hazretleri yine ince ince yolculuklarının ayrıntılarını soruşturdu, en iyi eşya toplama yöntemi konusunda talimatlar verdi ve elbiseleri tek doğru şekilde yerleştirme mecburiyeti konusunda öyle ısrar etti ki Maria eve döndükleri zaman kendini sabah yaptığı tüm işi bozup sandığını baştan yerleştirmeye mecbur hissetti.

Ayrıldıkları zaman Lady Catherine büyük tenezzül buyurup onlara iyi yolculuklar diledi, seneye Hunsford'a yine gelin dedi; Miss de Bourgh da kendini zorlayıp diz kırarak selam verdi ve her ikisine de elini uzattı.

Bölüm XV

Cumartesi sabahı Elizabeth ve Mr. Collins kahvaltıda başkaları gelmeden birkaç dakika önce karşılaştılar; Mr. Collins fırsatı değerlendirip vedalaşma için kesinlikle gerekli gördüğü kibar sözleri söyledi.

"Bilmiyorum, Miss Elizabeth," dedi, "belki Mrs. Collins bize gelmekle gösterdiğiniz nezaket konusunda kendi duygularını henüz ifade etmemiştir, ama ben gayet eminim ki bu evi onun teşekkürlerini almadan terk etmeyeceksiniz. Varlığınızın verdiği mutluluk, emin olun, alabildiğine hissedildi. Fakirhanemizi insanlar için cazip kılacak pek az şey olduğunu biliyoruz. Sade yaşamımız, küçük odalarımız, az sayıdaki hizmetçimiz ve kısıtlı imkânlarımız Hunsford'ı sizin gibi bir genç hanım için son derece sıkıcı yapıyor olmalı; ama tenezzül edip buyurduğunuz için müteşekkir olduğumuza, buradaki konukluğunuz sırasında sıkılmanızı önlemek için elimizden gelen her şeyi yaptığımıza inanacağınızı umut ediyorum."

Elizabeth şevkle teşekkür etti, mutlu olduğuna emin olmalarını istedi. Altı haftayı büyük bir keyifle geçirmişti; Charlotte'la birlikte olmanın zevki, ona gösterilen yakın ilgi nedeniyle asıl o müteşekkir olmalıydı. Mr. Collins pek memnun oldu ve daha fazla gülümseyen bir ağırbaşlılıkla şöyle cevap verdi:

"Zamanınızı fena geçirmediğinizi duyduğuma çok sevindim. Elbette elimizden geleni yaptık; neyse ki sizi çok yüksek şahsiyetlere takdim etmek de elimizden geliyordu; Rosings'le olan bağlantımızdan, mütevazı ev havasına sık sık canlılık katma imkânından da sanırım kendimize bir övünç payı çıkarabiliriz Hunsford ziyaretiniz büsbütün sıkıcı olmadıysa. Lady Catherine'in ailesiyle olan durumumuz cidden çok istisnai bir ayrıcalık, pek az insana nasip olacak bir şeref. Ne dostlarımız var, görüyorsunuz. Nasıl sürekli davet alıyoruz, görüyorsunuz. Esasen itiraf etmeliyim ki bu mazbut rahip lojmanının tüm kusurlarına rağmen, içinde oturan hiç kimse bizim Rosings'le yakınlığımızı paylaştıkları sürece acınacak kişiler olmazlar."

Duygularının yoğunluğu karşısında kelimeler yetmedi; odada dolaşmak zorunda kaldı; bu sırada Elizabeth kibarlıkla gerçeği birkaç kısa cümle içinde birleştirmeye çalışıyordu.

"Tabii, bizim hakkımızda Hertfordshire'e çok olumlu bir rapor götürebilirsiniz, sevgili kuzenim. En azından bunu yapabilecek olmanız bana gurur verir. Lady Catherine'in Mrs. Collins'e gösterdiği büyük yakınlığa günbegün tanık oldunuz; nihayet umarım arkadaşınız o kadar şanssız bir... ama neyse, bu konuda susmak en iyisi. Yalnız, inanın ki sevgili Miss Elizabeth, size bütün kalbimle ve içtenliğimle böyle mutlu bir evlilik diliyorum. Sevgili Charlotte'umla ben tek akıl, tek ruh olduk. Her şeyde ikimiz arasında muhteşem bir duygu ve fikir benzerliği var. Sanki birbirimiz için yaratılmışız."

Elizabeth bu durumun büyük bir mutluluk olduğunu rahatça söyleyebildi; aynı içtenlikle, ailevi huzuruna yürekten inandığını ve sevindiğini de eklemeyi becerebildi. Bununla beraber, söz konusu ettikleri hanımın girişiyle sohbetlerinin kesilmesine hiç de üzülmedi. Zavallı Charlotte!.. onu öyle bir hayata terk etmek ne üzücüydü!.. Ama kendisi seçmişti bunu, bile bile; misafirlerinin gitmelerine besbelli üzülüyordu, ama acınmayı bekler bir hali yoktu. Evi ve ev işleri, kilisesi ve tavukları ve bunlara ait tüm endişeler henüz cazibelerini kaybetmemişti.

Sonunda araba geldi, sandıklar bağlandı, paketler içeri yerleştirildi ve harekete hazır olduğu duyuruldu. Arkadaşlar arasında duygu dolu bir vedalaşmadan sonra Mr. Collins Elizabeth'e arabaya kadar eşlik etti; bahçeden aşağı yürür-lerken Mr. Collins ailesine en derin saygılarını iletmesini rica ediyor, kışın Longbourn'da gördüğü konukseverlik için teşekkürlerini ve tanımasa da Mr. ve Mrs. Gardiner'a selamlarını eklemeyi de ihmal etmiyordu. Sonra elinden tutup binmesine yardımcı oldu, Maria da onu takip etti ve tam kapı kapanacaktı ki onlara birden, belli bir endişeyle, Rosings'deki hanımlar için mesaj bırakmayı unuttuklarını hatırlattı.

"Ama," diye ekledi, "tabii en derin hürmetlerinizin ve burada bulunduğunuz süre içinde gösterdikleri nezaket için en içten teşekkürlerinizin kendilerine iletilmesini istersiniz."

Elizabeth itiraz etmedi; sonra kapının kapanmasına izin verildi ve araba yola koyuldu.

"Aman Tanrım!" diye haykırdı Maria birkaç dakikalık sessizlikten sonra, "sanki daha bir iki gün önce geldik!.. ama ne çok şey oldu!"

"Çok şey oldu gerçekten," dedi yol arkadaşı içini çeke-rek.

"Rosings'de dokuz kez akşam yemeği yedik, ayrıca üç kere de çay içtik!.. Anlatacak ne çok şeyim var!"

"Benim de saklayacak ne çok şeyim var," dedi Elizabeth kendi kendine.

Yol boyu pek konuşmadılar; bir aksilik de olmadı; Hunsford'dan çıktıktan dört saat sonra Mr. Gardiner'ın evine ulaştılar; birkaç gün orada kalacaklardı.

Jane iyi görünüyordu; Elizabeth yengesinin onlar için hazırladığı çeşitli eğlenceler arasında onu inceleyecek zaman

bulamadı. Ama Jane de onunla eve dönecekti ve Longbo-
urn'da gözlem yapmak için yeterince boş zaman olacaktı.
Bu arada ablasına Mr. Darcy'nin teklifini söylemek için
Longbourn'u beklemek bile başlı başına bir çaba gerektirdi.
Jane'i o derece şaşırtacak ve aynı zamanda henüz içinden
atamadığı gururunu o derece okşayacak bir şeyi açıklama
gücüne sahip olduğunu bilmek onu anlatmaya öylesine
kışkırtıyordu ki bu kışkırtıya sadece neyi ne kadar anlat-
ması gerektiği konusundaki kararsızlığı ve eğer anlatmaya
bir başlarsa o hızla Bingley hakkında ablasına daha da acı
verebilecek bir şeyleri tekrarlama korkusu sayesinde direne-
biliyordu.

Bölüm XVI

Mayıs ayının ikinci haftası üç genç hanım Gracechurch Street'ten Hertfordshire'deki ------- kasabasına doğru yola çıktılar; Mr. Bennet'ın arabasının onları karşılayacağı hana yaklaştıkları zaman, arabacının dakikliği sayesinde, üst kat yemek odalarının birinden bakan Kitty'yle Lydia'yı görüverdiler. Bu iki kız bir saatten uzun zamandır oradaydılar, karşıdaki bir manifaturacıya keyifli bir ziyaret yapmışlar, nöbet tutan askeri seyretmişler, kıvırcık ve hıyar salatası yapmışlardı.

Ablalarını karşıladıktan sonra bir han dolabının sunabileceği kadar soğuk etle hazırlanmış sofrayı gösterdiler gururla, "Ne hoş değil mi? Güzel bir sürpriz değil mi?" diye haykırdılar.

"Hepinize ziyafet çekmeyi düşünüyoruz," diye ekledi Lydia; "ama bize borç vermelisiniz, çünkü bütün paramızı şu dükkânda harcadık." Sonra aldıklarını gösterdi: "Bakın, bu boneyi aldım. Pek güzel değil, ama iş olsun diye aldım. Eve gidince söküp bakacağım, bir şeye benzetebilir miyim diye."

Ablaları çirkin deyince hiç oralı olmadan ekledi: "Dükkânda bundan daha çirkin iki üç şapka daha vardı sadece; daha hoş renkli bir saten alıp yeniden süslersem gayet iyi olur. Zaten bu yaz kimin ne giydiği o kadar önemli değil,

--------shire bölüğü Meryton'ı bıraktı, on beş gün içinde gidiyorlar."

"Gerçekten mi?" diye haykırdı Elizabeth büyük bir memnuniyetle.

"Brighton yakınlarında kamp kuracaklarmış; babamın yazın hepimizi oraya götürmesini öyle çok istiyorum ki! Ne eğlenceli bir plan olur; üstelik önemli bir masraf da değil. En çok da annem gitmek ister! Yoksa düşünsenize ne sıkıcı bir yaz geçireceğiz!"

"Evet," diye düşündü Elizabeth, "bu eğlenceli bir plan olurdu gerçekten, hepimiz birden mahvolurduk. Aman Tanrım! Brighton, koca bir kamp dolusu asker ve biz, zaten darmadağın olmuşuz gariban bir milis alayı ve Meryton'ın aylık baloları yüzünden."

"Şimdi size haberlerim var," dedi Lydia masaya otururlarken. "Bilin bakalım! Harika haberler, olağanüstü haberler, hem de hepimizin sevdiği bir kişi hakkında."

Jane'le Elizabeth birbirlerine baktılar; garsona kalmasına gerek olmadığı söylendi. Lydia güldü ve şöyle dedi:

"Ah şu sizin resmiyetiniz ve ağzı sıkılığınız yok mu. Garson duymasın istediniz, sanki umurundaydı! Anlatacaklarımdan daha fena şeyler duyuyordur o. Ama ne çirkin bir herif! İyi ki gitti. Hiç öyle uzun çene görmedim hayatımda. Neyse, haberime gelelim: Sevgili Wickham hakkında; garson için fazla iyi, değil mi? Wickham'ın Mary King'le evlenme tehlikesi yok. Nasıl haber ama! Kız Liverpool'daki amcasına gitti; kalmaya gitti. Wickham artık emniyette."

"Mary King de emniyette!" diye ekledi Elizabeth; "para bakımından basiretsiz bir evlilikten kurtulmuş."

"Çekip gitmesi büyük aptallık, seviyorduysa."

"Ama galiba iki tarafta da güçlü bir bağlılık yok," dedi Jane.

"Wickham'da olmadığına eminim. Bence kızı zerre kadar umursamıyordu. Öyle uyuz çilli kıytırık kızı kim umursar?"

Elizabeth dondu kaldı, böyle kaba ifadeleri kullanmak elinden gelmese de, bu tür kaba duyguları vaktiyle kendisinin de göğsünde beslemiş ve bunu makul bulmuş olduğunu düşününce!

Herkes yemeğini yiyip de ablalar hesabı ödedikten sonra araba emredildi; biraz uğraştıktan sonra hepsi birden, bütün kutuları, el işi torbaları ve paketleri ve Kitty'yle Lydia'nın alışverişlerinin can sıkıcı ilavesiyle arabaya yerleştiler.

"Ne de güzel sığıştık!" diye haykırdı Lydia. "İyi ki bonemi almışım, sırf kutusu için bile değer doğrusu! Hadi şimdi rahatımıza bakalım, konuşup gülelim eve kadar. Bir kere gittiğinizden beri neler oldu, onu anlatın. Hoş adamlar gördünüz mü? Flörtünüz oldu mu? Biriniz bari koca bulmadan dönmezsiniz diyordum. Jane yakında evde kalacak. Neredeyse yirmi üç oldu! Tanrım, yirmi üçümden önce evlenmemiş olursam nasıl utanırım! Philips yengem de nasıl koca bulun istiyor bilemezsiniz. Lizzy Mr. Collins'i kabul etse iyi ederdi diyor; ama bence bu eğlenceli olmazdı. Tanrım! Sizden önce evlenmeyi nasıl da istiyorum; o zaman size bütün balolarda arabuluculuk yapardım. Geçen gün Albay Forster'ın orada öyle bir eğlendik ki! Kitty'yle ben o günü orada geçirecektik, Mrs. Forster da akşama ufak bir dans sözü verdi; (bu arada, Mrs. Forster'la yakın arkadaş olduk!) sonra Harringtonları çağırdı ama Harriet hastaydı, Pen bir daha tek başına gelmek zorunda kaldı; sonracığıma, bilin bakalım ne yaptık? Chamberlayne'e kadın kıyafeti giydirdik, uşağı kadın diye yutturduk... nasıl eğlendiğimizi düşünün artık! Albay'la Mrs. Forster'dan, Kitty'yle benden, bir de teyzemden başka kimse bilmiyordu, teyzeme de tuvaletini ödünç almak için söyledik; bilemezsiniz nasıl güzel oldu! Denny, Wickham, Pratt ve birkaç kişi daha geldi, tanımadılar. Tanrım! Nasıl güldüm! Mrs. Forster da nasıl güldü. Gülmekten ölüyordum. Adamlar bu yüzden şüphelendiler, sonra da zaten meseleyi çözdüler."

Partilerinin ve tatlı şakalarının hikâyesini anlatarak Lydia, Kitty'nin de yardım ve ilaveleriyle Longbourn'a kadar yol arkadaşlarını eğlendirmeye çalıştı. Elizabeth olabildiğince az dinledi, ama sık sık Wickham'ın adının geçmesine dikkat etmeden duramadı.

Evde gayet sıcak karşılandılar. Mrs. Bennet Jane'in güzelliğini bozulmamış gördüğüne çok sevindi; yemek sırasında Mr. Bennet Elizabeth'e birkaç kez "Döndüğüne sevindim Lizzy," dedi sevecenlikle.

Yemek odasında geniş bir kalabalık oldu; neredeyse bütün Lucaslar Maria'yı karşılamak ve havadisleri dinlemek için gelmişlerdi; herkes farklı bir konuyla meşguldü; Lady Lucas masanın üstünden Maria'ya büyük kızının refahını ve tavuklarını soruyordu; Mrs. Bennet iki işle birden meşguldü, bir yandan biraz ilerisinde oturan Jane'den son modayla ilgili haberleri alıyor, diğer yandan bunları Lucasların küçük kızlarına aktarıyordu; Lydia başka herkesinkinden daha yüksek bir sesle sabahki eğlencelerini sayıp döküyordu isteyen dinlesin diye.

"Ah, Mary," diyordu, "keşke sen de bizle gelseydin, öyle eğlendik ki! Yolda Kitty'yle bütün perdeleri açtık, arabada kimse yokmuş gibi yaptık; Kitty'nin midesi bulanmasa bütün yolu öyle gidecektim; George hanına geldiğimiz zaman kanımca çok şık davranıp şu üç kişiye dünyadaki en güzel soğuk yemekleri ikram ettik, gelseydin sana da ikram ederdik. Dönüşümüz de öyle eğlenceli oldu ki! Arabaya hiç binemeyeceğiz sandım. Gül gül ölüyordum az kalsın. Yolda da bir keyif bir keyif! Nasıl bir kakara kikiri, fersah fersah öteden duymuşlardır bizi."

Mary buna ciddiyetle cevap verdi, "Aman, benden uzak olsun, hemşirem, böyle zevkler bana göre değil. Çoğu kadın böyle şeyleri sever. Ama benim için hiç cazip değiller. Ben kitap okumayı tercih ederim."

Ama Lydia bu cevabın tek kelimesini bile duymadı. Birini yarım dakikadan fazla nadiren dinlerdi, Mary'yi o kadar bile dinlemedi.

Öğleden sonra Lydia diğer kızlara Meryton'a yürüyüp herkesin ne âlemde olduğunu görme konusunda ısrar etti; ama Elizabeth plana inatla karşı çıktı. Miss Bennetların evde daha yarım gün geçirmeden subay peşine düştükleri söylenmemeliydi. Karşı çıkması için bir neden daha vardı. Wickham'ı tekrar görme düşüncesi ona korkunç geliyordu ve bundan olabildiğince kaçınmaya kararlıydı. Alayın gidişinin yakın olması ona anlatılmaz bir rahatlık veriyordu. On beş gün içinde gitmiş olacaklardı; gidince de Wickham yüzünden canının daha fazla sıkılmayacağını umuyordu.

Eve geleli çok olmamıştı ki Lydia'nın handa sözünü ettiği Brighton planının annesiyle babası arasında sıkça tartışma konusu olduğunu gördü. Babasının en ufak bir gitme niyeti olmadığını hemen anladı; ama cevapları aynı zamanda öyle belirsiz ve yuvarlaktı ki annesi sık sık umudu azalsa da sonunda başarıya ulaşacağına olan inancını henüz yitirmemişti.

Bölüm XVII

Elizabeth olanları Jane'e anlatmak için duyduğu sabırsızlığa daha fazla karşı koyamadı; sonunda ablasıyla ilgili ayrıntıları saklamaya karar vererek ve şaşırmaya hazırlıklı olmasını isteyerek ertesi sabah ona Mr. Darcy'yle arasında geçenlerin büyük bölümünü anlattı.

Miss Bennet'ın şaşkınlığı uzun sürmedi, taraf tutan güçlü ablalık duygularıyla Elizabeth'in beğenilmesini gayet doğal bulduğu için; hatta az sonra şaşkınlık bile kalmamıştı. Mr. Darcy'nin duygularını pek sevimli olmayan bir tarzda açıklamış olmasına üzüldü; ama kız kardeşinin ret cevabının ona vermiş olması gereken mutsuzluğa daha çok üzüldü.

"Kabul edileceğinden o kadar emin olması hataydı," dedi, "öyle görünmemeliydi; ama düşünsene, hayal kırıklığını nasıl da artmıştır."

"Tabii," diye cevapladı Elizabeth, "onun için gerçekten üzülüyorum; ama bana olan ilgisini yok edecek başka duyguları da var. Yine de onu reddettiğim için beni suçlamıyorsun, değil mi?"

"Seni suçlamak mı! Yo, hayır."

"Ama Wickham'dan öyle sempatiyle bahsettiğim için suçluyorsun."

"Hayır... Onları söylemekle hata yapıp yapmadığını bilmiyorum."

"Ama ertesi gün olanları söylediğim zaman bileceksin."

Sonra mektuptan bahsetti, George Wickham'la ilgili tüm kısımlarını tekrarlayarak. Bunlar zavallı Jane için büyük bir darbe oldu! O ki bütün hayatını tüm insan ırkının içinde o tek kişide toplandığı kadar alçaklık olmadığına inanarak geçirebilirdi. Darcy'nin temize çıkması bile onu memnun ettiyse de, böyle bir keşfin verdiği acıyı azaltamadı. Var gücüyle bir hata ihtimali aradı ve birini karıştırmadan diğerini suçsuz bulmaya çalıştı.

"Faydası yok," dedi Elizabeth. "İkisiyle aynı anda iyi bir şey yapamazsın. Seçimini yap, ama sadece biriyle yetinmelisin. İkisinin tüm meziyetlerini alsan bir tane iyi adam yapmaya ancak yeter; üstelik son zamanlarda çokça taraf değiştiriyor. Kendi adıma ben Mr. Darcy'ye inanma eğilimindeyim, ama sen kendi seçimini kendin yap."

Jane'in gülümseyecek hale gelmesi yine de biraz zaman aldı.

"Daha çok şaşırdığımı hatırlamıyorum," dedi. "Wickham o kadar kötü olsun! İnanılmaz bir şey. Zavallı Mr. Darcy! Ne ıstırap çekmiştir, düşünsene sevgili Lizzy. Öyle bir hüsran! Hem de senin olumsuz görüşlerini bile bile! Kız kardeşiyle ilgili böyle bir şey anlatmak zorunda kalmak! Cidden çok can sıkıcı. Eminim sen de öyle hissediyorsun."

"Yo, hayır! Benim pişmanlık ya da acıma ihtimalim ortadan kalkıyor, sende ikisi de öyle bol ki. Ona epey adil davranacağını biliyorum, o yüzden ben her an daha ilgisiz, daha kayıtsız hale geliyorum. Senin cömertliğin beni tutumlu yapıyor; onunla ilgili biraz daha sızlanırsan kalbim kuş gibi hafifleyecek."

"Zavallı Wickham; yüzünden iyilik akıyor! Davranışları da nasıl cana yakın, nasıl nazik."

"Bu iki delikanlının da eğitiminde büyük bir yanlışlık yapıldığı ortada. İyilik birinin içinde, diğerinin görüntüsünde."

"Mr. Darcy'nin görüntüsünde iyilik olmadığını hiç düşünmedim, senin aksine."

"Yine de ben ona karşı sebepsiz yere soğukluk duymakla acayip akıllılık ettiğimi sanıyordum. Bu tür bir soğukluk beslemek insanın dehasını kamçılıyor, zekâsının önünü açıyor. İnsan tek bir haklı söz söylemeden birini sürekli olarak taciz edebilir; ama insan arada bir zekice bir şey söyleyivermeden birine ilelebet gülemez."

"Lizzy, eminim o mektubu ilk okuduğun zaman meseleyi şu anki gibi değerlendiremedin."

"Elbette hayır. Çok rahatsız oldum. Gayet rahatsız, hatta mutsuz oldum diyebilirim. Hissettiklerimi konuşacak kimse de yok, beni rahatlatıp sandığım kadar zayıf, kafasız ve kalpsiz davranmadığımı söyleyecek Jane de yok! Ah! Seni nasıl aradım!"

"Mr. Darcy'ye Wickham'dan bahsederken öyle güçlü ifadeler kullanman talihsizlik olmuş; şimdi hiç hak etmediği anlaşılıyor."

"Kesinlikle. Ama acı sözler söyleme talihsizliği, içimde büyüttüğüm önyargıların doğal sonucu. Tavsiyene ihtiyaç duyduğum bir nokta var. Etrafa Wickham'ın karakterini anlatmalı mıyım, anlatmamalı mı, bana söylemen lazım."

Miss Bennet bir an duraksadıktan sonra cevap verdi, "Adamcağızı etrafa rezil etmen için bir sebep yok. Senin düşüncen ne?"

"Yapmamak lazım diye düşünüyorum. Mr. Darcy anlattıklarını açıklamam için izin vermedi. Tam tersine, kız kardeşiyle ilgili her ayrıntıyı olabildiğince kendime saklamam için anlattı; diğer davranışları konusunda insanların yanılgılarını gidermeye çalışırsam bana kim inanır? Mr. Darcy'ye yönelik önyargı öyle sert ki onu sevimli göstermeye kalkmak için Meryton'daki insanların yarısını öldürmek gerekir. O kadarını beceremem. Wickham yakında gidecek; o yüzden, gerçek yüzü kimseye bir şey ifade etmeyecek. İleride bir gün öğrenilir, o zaman da daha önce öğrenmedikleri için aptallıklarına güleriz. Şimdilik o konuda hiçbir şey söylemeyeceğim."

"Çok haklısın. Kusurlarını açıklamak hayatını karartabilir. Belki şimdi yaptıkları için pişmandır ve yeniden adam olmaya çalışıyordur. Umutlarını yıkmayalım."

Elizabeth'in içindeki fırtına bu konuşmayla duruldu. On beş gündür ona yük olan sırların iki tanesinden kurtulmuştu ve bunlardan bir daha bahsetmek istediğinde Jane'in gönüllü bir dinleyici olacağını biliyordu. Ama geride pusu kuran bir şey vardı hâlâ, sağduyunun açıklanmasına izin vermediği bir şey. Mr. Darcy'nin mektubunun diğer yarısını anlatmaya, ablasına arkadaşı tarafından nasıl içtenlikle değer verildiğini açıklamaya cesaret edemedi. Kimsenin ortak olamayacağı bir bilgiydi bu ve Elizabeth iki taraf arasında tam bir karşılıklı anlayış olmadan bu son gizem yükünü üstünden atmasının doğru olmayacağı biliyordu.

"O zaman," diye düşündü, "eğer bu imkânsız durum gerçekleşirse, Bingley'nin kendisinin çok daha hoş bir şekilde anlatabileceği şeyleri bir de ben anlatırım. Bu bilgi tüm değerini kaybedene kadar anlatmaya hakkım olamaz."

Şimdi eve yerleştikten sonra ablasının gerçek ruh halini gözlemleyecek zamanı vardı. Jane mutlu değildi. Bingley'e hâlâ derin bir sevgi besliyordu. Kendini daha önce âşık olarak hayal bile etmediğinden, duyguları ilk bağlılığın tüm sıcaklığını taşıyordu, hem de, yaşı ve mizacı gereği, ilk bağlılıkların sahip olabileceğinden daha büyük bir sağlamlıkla; öyle tutkulu bir biçimde Bingley'nin anısına değer veriyor ve onu başka herkesten üstün görüyordu ki tüm hassasiyetini ve tüm dikkatini arkadaşlarını incitmemek için kullanmasa bu üzüntülere kapılıp gitmesi, kendi sağlığını ve etrafındakilerin huzurunu bozması işten değildi.

"Peki Lizzy," dedi Mrs. Bennet bir gün, "Jane'in bu kederli işi için şimdi ne diyorsun? Kendi adıma, bir daha bundan kimseye bahsetmemeye kararlıyım. Kız kardeşim Philips'e böyle dedim geçen gün. Ama nasıl olur da Jane onu Londra'da hiç görmez, anlamıyorum. Doğrusu, beş para etmez bir adammış... herhalde artık onunla evlenme şansı hiç kalmadı. Yazın Netherfield'e geleceğinden filan da bahsedilmiyor; herkese sordum, bilebilecek kim varsa."

"Bir daha Netherfield'de yaşayacağını sanmıyorum."

"Kendi bilir. Aman, sanki gelsin isteyen var. Kızıma fena davrandığını her zaman söylerim, ama kızımın yerinde olsaydım buna katlanamazdım. Tek tesellim, Jane aşk acısından ölecek, sonra adam da yaptıkları için azap çekecek."

Böyle bir beklentiden teselli bulamayan Elizabeth cevap vermedi.

"Ya, Lizzy," diye devam etti annesi az sonra, "Collinsler de gayet rahat yaşıyorlar, değil mi? Eh, uzun ömürlü olur umarım. Peki sofraları nasıl? Charlotte ev idaresinden iyi anlar, kanımca. Annesinin yarısı kadar hesaplıysa bayağı tasarruf yapar. Evlerinde asla aşırıya kaçmazlar kanımca."

"Yo, hiç de değil."

"Çok idarelidir, çok, sözüme güven. Hakikaten. Kazandıkları kadar harcamaya dikkat ederler. O yüzden hiç para sıkıntısı çekmezler. Eh, Tanrı kabul etsin! Sonra, galiba, baban ölünce Longbourn'a konmaktan bahsederler sık sık. Kendi malları görüyorlar burayı kanımca, önünde sonunda."

"Benim önümde konuşamayacakları bir konuydu bu."

"Öyle. Konuşsalar tuhaf olurdu. Ama hiç kuşkum yok, kendi aralarında sık sık bunu konuşuyorlar. Eh, kanunen kendilerine ait olmayan bir eve konunca içleri rahat edecekse, kendileri bilirler. Öyle miras bana kalacak olsa ben o mirasa konmaya utanırdım."

Bölüm XVIII

Geri dönüşlerinin ilk haftası çabuk geçti. İkincisi başladı. Alayın Meryton'da geçireceği son haftaydı ve civardaki tüm genç hanımlar hızla umutlarını yitirmeye başlamışlardı. Keder hemen herkesi sarmıştı. Bir tek büyük Miss Bennetlar hâlâ yiyip içebiliyor, uyuyabiliyor ve günlük işlerini sürdürebiliyorlardı. Sık sık bu duygusuzlukları için Kitty'yle Lydia'dan azar işitiyorlardı; o ikisi karalar bağlamış, ailede böyle bir taşkalplilik olmasını kabul edemiyorlardı.

"Tanrı aşkına! Bize ne olacak! Ne yapacağız!" diye yakınıyorlardı sık sık acı bir sesle. "Nasıl böyle gülümseyebiliyorsun Lizzy?"

Sevgi dolu anneleri ikisinin tüm acısına ortak oldu; o da vaktiyle benzer bir duruma göğüs gerdiğini hatırlamıştı, yirmi beş yıl önce.

"İnanın," dedi, "Albay Millar'ın alayı gittiği zaman tam iki gün ağlamıştım. Öldüm bittim sanmıştım."

"Ama ben cidden öldüm bittim," dedi Lydia.

"Ah bir Brighton'a gidebilseydik!" dedi Mrs. Bennet.

"Ah evet ya!.. Brighton'a bir gidebilseydik! Ama babam öyle inatçı ki."

"Denize gitmek bana nasıl da iyi gelirdi."

"Philips teyzem bana bilhassa iyi geleceğini söylüyor," diye ekledi Kitty.

Longbourn Konağı'nda durmaksızın bu tür yakarışlar çınlıyordu. Elizabeth bunlarla oyalanmayı denedi; ama bütün zevk duygusu utanç içinde kayboldu gitti. Mr. Darcy'nin itirazlarının haklılığını yeniden hissetti; daha önce arkadaşının görüşlerine müdahale etmesini bağışlamaya bu kadar eğilimli olmamıştı.

Ama Lydia'nın üzüntüsü kısa sürede giderildi; alayın albayının eşi olan Mrs. Forster'dan Brighton'a giderken ona eşlik etmesi için davet aldı. Bu değerli dost çok genç bir kadındı, yeni evlenmişti. Mizaçlarındaki, eğlenceye düşkünlüklerindeki benzerlik onunla Lydia'yı birbirlerine yaklaştırmıştı ve üç aylık tanışıklıkları sırasında Lydia da aileden biri olmuştu.

Lydia'nın bu durum karşısında duyduğu sevinç, Mrs. Forster'a duyduğu sevgi, Mrs. Bennet'ın memnuniyeti ve Kitty'nin kederi anlatılır gibi değildi. Kız kardeşinin duygularına hiç aldırmayan Lydia kendinden geçmiş bir halde evde koşturup durdu, herkesin onu kutlamasını istedi, her zamankinden daha şiddetle güldü, söyledi; o sırada şanssız Kitty oturma odasında huysuz bir sesle ve bir o kadar mantıksız ifadelerle kaderine verip veriştirmeye devam etti:

"Ben yakın arkadaşı olmayabilirim," dedi, "ama Mrs. Forster niye Lydia yerine beni davet etmez, anlamıyorum. Benim de davet edilmeye onun kadar hakkım var, hatta ondan daha fazla; ben iki yaş büyüğüm."

Elizabeth onu mantıklı olması, Jane de vazgeçmesi için ikna etmeyi denedi, ama boşuna. Elizabeth'in kendisine gelince, bu davet onda, annesinde ve Lydia'da yarattığı duyguları yaratmaktan çok uzaktı; daveti kız kardeşinin tüm akıllı uslu olma olasılığının ölüm ilanı gibi görüyordu; hareketi öğrenilirse onu zor durumda bırakacağını bile bile Elizabeth gitmesine izin vermemesi için gizlice babasıyla konuşmadan duramadı. Babasına Lydia'nın genel davranışlarının tüm uygunsuzluğunu, Mrs. Forster gibi bir kadının ona hiçbir fayda sağlayamayacağını, tuzaklarla dolu bir yer olan Brighton'da öyle bir arkadaşla daha da dağıtma ihtimali olduğunu anlattı. Babası onu dikkatle dinledikten sonra şöyle dedi:

"Lydia kendini o ya da bu toplulukta millete göstermeden rahat etmeyecek; biz de bunu ailesine böyle az masraf ya da sorun çıkararak yapmasını bekleyemeyiz."

"Lydia'nın densiz, dikkatsiz biçimde millete görünmesinin hepimiz için yaratacağı rahatsızlığı bilseydiniz," dedi Elizabeth, "hatta zaten yarattığı rahatsızlığı; eminim o zaman meseleyi farklı değerlendirirdiniz."

"Zaten yarattığı, ha!" diye tekrar etti Mr. Bennet. "Ne o, âşıklarını mı ürküttü? Zavallı Lizzy! Canını sıkma. Birkaç çatlakla akraba olmaya dayanamayacak kadar hanım evladı olan delikanlılar için üzülmeye değmez. Hadi, Lydia'nın salaklığı yüzünden kaçan zavallıları say bakalım."

"Gerçekten yanılıyorsunuz. Dert ettiğim o tür yaralarım yok. Belli bir şeyden değil, genel tehlikelerden korkuyorum. Lydia'nın karakter özelliği olan vahşi değişkenlik, bütün kuralları çiğneme, hiçe sayma eğilimi yüzünden dünyadaki önemimiz, saygınlığımız zarar görecek. Beni bağışlayın... çünkü açık konuşmak zorundayım. Eğer siz, sevgili babacığım, onun asi ruhunu dizginleme, ona hayatını bu tür hayallerin peşinde geçiremeyeceğini öğretme zahmetine girmezseniz yakında hiç müdahale edilmez bir hale gelecek. Karakteri yerleşecek ve on altı yaşında kendini ve ailesini küçük düşüren tam bir yosma olacak. Hem de en kötü, en bayağı derecede bir yosma; gençliği ve fiziği dışında hiçbir cazibesi olmayan biri; cahilliği ve kafasızlığı yüzünden, beğenileceğim diye debelenirken herkesin onu hakir görmesini de önleyemeyecek üstelik. Bu tehlike Kitty için de geçerli. Lydia nereye gidiyorsa o da arkasından gidiyor. Aptal, cahil, aylak ve tamamen kontrolsüz! Of! Sevgili babacığım, onları tanıdıkları her yerde kınayacaklarını, küçümseyeceklerini, ablalarının da bu utançtan paylarını alacaklarını görmüyor musunuz?"

Mr. Bennet Elizabeth'in bütün kalbiyle konuştuğunu anladı; elini sevgiyle tutup şöyle cevap verdi:

"Kendini üzme bir tanem. Seni ve Jane'i tanıdıkları her yerde saygı, sevgi görürsünüz; bir iki tane, nasıl desem, gayet salak kız kardeşiniz olması sizin değerinizi azaltmaz. Lydia Brighton'a gitmezse Longbourn'da huzur yüzü göremeyiz. O nedenle, bırak gitsin. Albay Forster makul bir adam, başını ciddi bir derde sokmasına izin vermeyecektir; neyse ki kimseye yem olamayacak kadar fakir. Brighton'da sıradan bir yosma olarak buradakinden daha az önemli olacaktır. Subaylar daha işe yarar kadınlar bulacaklardır. Dolayısıyla oraya gitmek ona kendi önemsizliğini öğretsin diye umalım. Nasılsa şimdikinden daha kötüye gidemez, yoksa hayatı boyunca onu kilit altında tutmamıza izin vermiş olur."

Bu cevapla Elizabeth avunmaya zorlanıyordu; ama kendi görüşü aynı kaldı ve babasının yanından hayal kırıklığına uğramış ve üzgün bir halde ayrıldı. Yine de düşüne düşüne sıkıntılarını daha da artırma âdeti yoktu. Vazifesini yaptığına emindi; kaçınılmaz felaketler için tasalanmak ya da endişeyle felaketleri büyütmek doğasında yoktu.

Babasıyla yaptığı konuşmanın konusunu Lydia'yla annesi bilselerdi el ele verip öfkeden söylemediklerini bırakmazlardı. Lydia'nın hayalinde Brighton gezisi dünyevi mutluluğun her imkânını içinde barındırıyordu. Rüyaların yaratıcı gözüyle görüyordu subay dolu, neşeli sayfiye yerinin sokaklarını. Kendini, henüz tanımadığı onlarcası, düzinelercesi için dikkat nesnesi olarak görüyordu. Askeri kampın tüm utkusunu görüyordu; çadırlar sıra sıra güzelce uzanıyordu, göz kamaştırıcı kırmızı içinde genç ve neşeli adamlarla dolu ve manzarayı tamamlamak için kendini bir gölgelik altında oturmuş, en az altı subayla tatlı tatlı oynaşırken görüyordu.

Ablasının onu bu imkânlardan ve bu gerçeklerden koparmaya çalıştığını bilseydi tepkisi ne olurdu? Bunu yalnızca annesi anlayabilirdi, o da az çok aynı şeyleri hissetmiş olabileceği için. Lydia'nın Brighton'a gitmesi annesinin tek tesellisiydi kocasının gitmek istememesinin yarattığı üzüntüye karşı.

Ama olanlardan bütünüyle habersizdiler; sevinçleri Lydia'nın evden ayrılma gününe kadar aralıksız devam etti.

Elizabeth şimdi Mr. Wickham'ı son kez görecekti. Dönüşünden beri onunla sık sık bir arada bulunduğundan heyecanı epey geçmişti; eski yakınlığın yol açtığı heyecanlar ise tümüyle geçmişti. Önceleri öylesine hoşuna giden o kibarlıkta bezdiren, usandıran bir sahtelik ve aynılık saptamayı bile öğrenmişti. Dahası, Wickham'ın ona karşı şimdiki davranışlarında yeni bir hoşnutsuzluk kaynağı buluyordu çünkü ilişkilerinin ilk kısmına hâkim olan yakınlığı yeniden kurma girişimi, arada olup biten onca şeyden sonra Elizabeth'i kızdırmaktan başka işe yaramıyordu. Kendisini öyle aylak ve uyduruk bir çapkınlığın nesnesi olarak seçilmiş görünce ona duyduğu tüm ilgiyi kaybetmişti; Wickham'ın bu girişimlerine kararlılıkla direnirken, uzun süre önce ve malum sebeplerle kestiği ilgisini yeniden canlandırmakla Elizabeth'in gururunu okşayacağı ve kalbini kazanacağı inancının altındaki küçümsemeyi hissetmeden edemiyordu.

Alayın Meryton'daki konaklamasının son gününde Wickham başka subaylarla birlikte Longbourn'da akşam yemeği yedi; Elizabeth onunla iyi ayrılmaya o kadar az istekliydi ki Wickham Hunsford'da zamanının nasıl geçtiğini sorduğu zaman Albay Fitzwilliam'la Mr. Darcy'nin Rosings'de üç hafta geçirdiklerini söyledi ve ilkiyle tanışıp tanışmadığını sordu.

Wickham şaşırmış, sıkılmış, telaşlanmış göründü; ama bir an düşündükten sonra gülümsemesi geri geldi ve onu eskiden sık sık gördüğü cevabını verdi; gayet beyefendi bir adam olduğunu belirttikten sonra Elizabeth'e onu beğenip beğenmediğini sordu. Elizabeth'in cevabı gayet olumluydu. Wickham az sonra kayıtsız bir havayla ekledi, "Rosings'de ne kadar kaldı demiştiniz?"

"Üç hafta kadar."

"Onu sık gördünüz mü?"

"Evet, hemen her gün."

"Onun davranışları kuzeninden farklıdır."

"Evet, hem de çok. Ama sanırım Mr. Darcy tanıdıkça hoşlaşıyor."

"Ne demezsiniz!" diye haykırdı Wickham, Elizabeth'in gözünden kaçmayan bir bakışla. "Peki sorabilir miyim?" ama kendini toplayarak daha neşeli bir sesle ekledi, "Konuşma şekli mi hoşlaştı? Normal haline başka şeyler eklemek tenezzülünde mi bulunuyor? Çünkü," diye devam etti daha alçak ve daha ciddi bir sesle, "özünde hoşlaşabileceğini sanmam."

"Yo hayır!" dedi Elizabeth. "Bence özünde neyse o."

Elizabeth konuşurken Wickham bu sözlere sevinsin mi yoksa anlamlarından şüphe mi etsin, karar veremedi. Elizabeth'in yüzünde onu rahatsız ve endişeli bir dikkatle dinlemeye zorlayan bir şey vardı şu sözleri söylerken:

"Tanıdıkça hoşlaşıyor derken düşünce ya da davranışlarının hoş bir değişiklik geçirdiğini değil, onu daha iyi tanıdıkça mizacının daha iyi anlaşıldığını kastettim."

Wickham'ın telaşı şimdi gerilmiş bir yüz ve heyecanlı bir görünüm içinde belirdi; birkaç dakika sustu; sonunda rahatsızlığından sıyrılıp tekrar ona döndü ve çok nazik bir sesle şöyle dedi:

"Siz ki Mr. Darcy'ye karşı olan duygularımı iyi biliyorsunuz, şeklen bile olsa doğruluk görüntüsüne bürünecek kadar akıllı olduğuna nasıl içtenlikle sevindiğimi tahmin edersiniz. Kendisinin gururu o bakımdan faydalı olabilir, kendisine değilse bile birçok başka kişiye; böylece bana yapılan fenalıkların başkalarına yapılmasını önler. Tek korkum, bahsettiğiniz tedbirlilik halinin sadece teyzesine yaptığı ziyaretlerde ortaya çıkması; teyzesinin onu nasıl gördüğüne çok önem verir. Biliyorum ki birlikte oldukları zaman ondan hep korkar; ayrıca Miss de Bourgh'la evliliğini hızlandırma isteğine de epey bir pay verilmelidir, ki eminim aklında hep bu var."

Elizabeth bu sözleri duyunca gülümsemekten kendini alamadı, ama sadece başını hafifçe eğerek cevap verdi. Wickham'ın onu eski konuya, ıstırapları konusuna çekmek istediğini anladı, ama şimdi ona uyacak halde değildi. Akşamın geri kalanı Wickham'ın her zamanki neşeli görüntüsü içinde geçti; Elizabeth'e yönelik başka bir girişimde bulunmadı; sonunda karşılıklı nezaket ve muhtemelen bir daha karşılaşmama arzusu içinde ayrıldılar.

Toplantı dağılırken Lydia Mrs. Forster'la Meryton'a gitti; ertesi sabah erkenden oradan yola çıkacaklardı. Ailesiyle vedalaşması üzüntülü değil gürültülü oldu. Bir tek Kitty gözyaşı döktü; ağlama nedeni can sıkıntısı ve kıskançlıktı. Mrs. Bennet kızına bol bol mutluluk diledi ve eğlenme fırsatını kaçırmamasını sıkı sıkı tembih etti; tavsiyesine uyulacağı besbelliydi; Lydia'nın veda ederkenki şamatalı mutluluğu içinde kız kardeşlerinin daha kibar veda sözleri işitilmedi bile.

Bölüm XIX

Elizabeth'in görüşleri ailesinden geliyor olsaydı, mutlu evliliğe ya da rahat ev hayatına dair pek hoş bir resim çizemeyebilirdi. Gençliğe ve güzelliğe, gençlik ve güzelliğin genellikle verdiği neşe görüntüsüne kapılan babası aklı da görgüsü de kıt bir kadınla evlenmiş, evliliğinin hemen başlarında da kadına duyduğu tüm gerçek sevgiyi kaybetmişti. Saygı, hürmet ve güven ilelebet yok olmuştu; aile mutluluğuna ilişkin tüm umutları yıkılmıştı. Ama Mr. Bennet kendi basiretsizliğinin yol açtığı hayal kırıklığı için aptallık ya da kötülük etmiş başka talihsizlerin sığındıkları kimi zevklerde teselli arayacak tabiatta bir adam değildi. Kırlara ve kitaplara düşkündü; esas eğlencesi bu zevklerden geliyordu. Karısına pek az şey borçluydu, cahilliğinin, aptallığının onu eğlendirmesi dışında. Bu genellikle bir erkeğin karısına borçlu olmak istediği bir mutluluk türü değildir; ama başka oyalanma imkânları olmayınca gerçek filozof elindekilerle yetinir.

Bununla beraber, Elizabeth babasının bir koca olarak davranışlarının uygunsuzluğuna karşı hiç kör olmamıştı. Bunları hep acı içinde seyretmişti; ama babasının yeteneklerine saygı duyduğu, ona gösterdiği sevgiye minnettar olduğu için, görmezden gelemediği şeyleri unutmaya, evlilik vazifesi

ve adabının sürekli çiğnenmesinin, mesela karısını çocukla-
rının önünde her fırsatta küçük düşürmesinin son derece
sevimsiz bir hareket olduğunu düşünmemeye çalışmıştı.
Ama hiç şimdiki kadar güçlü hissetmemişti böyle uyumsuz
bir evliliğin çocuklarının ne dertlere katlanmak zorunda
olduklarını; hiç bu kadar iyi anlamamıştı yanlış hedeflere
yönelmiş yeteneklerin ne kötülüklere yol açtığını... doğru
kullanılsalar, o yetenekler hiç olmazsa kızlarının saygınlığını
koruyabilirdi, karısının aklını geliştirmeyi beceremese bile.

Elizabeth Wickham gittiği için sevinirken alayı kay-
betmenin başka bir sevindirici yanını da bulamıyordu.
Dışarıdaki partileri eskisinden daha renksizdi; evde çevrele-
rindeki her şeyin sıkıcılığından yakınıp duran annesi ve kız
kardeşi aile hayatlarını kasvete boğuyordu; aklını rahatsız
eden şeyler uzaklaştığı için Kitty zamanla eski sağduyusuna
kavuşabilirdi, ama mizacından daha büyük kötülük bekle-
nebilecek diğer kız kardeşi deniz kıyısı ve askeriye kampı
gibi çifte tehlike içeren bir durumda tüm ahmaklığını ve
inadını sertleştirecek gibiydi. Sonuçta, daha önce de birkaç
kez gördüğü gibi, sabırsız bir arzuyla bekleyedurduğu bir
olayın, gerçekleştiğinde, Elizabeth'in kendisine vaat ettiği
sevinci getirmediğini gördü. Gerçek mutluluğun başlaması
için başka bir tarih vermek gerekecekti, dilek ve umutlarının
gerçekleşebileceği başka bir dönüm noktası ve bir kez daha
beklentinin zevkini duya duya avutacaktı kendini şimdilik
ve bir başka hayal kırıklığı için hazırlanacaktı. Göller Böl-
gesi'ne yapacağı seyahat şimdi en mutlu düşüncelerini oluş-
turuyordu; annesiyle Kitty'nin kaçınılmaz bir hale getirdik-
leri tüm o rahatsız saatlere karşı en güçlü avuntusuydu bu;
Jane'i de plana dâhil edebilse her şey mükemmel olacaktı.

"Ama neyse ki," diye düşündü, "dileyecek bir şeyim
var. Tüm ayarlamalar yapılmış olsaydı hayal kırıklığına
uğrayacağım kesin olurdu. Ama burada, ablam yokken
yanımda kesintisiz bir üzüntü kaynağı taşıyarak tüm sevinç

beklentilerimin gerçekleşmesini umut edebilirim. Her parçası keyif vaat eden bir plan asla başarılı olamaz; büyük bir hayal kırıklığını önlemenin tek yolu ufak bir sıkıntıyı savunmaktır."

Lydia giderken annesine ve Kitty'ye sık sık ve uzun uzun yazacağına söz vermişti; ama mektupları hep çok geç geliyor ve hep çok kısa oluyordu. Annesine yazdığı mektuplar kitapçıdan henüz döndükleri, şu şu subayların onlara orada eşlik ettiği, yine orada aklını başından alan filanca süsleri gördüğü ya da etraflıca tarif edeceği ama Mrs. Forster çağırdığı ve kampa gitmek üzere oldukları için edemediği, yeni bir elbise ya da yeni bir şemsiye aldığı dışında pek az şey içeriyordu... kız kardeşine yazdığı mektuplardan daha da az şey öğreniliyordu... çünkü Kitty'ye yazdığı mektuplar daha uzunca olsa da başkasına söylenmesin diye altı çizilmiş satırlarla doluydu.

Yokluğunun ilk iki üç haftasından sonra Longbourn'a sağlık, neşe ve canlılık geri geldi. Her şey daha mutlu bir görünüm aldı. Kış için şehre gitmiş aileler geri döndüler ve yaz kıyafetleri ve yaz davetleri ortaya çıktı. Mrs. Bennet her zamanki mızmız ağırbaşlılığına yeniden büründü; Haziran ortasına kadar Kitty Meryton'a gözyaşı dökmeden gidebilecek kadar iyileşti... bu da Elizabeth'in gözünde öyle mutlu bir olaydı ki ertesi Christmas'a kadar günde bir defadan fazla subay adı anmayacak kadar normalleşebileceğini umuyordu, tabii eğer savaş dairesi zalim ve uğursuz bir kararla Meryton'a yeni bir alay yerleştirmezse.

Kuzey seyahatlerinin başlangıç tarihi hızla yaklaşıyordu; sadece on beş gün kalmıştı ki Mrs. Gardiner'dan gelen bir mektup seyahatin hem başlangıç tarihini erteledi, hem de kapsamını daralttı. İşleri Mr. Gardiner'ın Temmuz ortasına kadar ayrılmasına izin vermiyordu ve bir ay içinde tekrar Londra'da olması gerekiyordu; bu da onlara öyle az zaman bırakıyordu ki istedikleri kadar uzağa gidemeyecek, istedikleri her yeri gezemeyeceklerdi ya da en azından rahat rahat gezemeyeceklerdi; o yüzden Göller Bölgesi'nden vazgeçmek ve daha sınırlı bir turla yetinmek zorundaydılar; şimdiki plana göre, Derbyshire'den daha yukarı çıkmayacaklardı. O vilayette onları üç hafta meşgul edecek kadar gezecek, görecek yer vardı; orası Mrs. Gardiner'a bilhassa cazip geliyordu. Eskiden hayatının birkaç yılını geçirdiği, şimdi de birkaç gün kalacağı şehir onun için muhtemelen Matlock, Chatsworth, Dovedale ya da Peak gibi ünlü yerler kadar büyük bir merak konusuydu.

Elizabeth büyük bir hüsrana uğradı; Göller Bölgesi'ni görmeyi çok istemişti; yine de zaman bulunabileceğini düşünüyordu. Ama onun işi yetinmekti... elbette eğilimi de mutlu olmak; çok geçmeden her şey düzeldi.

Derbyshire'in söz konusu edilmesiyle birçok fikir akla geliyordu. Pemberley ve sahibini düşünmeden o kelimeyi görmesi imkânsızdı. "Ne olmuş," dedi, "onun memleketine gizlice girip ona görünmeden birkaç florid taşı aşırabilirim."

Bekleme süresi şimdi iki katına çıkmıştı. Dayısıyla yengesi gelmeden dört hafta daha geçecekti. Ama geçti; sonunda Mr. ve Mrs. Gardiner dört çocuklarıyla beraber Longbourn'da göründüler. Çocuklar, altı ve sekiz yaşlarında iki kız ve daha küçük iki oğlan, özel olarak kuzenleri Jane'e emanet edileceklerdi; Jane en sevdikleri kuzenleriydi, sakin konuşması, sevecen davranışlarıyla onlara her bakımdan göz kulak olmayı becerebiliyordu... onları eğitiyor, eğlendiriyor ve seviyordu.

Gardinerlar Longbourn'da sadece bir gece kalıp ertesi sabah Elizabeth'le birlikte yenilik ve eğlence arayışı içinde yola çıktılar. Kesin olan bir keyif vardı... yol arkadaşı olarak birbirlerine uygundular; ruhen ve bedenen aksiliklere dayanmalarını sağlayacak kadar hem de... her mutluluğu artıracak bir neşeleri, seyahatteki muhtemel hayal kırıklıklarını kendi içlerinde telafi edecek sevgileri ve zekâları vardı.

Derbyshire'i ya da yolları üstündeki dikkat çekici yerleri tasvir etmek bu kitabın işi değil; Oxford, Blenheim, Warwick, Kenelworth, Birmingham yeterince biliniyorlar. Şimdi bizi Derbyshire'in sadece ufak bir parçası ilgilendiriyor. Kırların belli başlı harikalarını gördükten sonra adımlarını Mrs. Gardiner'ın eskiden yaşadığı ve geçenlerde hâlâ birkaç tanıdığının kaldığını öğrendiği Lambton adlı küçük kasabaya çevirdiler; Elizabeth yengesinden Lambton'ın beş mil kadar yakınında Pemberley'nin bulunduğunu öğrendi. Doğrudan yolları üstünde değildi, ama yola bir iki milden daha uzak da değildi. Önceki akşam rotaları üstünde konuşurken Mrs. Gardiner o yeri tekrar görmek istediğini söyledi. Mr. Gardiner da istediğini söyleyince onay için Elizabeth'e başvuruldu.

"Tatlım, o kadar bahsini duyduğun bir yeri görmek istemez misin?" dedi yengesi. "Birçok arkadaşınla bağlantısı olan bir yer üstelik. Wickham bütün gençliğini orada geçirmiş."

Elizabeth'in canı sıkıldı. Pemberley'de işi olmadığını hissediyordu, içinden orayı görmeye itiraz etmek geliyordu. Büyük evlerden yorulduğunu kabul etmeliydi; o kadar çok görmüştü ki ipek halılardan ya da saten perdelerden gerçekten zevk almıyordu.

Mrs. Gardiner ilgisizliğine kızdı: "Sadece zengin döşenmiş güzel bir ev olsaydı," dedi, "ben de umursamazdım; ama arazi harikulade. Civarın en güzel ormanlarından bazıları orada."

Elizabeth daha fazla itiraz etmedi... ama içinden gelmiyordu. Etrafı gezerken bir anda aklına Mr. Darcy'yle karşılaşma olasılığı geldi. Korkunç olurdu! Düşüncesi bile yüzünü kızartmaya yetti; öyle bir tehlikeye girmektense yengesiyle açıkça konuşmanın daha iyi olacağını düşündü. Ama bunun önünde de engeller vardı; nihayet bunun son çare olmasına karar verdi, ailenin orada olup olmadığıyla ilgili gizli araştırmanın hoşuna gitmeyecek bir sonuç vermesi ihtimaline karşı.

Buna göre, geceleyin odasına çekildiği zaman hizmetçiye Pemberley'nin güzel bir yer olup olmadığını, sahibinin kim olduğunu ve epeyce tedirgin olarak, ailenin yazlıkta olup olmadığını sordu. Son soruya gayet sevindirici bir hayır cevabı geldi... tedirginliği bu şekilde geçince onun da evi görmek için büyük bir merak duyacak fırsatı oldu; ertesi sabah konu açılıp yine ona sorulduğunda cevabı hazırdı; gayet kayıtsız bir havayla plana itirazı olmadığını söyledi.

O halde Pemberley'ye gideceklerdi.

ÜÇÜNCÜ KİTAP

Bölüm I

Elizabeth arabadan Pemberley Ormanı'nın ilk görüntülerini biraz rahatsızca izledi; sonunda bekçi kulübesinin oradan içeri girerlerken iyice huzuru kaçmıştı.

Koru çok büyüktü; arazi çok çeşitli yükseltilerle doluydu. Koruya en alçak noktalarının birinden girip iki yana doğru alabildiğine uzanan güzel bir ormanın içinden bir süre ilerlediler.

Elizabeth'in aklı konuşamayacak kadar doluydu, ama her dikkat çekici ayrıntıyı ve manzarayı gördü, beğendi. Yarım mil kadar yamaç çıktılar, sonra kendilerini hayli yüksek bir tepede buldular; orman bitmişti ve göz bir anda Pemberley Malikânesi'ne takılıyordu; Malikâne yolun aniden kıvrıla kıvrıla iniverdiği bir vadinin karşı yanında yükseliyordu. Büyük, güzel bir taş binaydı; yamaca kurulmuş, yüksek ormanlık tepelerin sırtıyla desteklenmişti; önünde doğal önemi olan bir ırmak kabarıyor, ama yapay bir görüntü oluşturmaksızın daha büyük bir ırmağa karışıyordu. Irmağın kıyıları ne şekilci ne de yapay bir şekilde süslenmişti. Elizabeth keyiflendi. Doğanın daha cömert davrandığı ya da doğal güzelliğin zevksizliğe daha az maruz kaldığı bir yer görmemişti ömründe. Hepsi hayranlıkla kalakaldılar ve o an Elizabeth Pemberley'nin hanımı olmanın bir şey demek olabileceğini hissetti!

Yamaçtan aşağı indiler, köprüyü geçtiler, kapıya geldiler; Elizabeth evi daha yakından incelerken tekrar sahibiyle karşılaşma ihtimali aklına geldi. Hizmetçi yanılmış olmasın korkusuna kapıldı. Evi görmek için kapıyı çalınca hole alındılar; kâhyanın gelmesini beklerlerken Elizabeth orada bulunuyor olmasına hayret etti.

Kâhya geldi; saygın görünüşlü, yaşlıca bir kadındı, Elizabeth'in düşündüğünden daha az süslü ama daha kibardı. Onu takip ederek yemek salonuna girdiler. Büyük, orantılı, güzel döşenmiş bir odaydı. Elizabeth odayı hafifçe inceledikten sonra manzarasını görmek için pencereye gitti. İndikleri tepe ormanla taçlanmış, uzaktan daha da sertçe dikleşerek, harikulade görünüyordu. Bahçe iyi düzenlenmişti; Elizabeth bütün manzaraya, ırmağa, ırmağın kıyılarındaki dağınık ağaçlara, kıvrılarak yükselen vadiye göz alabildiğine zevkle baktı. Diğer odalara geçerlerken bu görüntüler farklı konumlar alıyorlardı; ama her pencereden görülecek bir güzellik vardı. Odalar ihtişamlı ve güzeldi; mobilyaları sahibinin servetine yaraşır cinstendi; ama Elizabeth, sahibin zevkine hayranlık duyarak, ne cafcaflı ne de gereksiz sadelikte olduklarını gördü; Rosings'deki mobilyalardan daha az gösterişli ve daha gerçek bir zarafetleri vardı.

"Ve ben," diye düşündü, "bu yerin hanımı olabilirdim! Bu odaları şimdi gayet yakından tanıyor olabilirdim! Bunlara yabancı gibi bakmak yerine bana aitler diye keyiflenebilir, dayımla yengemi misafir olarak buyur edebilirdim... Ama hayır," kendini toparladı, "öyle olmaz: Dayımla yengemi kaybederdim: Onları davet etmeme izin verilmezdi."

Bu şanslı bir hatırlama oldu... pişmanlık gibi bir şey duymasını önledi.

Kâhyaya ev sahibinin gerçekten seyahatte olup olmadığını sormak istedi ama cesaret edemedi. Yine de sonunda soruyu dayısı sordu; Elizabeth korku içinde öte yana dönerken Mrs. Reynolds seyahatte olduğunu söyledi ve ekledi, "ama yarın gelmesini bekliyoruz, birçok arkadaşı da gelecek." Elizabeth kendi seyahatlerinin herhangi bir nedenle bir gün daha ertelenmediği için nasıl sevindi!

Yengesi o sırada bir resme bakması için seslendi. Elizabeth yaklaşınca şöminenin üstünde birkaç minyatür arasında Mr. Wickham'ın suretini gördü. Yengesi gülümseyerek nasıl bulduğunu sordu. Kâhya yaklaştı ve resmin merhum efendisinin vekilharcının oğluna ait olduğunu, delikanlıyı efendisinin büyüttüğünü söyledi... "Şimdi orduda," diye ekledi, "ama korkarım haylazın teki oldu."

Mrs. Gardiner gülümseyerek yeğenine baktı, ama Elizabeth karşılık veremedi.

"Bu da," dedi Mrs. Reynolds başka bir minyatürü işaret ederek, "benim efendim... ona çok benziyor. Ötekiyle aynı zamanda çizildi... sekiz yıl kadar önce."

"Efendinizin methini çok duydum," dedi Mrs. Gardiner resme bakarak; "yakışıklı bir yüz. Ama Lizzy, ona benzeyip benzemediğini bize söyleyebilirsin."

Efendisini tanıyor olma iması üzerine Mrs. Reynolds'ın Elizabeth'e gösterdiği saygı artar gibi oldu.

"Bu genç hanım Mr. Darcy'yi tanıyor mu?"

Elizabeth kızardı, "Bir parça," dedi.

"Çok yakışıklı bir bey olduğunu düşünmüyor musunuz hanımefendi?"

"Evet, çok yakışıklı."

"Bu kadar yakışıklı birini görmediğime eminim; ama üst kattaki galeride bundan daha büyük, daha güzel bir resmini göreceksiniz. Bu oda rahmetli efendimin en sevdiği odaydı; bu minyatürler de aynı onun bıraktığı gibi duruyor. Bunlara çok düşkündü."

Bu Elizabeth için Wickham'ın resminin orada olmasını açıklıyordu.

Mrs. Reynolds sonra dikkatlerini Miss Darcy'nin sekiz yaşında çizilmiş bir resmine çekti.

"Miss Darcy de ağabeyi kadar güzel mi?" dedi Mr. Gardiner.

"A evet... gelmiş geçmiş en güzel genç hanım; öyle de hünerli ki!.. Bütün gün çalıp söylüyor. Yandaki odada onun için henüz gelen yeni bir piyano var... efendimin hediyesi; yarın onunla küçükhanım da geliyor."

Rahat ve keyifli bir tavır içinde olan Mr. Gardiner soru ve tespitleriyle kadının konuşkanlığını artırıyordu; Mrs. Reynolds da ya gururdan ya da bağlılıktan efendisi ve kız kardeşi hakkında konuşmaktan belli ki büyük zevk alıyordu.

"Efendiniz yıl boyunca Pemberley'de çok kalır mı?"

"İstediğim kadar çok değil beyefendi; ama diyebilirim ki yılın yarısını burada geçirir; Miss Darcy de yaz aylarında hep buradadır."

"Tabii," diye düşündü Elizabeth, "Ramsgate'e gittiği zamanlar hariç."

"Efendiniz evlenirse onu daha çok görebilirsiniz."

"Evet beyefendi; ama bilmem ne zaman evlenir. Ona layık kimseyi tanımıyorum."

Mr. ve Mrs. Gardiner gülümsediler. Elizabeth şöyle demeden duramadı: "Ona değer verdiğiniz için böyle söylüyorsunuz."

"Ben gerçeği söylüyorum; onu tanıyan herkes de öyle söyler," diye cevapladı diğeri. Elizabeth işin fazla ileri gittiğini düşündü; kâhyanın sözlerini artan bir hayretle dinledi, "Hayatımda ağzından tek bir ters kelime çıktığını duymadım, ben ki onu dört yaşından beri tanırım."

Bu övgü tümünün en olağandışı, Elizabeth'in düşüncelerine en aykırı olanıydı. Onun sevimli bir adam olmadığına kesinlikle inanıyordu. Tüm dikkati canlandı; daha fazla duymak istedi ve dayısının sözlerini duyunca ona karşı minnettarlık duydu:

"Pek az insan hakkında böyle şeyler söylenebilir. Böyle bir efendiniz olduğu için şanslısınız."

"Evet beyefendi, şanslı olduğumu biliyorum. Dünyayı dolaşsam daha iyisine rastlayamam. Ama her zaman görmüşümdür, çocukken iyi huylu olanlar büyüyünce de iyi huylu olurlar; o da dünyanın en tatlı huylu, en yumuşak kalpli çocuğuydu."

Elizabeth kadına bakakaldı... "Bu Mr. Darcy olabilir mi!" diye düşündü.

"Babası harika bir adamdı," dedi Mrs. Gardiner.

"Evet hanımefendi, öyleydi; oğlu da aynı onun gibi olacak... onun gibi fakir fukara dostu."

Elizabeth dinledi, hayret etti, şüphe etti ve devam etsin diye sabırsızlandı. Mrs. Reynolds başka bir konuya ilgisini çekemedi. Resimler, odanın ebatları ve mobilyaların fiyatları gibi konulara değindi, ama boşuna. Kadının efendisini aşırı övmesini aileden olma gururuna veren Mr. Gardiner pek eğlendi ve az sonra yine konuya döndü; hep birlikte büyük merdivenden yukarı çıkarlarken kadın yine efendisinin meziyetlerini saymaya koyuldu.

"Gelmiş geçmiş," dedi, "en iyi toprak ağası ve en iyi efendidir. Kendilerinden başka bir şey düşünmeyen bugünkü yabani delikanlılara benzemez. Onu iyi anmayacak tek bir kiracısı ya da hizmetçisi yoktur. Bazıları ona gururlu derler, ama ben zerresini görmediğime eminim. Bana kalırsa, diğer delikanlılar gibi şamata yapmadığı için öyle diyorlar."

"Bu sözler onu ne kadar da hoş gösteriyor!" diye düşündü Elizabeth.

"Bu tarif," diye fısıldadı yengesi yürürlerken, "zavallı dostumuza karşı olan davranışlarına pek de uymuyor."

"Belki yanılmışızdır."

"Sanmam; kaynağımız sağlamdı."

Üst kattaki geniş lobiye ulaştıkları zaman aşağıdaki dairelerden daha zarif ve hafif bir tarzda döşenmiş çok hoş bir oturma odasına alındılar; odanın yeni yapıldığı söylendi, Pemberley'ye son geldiğinde odadan hoşlanan Miss Darcy'yi sevindirsin diye.

"İyi bir ağabey olduğu belli," dedi Elizabeth pencerelerden birine doğru yürürken.

Mrs. Reynolds Miss Darcy'nin odaya girince nasıl memnun olacağını görebiliyordu. "Efendi her zaman böyledir," diye ekledi... "Kız kardeşinin hoşuna gidecek bir şey varsa o anda yapılır. Onun için yapmayacağı şey yoktur."

Geriye gösterilecek resim galerisi ve birkaç ana yatak odası kalmıştı. Galeride birçok güzel tablo vardı; ama Elizabeth resimden anlamazdı; aşağıda da gördüğü resimleri bırakıp Miss Darcy'nin daha ilginç konulu, daha anlaşılır kara kalem çizimlerine verdi dikkatini.

Galeride birçok aile portresi vardı ama bir yabancıya ilginç gelebilecek yanları yoktu. Elizabeth hatlarını tanıyacağı tek yüzü arayarak yürümeye devam etti. Sonunda onu durdurdu o yüz... ve Mr. Darcy'nin şaşırtıcı bir benzerini gördü, Elizabeth baktığında arada bir gördüğünü hatırladığı o gülümsemeyle. Birkaç dakika önünde durup merakla resmi inceledi, galeriden çıkmadan önce bir kez daha resme döndü. Mrs. Reynolds resmin babasının sağlığında yapıldığını söyledi.

O an Elizabeth'in içinde ilişkileri boyunca aslına karşı hissettiğinden çok daha sıcak bir duygu vardı. Mrs. Reynolds'ın ona yağdırdığı övgüler hiç de sıradan değildi. Hangi övgü zeki bir hizmetçinin övgüsünden daha değerlidir? Bir ağabey, bir toprak ağası, bir efendi olarak kaç kişinin mutluluğu onun koruması altındaydı!.. Ne çok sevinç ya da acı verme gücü vardı!.. Ne çok kötülük ya da iyilik yapabilirdi! Kâhyanın söylediği her söz karakterini yüceltiyordu; Elizabeth onun resmedildiği, gözleri ona dikili tablonun önünde dururken, daha önce hiç olmadığı kadar derin bir minnettarlık duygusuyla baktı görüntüsüne; o görüntünün sıcaklığını hatırladı, ifadesindeki kusuru yumuşattı.

Evin ziyarete açık her yeri görülünce alt kata döndüler; kâhyaya veda ettiler ve hol kapısında onları bahçıvan devraldı.

Çimenlikten ırmağa doğru yürürlerken Elizabeth tekrar bakmak için arkasını döndü; dayısıyla yengesi de durdular; Elizabeth evin inşaat tarihini çıkarmaya çalışırken evin arkasından ahırlara dolanan yoldan ansızın evin sahibi önlerine çıktı.

Birbirlerinden yirmi adım uzaktaydılar; ortaya çıkışı öyle ani olmuştu ki ona görünmemek imkânsızdı. Gözleri bir anda birleşti; ikisinin de yanakları derin bir pembelikle kaplandı. Darcy kalakalmıştı ve şaşkınlıktan bir süre kımıldayamadı; ama az sonra kendine gelip ziyaretçilere doğru ilerledi ve kusursuz bir sakinlikle değilse de kusursuz bir kibarlıkla Elizabeth'le konuştu.

Elizabeth içgüdüsel olarak öte yana dönmüştü; ama onun yaklaştığını görünce durdu ve üstesinden gelinmesi imkânsız bir rahatsızlıkla iltifatlarını kabul etti. İlk görüntüsü ya da incelemekte oldukları resme benzerliği diğer ikisini gördüklerinin Mr. Darcy olduğuna inandırmaya yetmeseydi, efendisini görünce bahçıvanın şaşkınlık ifadesi bunu hemen söylerdi. Mr. Darcy yeğenleriyle konuşurken ikisi biraz kenarda durdular; yeğenleri şaşkın, sersem, gözlerini kaldırıp yüzüne bakmaya bile cesaret edemiyor, ailesinin sağlığıyla ilgili nazik sorularına ne cevap vereceğini bilemiyordu. Son ayrıldıkları zamana göre ne kadar farklı davrandığını hayretle görürken, söylediği her cümle rahatsızlığını biraz daha artırıyordu; orada bulunmasının uygunsuzluğu tekrar tekrar aklına gelince yüz yüze dikildikleri birkaç dakika hayatının en gergin anlarından biri oldu. Öte yandan Mr. Darcy de çok rahat görünmüyordu; konuşurken sesinde her zamanki sakinlikten eser yoktu; Longbourn'dan ne zaman ayrıldığını, Derbyshire'de ne kadar kalacağını tekrar tekrar, sık sık ve öyle aceleyle sordu ki aklının karıştığı açıkça anlaşılıyordu.

Sonunda hiçbir düşünce ona yetmiyor gibi oldu; birkaç dakika tek kelime etmeden dikildikten sonra ansızın kendini toparlayıp veda etti.

Sonra ötekiler yanına geldiler, Mr. Darcy'yi ne kadar beğendiklerini ifade ettiler; ama Elizabeth tek kelime duymadı ve kendi duygularıyla kuşatılmış halde sessizce onları takip etti. Utanç ve sıkıntıdan halsiz düşmüştü. Oraya gelmek dünyada yaptığı en talihsiz, en akılsız şeydi! Nasıl da tuhaf görünmüş olmalıydı ona! Böyle bir şey öyle kibirli bir adama nasıl da yakışıksız gelirdi! Bile bile kendini onun önüne atmış gibi görünecekti! Niye gelmişti, niye? Peki ya Mr. Darcy niye beklenenden bir gün önce gelmişti? On dakika erken gitmiş olsalar onları fark etmeyecekti bile, çünkü tam o an geldiği, atından ya da arabasından o an indiği belliydi. Tekrar tekrar kızardı karşılaşmanın çirkinliğini düşününce. Ya onun o kadar değişmiş davranışları... buna ne demeli? Onunla konuşması bile mucizeydi!.. hele öyle kibarca konuşup ailesinin sağlığını sorması! Hayatında hiç bu beklenmedik karşılaşmadaki kadar alçakgönüllü davrandığını, hiç o kadar incelikle konuştuğunu görmemişti. Rosings Park'daki son konuşmasıyla ne kadar da zıttı, hele mektubunu eline tutuşturduğu zaman! Ne düşüneceğini, nasıl açıklayacağını bilemiyordu.

Suyun kıyısındaki güzel bir yola girmişlerdi şimdi; her adım daha büyük bir yamacı ya da yaklaşmakta oldukları ormanın küçük bir uzantısını ortaya çıkarıyordu; ama Elizabeth'in bunları görebilmesi biraz zaman aldı; dayısıyla yengesinin aralıksız sorularına öylesine cevap veriyor, gözlerini işaret ettikleri yerlere çeviriyordu ama sahnenin hiçbir kısmını ayırt edemiyordu. Düşünceleri Pemberley Malikânesi'nin o tek noktasında sabitlenmişti, Mr. Darcy'nin o sırada bulunduğu noktada. O an aklından neler geçtiğini, onun hakkında neler düşündüğünü ve her şeye rağmen onun için hâlâ önemli olup olmadığını bilmek istiyordu.

Belki sadece kendini rahat hissettiği için nazik davranmıştı; ama yine de sesinde o şey vardı, rahatlık gibi olmayan o şey. Elizabeth'i görmekten acı mı yoksa sevinç mi duymuştu, bilmiyordu, ama görünce sakin kalamadığını biliyordu.

Yine de sonunda arkadaşlarının sözleri onu dalgınlığından uyandırdı; daha bir kendinde görünmesi gerektiğini hissetti.

Ormana girdiler, bir süreliğine ırmağa veda edip birkaç yamaçtan aşağı indiler; ağaçların arasındaki açıklığın göze gezinme imkânı verdiği noktalarda vadinin, karşıki tepelerin, birçok tepeyi örten uzak ormanların ve arada bir ırmağın bir kısmının harikulade görüntüleri yakalanıyordu. Mr. Gardiner bütün koruyu dolaşmak istediğini söyledi, ama yürümekle bitmeyebileceğinden korktu. Muzaffer bir gülümsemeyle onlara korunun on mil çapında olduğu söylendi. Bu, meseleyi çözdü; her zamanki yolu takip ettiler ve o yol da bir süre sonra onları sarkık ağaçların arasından yamaç aşağı indirip suyun kıyısına, en dar bölgelerinden birine getirdi. Ortamın havasına uygun bir tarzda yapılmış basit bir köprüden karşıya geçtiler; daha önce gezdikleri yerlerden daha az süslenmiş bir yerdi; burada vadi daralıyor, sadece ırmağa ve ırmak boyunca uzanan, çalılıklar arasındaki daracık bir patikaya yer veriyordu. Elizabeth patikayı takip etmek istedi; ama köprüyü geçip de evden ne kadar uzakta olduklarını kavradıkları zaman sıkı bir yürüyüşçü olmayan Mrs. Gardiner daha ileri gidemedi ve bir an önce arabaya dönmek için sabırsızlandı. Yeğeni de bunu kabul etmek zorunda kaldı ve nehrin karşı yanından, kestirmeden eve doğru yürüdüler; yavaş ilerlediler, çünkü Mr. Gardiner zaman ayıramasa da balık tutmaya pek meraklıydı ve suda bir alabalık görünce seyretmeye dalıyor, adama alabalıklardan bahsediyor ve hemen hiç yürümüyordu. Bu yavaşlıkta yürürlerken onları şaşırtan bir şey daha oldu; Mr. Darcy'nin onlara yaklaştığını ve hiç de uzakta olmadığını görünce Elizabeth yine tam önceki gibi şaşırdı kaldı. O kıyıdaki yol karşı kıyıdakinden daha az korunaklı olduğu için onu karşı karşıya kalmadan önce görebildiler. Elizabeth şaşırmış da olsa hiç olmazsa konuşmaya öncekinden daha hazırlıklıydı ve sakin görünüp sakin konuşmaya karar verdi, eğer Mr. Darcy gerçekten onlarla konuşmak niyetindeyse. Birkaç dakika gerçekten de başka bir yola sapacağını sandı. Yoldaki bir dönemeç onu gözden sakladığı sırada da devam etti, sonra dönemeç geçildi ve onu hemen karşılarında buldular. Elizabeth bir bakışta gördü önceki nezaketini kaybetmemiş olduğunu ve onun kibarlığına karşılık vermek için, karşı karşıya gelirlerken, etrafın güzelliğine ne kadar hayran olduğunu anlatmaya başladı, ama "harikulade" ve "olağanüstü" kelimelerinin ötesine gidememişti ki bazı şanssız anıları araya girdi ve Pemberley'yi övmesinin yanlış anlaşılabileceğini düşündü. Kızardı ve sustu.

Mrs. Gardiner biraz arkada duruyordu; Elizabeth susunca Mr. Darcy onu arkadaşlarıyla tanıştırmasını rica etti. Bu Elizabeth'in gayet hazırlıksız olduğu bir nezaket girişimiydi ve gururunun reddetmiş olduğu aynı insanlarla şimdi tanıştırılmak istediğini görünce gülümsemesini zorlukla bastırdı. "Ne çok şaşıracak," diye düşündü, "kim olduklarını öğrendiği zaman! Onları sosyeteden sanıyor."

Bununla beraber tanıştırma hemen yapıldı; Elizabeth aralarındaki akrabalığı anlatırken nasıl karşıladığını görmek için Mr. Darcy'nin yüzüne kaçamak bir bakış attı; böyle seviyesiz arkadaşlardan çabucak uzaklaşacağını beklemiyor değildi. Mr. Darcy akrabalığa açıkça şaşırdı; yine de bu bilgiye metanetle katlandı, ama çekip gitmek bir yana, onlarla birlikte öbür tarafa dönüp Mr. Gardiner'la sohbete başladı. Elizabeth sevinç duydu, zafer sarhoşu olmuştu. Yüz kızartmayan akrabaları olması ve Mr. Darcy'nin bunu bilmesi rahatlatıcıydı. Aralarında geçen konuşmaları büyük bir dikkatle dinledi ve dayısının her ifadesinden, her cümlesinden gurur duydu; dayısı zeki, zevkli ve görgülü bir adam olduğunu gösteriyordu.

Söz hemen balıkçılığa geldi; Mr. Darcy'nin büyük bir nezaketle onu civarda bulunduğu sürece dilediği sıklıkta balık avına davet ettiğini, ayrıca ona olta takımı vermeyi teklif ettiğini ve ırmağın avı en bol yerlerini gösterdiğini duydu. Elizabeth'le kol kola yürüyen Mrs. Gardiner ona şaşkınlığını gösteren bir bakış attı. Elizabeth bir şey demedi, ama durumdan son derece gurur duyuyordu; iltifat tümüyle ona yönelik olmalıydı. Yine de şaşkınlığı çok büyüktü ve kendi kendine tekrarlayıp duruyordu: "Niye bu kadar değişmiş? Bundan ne anlam çıkabilir? Hareketlerinin bu kadar yumuşaması benim için olamaz, benim hatırım için olamaz. Hunsford'daki sözlerim böyle bir değişiklik yaratamaz. Beni hâlâ seviyor olması imkânsız."

İki hanım önde, iki bey arkada, bir süre bu şekilde yürüdükten sonra, tuhaf bir su bitkisini daha iyi incelemek için nehrin kenarına indikten sonra durumda küçük bir değişiklik oldu. Sabah yürüyüşüyle yorulan Mrs. Gardiner Elizabeth'in kolundan yeterli desteği alamadı ve sonuçta kocasının kolunu tercih etti. Mr. Darcy yeğeninin yanındaki yerini aldı ve birlikte yürüdüler. Kısa bir sessizlikten sonra ilk olarak Elizabeth konuştu. Oraya gelmeden önce onun orada olmadığından emin olduğunu bilmesini istiyordu ve gelişinin çok ani olduğunu söyledi... "Kâhyanız," diye ekledi, "yarından önce gelmeyeceğinizi söyledi; hatta Bakewell'den ayrılmadan önce bu yakınlarda köye gelmeyeceğinizi öğrendik." Mr. Darcy bunların doğru olduğunu belirtti; vekilharcıyla olan işinin birlikte seyahat ettikleri grubun geri kalanından birkaç saat önce gelmesine yol açtığını söyledi. "Onlar da yarın erkenden bana katılacaklar," diye devam etti, "hem aralarında sizi tanıyanlar da var... Mr. Bingley'yle kız kardeşleri."

Elizabeth başını hafif eğerek cevap vermekle yetindi. Düşünceleri bir anda Mr. Bingley'nin adının aralarında son anıldığı zamana döndü; yüzünden anlayabildiği kadarıyla Mr. Darcy'nin aklı da çok farklı bir şeyle meşgul değildi.

"Grupta bir kişi daha var," diye devam etti duraksadıktan sonra, "sizinle tanışmayı bilhassa istiyor... Lambton'da kalırken size kız kardeşimi tanıştırmama izin verir misiniz, yoksa çok şey mi istiyorum?"

Bu isteğin yarattığı şaşkınlık büyük oldu; hangi şekilde bu ayrıcalığa eriştiğini bilmek için müthiş bir arzu duydu. Miss Darcy'nin onunla tanışmak için duymuş olabileceği isteğin ağabeyinin sözlerinin eseri olması gerektiğini hissetti hemen ve daha uzağa bakınmadan bu açıklamayı yeterli buldu; dargınlığının Elizabeth hakkında kötü düşünmesine yol açmadığını görmek sevindiriciydi.

Şimdi sessizce yürüyorlardı, her biri derin düşünceler içinde. Elizabeth rahat değildi, imkânsızdı bu; ama gururu okşanmış, mutlu olmuştu. Kız kardeşini onunla tanıştırma isteği en yüksek seviyeden bir iltifattı. Hızla ötekileri geride bıraktılar; arabaya ulaştıkları zaman Mr. ve Mrs. Gardiner çeyrek mil geride kalmışlardı.

Sonra Mr. Darcy onu eve davet etti... ama Elizabeth yorgun olmadığını söyleyerek teklifi geri çevirdi; birlikte çimenlikte durdular. Öyle bir zamanda çok şey söylenebilirdi ve sessizlik çok tuhaf oluyordu. Elizabeth konuşmak istedi, ama her konu üzerinde yasak var gibiydi. Sonunda seyahat etmekte olduğunu hatırladı; büyük bir çabayla Matlock ve Dove Dale'den bahsettiler. Ama zaman da yengesi de yavaş ilerliyordu... sabrı ve fikirleri neredeyse tükenmişti ki baş başa sohbetleri sona erdi. Mr. ve Mrs. Gardiner'ın gelişi üzerine hepsi birden bir şeyler yeyip içmek için eve davet edildiler, ama bu teklif geri çevrildi; her iki taraf da gayet kibarca veda ettiler. Mr. Darcy hanımların arabaya binmesine yardım etti ve araba hareket edince Elizabeth onun ağır ağır eve doğru yürüdüğünü gördü.

Derken dayısıyla yengesinin gözlemleri başladı; her ikisi de onu beklediklerinden çok daha üstün bulduklarını söylediler. "Son derece kibar, nazik, alçakgönüllü," dedi dayısı.

"Az bir şey kurumlu bir yanı var tabii," diye cevapladı yengesi, "ama sadece havasıyla ilgili bir şey ve yakışmıyor da değil doğrusu. Artık kâhyayla aynı fikirdeyim, bazıları ona gururlu der ama ben zerresini görmedim."

"En çok da bize olan davranışına şaşırdım. Kibarlıktan fazlası vardı; cidden ilgiliydi ki bu kadar ilgiye gerek yoktu. Elizabeth'le üstünkörü bir tanışıklığı vardı."

"Gerçekten de Lizzy," dedi yengesi, "Wickham kadar yakışıklı değil; daha doğrusu Wickham'ın cazibesinden yoksun, yoksa hatları kusursuz. Ama ne oldu da bize o kadar aksi biri olduğunu söyledin?"

Elizabeth elinden geldiğince kendini mazur göstermeye çalıştı; Kent'te karşılaştıkları zaman öncekinden daha çok beğendiğini, hiç o sabahki kadar sevimli görmediğini söyledi.

"Ama belki kibarlığı bir parça rastlantı olabilir," diye cevap verdi dayısı. "Büyük adamlar öyle olurlar; o yüzden balık tutma konusundaki sözlerini ciddiye almayacağım, çünkü yarın öbür gün dediğini unutup beni kovabilir."

Elizabeth karakteri hakkında tümüyle yanıldıklarını hissetti ama bir şey demedi.

"Gördüğümüz kadarıyla," diye devam etti Mrs. Gardiner, "kimseye zavallı Wickham'a davrandığı kadar zalimce davranabileceğini düşünemem. Kötü kalpli bir görüntüsü yok. Aksine, konuşurken sözlerinden hoş bir hava yayılıyor. Yüzünde öyle bir soyluluk var ki insan kalbinde kötülük olabileceğini düşünemez. Ama elbette, bize evi gösteren sevimli kadın onu çok şişirdi! Bir ara gülmemek için kendimi tuttum. Ama cömert bir patron olmalı ki hizmetçisi her erdeme sahip biri olduğunu düşünebiliyor."

Elizabeth burada Wickham'a olan davranışıyla ilgili düzeltme mahiyetinde bir şeyler söylemek ihtiyacı duydu ve elinde geldiğince sınırlı bir şekilde onlara Kent'teki akrabalardan duyduğu kadarıyla hareketlerinin çok farklı bir yoruma açık olduğunu, karakterinin hiç de kusurlu olmadığını, öte yandan Wickham'ın da Hertfordshire'de sandıkları kadar iyi bir olmadığını söyledi. Bunu teyit etmek için de kaynağını belirtmeden, ama güvenilir olduğunu söyleyerek, hepsini ilgilendiren tüm para işlemlerinin ayrıntılarını anlattı.

Mrs. Gardiner şaşırdı ve endişelendi; ama o sırada eski güzel günlerinin mekânlarına yaklaştıkları için bu düşünceler yerlerini anıların cazibesine bıraktılar; civardaki ilginç yerleri kocasına işaret etmeye öylesine daldı ki başka bir şey düşünemedi. Sabah yürüyüşünden yorgun düştüğü halde, yemek biter bitmez tekrar eski tanıdıklarını aramaya girişti; akşam uzun bir ayrılıktan sonra tazelenen ilişkinin keyfi içinde geçti.

O gün olanlar Elizabeth'e bu yeni arkadaşlara dikkatini veremeyecek kadar ilgi çekici geliyordu; Mr. Darcy'nin kibarlığını ve en çok da onu kız kardeşiyle tanıştırmak istemesini düşünmeden, düşünüp hayret etmeden duramıyordu.

Bölüm II

Elizabeth Mr. Darcy'yle Pemberley'ye geldiğinin ertesi günü kız kardeşini ziyaretine getirmesi için anlaşmıştı; o yüzden o sabah boyunca hanın etrafından ayrılmamaya karar verdi. Ama tahmini yanlıştı; çünkü Lambton'a kendilerinin geldiklerinin ertesi sabahı bu ziyaretçiler de geldi. Yeni arkadaşlarından bazılarıyla etrafı dolaşmaktaydılar; aynı aileyle yemeğe gitmek için giysilerini değiştirmek üzere hana dönmüşlerdi ki araba sesi duyup pencereye geldiler; üstü açık bir arabada bir beyle bir hanımın caddeden yukarı geldiklerini gördüler. Elizabeth arabacının üniformasını hemen tanıdı, bunun anlamını tahmin etti ve beklediği ziyareti söyleyerek akrabalarını da bir o kadar şaşırttı. Dayısı ve yengesi hayret içindeydiler; konuşurken hareketlerindeki rahatsızlık durumun kendisiyle ve önceki günün olaylarıyla birleşince onlarda mesele hakkında yeni bir fikir uyandırdı. Daha önce hiçbir şey bu ihtimali akla getirmemişti, ama şimdi öyle bir yerden böyle bir ilgi görmenin tek açıklaması yeğenlerine duyulan ilgi olabilir diye hissediyorlardı. Bu yeni görüşler akıllarından geçerken, Elizabeth'in duygularının karışıklığı her an artıyordu. Kendi telaşına şaşırıyordu; ama başka rahatsızlık sebepleri arasında en çok ağabeyin onu fazla methetmiş olmasından korkuyordu; hoş görünmek istiyor, ama hoş görünmek için ne yapsa yetmeyeceğinden çekiniyordu.

Pencereden çekildi, görünmekten korkup kendini toparlamaya çalışarak odada telaşla yürürken dayısıyla yengesinin sorularla dolu şaşkın bakışlarını gördü ve işi daha da zorlaştı.

Miss Darcy ve ağabeyi geldiler ve ürkütücü tanışma gerçekleşti. Elizabeth yeni tanışının da en az kendisi kadar rahatsız olduğunu şaşkınlıkla gördü. Lambton'a geldiğinden beri Miss Darcy'nin son derece gururlu olduğunu duymuştu; ama birkaç dakikalık bir gözlem onu son derece utangaç olduğuna inandırdı. Tek heceliler dışında ağzından tek kelime almak bile zor oldu.

Miss Darcy uzun boyluydu, Elizabeth'ten daha iriydi; daha on altısında olduğu halde iyice serpilmişti; görünümü kadınca ve zarifti. Ağabeyi kadar güzel değildi, ama yüzünde duyarlılık ve iyilik vardı; davranışları kendi halinde ve kibardı. Onda Mr. Darcy kadar keskin ve gözüpek bir gözlemci bulacağını sanan Elizabeth böyle farklı duygular ayırt edince epey rahatladı.

Bir araya geleli çok olmamıştı ki Darcy ona Bingley'nin de onu ziyarete geleceğini söyledi ve Elizabeth'in memnuniyetini ifade edip kendini öyle bir ziyaretçiye hazırlamasına fırsat kalmadan Bingley'nin hızlı adımları merdivende duyuldu ve bir an içinde odaya girdi. Elizabeth'in ona duyduğu kızgınlık geçeli çok olmuştu; ama hâlâ biraz kalmışsa, onlar da, Bingley'nin onu tekrar gördüğüne ne kadar sevindiğini söylerkenki alçakgönüllü yakınlığı karşısında yok oldu gitti. Dostça ama ayrım yapmayan bir tarzda ailesinin sağlığını sordu ve her zamanki neşeli rahatlıkla hareket etti ve konuştu.

Mr. ve Mrs. Gardiner için de bir o kadar ilgi çekici bir kişiydi. Ne zamandır onu görmek istiyorlardı. Önlerindeki tüm grup heyecan vericiydi. Mr. Darcy ve yeğenleri hakkında az önce duydukları kuşkular dikkatlerini meraklı ama örtülü bir takipçilikle ikisi üstünde toplamaya yöneltiyordu onları; çok geçmeden takiplerinden şu net sonucu çıkardılar, ikisinden en az biri aşkın ne olduğunu biliyordu. Kızın duygularına ilişkin az bir şey kuşkuları vardı; ama oğlan besbelli hayranlıkla yanıp tutuşuyordu.

Kendi adına Elizabeth'in yapacak çok şeyi vardı. Misafirlerinin her birinin duygularından emin olmak istiyordu, kendi ruh halini sakinleştirmek ve kendini herkese sevimli göstermek istiyordu; başaramayacağından en çok korktuğu ikinci amacı için başarı şansı kesindi çünkü memnun etmeye çalıştığı kişiler zaten ondan yanaydılar. Bingley hazırdı, Georgiana istekliydi, Darcy ise kararlıydı memnun olmaya.

Bingley'yi görünce düşünceleri doğal olarak ablasına yöneldi; ah, onun düşüncelerinin de aynı yere yönelip yönelmediğini bilmeyi nasıl isterdi! Bazen Bingley eskisine göre daha az konuşuyor gibi geliyordu; hatta bir iki kez onun kendisine bakarken benzerlik izleri bulmaya çalıştığını düşünerek keyiflendi. Bunlar hayal ürünü olabilirdi, ama Jane'e rakip olarak çıkarılan Miss Darcy'ye olan davranışları konusunda yanılmış olamazdı. Her iki tarafın hiçbir bakışı özel bir ilgiye işaret etmiyordu. Kız kardeşlerinin umutlarını haklı çıkarabilecek hiçbir şey olmuyordu aralarında. Bu konuda çabucak tatmin oldu; hatta gidişlerinden önce birkaç küçük olay oldu ki, Elizabeth'in istekli yorumuna göre, Jane'i hatırladığını ve ondan bahsedilmesini sağlayabilecek bir şeyler daha söyleme isteği duyduğunu ama cesaret edemediğini gösteriyordu. Diğerleri kendi aralarında konuştukları bir anda, Elizabeth'e içinde gerçek pişmanlık bulunan bir sesle: "Kendisini görme zevkini tadalı çok uzun zaman oldu;" dedi ve Elizabeth'in cevap vermesine kalmadan ekledi, "Sekiz ayı geçti. 26 Kasım'dan bu yana görüşmedik, Netherfield'de dans ettiğimiz günden beri."

Elizabeth hafızasının bu kadar güçlü olduğunu görünce sevindi; daha sonra bir fırsatını bulup, diğerleri yanlarında değilken, tüm kız kardeşlerinin Longbourn'da olup olmadıklarını sordu. Soruda fazla bir şey yoktu, gelen cevapta da olmadı, ama bir bakış ve bir tarz vardı ki bunlara anlam veriyordu.

Gözlerini Mr. Darcy'ye sık sık çeviremiyordu; ama ne zaman gözüne takılsa genel bir nezaket ifadesi görüyor, söylediği her şeyde kibirden ya da arkadaşlarını küçümsemekten çok uzak bir ses tonu duyuyordu ki bu da onu davranışlarındaki dün tanık olduğu ilerlemenin, geçici bile olacak olsa, en azından bir günden fazla sürdüğüne inandırıyordu. Birkaç ay önce karşılaşmaktan utanç duyacağı insanlarla tanışmak için fırsat kolladığını, onların beğenisini kazanmaya çalıştığını görünce, onu sadece kendisine karşı değil ama daha önce açıkça küçümsediği akrabalara karşı da böyle kibar görünce ve Hunsford rahibinin evindeki son hareketli sahnelerini hatırlayınca fark, değişim öyle büyük görünüyordu ve aklında öyle güçlü bir etki yaratıyordu ki duyduğu hayretin görünür olmasını engelleyemiyordu. Netherfield'deki sevgili arkadaşlarının ya da Rosings'deki soylu akrabalarının yanında onu hiç şimdiki kadar beğenilmek isterken, kendini önemsemekten ya da kasıntılıktan öyle uzak görmemişti, hem de çabalarının başarısı ona çıkar sağlamayacak ve yakınlık gösterdiği insanlarla tanışması bile Netherfield ve Rosings'deki hanımların alay ve kınamalarına yol açacak olduğu halde.

Misafirler yarım saatten fazla onlarla kaldılar; kalktıkları zaman Mr. Darcy kız kardeşine dönüp Mr. ve Mrs. Gardiner'la Miss Bennet'ı bölgeden ayrılmadan önce Pemberley'de akşam yemeğinde tekrar görme isteğini ifade ederken ona katılmasını rica etti. Miss Darcy davet yapma alışkanlığının zayıf olduğunu gösteren utangaçlıkla da olsa ricaya uydu. Mrs. Gardiner yeğenine baktı, davetin en çok ilgilen-

dirdiği kişi olarak onun kabule eğilimli olup olmadığını gör-
mek için, ama Elizabeth başını öte yana çevirmişti. Bununla
beraber, bu gayretli kaçışın tekliften hoşlanmamaktan çok o
anlık bir rahatsızlığa işaret ettiğini varsayarak ve insan için-
de olmayı seven kocasında tam bir kabul etme isteği görerek
daveti kabul etti; bir dahaki gün için sözleşildi.

Bingley Elizabeth'i tekrar görmekten büyük mutluluk
duyduğunu, ona anlatacak hâlâ çok şeyi ve Hertfordshi-
re'deki dostlarla ilgili soracak çok sorusu olduğunu söyledi.
Bütün bunları ablasından haber alma isteğine yoran Eliza-
beth sevindi; bu yüzden ve tabii başka bazı nedenlerle de,
misafirler gittikten sonra son yarım saati belli bir memnuni-
yetle düşünebildiğini gördü, yaşarken pek keyifli gelmediği
halde. Yalnız kalmak istiyor, dayısıyla yengesinin soru ya
da imalarından korkuyordu ve sadece Bingley hakkındaki
olumlu görüşlerini öğrenecek kadar yanlarında kaldı, sonra
aceleyle üstünü değiştirmeye gitti.

Gelgelelim, Mr. ve Mrs. Gardiner'ın merakından kork-
ması için sebep yoktu; onu konuşmaya zorlamak niyetinde
değildiler. Elizabeth'in Mr. Darcy'yle daha önce farkında
olduklarından çok daha iyi tanıştığı açıktı; Mr. Darcy'nin
de ona iyice âşık olduğu açıktı. İlginç şeyler görüyorlardı,
ama soru sormanın lüzumu yoktu.

Mr. Darcy hakkında iyi şeyler düşünmek bir endişe
konusuydu şimdi; tanışıklıkları süresince hiçbir kusurunu
görmemişlerdi. Kibarlığından etkilenmemeleri imkânsızdı;
karakterini başka hiç kimsenin ifadesine başvurmadan ken-
di duygularından ve hizmetçisinin sözlerinden çizmiş olsa-
lardı onu tanıyan Hertfordshire camiası bu Mr. Darcy'yi
teşhis edemezdi. Bununla beraber, kâhyaya inanmanın da
bir anlamı vardı; onu dört yaşından beri tanıyan ve kendi
davranışlarından saygınlık yayılan bir hizmetçinin tanıklığı-
nın öyle kolay göz ardı edilemeyeceğini fark ettiler. Lamb-
ton'daki arkadaşlarının bildikleri bir şey de yoktu bunun

ağırlığını önemli ölçüde azaltacak. Gurur dışında hiçbir şeyle suçlayamıyorlardı onu; gururluydu muhtemelen, ama olmasa bile ailenin ziyaret etmediği ufak bir pazar kasabasının sakinlerince o sıfat ona nasılsa yapıştırılırdı. Öte yandan, cömert bir adam olduğu, fakir fukaraya çok iyiliğinin dokunduğu kabul ediliyordu.

Wickham'a gelince, gezginler ona orada pek itibar edilmediğini öğrendiler; gerçi sorunlarının büyük kısmı, yani efendisinin oğluyla arasında olanlar pek iyi bilinmiyordu, ama Derbyshire'den ayrılırken arkasında epeyce borç bıraktığı, borçları da sonradan Mr. Darcy'nin ödediği bilinen bir gerçekti.

Elizabeth'in düşünceleri ise bu akşam önceki akşamdan da çok Pemberley üstünde toplanmıştı; akşam saatleri geçerken uzun görünüyordu gerçi, ama o malikânedeki birine olan duygularını anlamasına yetecek kadar uzun değildi; duygularına anlam vermeye çalışarak iki saat boyunca gözleri açık yattı. Elbette ondan nefret etmiyordu. Hayır, nefret çok zaman önce geçmişti ve Elizabeth neredeyse o zamandan beri ona karşı soğukluk hissettiği için kendinden utanmıştı. Üstün niteliklerini görmenin uyandırdığı saygı, ilk başta isteksizce kabul edildiyse de bir süredir ona itici gelmez olmuştu; üstelik, hakkında söylenen övgü dolu sözler sayesinde şimdi daha dostane bir havaya bürünüyor ve karakterini dün ortaya çıkan gayet sevimli bir ışık altında gösteriyordu. Ama hepsinden çok, saygı ve güvenden çok, Elizabeth'in içinde göz ardı edemeyeceği bir iyi niyet duygusu vardı. Minnettarlıktı bu... Onu bir kez sevdiği için minnettarlık değil sadece, ama onu reddetme tarzındaki tüm kabalığı ve huysuzluğu ve bunlara eşlik eden tüm haksız suçlamaları affedecek kadar sevdiği için minnettarlık. Onu en büyük düşmanı görüp ondan kaçması gerekirken rastlantı eseri karşılaştıklarında arkadaşlığını korumada istekli davranmış, ilgisini onunla sınırlama nezaketsizliği yapmaksızın arkadaşlarının da kalbini kazanmaya çalışmış ve onu kız kardeşiyle tanıştırmaya karar vermişti. O kadar gururlu bir erkekte böyle bir değişiklik sadece hayret değil minnettarlık da uyandırıyordu... çünkü aşk yüzünden, ateşli aşk yüzünden olmalıydı; böyle olunca da Elizabeth üstündeki etkisi can sıkıcı olmak bir yana, bir tür cesaretlendirme isteyen türden oluyordu, tam ne olduğu belli değilse de. Saygı, takdir, minnet duyuyordu ona karşı, iyiliğini içtenlikle diliyordu; sadece, o iyiliğin kendisine, Elizabeth'e bağlı olmasını nereye kadar dilediğini ve hayal gücünün ona hâlâ sahip olduğunu söylediği gücü, ona teklifini yeniletme gücünü kullanırsa ikisinin mutluluğunun nereye kadar gideceğini bilmek istiyordu.

Yenge ve yeğen o akşam, Miss Darcy'nin müthiş nezaketine, yani Pemberley'ye geldiği gün, hem de kahvaltı saatinde geldiği halde, kalkıp onları ziyaret etmekle gösterdiği nezakete o incelikte olması imkânsız da olsa ona yakın bir cevap verilmesi gerektiğine karar verdiler; sonuçta, ertesi sabah onu Pemberley'de ziyaret etmenin gayet yerinde olacağı konusunda anlaşmaya varıldı. Gideceklerdi yani... Elizabeth seviniyordu, ama kendine neden sevindiğini sorduğunda verecek pek bir cevap bulamıyordu.

Mr. Gardiner kahvaltıdan hemen sonra onlardan ayrıldı. Balık tutma daveti önceki gün yinelenmiş ve öğleye doğru Pemberley'de birkaç beyle buluşmak için sözleşilmişti.

Bölüm III

Elizabeth Miss Bingley'nin ondan hoşlanmamasının kıskançlık yüzünden olduğuna şimdi iyice inandığı için Pemberley'de görünmesinin onun için ne kadar rahatsız edici bir durum olması gerektiğini düşünmeden edemedi; doğrusu, arkadaşlıklarını tazelerken o hanımın ne kadar kibarlık göstereceğini merak ediyordu.

Eve ulaşınca holden salona alındılar; kuzeye bakan cephesi salonu yaz için keyifli bir yer haline getiriyordu. Bahçeye açılan pencereleri evin arkasındaki yüksek ağaçlı tepelerin ve hemen öndeki çimenlikte yükselen harikulade meşe ve kestane ağaçlarının iç açıcı manzarasını gösteriyordu.

Bu odada Miss Darcy tarafından karşılandılar; Miss Darcy Mrs. Hurst, Miss Bingley ve Londra'lı bir hanımla beraber orada oturuyordu. Georgiana onları gayet kibar bir şekilde karşıladı; ama utangaçlıktan ve hata yapma korkusundan gelen o rahatsızlığı da eksik değildi ki, kendilerini ona göre daha düşük hissedenlere gururlu ve mesafeli olduğunu düşündürebilirdi. Bununla beraber, Mrs. Gardiner ve yeğeni hakkını teslim edip onun için üzüldüler.

Mrs. Hurst ve Miss Bingley onları sadece diz bükerek selamladılar; oturulunca bir sessizlik oldu, o tür bir durumda olabilecek tuhaflıkta bir sessizlik ve birkaç dakika sürdü.

Sessizliği ilk bozan Mrs. Annesley oldu; nazik, cana yakın görünen bir kadındı ve konuşma başlatma girişimi öbür ikisinden daha iyi yetişmiş biri olduğunu gösteriyordu; onunla Mrs. Gardiner arasında arada bir Elizabeth'in de yardımıyla sohbet devam etti. Miss Darcy sohbete katılmak için cesaret arıyor gibiydi ve bazen, işitilme tehlikesi en az olduğu sırada, kısa bir söz söylemeyi göze alıyordu.

Elizabeth az sonra Miss Bingley'nin yakın takibi altında olduğunu, onun dikkatini çekmeden bilhassa Miss Darcy'yle tek kelime konuşamadığını gördü. Bu gözlem onunla konuşmaya çalışmasını engellemezdi, ne var ki koltukları arasında elverişsiz bir mesafe vardı; ama fazla konuşma mecburiyetinden kurtulduğu için de üzgün değildi. Düşünceleri zaten meşgul ediyordu onu. Her an beylerden bazılarının odaya girmesini bekliyordu. Evin efendisi de onların arasında olsun istiyor, olacak diye korkuyor, istesin mi korksun mu karar veremiyordu. Bu şekilde, Miss Bingley'nin sesini duymadan çeyrek saat oturduktan sonra ondan ailesinin sağlığına ilişkin soğuk bir soru gelince Elizabeth toparlandı. Aynı kayıtsızlık ve kısalıkla cevap verdi, öteki de başka bir şey demedi.

Misafirlikteki ikinci hareket hizmetçilerin girişiyle oldu; soğuk et, kek ve çeşitli mevsim meyveleri getirdiler; ama bu hareketin olması için Mrs. Annesley'nin Miss Darcy'ye çok sayıda kaş göz hareketi yapıp görevini hatırlatması gerekti. Şimdi herkesin oyalanacağı bir şey vardı; hepsi konuşamazlardı ama hepsi yiyebilirlerdi; üzümleri, nektarinleri, şeftalileri harikulade piramitler halinde görünce çok geçmeden masanın etrafında toplandılar.

Bu meşgale içinde Elizabeth Mr. Darcy'nin gelmesinden korkuyor mu, yoksa gelsin mi istiyor, Mr. Darcy'nin odaya girmesiyle gerçekten karar verme fırsatı buldu; sonra, daha bir dakika önce istediğini sanırken geldiği için üzülmeye başladı.

Mr. Darcy bir süredir Mr. Gardiner'la beraberdi; Mr. Gardiner evin konuğu olan birkaç beyle birlikte ırmakta meşguldü, Mr. Darcy de onu sadece ailenin hanımlarının o sabah Georgiana'yı ziyaret etmeyi düşündüklerini öğrenince yalnız bırakmıştı. Odaya girer girmez Elizabeth gayet rahat ve doğal görünmeye karar verdi... verilmesi gerekli ama galiba uyulması o kadar kolay olmayan bir karardı, çünkü bütün oda halkının kuşkularının ikisine karşı harekete geçtiğini ve Mr. Darcy ilk içeri girdiği zaman onun davranışını takip etmeyen tek bir göz olmadığını gördü. Başka hiç kimsenin yüzünde Miss Bingley'nin yüzündeki kadar güçlü biçimde yerleşmiş dikkatli bir merak yoktu, merakını toplayan iki kişiden biriyle konuşurken yüzüne gülücükler yayılsa da; kıskançlık henüz tüm umutlarını tüketmemiş, Mr. Darcy'ye ilgi göstermekten vazgeçmemişti. Miss Darcy ağabeyinin gelişi üzerine kendini daha çok konuşmaya zorladı; Elizabeth Mr. Darcy'nin kız kardeşiyle kendisinin yakınlaşmalarını istediğini ve her iki tarafın da konuşma girişimini elinden geldiğince desteklediğini gördü. Bütün bunları Miss Bingley de gördü ve öfkenin dikkatsizliği içinde ilk fırsatta küçümser bir ilgiyle şöyle dedi:

"Sorabilir miyim Miss Eliza, -------shire alayı Meryton'dan çekilmedi mi? Aileniz için büyük kayıp olmuştur."

Darcy'nin yanında Wickham'ın adını anmaya cesaret edemedi; ama Elizabeth hemen anladı aklındakinin o olduğunu; Wickham'la ilgili çeşitli anılar bir anlığına canını sıktı, ama dikkatini o kötü niyetli saldırıyı savuşturmak için toplayıp soruya gayet ilgisiz bir sesle cevap verdi. Konuşurken bir an Darcy'ye bakınca yüzünde ciddi bir ifade, ısrarla ona bakmakta olduğunu, kız kardeşinin de gözlerini kaldıramaz bir halde sıkıntı içinde çöktüğünü gördü. Miss Bingley o sırada sevgili arkadaşına nasıl acı verdiğini bilseydi kuşkusuz öyle bir imada bulunmazdı, ama yakınlık duyduğuna inandığı bir adamı söz konusu edip onu Darcy'nin gözün-

den düşürebilecek bir hassasiyeti olduğunu açık etmesi-
ne yol açarak ve belki Darcy'ye ailesinin bazı üyelerinin
askerlerle ilişki kurmasındaki bütün o aptallığı ve gülünç-
lüğü hatırlatarak sadece Elizabeth'i üzmek istemişti. Miss
Darcy'nin planlanan kaçışıyla ilgili tek kelime işitmemişti.
Mümkün olduğunca herkesten saklanmıştı bu, Elizabeth
dışında; ağabeyi bunu Bingley'nin tüm akrabalarından bil-
hassa saklamak istiyordu Elizabeth'in uzun zaman önce ona
atfettiği aynı dilekten, yani Bingley'nin akrabalarının onun
akrabaları olması dileğinden ötürü. Elbette böyle bir plan
yapmıştı; bunun Bingley'yi Miss Bennet'dan ayırma çaba-
sında etkisi olmuştur denemese de arkadaşının iyiliği için
duyduğu endişeye katkısı olmuş olabilir.

Elizabeth dikkatli tavrıyla çabucak heyecanını yatıştırdı;
hayal kırıklığına uğrayan, canı sıkılan Miss Bingley Wick-
ham'a daha fazla yaklaşmaya cesaret edemediği için Geor-
giana da zamanla kendine geldi, ama tabii bir süre kimseyle
konuşamadı. Gözlerine bakmaya korktuğu ağabeyi onun
meseleyle ilgisini hatırlamış görünmüyordu; aklını Eliza-
beth'ten uzaklaştırmak için tasarlanmış sözler aklını Eliza-
beth'e daha çok ve daha neşeyle sabitlemiş gibiydi.

Ziyaretleri yukarıda anlatılan soru cevaptan sonra uzun
sürmedi; Mr. Darcy arabalarına kadar eşlik ederken Miss
Bingley Elizabeth'in kişiliğini, davranışlarını ve giysisini eleş-
tirerek içini boşaltıyordu. Ama Georgiana ona katılmadı.
Ağabeyinin beğenisi onun kalbini kazanmak için yeterliydi:
Ağabeyi yanılmış olamazdı; Elizabeth'ten öyle kelimelerle
bahsetmişti ki, Georgiana'ya onu güzel ve cana yakın bul-
maktan başka seçenek kalmamıştı. Darcy salona döndüğü
zaman Miss Bingley kız kardeşine anlatmakta olduğu şeyle-
rin bir kısmını ona da anlatmadan duramadı.

"Eliza Bennet bu sabah ne kadar hasta görünüyor Mr.
Darcy," diye haykırdı; "kıştan beri ne kadar da değişmiş;
hayatımda hiç bu kadar değişen kimseyi görmedim. Kah-

verengi ve kaba saba olmuş! Louisa'yla ben onu bir daha görmemeliyiz diyorduk."

Mr. Darcy böyle bir konuşmadan hoşlanmamış olsa da soğukça cevap vermekle yetindi: Biraz bronzlaşmış olması dışında herhangi bir değişiklik görmemişti... yazın seyahat edince de insanın bronzlaşması mucize sayılmazdı.

"Kendi adıma," diye devam etti Miss Bingley, "itiraf etmeliyim ki hiçbir güzel tarafını göremedim. Yüzü çok ince; cildinde parlaklık yok; hatları da hiç narin değil. Burnunda karakter yok; burun çizgileri fark edilmiyor bile. Dişleri fena değil, ama işte orta halli; gözlerine gelince, hani arada bir güzel oldukları söylenmiştir, ama bence hiçbir olağanüstülükleri yok. Sert, huysuz bir bakışı var ki hiç hoşuma gitmiyor; bütün olarak havasında dayanılmaz bulduğum özensiz bir kibir var."

Miss Bingley Darcy'nin Elizabeth'e hayran olduğuna inanmıştı ama kendini beğendirmek için iyi bir yol seçmiş sayılmazdı; ama öfkeli insanlar her zaman akıllı olmazlar; sonunda Darcy'yi biraz sıkılmış görünce beklediği tüm başarıyı kazanmış oldu. Ne var ki Darcy sımsıkı susuyordu; onu konuşturmaya kararlı olan Miss Bingley devam etti:

"Hatırlıyorum da, onunla Hertfordshire'de ilk karşılaştığımız zaman ünlü bir güzel olmasına hepimiz nasıl da şaşırmıştık; bilhassa sizin bir gece, Netherfield'deki akşam yemeğinden sonra, 'Bu da güzelse, annesine rahatlıkla alim diyebiliriz,' dediğinizi hatırlıyorum. Ama daha sonra sizi etkiler gibi oldu ve yanılmıyorsam bir ara onu güzel buluyordunuz."

"Evet," diye cevapladı Darcy; kendini daha fazla tutamadı, "ama bu sadece onu ilk tanıdığım zamandı, çünkü aylardır onun tanıdığım en güzel kadınlardan biri olduğunu düşünüyorum."

Sonra çekip gitti, Miss Bingley de onu kendisinden başka hiç kimseye acı vermeyen bir şey söylemeye zorlamış olmanın tüm tatminiyle baş başa kaldı.

Mrs. Gardiner ve Elizabeth dönüş yolunda ziyaretleri sırasında olan biteni konuştular, ama ikisini de bilhassa ilgilendiren şeyden bahsetmediler. Gördükleri herkesin görünümünü ve davranışlarını konuştular, ama en çok dikkat ettikleri kişiden bahsetmediler. Onun kız kardeşinden, arkadaşlarından, evinden, meyvelerinden, kısaca kendisinden başka her şeyinden bahsettiler; yine de Elizabeth Mrs. Gardiner'ın onun hakkında ne düşündüğünü bilmek istiyordu, Mrs. Gardiner da konuyu yeğeni açsın diye sabırsızlanıyordu.

Bölüm IV

Elizabeth Lambton'a ilk gelişlerinde Jane'den mektup gelmemiş olduğunu görünce çok şaşırmıştı; bu şaşkınlık orada geçirdikleri her sabah daha da artmıştı; ama üçüncü sabah endişesi geçti; kız kardeşi ondan aynı anda iki mektup birden alarak haklı çıktı; mektupların biri yanlış adres diye işaretlenmişti. Elizabeth buna şaşırmadı, Jane adresi gayet okunaksız yazmıştı.

Mektuplar geldiğinde tam yürüyüşe çıkmak üzereydiler; dayısıyla yengesi mektupların keyfini sessizlik içinde çıkarsın diye onu yalnız bırakıp kendi başlarına yürüyüşe çıktılar. Önce yanlış gönderilmiş mektup okunmalıydı; beş gün önce yazılmıştı. Giriş bölümü küçük partilerini ve davetlerini anlatıyor, köyden haberler veriyordu; ama bir gün sonrasının tarihini taşıyan ikinci, yarı belirgin bir telaş içinde yazılmıştı ve daha önemli bilgiler veriyordu. Şöyle diyordu:

"Yukarıdakileri yazdıktan sonra sevgili Lizzy, hiç beklenmedik ve ciddi bir şey oldu, ama seni telaşlandırmaktan korkuyorum... inan hepimiz iyiyiz. Anlatacaklarım zavallı Lydia'yla ilgili. Dün gece on ikide tam yatıyorduk ki Albay Forster'dan bir kurye geldi; Lydia'nın subaylarından biriyle İskoçya'ya gittiğini bildiriyordu; anlayacağın Wickham'la!..

Ne kadar şaşırdığımızı hesap et. Mamafih Kitty pek o kadar şaşırmış görünmüyordu. Çok, çok üzgünüm. Her iki taraf için de çok hesapsız bir birleşme!.. Ama ben en iyiyi umut etmek ve Wickham'ın karakterini yanlış anladığımızı düşünmekten yanayım. Düşüncesiz ve sorumsuz olduğuna kolayca inanabilirim, ama bu adım (bence buna sevinelim) içinde kötülük olmadığını gösteriyor. Hiç olmazsa çıkarcı bir seçim yapmış değil, çünkü babamın Lydia'ya hiçbir şey veremeyeceğini biliyor. Zavallı annemiz çok kederli. Babam daha iyi dayanıyor. Wickham hakkında söylenenleri onlara anlatmadığımız için nasıl memnunum; bunları biz de unutmalıyız. Cumartesi gecesi on iki civarında gitmişler tahminen, ama ertesi sabah sekize kadar fark edilmemişler. Hemen kurye gönderilmiş. Sevgili Lizzy, on mil yakınımızdan geçmiş olmalılar. Albay Forster'ın dediğine bakılırsa kendisini yakında burada görebiliriz. Lydia onun eşine birkaç satır not bırakmış, niyetini anlatmış. Artık kesmeliyim, çünkü annemi uzun süre bırakamıyorum. Korkarım yazımı okuyamayacaksın, ama ne yazdığımın ben de farkında değilim."

Kendine düşünmek için zaman vermeden ve ne hissettiğini de bilmeden, Elizabeth bu mektubu bitirince hemen ötekine sarıldı; mektubu sabırsızlıkla açıp okudu: İlk mektuptan bir gün sonra yazılmıştı.

"Şimdiye kadar sevgili kardeşim, alelacele yazılmış mektubumu almış olmalısın; umarım bu daha okunaklıdır, ama zaman sıkıntım yoksa da aklım öyle altüst olmuş durumda ki tutarlı olmayı beceremeyebilirim. Sevgili Lizzy, ne yazacağımı bilemiyorum, ama sana kötü haberlerim var, üstelik ertelenecek gibi değil. Hani Mr. Wickham'la bizim zavallı Lydia arasındaki bir evlilik düşüncesizlik olacaktı ya, şimdi evlendiklerinden emin olma derdine düştük, çünkü İskoçya'ya gitmediklerinden korkmak için birçok sebep var. Albay

Forster dün geldi; Brighton'dan önceki gün yola çıkmış, kuryenin birkaç saat arkasından. Lydia'nın Mrs. F.'a yazdığı nota bakılırsa Gretna Green'e gidiyorlarmış, ama o arada Denny demiş ki W.'ın oraya gitmeye de Lydia'yla evlenmeye de niyeti olduğunu sanmıyormuş; bunlar kendisine anlatılınca Albay Forster hemen telaşlanmış ve onları takip etmek amacıyla B.'dan yola çıkmış. Clapham'a kadar kolayca izlerini sürmüş ama daha ileri gidememiş; çünkü orada ikisi araba kiralamışlar ve onları Epsom'dan getiren arabayı bırakmışlar. Bundan sonra tek bilinen, Londra yoluna devam etmişler. Ne düşüneceğimi bilmiyorum. Londra'nın o yanında mümkün olan her türlü araştırmayı yaptıktan sonra Albay F. Hertfordshire'e gelmiş, onları yol gişelerinde ve Barnet'la Hatfield'de aramış ama sonuç alamamış, kimse oralardan geçen öyle birilerini görmemiş. Endişe içinde Longbourn'a geldi ve öğrendiklerini üzüntü içinde bize anlattı. Onunla Mrs. F. için gerçekten üzgünüm ama kimse onları suçlayamaz. Sıkıntımız sevgili Lizzy, çok büyük. Babamla annem en kötü ihtimale inanıyorlar, ama ben W. hakkında o kadar kötü düşünemem. İlk planlarını uygulamak yerine çeşitli nedenlerle şehirde gizlice evlenmeyi daha uygun bulmuş olabilirler; Lydia'nın konumundaki bir genç kız için öyle amaçlar gütmüş olsa bile, ki mümkün değil, Lydia'nın her şeye boşvereceğini düşünebilir miyim?.. İmkânsız. Öte yandan, Albay F.'ın evlendiklerini düşünmeye eğilimli olmaması da çok canımı sıkıyor; ben umutlarımı ifade ettiğim zaman başını iki yana salladı ve W.'ın güvenilir adam olmadığından korktuğunu söyledi. Zavallı annem hasta, odasından çıkmıyor. Kendini göstermesi iyi olurdu, ama bunu bekleyemeyiz; babama gelince, onu hayatımda hiç böyle üzgün görmedim. Zavallı Kitty'ye herkes kızgın, beraberliklerini sakladığı için; ama ne yapsın, sır olarak söylenmiş şeyler. Bu sıkıntılı sahnelere tanık olmadığın için gerçekten seviniyorum sevgili Lizzy; ama artık, ilk şoku atlattığımıza göre, geri dönmeni arzuladığımı itiraf edebilir miyim? Yine de eğer uygun değilse, ısrar edecek kadar bencil değilim. Elveda. Kalemimi tekrar elime aldım, sana az önce yapmayacağımı söylediğim şeyi yapmak için, ama şartlar öyle ki, elimde değil, hepinizin bir an önce buraya gelmesi için yalvarıyorum. Sevgili dayımla yengemi iyi tanıdığım için bunu rica etmekten çekinmiyorum, ama onlardan istediğim bir şey daha var. Babam Albay Forster'la derhal Londra'ya gidiyor, onu aramak için. Ne yapmak niyetinde, bildiğimi sanmıyorum; ama aşırı üzüntüsü herhangi bir işi doğru ve emniyetli biçimde yapmasına izin vermeyecek; Albay Forster da yarın akşam Brighton'a dönmek zorunda. Böyle bir acil durumda dayımın tavsiye ve yardımı her şeyden faydalı olur; neler hissettiğimi hemen anlayacaktır; onun şefkatine sığınıyorum."

"Dayım, dayım nerede?" diye haykırdı Elizabeth, mektubu bitirince çok değerli zamanı kaybetmemek için oturduğu yerden ok gibi fırlayıp arkasından giderek; ama tam kapıya geldiğinde kapı bir hizmetçi tarafından açıldı ve Mr. Darcy göründü. Elizabeth'in solgun yüzü ve telaşlı hali onu şaşırttı; konuşacak kadar toparlanmasına kalmadan, Elizabeth, aklında Lydia'nın durumu her şeyden öncelikli olduğu için, aceleyle haykırdı: "Affınızı rica ederim, ama sizden ayrılmak zorundayım. Hemen Mr. Gardiner'ı bulmam lazım, bekleyemeyecek bir mesele; kaybedecek bir anım bile yok."

"Aman Tanrım! Mesele nedir?" diye haykırdı Darcy kibarlıktan çok heyecan içinde; sonra kendini toparlayıp, "Sizi bir an bile tutmayacağım, ama bırakın ben arayayım onları ya da uşak arasın. Siz iyi değilsiniz; kendi başınıza gidemezsiniz."

Elizabeth tereddüt etti, ama dizleri titriyordu ve peşlerinden gitmeye çalışmasının ne kadar faydasız olacağını hissetti. Bunun üzerine, uşağı geri çağırarak, soluksuzluktan neredeyse anlaşılmaz bir sesle efendisiyle hanımını derhal eve getirmesini söyledi.

Uşak odadan çıkınca Elizabeth oturdu; ayakta duramıyordu; öyle fena bir şekilde hasta görünüyordu ki Darcy'nin onu bırakması imkânsızdı; nazik ve sıcak bir sesle, "Hizmetçinizi çağırayım. Alabileceğiniz ilaç yok mu, sizi rahatlatacak bir şey?.. Şarap nasıl olur... size şarap getireyim mi?.. Çok hasta görünüyorsunuz," dedi.

"Hayır, teşekkür ederim;" diye cevapladı Elizabeth kendine gelmeye çalışarak. "Benim bir şeyim yok. Ben gayet iyiyim. Longbourn'dan henüz aldığım bazı korkunç haberler yüzünden sıkıldım sadece."

Meseleye değinince gözyaşlarına boğuldu ve birkaç dakika boyunca tek kelime söyleyemedi. Tedirgin bir merak içindeki Darcy duyduğu endişeyi belli belirsizce dile getirebildi ve acıma dolu bir sessizlik içinde onu seyretti. Sonunda Elizabeth tekrar konuştu: "Jane'den az önce bir mektup aldım, korkunç haberler veriyor. Kimseden saklanacak gibi değil. En küçük kardeşim tüm dostlarını terk etti... kaçtı; kendini şeyin... şeyin... Mr. Wickham'ın ellerine attı. Beraber Brighton'dan kaçmışlar. Gerisinden kuşku duyamayacak kadar iyi tanıyorsunuz onu. Kardeşimin ne parası var, ne akrabaları, hiçbir şeyi yok ki onunla evlenmek... kızcağız ilelebet bitti."

Darcy şaşkınlıktan olduğu yerde kalakalmıştı. "Engel olabileceğimi düşününce!" diye devam etti Elizabeth daha da heyecanlı bir sesle, "Kim olduğunu ben biliyordum. Bir kısmını olsun açıklasaydım aileme... bildiklerimin bir kısmını bile! Kişiliğini bilselerdi bunlar olmazdı. Ama şimdi çok geç, her şey için çok geç."

"Çok üzüldüm gerçekten," diye haykırdı Darcy; "üzüldüm... şoke oldum. Ama kesin miymiş?"

"Ah evet!.. pazar gecesi birlikte Brighton'a gitmişler; Londra'ya kadar izleri sürülmüş, ama sonrası yok; belli ki İskoçya'ya gitmemişler."

"Peki bulmak için ne yapmışlar?"

"Babam Londra'ya gitmiş; Jane de mektup yazıp dayı-
mın yardımını istedi; yarım saat içinde gideriz umarım. Ama
yapacak bir şey yok; biliyorum, yok. Böyle bir adam nasıl
ikna edilir? Nasıl bulacağız onları? Hiç umudum yok. Her
yanıyla korkunç!"

Darcy sessiz bir onaylama içinde başını salladı.

"Onun gerçek yüzünü gördüğüm zaman... Ah! Ne
yapmam gerektiğini, neye cesaret edebileceğimi bilseydim!
Bilmiyordum... İleri gitmekten korktum. Ne sefilce hata
yaptım!"

Darcy cevap vermedi. Elizabeth'i duymuyor gibiydi;
derin düşünceler içinde odada bir aşağı bir yukarı yürüyor-
du, kaşları çatılmış, ifadesi karamsar. Elizabeth az sonra
gördü ve hemen anladı bunu. Darcy üzerindeki etkisi biti-
yordu; böyle bir aile zayıflığı kanıtı karşısında, böyle derin
bir utanç karşısında her şey biterdi. Ne şaşırabildi, ne de
kızabildi; Darcy'nin duygularına rağmen ondan uzaklaşa-
cağı inancı onu avutmadı, sıkıntısını hafifletmedi. Tam ter-
sine, her şey kendi isteklerini anlamasını sağlayacak şekilde
hesaplanmış gibiydi; Darcy'yi sevebileceğini şimdiki kadar
yürekten hissetmemişti, aşkın öylesine boş göründüğü o
anki kadar.

Ama kendi derdi araya girse de onu büsbütün meşgul
edemedi. Lydia'nın bütün ailesini utanç ve rezalet içinde
bırakması az sonra onun kişisel endişelerini sildi bitirdi; Eli-
zabeth yüzünü mendiliyle örttü ve çok geçmeden başka her
şeyi unuttu; birkaç dakikalık bir sessizlikten sonra arkada-
şının sesiyle yeniden aklı o ana döndü, şöyle diyen sevecen
ama ölçülü sesiyle: "Korkarım bir süredir burada bulun-
mamamı istemektesiniz; benim de gerçek ama faydasız
endişem dışında kalışım için gösterecek bir mazaretim yok.
Keşke yapabileceğim, söyleyebileceğim, sıkıntınızı azaltacak
bir şey olsaydı... Ama teşekkür etmenizi bekliyormuş gibi

görünecek boş dileklerle sizi bunaltmayacağım. Bu talihsiz mesele, korkarım, kız kardeşimin bugün sizi Pemberley'de görme zevkinden yoksun kalmasına neden olacak."

"Ah evet. Lütfen Miss Darcy'ye özürlerimi iletin. Acil bir meselenin derhal eve dönmemizi gerektirdiğini söyleyin. Üzücü gerçeği olabildiğince saklayın lütfen... Artık, nereye kadar olursa."

Darcy onu saklayacağına temin etti... sıkıntısı için ne kadar üzgün olduğunu tekrarladı, halihazırda mümkün göründüğünden daha mutlu bir sonla neticelenmesini temenni etti ve akrabalarına selamlarını bırakıp, bir tek ciddi, ayrılık bakışıyla çıktı, gitti.

O odadan çıkarken, Elizabeth bir daha birbirlerini Derbyshire'deki birkaç buluşmalarını kaplayan aynı sıcaklık içinde görmelerinin ne kadar imkânsız olduğunu hissetti; zıtlıklar ve değişimlerle dolu ilişkilerinin bütününe geriye dönük bir bakış atınca, şimdi ilişkinin devamını isteyecek duyguların eskiden ilişkinin bitmesiyle tatmin olacak duyguların yerini aldığını görüp kederlendi.

Eğer minnettarlık ve saygı aşkın sağlam temelleriyse, Elizabeth'in duygu değişimi ne imkânsız ne de hatalı olacaktır. Ama eğer aksi doğruysa, eğer bu kaynaklardan doğan beğeni ilk bakışta ve hatta iki çift laf edilmeden doğduğu söylenen şeyin yanında akıl dışı ya da doğa dışı kalıyorsa, o zaman, Wickham'a ilgisi konusunda sonraki yöntemle sınandığı ve bunun başarısızlığa uğramasının, diğer daha az ilginç bağlılık şeklini takip etmeye başlamasını haklı gösterebileceği dışında, Elizabeth'i savunacak hiçbir şey söylenemez. Öyle de olsa, gidişini üzüntü içinde gördü ve Lydia'nın kötü şöhretinin yarattığı bu ilk örnekte Elizabeth ayrı bir acı kaynağı daha buldu o sefil hadise üzerine düşünürken. Jane'in ikinci mektubunu okuduğundan beri asla Wickham'ın Lydia'yla evlenmek niyetinde olduğu umuduna kapılmamıştı. Jane'den başka hiç kimse, diye düşündü, böyle bir beklentiyle kendini oyalayamazdı. Bu gelişmede en az duyduğu şey şaşkınlıktı. Birinci mektubun içeriği aklında kaldığı sürece şaşkınlık içindeydi... Wickham'ın para için evlenemeyeceği bir kızla evlenmesi karşısındaki şaşkınlık; Lydia'nın ona nasıl olup da bağlanabileceği ise akıl almaz görünmüştü. Ama şimdi hepsi gayet doğal görünüyordu. Böyle bir bağlılık için Lydia'nın yeterli cazibesi olabilirdi; Lydia'nın evlilik düşüncesi olmadan bile bile kaçmaya giriştiğini sanmıyorduysa da ne namus duygusunun ne de anlayış gücünün onun kolay bir av olmasını önlemeye yetmeyeceğini düşünmekte zorlanmıyordu.

Alay Hertfordshire'deyken Lydia'nın ona ilgi duyduğunu hiç fark etmemişti, ama Lydia'nın kendini herhangi birine bağlı hissetmek için sadece yüz bulmaya ihtiyaç duyduğunu biliyordu. Bir zaman bir subay, başka bir zaman başka bir subay gözdesi olmuştu, onlardan gördüğü ilgiye göre. Duyguları sürekli olarak dalgalanma halindeydi ama asla belli bir hedefleri olmamıştı. Böyle bir kıza ihmalin ve şımartılmanın yaptığı kötülük... Şimdi nasıl da keskin bir biçimde hissediyordu bunu!

Evde olmak için kıvranıyordu... şimdi tümüyle Jane'in omuzlarına yıkılmış endişeleri duymak, görmek, paylaşmak, hem de öyle dağılmış bir aile içinde, baba yok, anne kendini gösterebilmekten aciz ve sürekli bakıma muhtaç; Lydia için hiçbir şey yapılamayacağına hemen hemen inanıyorsa da, dayısının müdahalesi hayati öneme sahip görünüyordu; dayısı odaya girene kadar sabırsızlığının acısı gayet şiddetli oldu. Mr. ve Mrs. Gardiner telaş içinde geri gelmişlerdi, hizmetçinin ifadesinden yeğenlerinin ansızın hastalandığını varsayarak... ama o bakımdan içlerini rahatlatıp aceleyle çağrılmalarının sebebini anlattı, titreyen bir enerjiyle iki mektubu da yüksek sesle okudu ve ikincisinin notu üzerinde durdu... Lydia en sevdikleri yeğenleri değildiyse de Mr. ve Mrs. Gardiner derin bir üzüntüye kapılmadan edemediler.

Sadece Lydia değil, herkesle ilgiliydi mesele; ilk şaşkınlık ve dehşet haykırışlarından sonra Mr. Gardiner elinden gelen her yardımı yapma sözü verdi... Elizabeth daha azını beklemediği halde minnet gözyaşlarıyla ona teşekkür etti; üçü de aynı ruh hali içinde olduklarından seyahatle ilgili tüm ayrıntılar çabucak halledildi. İlk fırsatta yola çıkacaklardı. "Ama Pemberley ne olacak?" diye haykırdı Mrs. Gardiner. "John bizi çağırttığın zaman Mr. Darcy'nin burada olduğunu söyledi... burada mıydı?"

"Evet; ona sözümüzde duramayacağımızı söyledim. Her şey halledildi."

"Her şey halledildi;" diye tekrarladı diğeri hazırlanmak için odasına seğirtirken. "Gerçeği açıklayacak kadar yakınlar mı acaba! Ah keşke bilseydim!"

Ama dilek zamanı değildi ya da dilekler çok çok onu ertesi saatin acelesi ve telaşı içinde oyalamaya yarardı. Elizabeth'in boş durma şansı olsaydı kendisi kadar sefil düşmüş birinin herhangi bir işle uğraşmasının imkânsız olduğuna inanırdı, ama onun payına da yengesi kadar iş düşüyordu; ani gidişleri için yalandan mazeretler uydurarak Lambton'daki tüm arkadaşlarına not yazmak ona düştü. Yine de bir saat içinde bütün iş tamamlandı; bu arada Mr. Gardiner hanın hesabını kapattı ve gitmekten başka yapacak bir şey kalmadı. Sabahın tüm sefaletinden sonra Elizabeth sandığından daha kısa zamanda kendini arabaya yerleşmiş, Longbourn'a doğru yola çıkmış buldu.

Bölüm V

"Tekrar tekrar düşünüyorum Elizabeth," dedi dayı-
sı kasabadan uzaklaşırlarken, "ve düşündükçe meseleyi
ablan gibi değerlendirme eğilimim artıyor. Genç bir ada-
mın korunmasız, sahipsiz olmayan ve albayının ailesine
konuk olan bir kıza karşı böyle bir plan yapması bana pek
mümkün görünmüyor; o kadar ki en iyi sonucu ummak
eğilimindeyim. Bu genç adam kızın akrabalarının ortaya
çıkmayacaklarını bekleyebilir mi? Albay Forster'a böyle
hakaret ettikten sonra alaya kabul edilmeyi bekleyebilir mi?
Nedenleri risklerini karşılamıyor."

"Gerçekten öyle mi düşünüyorsunuz?" diye haykırdı
Elizabeth bir an için canlanarak.

"Kesinlikle," dedi Mrs. Gardiner, "ben de dayın gibi
düşünmeye başlıyorum. Adap, namus, meslek, bunca konu-
da bu kadar büyük bir suistimalden suçlu olmayı göze ala-
maz. Wickham hakkında çok kötü düşünemiyorum. Sen
kendin Lizzy, bunu yapabileceğini düşünecek kadar umu-
dunu kestin mi ondan?"

"Belki kendi çıkarlarını ihmal ettiğini düşünecek kadar
değil. Ama başka her türlü ihmali beklerim ondan. Ya bir
de öyleyse! Umarım değildir. Peki o zaman neden İskoç-
ya'ya gitmediler?"

"Bir kere," diye cevapladı Mr. Gardiner, "İskoçya'ya gitmediklerinin kesin kanıtı yok."

"Ama şehir arabasına geçmeleri o anlama geliyor! Hem sonra Barnet yolunda izlerine rastlanmadı."

"Pekâlâ... varsayalım ki Londra'dalar. Saklanmak için orada olabilirler, ama başka bir istisnai sebepleri olamaz. İki tarafın da para içinde yüzüyor olma ihtimali yok; Londra'da İskoçya'dan daha acele değilse de daha ekonomik tarafından evlenebilecekleri akıllarına gelmiş olabilir."

"Ama bu gizlilik niye? Niye bulunmaktan korkuyorlar? Niye evlilikleri gizli olmak zorunda? Ah! Hayır, hayır, mümkün değil. Jane'in anlattığından gördük, en yakın arkadaşı onunla evlenmek niyetinde olmadığını söylüyor. Wickham asla parasız bir kadınla evlenmez. İmkânları izin vermez. Ama Lydia'nın nesi var, gençlik, sağlık, neşe dışında ne cazibesi var da adam onun hatırına iyi bir evlilik yapma şansını yok ediyor? Orduda itibar kaybetmek korkusu Lydia'yla böyle şerefsizce kaçmasına nasıl bir engel oluşturabilir, bilemiyorum; çünkü böyle bir adımın sonuçları hakkında hiçbir şey bilmiyorum. Ama diğer itirazınıza gelince, işe yarayacağından emin değilim. Lydia'nın ortaya çıkacak ağabeyleri yok; Wickham da babamın davranışlarından, tembelliğinden, ailesinde neler olup bittiğine aldırış etmiyor görünmesinden, böyle bir mesele için her baba gibi dertlenmeyeceği, bir şey yapmayacağı sonucunu çıkarmış olabilir."

"Ama Lydia'nın ona evlilik dışı bir hayat sürmeye razı olacak, gözü hiçbir şeyi görmeyecek kadar körkütük âşık olduğunu düşünebiliyor musun?"

"Öyle görünüyor ki, gayet acı bir biçimde," diye cevapladı Elizabeth gözlerinde yaşlarla, "bir ablanın erdem ve namus duygusu böyle bir noktada kuşkulu olduğunu kabul etmek zorunda. Ama gerçekten ne diyeceğimi bilmiyorum. Belki ona karşı adil davranmıyorum. Ama çok genç; ona ciddi konular üzerinde düşünmek öğretilmedi; son altı aydır, hatta bir yıldır, eğlenceden ve gösterişten başka hiçbir şeye teşvik edilmedi. Zamanını en aylak ve yüzeysel şekilde geçirmesine, önüne çıkan her fikri benimsemesine izin verildi. --------shire alayı Meryton'a ilk yerleştiğinden beri aşk, flört ve subaylar dışında hiçbir şey aklına gelmedi. Zaten yeterince hareketli olan duygularını, nasıl desem, daha da kışkırtmak için bu konu hakkında düşünüp konuşarak elinden geleni yaptı. Ayrıca hepimiz biliyoruz ki Wickham'ın görüntüsü de konuşması da bir kadını tutsak edecek her cazibeye sahip."

"Ama görüyorsun ki," dedi yengesi, "Jane Wickham hakkında o kadar kötü düşünmüyor, öyle bir şeye kalkışabileceğine inanmıyor."

"Jane kimin hakkında kötü düşünür ki? Geçmişteki davranışı ne olursa olsun, onun öyle bir şeye kalkışabileceğine inandığı kim var, olaylar aksini ispat edene kadar? Ama Wickham'ın gerçekte ne olduğunu Jane de benim kadar biliyor. İkimiz de biliyoruz kelimenin her anlamıyla kötü biri olduğunu. Ne namus, ne de şeref bildiğini. Sinsi olduğu kadar yalancı ve dolandırıcı olduğunu."

"Bütün bunları gerçekten biliyor musun?" diye haykırdı Mrs. Gardiner; bunların nereden bilindiği konusundaki merakı iyice uyanmıştı.

"Biliyorum elbette," diye cevapladı Elizabeth kızararak. "Geçen gün size Mr. Darcy'ye yaptığı alçaklığı anlattım; Longbourn'a son geldiğinizde ona karşı öyle sabırlı ve cömert davranan adamdan ne tarzda bahsettiğini siz kendiniz de duydunuz. Ayrıca söylemeye yetkili olmadığım... yani anlatmaya değmeyecek başka olaylar da var; ama bütün Pemberley ailesi hakkındaki yalanlarının haddi hesabı yok. Miss Darcy hakkında söylediklerinden gururlu, soğuk, sevimsiz bir kız görmeye hazırlanmıştım. Ama tam tersi olduğunu kendisi biliyordu. Bizim bulduğumuz gibi sevimli ve kendi halinde bir kız olduğunu biliyordu."

"Ama Lydia bunları bilmiyor mu? Seninle Jane'in bu kadar iyi biliyor göründüğünüz şeyleri o nasıl bilmez?"

"Ah evet!.. en kötüsü de bu ya zaten. Kent'e gidip Mr. Darcy'yle akrabası Albay Fitzwilliam'ı iyi tanıyıncaya kadar gerçeği ben de bilmiyordum. Eve döndüğüm zaman ------- -shire alayı bir iki hafta içinde gitmek üzereydi. Hal böyle olunca meseleyi anlattığım Jane de ben de bunları herkese açıklamayı gerekli görmedik; çünkü kime ne faydası olurdu ki bütün muhitin onunla ilgili olumlu görüşlerini yerle bir etmenin? Lydia'nın Mrs. Forster'la gitmesi kararlaştırılınca bile onu gerçek yüzü konusunda uyarmak aklıma gelmedi. Aldatılma tehlikesi içinde olabileceğine hiç ihtimal vermedim. Böyle bir sonucun olabileceği inanın aklımdan bile geçmedi."

"Hep beraber Brighton'a gittikleri zaman da, demek ki, birbirlerine ilgi duyduklarını düşünmen için bir neden yoktu."

"Hiçbir neden yoktu. İki tarafta da hiçbir yakınlık belirtisi görmedim; en ufak bir şey hissetsem bilirsiniz ki ailemiz bu tür şeylerin görmezden gelineceği bir aile değildir. Wickham alaya ilk girdiğinde Lydia ona hayran olmaya gayet hazırdı; ama hepimiz öyleydik. Meryton'daki ve çevresindeki her kız ilk iki ay onun için deli oldu; ama o Lydia'ya hiçbir özel ilgi göstermedi; sonuçta, uzun sürmeyen abartılı ve vahşi bir hayranlık döneminden sonra Wickham'la ilgili hayal kurmayı bırakıp ona daha çok ilgi gösteren başka subaylarla meşgul olmaya başladı."

Bu önemli konudaki korkularına, umutlarına ve dileklerine tekrar tekrar konuşmakla pek yeni bir şey eklenemeyeceği kolayca tahmin edilebilirse de bütün yolculuk boyu başka hiçbir konu onları bundan uzun süre ayıramadı. Elizabeth'in düşüncelerinden hiç çıkmadı. Tüm ıstırap ve vicdan azabıyla sıkı sıkı oraya yerleşmişti ve ne bir an rahat nefes almasına ne de unutmasına izin verdi.

Olabildiğince hızlı seyahat ettiler; bir gece yolda uyuyup ertesi gün yemek vaktinde Longbourn'a ulaştılar. Jane'in gözünü uzun süre yolda bırakmadığını düşünmek Elizabeth'i rahatlattı.

Arabayı görünce heveslenen küçük Gardinerlar araba çimenliğe girdiğinde merdivene çıkmış, bekliyorlardı; araba kapıya yanaştığı zaman yüzlerini aydınlatan ve tüm vücutlarına yayılarak onları hoplatıp zıplatan neşeli şaşkınlık gelişlerinin yarattığı ilk sevinç belirtisi oldu.

Elizabeth dışarı fırladı; her birini alelacele öptükten sonra hole seğirtti; Jane annesinin dairesinden çıkıp koşarak geldi ve hemen onu karşıladı.

Elizabeth onu sevgiyle kucaklarken, gözyaşları ikisinin de gözlerini doldururken, bir an bile kaybetmeden kaçaklarla ilgili yeni bir haber olup olmadığını sordu.

"Henüz yok," diye cevapladı Jane. "Ama dayım geldiğine göre artık umarım her şey yoluna girer."

"Babam şehirde mi?"

"Evet, salı günü gitti, ben sana mektup yazarken."

"Ondan sık haber aldın mı?"

"Bir kez aldım. Çarşamba günü birkaç satır yazmış, sağ salim vardığını söylüyor, bir de adresini vermiş, bilhassa istemiştim. Söyleyecek önemli bir şey olmadan bir daha yazmayacakmış."

"Ya annem?.. O nasıl? Sizler nasılsınız?"

"Annem iyi sayılır; morali çok bozuldu ama. Üst katta; sizi görünce sevinecek. Henüz odasından çıkmadı. Mary'yle Kitty, çok şükür, gayet iyiler."

"Peki sen... Sen nasılsın?" diye haykırdı Elizabeth. "Solgun görünüyorsun. Kim bilir neler çektin!"

Ne var ki ablası onu gayet iyi olduğuna temin etti; Mr. ve Mrs. Gardiner çocuklarıyla meşgul oldukları sıra aralarında geçmekte olan konuşma hepsinin birden yaklaşmasıyla sona erdi. Jane dayısına ve yengesine koştu, onları karşıladı ve gözyaşlarıyla gülümseme arasında gidip gelerek ikisine de teşekkür etti.

Oturma odasında toplandıkları zaman Elizabeth'in sorduğu sorular tabii diğerleri tarafından da tekrarlandı ve Jane'in verecek havadisi olmadığını gördüler. Yine de kalbindeki masumiyetin esinlediği iyilik umudu henüz onu terk etmemişti; hâlâ her şeyin iyi biteceğini, her sabahın ya Lydia'dan ya da babasından olan biteni açıklayan ve belki evliliği ilan eden bir mektup getireceğini umut ediyordu.

Birkaç dakika baş başa konuştuktan sonra dairesine çıktıkları Mrs. Bennet onları tastamam bekleneceği gibi karşıladı, pişmanlık gözyaşları ve yakarışlarla, Wickham'ın alçakça davranışına yönelik beddualarla, kendi ıstırabı ve talihsizliği hakkındaki yakınmalarla ve kızının hatalarının esas sebebi olan ihmallerin sahibi dışında herkesi suçlayarak.

"Elimden gelseydi de," dedi, "bütün ailemle beraber Brighton'a gitme planımı gerçekleştirseydim bunlar olmazdı; ama zavallı Lydia'ya göz kulak olacak kimse yoktu. Niye Forsterlar gözlerini üstünden ayırdılar? Bence mutlaka öyle ya da böyle büyük ihmalleri var, yoksa Lydia böyle şey yapacak kız değildir, iyi göz kulak olmamışlardır, ondan olmuştur. Hep biliyordum onun mesuliyetini alacak çapta olmadıklarını, ama beni dinleyen kim, ne zaman dinlediler ki zaten. Ah zavallı kızım! Şimdi de Mr. Bennet gitti; biliyorum Wickham'la dövüş edecek onu görünce, sonra öldürülüp gidecek, peki bize ne olacak o zaman? Collinsler bizi evden atacak daha mezarında cesedi soğumadan; sen de bize el uzatmazsan kardeşim, Tanrı bilir ne olacak halimiz."

Böyle karamsar düşüncelere hep bir ağızdan itiraz ettiler; Mr. Gardiner ona ve tüm ailesine ne kadar düşkün olduğunu ifade ettikten sonra ertesi gün Londra'ya gitmeyi düşündüğünü, Mr. Bennet'a Lydia'yı bulması için her konuda yardım edeceğini söyledi.

"Boş yere telaşa kapılma," diye ekledi, "en kötüye hazır-
lıklı olmak doğrudur, ama olmuş bitmiş görmenin de anla-
mı yok. Brighton'dan ayrılalı daha bir hafta olmadı. Birkaç
gün daha geçsin, onlardan haber alırız; evlenmediklerini ve
evlenmeyi düşünmediklerini öğrenene kadar meseleyi kay-
betmiş saymayalım kendimizi. Şehre gider gitmez eniştemi
bulur, onu alıp Gracechurch Street'e, bizim eve götürürüm;
sonra oturur ne yapacağımızı konuşuruz."

"Ah sevgili kardeşim," diye cevapladı Mrs. Bennet,
"ben de tam öyle diyordum. Şehre gidince bul onları,
her neredelerse bul; evlenmedilerse de evlendirt. Gelinlik
melinlik diye beklemesinler; Lydia'ya de ki hele bir evlen-
sin, sonra kaç paraya hangi gelinliği isterse alırız. Ama en
önemlisi Mr. Bennet'ı kavgaya karıştırma. Ona ne feci bir
halde olduğumu anlat... de ki korkudan aklını kaçırmış de,
titremelere, sıçramalara tutulmuş, böğrüne sancı, başına
ağrı saplanmış, kalbi küt küt atıyor, öyle bir halde ki ne
gecesi kalmış ne gündüzü de. Tatlı Lydiam'a da de ki beni
görene kadar kıyafet işine girmesin çünkü hangi dükkân
iyidir bilmez. Ah kardeşim, ne kadar iyisin! Hepsini halle-
dersin sen."

Mr. Gardiner o amaçla elinden geleni yapacağını ifade
ettiyse de ona korkusunda da umutlarında da ılımlı olması-
nı tavsiye etmeden duramadı; akşam yemeği masaya gelene
kadar onunla bu şekilde konuştuktan sonra tüm duyguları-
nı kızlarının yokluğunda hizmetini üstlenen kâhyaya boşalt-
ması için yanından ayrıldılar.

Erkek kardeşiyle yengesi aileden öyle saklanması için bir
neden olmadığını düşünüyorlardı, ama buna karşı çıkmaya
da çalışmadılar, çünkü masada beklerlerken hizmetçilerin
önünde dilini tutacak kadar sağduyu sahibi olmadığını
biliyorlardı ve hizmetçiler arasından bir tek kişinin, en çok
güvenebilecekleri kişinin onun konuyla ilgili korku ve endi-
şelerine tanık olmasının yerinde olacağına karar verdiler.

Kendi dairelerinde daha önce ortaya çıkamayacak kadar meşgul olan Mary'yle Kitty de yemek salonunda onlara katıldı. Biri kitaplarının başından, diğeri tuvalet masasından kalkıp geldi. İkisinin de yüzü gayet durgundu; sevdiği kardeşinin kaybı ya da o yüzden topladığı öfkenin Kitty'nin konuşma şekline verdiği olağandışı can sıkıntısı dışında görünür bir değişiklik de yoktu. Mary'ye gelince, masaya oturduktan hemen sonra ciddi düşünce dolu bir yüzle Elizabeth'e şunları fısıldayacak kadar kendine hâkimdi:

"Çok talihsiz bir durum; muhtemelen çok konuşulacak. Ama kötülük rüzgârlarını durdurup birbirimizin yaralı göğüslerine kardeşlik tesellisinin merhemini sürmeliyiz."

Sonra, Elizabeth'in cevap vermeye niyeti olmadığını görünce, ekledi, "Lydia için elim bir hadise olsa da, bundan faydalı bir ders çıkarmalıyız; bir kadının namusunu kaybetmesinin geri dönüşü yok... tek bir yanlış adım kadının dünyasını karartıyor... kadının iffeti güzel olduğu kadar kırılgan da oluyor... karşı cinsin değersiz mensuplarına karşı davranışları ne kadar dikkatli olsa azdır."

Elizabeth hayret içinde gözlerini kaldırdı, ama cevap veremeyecek kadar sıkkındı. Yine de Mary önlerindeki felaketten o tür ahlaki çıkarımlar yaparak kendini oyalamaya devam etti.

Öğleden sonra en büyük iki Miss Bennet yarım saat kadar baş başa kalmayı becerebildiler; Elizabeth fırsatı değerlendirip hemen birçok soru sordu, Jane de aynı heyecanla cevapladı. Bu olayın Elizabeth'e kalırsa kesin olan, Miss Bennet'ın da imkânsız olduğunu pek iddia edemediği korkunç sonucu üzerinde birlikte dertlendikten sonra Elizabeth konuya devam etti: "Bana bununla ilgili henüz duymadığım her şeyi tek tek anlat. Daha fazla ayrıntı ver. Albay Forster ne dedi? Bunlar kaçmadan önce hiç mi bir şey fark etmemişler? İkisini hep bir arada görmüş olmalılar."

"Albay Forster biraz yakınlıktan sık sık şüphelendiğini kabul etti, bilhassa Lydia'dan yana, ama onu telaşlandıracak bir şey olmamış. Onun için çok üzüldüm. Son derece yakın ve ilgili davrandı. İskoçya'ya gitmedikleri düşüncesine kapılmadan önce ilgisinden emin olalım diye bize geliyormuş ki o fikir ortaya çıkmış ve yolculuğunu çabuklaştırmış."

"Denny de Wickham'ın evlenmeyeceğine inanıyor, öyle mi? Kaçmayı düşündüklerini biliyor muydu acaba? Albay Forster Denny'nin kendisini görmüş mü?"

"Evet; ama sorguya çekince Denny planlarından haberi olduğunu inkâr etmiş ve meseleyle ilgili gerçek fikrini söylememiş. Evlenmeyeceklerini düşündüğünü tekrar etmemiş... bundan da onun daha önce yanlış anlaşılmış olabileceğini umut ediyorum."

"Albay Forster bizzat gelene kadar galiba hiçbiriniz gerçekten evleneceklerinden şüphe etmiyordunuz değil mi?"

"Ama böyle bir şey nasıl aklımıza gelebilir ki! Biraz rahatsız oldum... onunla evlenip de mutsuz olacak diye azıcık korktum, çünkü adamın davranışlarının her zaman doğru olmadığını biliyordum. Annemle babam bunu bilmiyorlardı; sadece ne sağduyusuz bir evlilik olduğunu düşündüler. Derken Kitty bizlerden daha fazla şey biliyor olmanın gayet haklı gururuyla Lydia'nın son mektubunda böyle bir adım atmaya hazırlandığını itiraf etti. Haftalardır birbirlerine âşık olduklarını biliyordu belli ki."

"Ama Brighton'a gidene kadar değil."

"Hayır, sanmam."

"Albay Forster Wickham'ı suçluyor gibi miydi? Gerçek karakterini biliyor mu?"

"Wickham'dan eskisi gibi iyi bahsetmediğini itiraf etmeliyim. Vurdumduymaz ve uçarı olduğuna inanıyor. Bu üzücü hadise olduğundan beri Meryton'dan ayrılırken çok borç bıraktığı söyleniyor, ama umarım doğru değildir."

"Ah Jane, daha az sır tutsaydık, hakkında bildiklerimizi söyleseydik bunlar hiç olmayabilirdi."

"Belki daha iyi olurdu," diye cevapladı ablası. "Ama bir insanın bugünkü duygularını bilmeden geçmişteki hatalarını ortaya dökmek adaletsizlik görünebilirdi. İyi niyetli hareket ettik."

"Albay Forster Lydia'nın karısına yazdığı mektubun ayrıntılarını anlattı mı?"

"Görelim diye yanında getirmiş."

Jane not defterinden mektubu çıkarıp Elizabeth'e verdi. Mektubun içeriği şöyleydi:

"Sevgili Harriet,

Gittiğimi öğrendiğin zaman güleceksin; yarın beni bulamayınca ne kadar şaşıracağını düşününce ben de kendimi gülmekten alamıyorum. Gretna Green'e gidiyorum; kiminle gittiğimi tahmin edemezsen sana safsın derim, çünkü dünyada sevdiğim tek bir adam var, o da bir melek. Onsuz asla mutlu olamam, o yüzden gitmemde sakınca görmüyorum. Longbourn'dakilere gidişimi haber vermen gerekmez, istemiyorsan, çünkü onlara mektup yazıp imzamı da Lydia Wickham diye atınca sürpriz daha büyük olur. Ne hoş bir şaka olacak! Gülmekten yazamıyorum. Lütfen Pratt'a benim adıma bir şeyler uydur, onunla bu gece dansa gidemeyeceğim için. De ki her şeyi öğrendiği zaman beni affedeceğini umuyorum, bir de de ki tekrar buluştuğumuzda onunla ilk baloda büyük bir zevkle dans edeceğim. Longbourn'a gittiğim zaman giysilerimi istetirim; ama keşke Sally'ye söylesen de benim işlemeli müslin elbisemdeki büyük söküğü dikse paket edilmeden. Hoşça kal. Albay Forster'a sevgilerimi ilet; umarım yolculuğumuz iyi geçsin diye kadeh kaldırırsınız.

Seni seven arkadaşın,
Lydia Bennet."

"Ah kafasız, kafasız Lydia!" diye haykırdı Elizabeth mektubu bitirdiği zaman. Ne mektup ama, tam böyle bir anda yazılacak şey. Ama hiç olmazsa yolculuk konusunda ciddi olduğunu gösteriyor. Wickham onu sonradan her neye ikna ettiyse, Lydia'nın aklında ahlaksız bir plan yokmuş. Zavallı babacığım! Kim bilir ne fena olmuştur!"

"Ömrümde bu kadar sarsılmış başka birini görmedim. Tam on dakika tek kelime edemedi. Annem hemen bayıldı, bir anda bütün ev karmakarışık oldu!"

"Ah Jane," diye haykırdı Elizabeth, "evde tek bir hizmetçi kalmamıştır akşama kadar bütün hikâyeyi öğrenmeyen."

"Bilmiyorum... Umarım kalmıştır... Ama öyle bir zamanda tedbirli olmak çok zor. Annem sinir krizi geçirdi, ona elimden gelen her yardımı yapmaya çalıştıysam da korkarım yapabileceğim her şeyi yapmadım! Ama kötü ihtimalleri düşünmenin dehşeti beni de takatsiz bıraktı."

"Ona göz kulak olmak sana çok ağır gelmiştir. İyi görünmüyorsun. Keşke yanında olabilseydim; bütün endişeyi, yorgunluğu tek başına taşıdın."

"Mary'yle Kitty çok anlayışlı davrandılar; her yorgunluğu paylaşırlardı eminim, ama onlar için doğru olmayacağını düşündüm. Kitty zayıf ve narin, Mary de çok fazla okuyor, dinlenme saatleri kesintiye uğramasın istedim. Babam gittikten sonra salı günü Philips teyzem Longbourn'a geldi; sağ olsun perşembeye kadar benimle kaldı. Çok işe yaradı, hepimizi çok rahatlattı; Lady Lucas da çok iyi davrandı, çarşamba sabahı bizi teselli etmek için yürüye yürüye buraya geldi, bize kendisinin ve kızlarının yardımını teklif etti, ellerinden gelen bir şey varsa diye."

"Keşke evinde kalsaydı," diye haykırdı Elizabeth; "belki iyi niyetlidir ama böyle bir talihsizlik karşısında insan komşularını ne kadar az görse o kadar iyidir. Yardım etmek imkânsız, teselli etmek katlanılmaz bir şey. Uzaktan keyiflensinler, tatmin olsunlar."

Bunların ardından babasının şehirde kızını bulmak için ne gibi yollar izlemek niyetinde olduğunu sordu.

"Sanırım niyeti," diye cevapladı Jane, "Epsom'a gitmekti, en son orada at değiştirmişler; sürücüleri görecekti, onlardan bir şey öğrenebilir mi, bakacaktı. Asıl hedefi onları Clapham'dan getiren arabanın numarasını öğrenmekti. Londra'dan yolcu tarifesiyle gelmişler, babam da araba değiştiren bir hanımla bir bey dikkat çekmiş olabilir diye düşündüğü için Clapham'da araştırma yapacaktı. Arabacının yolcuları hangi evin önünde indirdiğini bulabilirse orada araştırma yapacaktı; arabanın durağını ve numarasını bulmak imkânsız olmasa diye umut ediyordu. Aklında başka ne vardı bilmiyorum: Ama giderken öyle bir acele içindeydi, morali de öyle bozuktu ki bu kadarını bile zor öğrenebildim."

Bölüm VI

Ertesi sabah hepsi Mr. Bennet'tan mektup almayı umuyordu; posta geldi, ama ondan tek bir satır bile getirmedi. Ailesi normal durumlarda ihmalkâr ve tembel bir mektup yazarı olduğunu biliyordu, ama öyle bir zamanda biraz gayret edeceğini umuyorlardı. Gönderecek iyi haberleri olmadığı sonucuna vardılar, ama bundan bile emin olmayı tercih ederlerdi. Mr. Gardiner yola çıkmadan önce sadece mektupları beklemişti.

O gidince hiç olmazsa olan biten hakkında düzenli haber alacaklarını biliyorlardı; dayıları ayrılırken Mr. Bennet'ı bir an önce Longbourn'a dönmeye ikna edeceğine söz vererek, bunu kocasının düelloda ölmemesini sağlamanın tek yolu olarak gören kız kardeşini epeyce rahatlattı.

Mrs. Gardiner varlığı yeğenlerine faydalı olabilir diye düşündüğü için çocuklarla birlikte birkaç gün daha Hertfordshire'de kalacaktı. Mrs. Bennet'a göz kulak olurlarken yeğenlerinin yükünü paylaştı, serbest saatlerinde de onları oldukça rahatlattı. Teyzeleri de sık sık ziyaretlerine geldi; dediğine göre hep onları neşelendirmek, yüreklendirmek amacıyla geliyordu ama her seferinde Wickham'ın hovardalığı ya da haylazlığıyla ilgili birkaç taze havadis getirmeden gelmiyor, onları bulduğundan daha moralsiz bırakmadan da gitmiyordu.

Bütün Meryton adamı karalamak için çırpınıyor gibiydi, o ki daha üç ay önce melek yerine konuyordu. Kasabadaki her esnafa borç taktığı söyleniyordu ve baştan çıkarma unvanıyla onurlandırılan teşebbüsleri her esnafın ailesine uzanmıştı. Herkes dünyadaki en adi adam olduğunu söylüyordu ve herkes zaten tipine hiç itimat etmemiş olduklarını fark etmeye başlamıştı. Elizabeth söylenenlerin yarısından fazlasına inanmadıysa da kız kardeşinin mahvolduğu kanaatini daha da güçlendirecek kadar inandı; bunların daha da azına inanan Jane bile neredeyse ümitsiz düştü, bilhassa İskoçya'ya gitmiş olsalar, ki daha önce bundan hiç büsbütün umudunu kesmemişti, onlardan her halde haber almış olmaları gereken zaman geldiği için.

Mr. Gardiner Longbourn'dan pazar günü ayrıldı; salı günü karısı ondan mektup aldı; gelir gelmez eniştesini bulduğunu ve onu Gracechurch Street'e gelmeye ikna ettiğini söylüyordu. Mr. Bennet onun varışından önce Epsom'a ve Clapham'a gitmiş ama tatmin edici bir bilgi edinememişti; şimdi kentin belli başlı otellerini aramaya kararlıydı, çünkü Mr. Bennet Londra'ya gelince daire tutmadan önce otele inmiş olabileceklerini düşünüyordu. Mr. Gardiner kendi adına bu girişimden başarı beklemiyordu, ama eniştesi istekli olduğu için ona yardım etmek niyetindeydi. Mr. Bennet'ın halihazırda Londra'dan ayrılmaya eğimli görünmediğini de ekliyor ve çok yakında tekrar yazmaya söz veriyordu. Mektuba bir de not düşülmüştü.

"Albay Forster'a yazıp mümkünse alaydaki arkadaşlarından Wickham'ın şehrin neresinde saklandığını bilebilecek akrabaları ya da yakınları olup olmadığını öğrenmesini istedim. Başvurulabilecek, bu yönde bir ipucu alınabilecek böyle birileri varsa çok faydalı olabilir. Halen bize yol gösterecek hiçbir şey yok. Albay Forster bu konuda bizi tatmin etmek için elinden geleni yapacaktır sanırım. Ama düşünüyorum da, hayatta hangi akrabalarının olduğunu belki Lizzy bize herkesten daha iyi söyleyebilir."

Elizabeth onun bilgisine hangi gerekçeyle başvurulduğunu anlayınca şaşırmadı; ama iltifatın hak ettiği bilgiyi vermek elinde değildi.

Her ikisi de yıllar önce ölmüş babasıyla annesi dışında herhangi bir akrabası olduğunu duymamıştı. Bununla beraber, --------shire alayındaki bazı arkadaşlarının daha fazla bilgi vermesi mümkündü; bir şey çıkacağını ummuyordu, ama yine de gelecek cevabı merak ediyordu.

Her gün Longbourn'da şimdi bir endişe günüydü; ama her günün en endişeli kısmı postanın beklendiği zamandı. Mektupların gelişi her sabahki sabırsızlığın ilk büyük nesnesiydi. İyi kötü ne varsa mektuplar yoluyla anlatılıyordu ve takip eden her günün önemli haberler getirmesi bekleniyordu.

Ne var ki Mr. Gardiner'dan tekrar haber almalarına kalmadan farklı bir taraftan, Mr. Collins'ten babalarına mektup geldi; Jane yokluğunda ona gelen her şeyi açma talimatı aldığı için mektubu okudu; mektuplarının her zaman ne tuhaflıklar içerdiğini bilen Elizabeth de ablasının omzunun üstünden mektubu okudu. Şöyle diyordu:

"Sayın Beyefendi,

İlişkimiz ve hayattaki mevkim gereği, şu sıra mustarip olduğunuz elim hadise sebebiyle şahsınızı teselli etmeyi vazife addediyorum; hadiseden Hertfordshire'den dün gelen bir mektup sayesinde haberdar olduk. Emin olun ki sayın beyefendi, Mrs. Collins ve bendeniz sizin ve sayın ailenizin bu müşkülat içindeki acınızı samimiyetle paylaşıyoruz; acınız iç paralayıcı olmalı, zamanın silemeyeceği bir sebepten kaynaklandığı için. Böyle şiddetli bir talihsizliği hafifletebilecek ya da bir babanın aklına başka her şeyden daha fena dert olacak böyle bir durum karşısında sizi rahatlatabilecek her şeyi yapmaya hazırım. Kızınızın ölümü bunun yanında hiç kalırdı. Üstelik şu bakımdan daha da üzücü ki, sevgili Char-

lotte'umun anlattığına göre, kızınızdaki bu davranış serbest-
liği hatalı derecede şımartılmaktan olmuş; ama aynı zaman-
da, şahsınızı ve Mrs. Bennet'ı teselli babında, kendi yaradı-
lışının da tabiatiyle kötü olması gerektiğini düşünüyorum,
aksi takdirde böyle genç yaşta böyle ağır bir ahlaksızlık suçu
işleyemezdi. Öyle ya da böyle, durumunuz içler acısı, ki bu
görüşüme sadece Mrs. Collins değil aynı zamanda kendileri-
ne meseleyi anlatmış bulunduğum Lady Catherine'le kızı da
katılıyor. Şu bakımdan da benimle aynı fikirdeler, bir kızın
attığı yanlış bir adım tüm ötekilerin de kısmetlerine kötü
etki edecektir, çünkü, Lady Catherine'in bizzat tenezzül
edip söylediği gibi, kim böyle bir aileyle akraba olmak ister
ki. Bu tespit de beni geçen Kasım ayında olan belli bir olay
konusunda artan bir memnuniyetle düşünmeye itiyor, çün-
kü aksi olsa, bütün üzüntünüze ve utancınıza iştirak etmek
zorunda kalacaktım. O halde size şöyle bir tavsiyede bulu-
nayım sayın beyefendi, kendinizi mümkün mertebe teselli
etmek için değersiz çocuğunuzu ilelebet silin gitsin, bırakın
hain ahlaksızlığıyla ne ektiyse onu biçsin.

Saygılarımla, vs. vs."

Mr. Gardiner bir daha yazmadı, ta ki Albay Forster'dan
cevap alana kadar; o zaman da vereceği haberler hoş değil-
di. Wickham'ın bilinen, ilişkisini sürdürdüğü hiçbir akraba-
sı yoktu; yaşayan herhangi bir yakını olmadığı da kesindi.
Birçok eski tanıdığı vardı, ama orduya yazıldığından beri
onlardan kimseyle arkadaşlık etmişe benzemiyordu. Dola-
yısıyla işaret edilebilecek, onunla ilgili haber verebilecek hiç
kimse yoktu. Hem Lydia'nın akrabaları tarafından bulun-
ma korkusuna ek olarak, mali durumunun sefilliği yüzün-
den gizlilik için güçlü sebepleri vardı, çünkü arkasında ciddi
miktarda kumar borcu bıraktığı henüz ortaya çıkmıştı.
Albay Forster Brighton'daki borçlarını temizlemek için bin
pounddan fazla para gerekeceğini tahmin ediyordu. Şehirde

de çokça borcu vardı, ama şeref borçları daha korkutucuy-
du. Mr. Gardiner bu ayrıntıları Longbourn ailesinden sak-
lamaya çalışmadı; Jane bunları dehşetle öğrendi. "Kumar-
baz!" diye haykırdı. "Bu da yeni çıktı. Hiç bilmiyordum."

Mr. Gardiner mektubuna babalarını ertesi gün, yani
cumartesi günü evde görmeyi umabileceklerini ekliyor-
du. Çabalarının başarısızlığa uğramasıyla morali bozulan
adamcağız kayınbiraderinin ailesine dönmesi ve gelişmelere
göre arayışlarını sürdürmek için yapılabilecek şeyleri ona
bırakması telkinine boyun eğmişti. Mrs. Bennet'a bu söy-
lendiği zaman çocuklarının beklediği kadar memnun olmuş
görünmedi, hele de ölüp kalacak diye duyduğu endişe düşü-
nüldüğünde.

"Ne, eve mi geliyor, hem de Lydiasız!" diye haykırdı.
"Onları bulmadan Londra'dan ayrılamaz. O gelirse kim
dövüşecek Wickham'la, kim onu nikâha mecbur edecek?"

Mrs. Gardiner da eve gitme isteği duymaya başlayınca,
Mr. Bennet gelirken onun çocuklarla birlikte Londra'ya git-
mesine karar verildi. Bunun üzerine araba onları buluşma
noktasına kadar götürüp sahibini de Longbourn'a getirdi.

Mrs. Gardiner Elizabeth'le Derbyshire'li arkadaşı hak-
kında kafası hâlâ eskisi kadar karışık olarak gitti. Adı
yeğenleri tarafından önlerinde hiç gönüllü olarak anılma-
mıştı; Mrs. Gardiner'da uyanan yarı beklenti arkalarından
mektup yazacağı şeklindeydi ama olmadı. Elizabeth gel-
diğinden beri Pemberley'den gelmiş olabilecek bir mektup
almadı.

Ailenin şimdiki mutsuz hali Elizabeth'in moral bozuk-
luğu için başka mazeretler aramayı gereksiz kılıyordu;
dolayısıyla, o meseleden net bir şey çıkarılamazdı, ne var ki
o zamana kadar kendi duygularını gayet iyi anlamış olan
Elizabeth Darcy'yi tanımamış olsa Lydia'nın rezaletinin yol
açtığı acıya daha iyi katlanabileceğinin farkındaydı. Sabah-
lara kadar uykusuz kalmasını önlerdi, diye düşündü.

Mr. Bennet geldiğinde her zamanki filozofça soğukkanlılığı üstündeydi. Her zamanki alışkanlığıyla az konuştu; onu oralara götüren işten hiç bahsetmedi, kızlarının bunu konuşacak cesareti bulmaları da biraz zaman aldı.

Sonunda öğleden sonra çay için onlara katıldı ve ancak o zaman Elizabeth meseleye giriş yapmayı göze alabildi; sonra, neler çekmiş olması gerektiği konusundaki üzüntülerini ifade etmesi üzerine şöyle dedi: "Bundan bahsetme. Ben çekmeyeceğim de kim çekecek? Benim yüzümden oldu, cezasını çekmem gerek."

"Kendinize karşı bu kadar acımasız olmamalısınız," diye cevapladı Elizabeth.

"Beni elbette böyle bir hataya karşı uyarabilirsin. İnsan tabiatı hata yapmaya öyle yatkın ki! Hayır Lizzy, bırak hayatımda bir kez olsun ne kadar suçlu olduğumu hissedeyim. Bu duyguya yenik düşmekten korkmuyorum. Yakında geçecektir."

"Londra'da olduklarını mı düşünüyorsunuz?"

"Evet; başka nerede o kadar iyi saklanabilirler ki?"

"Lydia da Londra'ya gitmek ister dururdu," diye ekledi Kitty.

"Mutludur o zaman," dedi babası kuru bir sesle, "herhalde biraz kalır orada."

Sonra kısa bir sessizliğin ardından devam etti: "Lizzy, bana geçen Mayıs ayında verdiğin tavsiyede haklı çıktığın için sana kızgın değilim; meseleyi düşününce, ne kadar akıllı olduğun görülüyor."

Miss Bennet annesinin çayını almaya gelince konuşmaları kesildi.

"Bu numaralar," diye haykırdı Mr. Bennet, "insana iyi geliyor; felakete incelik katıyor! Yarın ben de böyle yaparım; kütüphanemde oturur, geceliğimle pudra önlüğümü giyer, var gücümle sızlanır dururum... ya da iyisi mi Kitty kaçana kadar erteleyeyim."

"Ben kaçmayacağım baba," dedi Kitty sıkıntıyla; "ben Brighton'a gidersem Lydia'dan daha düzgün davranırım."

"Sen Brighton'a gitsen!.. Elli pound verseler seni güvenip East Bourne'a kadar bile göndermem! Hayır Kitty, sonunda tedbirli olmayı öğrendim, sen de bunun etkilerini hissede-ceksin. Bir daha evime hiçbir subay giremez, hatta köyden de geçemez. Balolar kesinlikle yasaklanacak; yanında abla-larından biri olmadan asla olmaz. Her günün on dakikasını akıllı uslu geçirdiğini kanıtlamadan kapı dışarı çıkamazsın."

Bütün bu tehditleri ciddiye alan Kitty ağlamaya başladı.

"Hadi hadi," dedi Mr. Bennet, "canını sıkma. Önümüz-deki on yıl boyunca uslu durursan o zaman seni resmi geçit törenine götürürüm."

Bölüm VII

Mr. Bennet'ın dönüşünden iki gün sonra, Jane'le Elizabeth evin arkasındaki fundalıkta yürürlerken kâhyanın onlara doğru geldiğini gördüler; kadının onları annelerinin yanına çağırmak için geldiğini düşünüp onu karşılamak için o yana doğru gittiler; ama yanına yaklaştıkları zaman, beklenen çağrının yerine, Miss Bennet'a şöyle dedi: "Affınızı rica ederim madam, rahatsız ettiğim için, ama şehirden iyi haberler almış olabilirsiniz diye umut ettiğim için gelip sorma cüretini gösterdim."

"Ne demek istiyorsun Hill? Şehirden haber almadık."

"Sayın madam," diye haykırdı Mrs. Hill büyük şaşkınlık içinde, "beyefendiye Mr. Gardiner'dan kurye geldiğini bilmiyor musunuz? Adam yarım saattir burada, beyefendi de mektup aldı."

Kızlar koştular, konuşma zamanı bulabilmek için acele ederek. Holden geçip kahvaltı odasına, oradan kütüphaneye koştular; babaları ikisinde de yoktu; onu üst katta annelerinin yanında aramak üzereydiler ki uşağa rastladılar.

"Beyefendiyi arıyorsanız madam, küçük ağaçlığa doğru yürüyor," dedi uşak.

Bu bilgi üzerine bir kez daha holden geçip çimenlikten babalarına doğru koştular; babaları çayırın bir yanındaki ufak ormana doğru kararlı bir biçimde yürüyordu.

Elizabeth kadar hafif ve koşmaya alışkın olmayan Jane az sonra arkada kaldı, kız kardeşi ise soluk soluğa, babasının yanına yaklaşıp merakla seslendi:

"Baba, haber mi var? Haber mi var? Dayımdan haber mi aldınız?"

"Evet, kuryeyle mektup aldım."

"Peki ne haber var? İyi mi kötü mü?"

"Beklenecek iyi bir şey mi var?" dedi babası mektubu cebinden çıkarıp; "ama belki okumak istersin."

Elizabeth mektubu sabırsızca elinden aldı. O sırada Jane de yetişti.

"Yüksek sesle oku," dedi babası, "ne olduğunu ben de tam anlamadım."

> "Gracechurch Street, pazartesi,
> 2 Ağustos.
>
> Sevgili Kardeşim,
> Sonunda sana yeğenimle ilgili memnun edici olduğunu umut ettiğim bazı haberler verebiliyorum. Cumartesi günü sen gittikten hemen sonra şans yüzüme güldü ve Londra'nın neresinde olduklarını öğrendim. Ayrıntıları buluşmamıza saklıyorum. Bulunduklarını bilmek yeter; ikisini de gördüm..."

"O halde hep umut ettiğim gibi," diye haykırdı Jane; "evlenmişler!"

Elizabeth okumaya devam etti:

> "İkisini de gördüm. Evlenmemişler, evlenme niyetinde olduklarını da görmüş değilim; ama senin adına vermeyi göze aldığım taahhütleri yerine getirmeyi kabul edersen evlenmelerinin uzun sürmeyeceğini umuyorum. Senden tüm beklenen evlilik anlaşması yoluyla kızına senin ve kız kardeşimin vefatından sonra çocuklarınıza kalacak beş bin

pounddan alacağı payı garanti etmen ve ayrıca yaşadığın sürece kızına yılda yüz pound vermeyi taahhüt etmen. Her şey düşünüldüğünde, bu şartları senin adına kabul etmekte tereddüt etmedim, kendimi o kadarına yetkili gördüğüm için. Bu mektubu kuryeyle gönderiyorum, cevabın bana ulaşana kadar zaman kaybetmeyelim diye. Bu ayrıntılardan kolaylıkla çıkarabilirsin ki, Mr. Wickham'ın durumu herkesin sandığı kadar umutsuz değil. Millet bu bakımdan yanılmış; şunu söylemekten de mutluluk duyuyorum, bütün borçları ödendiği zaman bile yeğenime, kendi parasına ek olarak, az da olsa bir para kalacak. Düşündüğüm gibi bana bu işin sonuna kadar senin adına hareket etmek üzere tam yetki verirsen hemen Haggerston'a uygun bir anlaşma hazırlaması için talimat vereceğim. Bir daha şehre gelmen için hiçbir sebep olmayacak; o yüzden, Longbourn'da sakince otur ve benim titizliğime ve dikkatime güven. Cevabını olabildiğince çabuk gönder ve anlaşılır şekilde yazmaya dikkat et. Yeğenimin bu evden gelin gitmesinin en iyi çözüm olacağına karar verdik, umarım kabul edersin. Bugün bize geliyor. Kesinleşen başka bir şey olursa yine yazarım.

Edw. Gardiner"

"Mümkün mü!" diye haykırdı Elizabeth mektubu bitirdiği zaman. "Lydia'yla evlenmesi mümkün olabilir mi?"

"O halde Wickham sandığımız kadar berbat biri değil," dedi ablası. "Babacığım, seni tebrik ederim."

"Mektuba cevap verdin mi?" dedi Elizabeth.

"Hayır, ama hemen verilmeli."

Zaman kaybetmeden yazması için babasına var gücüyle dil döktü.

"Ah sevgili babacığım," diye haykırdı, "geri dön ve hemen yaz. Her anın ne kadar önemli olduğunu unutma."

"Senin yerine ben yazayım," dedi Jane, "sıkıntıya girmek istemiyorsan."

"Sıkıntıya girmek istemiyorum," diye cevapladı babası; "ama yazılmalı."

Böyle diyerek onlarla birlikte geri döndü, eve doğru yürüdü.

"Sorabilir miyim?" dedi Elizabeth, "şartlara uyulması gerek, değil mi?"

"Şartlarmış! Sadece bu kadar az şey istediği için utanıyorum."

"Evlenmeleri lazım! O da böyle bir adam!"

"Evet, evet, evlenmeleri lazım. Yapacak başka bir şey yok. Ama bilmeyi çok istediğim iki şey var... biri, bunları ortaya çıkarmak için dayın ne kadar para döktü, diğeri de ona bu parayı nasıl geri ödeyeceğim."

"Para mı! Dayıma mı!" diye haykırdı Jane, "ne demek istiyorsunuz efendim?"

"Demek istiyorum ki aklı başında hiç kimse ben yaşadığım sürece yılda yüz pound, benden sonra da yılda elli pound gibi uyduruk bir sebep için Lydia'yla evlenmez."

"Bu çok doğru," dedi Elizabeth; "daha önce aklıma gelmedi. Borçları ödenecek, geriye de bir şey kalacak! Ah! Dayımın işi olmalı! Ne cömert, ne iyi kalpli bir adam; korkarım kendini sıkıntıya soktu. Bunlar az parayla yapılmış olamaz."

"Hayır," dedi babası, "Wickham aptalın tekidir derim, kızı on bin pounddan bir kuruş azına kabul ederse. İlişkimizin daha başında onun hakkında bu kadar kötü düşünmek beni üzer."

"On bin pound! Tanrı saklasın! Böyle bir paranın yarısı bile nasıl ödenir?"

Mr. Bennet cevap vermedi; her biri derin düşünceler içinde sessizce yürüdüler eve kadar. Babaları kütüphaneye, yazmaya gitti, kızlar da kahvaltı odasına gittiler.

"Demek gerçekten evlenecekler!" diye haykırdı Elizabeth yalnız kaldıkları zaman. "Ne kadar garip! Üstelik bunun için minnettar olmamız lazım. Evlenecek olmalarına, mutluluk şansları düşük, adamın karakteri adi de olsa sevinmek zorunda kalıyoruz! Ah, Lydia!"

"Ben de kendimi şöyle rahatlatıyorum," diye cevapladı Jane, "gerçekten yakınlık duyuyor olmasa Lydia'yla asla evlenmezdi. İyi kalpli dayımız borçlarını temizlemek için bir şey yapmışsa da, on bin poundun ya da ona benzer bir şeyin ödenmiş olduğuna inanamıyorum. Kendi çocukları var ve daha da olabilir. On bin poundun yarısını bile nasıl ayıracak ki?"

"Wickham'ın ne kadar borcu olduğunu," dedi Elizabeth, "ve kardeşimiz adına onunla ne kadara anlaşıldığını öğrenebilirsek Mr. Gardiner'ın onlar için ne yaptığını da tam olarak öğreniriz, çünkü Wickham'ın kendine ait beş kuruşu bile yok. Dayımla yengemin bu iyiliği asla ödenemez. Onu eve almaları, ona kişisel koruma ve desteklerini vermeleri onun için yapılmış öyle büyük fedakârlıklar ki teşekkür etmeye yıllar yetmez. Şu an gerçekten onların yanında! Böyle bir iyilik ona kendini şimdi feci hissettirmiyorsa mutlu olmayı asla hak etmeyecek demektir! Yengemi ilk gördüğünde ne kadar şaşırmış olmalı!"

"Her iki tarafta da olanları unutmaya çalışmalıyız," dedi Jane: "Yine de mutlu olacaklarına inanıyor, güveniyorum. Evlenmeye razı olması bence doğru düşünmeye başladığının kanıtı. Karşılıklı sevgileri onları bir düzene sokacak; inancım o ki sakince yerlerine yerleşip akıllı uslu bir hayat sürecekler, zaman da geçmişteki yanlışlarını unutturacak."

"Hareketlerini," diye cevapladı Elizabeth, "ne sen unutabilirsin, ne ben, ne de başka biri. Bundan bahsetmek faydasız."

Derken kızların aklına annelerinin olanlardan habersiz olduğu geldi. Bunun üzerine kütüphaneye gidip babalarına gelişmeyi annelerine anlatmalarını isteyip istemediğini sordular. Babaları yazıyordu, başını kaldırmadan soğukça cevap verdi:

"Keyfiniz bilir."

"Dayımın mektubunu alıp ona okuyabilir miyiz?"

"Ne isterseniz alın ve gidin."

Elizabeth mektubu yazı masasından aldı ve birlikte üst kata çıktılar. Mary ve Kitty Mrs. Bennet'ın yanındaydılar: Bir kez anlatmak demek ki hepsi için yeterli olacaktı. İyi haberler için hafif bir hazırlık yaptıktan sonra mektup sesli okundu. Mrs. Bennet kendini zor tutuyordu. Jane Mr. Gardiner'ın Lydia'nın yakında evleneceği yolundaki umudunu okur okumaz neşesi boşaldı ve ardından gelen her cümle neşesine neşe kattı. Korku ve sıkıntıdan ne kadar rahatsız olduysa şimdi zevkten o kadar şiddetli heyecan duyuyordu. Kızının yakında evleneceğini bilmek yeterliydi. Kızının mutluluğu için korkmuyordu artık, kızının yanlışlarını hatırlamak da keyfini kaçırmıyordu.

"Ah biricik Lydiam benim!" diye haykırdı: "Ne kadar hoş haber!.. Evlenecek!.. Onu tekrar göreceğim!.. On altı yaşında evlenecek!.. Ah benim iyi yürekli kardeşim!.. Böyle olacağını biliyordum... Her şeyi halledeceğini biliyordum. Kızımı nasıl da göresim geldi! Sevgili Wickham'ı da öyle! Ama kıyafetler, düğün kıyafetleri! Yengem Gardiner'a bunu acilen yazmam lazım. Lizzy, hayatım, hemen babana koş, Lydia'ya ne kadar vereceğini sor. Dur, dur, kendim giderim. Zili çal Kitty, Hill gelsin. Hemen üstümü giyineyim. Ah biricik Lydiam benim!.. Bir araya geldiğimiz zaman hepimiz ne kadar mutlu olacağız!"

En büyük kızı dikkatini Mr. Gardiner'ın davranışının hepsine getirdiği yükümlülüklere çekerek bu taşkınlıkların şiddetini biraz olsun azaltmaya çalıştı:

"Bu mutlu sonucu," diye ekledi, "büyük ölçüde onun iyiliğine borçluyuz. Mr. Wickham'a para yardımı yaparak kendini ortaya koyduğuna inanıyoruz."

"Ee," diye haykırdı annesi, "n'olmuş; dayısı değil mi, yapacak tabii! Kendi ailesi olmasaydı bütün parası benim çocuklarıma kalacaktı; üstelik ilk kez ondan bir şey görüyoruz, bir iki hediyeyi saymazsak. Gerçekten pek keyifliyim. Pek yakında evli bir kızım olacak. Mrs. Wickham! Kulağa ne hoş geliyor. Hem de on altısını daha yeni bitirdi geçen Haziran'da. Jane yavrum, öyle telaş içindeyim ki yazamayacağım; ben söyleyeyim, sen yaz. Babanla para işini sonra hallederiz; şimdi acilen sipariş edilecek şeyler var."

Sonra keten, müslin, patiska ayrıntılarını saymaya girişti ve tam bir dolu sipariş yazdırmak üzereydi ki Jane güçlükle de olsa babasına danışmak için müsait bir zamanını beklemeye ikna etti onu. Bir günlük gecikmeden bir şey olmaz, dedi; annesi de her zamanki gibi inat edemeyecek kadar mutluydu. Aklına başka planlar da geldi.

"Meryton'a gideceğim," dedi, "giyinir giyinmez; kız kardeşim Philips'e iyi haberleri vereceğim. Dönüşte de Lady Lucas'la Mrs. Long'a uğrayacağım. Kitty aşağı in de arabayı emret. Biraz hava almak bana gayet iyi gelecek, eminim. Kızlar, sizin için Meryton'da bir şey yapabilir miyim? Ah, işte Hill geliyor. Sevgili Hill, iyi haberleri duydun mu? Miss Lydia evleniyor, siz de bir kase punch yapıp eğleneceksiniz düğününde."

Mrs. Hill hemen sevincini ifade etmeye başladı. Elizabeth diğerleri arasından onun tebriklerini kabul etti, sonra bu aptallıktan bunalıp kendi odasına sığındı rahat rahat düşünebilmek için.

Zavallı Lydia'nın durumu en iyi ihtimalle bile gayet kötü olmalıydı; ama daha kötü olmadığı için şükretmeliydi. Böyle hissetti; ileriye bakınca, kız kardeşi için akıllı uslu bir mutluluk da dünyevi refah da umut edilemezdi; ama geriye bakınca, daha iki saat öncesine kadar korkmuş oldukları şeylere, elde ettikleri şeylerin tüm iyiliğini hissetti.

Bölüm VIII

Mr. Bennet hayatının bu döneminden önce sık sık bütün gelirini harcamak yerine ölümünden sonra çocuklarının ve karısının daha iyi yaşamasını sağlamak için her yıl kenara bir miktar para ayırmak istemişti. Bunu yapmış olmayı şimdi her zamankinden daha çok istiyordu. Bu bakımdan vazifesini yapmış olsaydı Lydia dayısına borçlu kalmazdı, onun için şimdi satın alınmış olabilecek itibar ya da inanılırlık için. İngiltere'deki en değersiz delikanlılardan birini kocası olmaya razı etmenin tatmini o zaman doğru yerde duyulabilirdi.

Kimseye pek bir faydası olmayan böyle bir amacın tüm maliyetinin kayınbiraderine düşmüş olması onu ciddi biçimde üzüyordu; mümkün olursa, yardımının miktarını öğrenmeye ve ilk fırsatta borcu tasfiye etmeye kararlıydı.

Mr. Bennet ilk evlendiği zaman iktisat etmek gayet lüzumsuz görünüyordu; çünkü elbette bir oğulları olacaktı. Bu oğul reşit olur olmaz ipoteğin ortadan kalkmasını sağlayacak ve dul eşiyle küçük çocukları o sayede geçim sıkıntısı çekmeyeceklerdi. Art arda beş kız geldi dünyaya, ama hâlâ oğlan gelmedi; Mrs. Bennet Lydia doğduktan yıllar sonra bile oğlanın geleceğinden emindi. Sonunda bu olaydan umut kesilince de tasarruf etmek için çok geçti. Mrs. Bennet iktisat etmekten zerrece anlamıyordu ve sadece kocasının bağımsızlık aşkı sayesinde kazandıklarından daha fazla harcamamaları mümkün oldu.

Evlilik şartları gereği Mrs. Bennet'la çocuklara beş bin pound ayrıldı. Ama paranın çocuklar arasında hangi oranda bölüneceği anne baba tarafından kararlaştırılacaktı. Şimdi hiç olmazsa Lydia hakkında bu noktanın halledilmesi gerekiyordu ve Mr. Bennet önündeki teklifi kabul etmekte tereddüt edemezdi. Kayınbiraderinin iyiliğini takdir etmek bakımından, gayet kısaca ifade edilmiş de olsa, yapılmış her şeyi tümüyle onayladığını ve onun adına verilmiş taahhütleri yerine getirmeyi kabul ettiğini kâğıt üstünde teslim etti. Wickham kızıyla evlenmeye razı edilebilirse bunun önündeki anlaşmada olduğu gibi kendisine hiçbir rahatsızlık çıkarmadan yapılabileceği daha önce hiç aklına gelmemişti. Onlara ödenecek yüz pound kendisine yılda on pound ya kaybettirir ya kaybettirmezdi; çünkü yemesi içmesi ve cep harçlığıyla, annesinin elinden ona geçen sürekli para takviyesiyle Lydia'nın masrafları zaten o miktarla ancak karşılanırdı.

Meselenin kendisi açısından öyle önemsiz bir çaba sarf edilerek halledilmesi de bir başka hoş sürpriz olmuştu; şimdiki ana gayesi meselede mümkün olduğunca az sorun çıkmasıydı. Onu aramaya çıkmasına yol açan ilk öfke krizleri geçince doğal olarak eski meşgalelerine dönmüştü. Mektubu hemen gönderildi; işe girişmekte yavaş olsa da işi bitirmekte hızlıydı. Kayınbiraderine ne borçlu olduğunu da ayrıntılarıyla bilmek istiyordu; ama Lydia'ya o kadar kızgındı ki ona herhangi bir mesaj göndermedi.

İyi haber evde çabuk yayıldı; aynı hızla da etrafa yayıldı. Etraftakiler haberi makul karşıladılar. Elbette dedikodusu daha keyifli olurdu Miss Lydia Bennet şehir sokaklarına düşseydi ya da daha iyisi uzak bir çiftlik evinde inzivaya çekilseydi. Ama evleniyordu ya, yine de konuşulacak çok şey vardı; daha önce iyiliğini dileyen Meryton'daki içleri

düşmanlık dolu tüm yaşlı hanımlar durum değişince şevk-
lerinden bir şey kaybetmediler çünkü biliyorlardı, öyle bir
kocayla o kız iflah etmezdi.

Mrs. Bennet alt kattan ayağını keseli on beş gün olmuş-
tu, ama bu mutlu günde tekrar masanın başındaki yerini
aldı, hem de herkesi canından bezdirecek bir neşeyle. Hiçbir
utanç duygusu zaferini zerrece lekeleyemiyordu. Jane on
altısına bastığından beri en büyük hayali bir kızını gelin
etmekti ve şimdi başarma noktasındaydı; bütün düşünce-
leri ve konuşmaları zarif düğünler, iyi kalite müslinler, yeni
arabalar ve uşaklar etrafında dönüyordu. Kızı için civarda
ona yakışır bir ev arıyor, gelirlerinin ne olacağını bilmeden
ya da umursamadan büyüklüğü ve mevkii yeterli değil diye
birçoğuna burun kıvırıyordu.

"Haye Korusu olabilir," dedi, "Gouldingler orayı bıra-
kırlarsa; Stoke'daki büyük ev de olabilirdi, oturma odası
daha geniş olsaydı; ama Ashworth çok uzak! Benden on
milden daha uzakta olmasına dayanamam; Purvis Köşkü'ne
gelince, oranın da çatı katı feci."

Kocası müdahale etmeden konuşmasına izin verdi hiz-
metçiler oradayken. Hizmetçiler çekildikleri zaman ona
şöyle dedi: "Mrs. Bennet, oğlunuz veya kızınız için bu evle-
rin herhangi birini ya da hepsini tutmadan önce bir konuda
anlaşalım. Bu muhitteki tek bir eve asla giremezler. Onları
Longbourn'da kabul ederek ahlaksızlıklarını ödüllendirme-
yeceğim."

Bu açıklamayı uzun bir ihtilaf takip etti; ama Mr. Bennet
kararlıydı, arkasından başka bir ihtilaf geldi: Mrs. Bennet
kocasının kızına elbise alması için tek kuruş vermeyeceğini
hayret ve dehşet içinde öğrendi. Mr. Bennet düğünle ilgili
olarak ondan en küçük bir sevgi belirtisi de göremeyeceğini
söyledi. Mrs. Bennet bunları kavrayamıyordu. Kızı için böy-
le bir iyilik yapmayı reddetmesi düğünü düğünlükten çıka-
racaktı; öfkesinin böyle akıl almaz bir küskünlük noktasına

ulaşması akla hayale sığmıyordu. Mrs. Bennet kızının daha on beş gün önce Wickham'la kaçıp birlikte yaşamasının utancını yeni elbisesizliğin düğüne leke sürmesinden korktuğu kadar umursamıyordu. Elizabeth şimdi o anın umutsuzluğuna kapılıp Mr. Darcy'ye kız kardeşine dair duydukları korkuyu anlattığı için çok üzgündü; evlilik kaçış meselesini kısa zamanda layıkıyla sona erdireceği için can sıkıcı başlangıcını o an orada olmayan herkesten saklamayı umut edebilirlerdi.

Mr. Darcy aracılığıyla durumun daha da yayılacağından korkuyor değildi. Sırdaşlığına ondan daha çok güvenebileceği pek az insan vardı; ama aynı zamanda başka hiç kimsenin kız kardeşinin zayıflığını bilmesi onu daha fazla üzemezdi. Bundan bizzat kendisi zarar göreceği için değil; çünkü her durumda aralarında aşılmaz görünen bir uçurum var gibiydi. Lydia'nın evliliği en saygın şekilde halledilmiş olsaydı bile, Mr. Darcy'nin başka olumsuz yanlarına, haklı olarak nefret ettiği adamla en âlâsından yakınlık ve ilişkiyi de ekleyen bir aileyle akraba olmak isteyeceği hayal bile edilemezdi.

Böyle bir akrabalıktan uzak durmak istemesinde şaşılacak bir şey yoktu. Derbyshire'de beğenisini kazanmaya çalıştığını hissetmişti, ama böyle bir darbeden sonra aklı başında hiç kimse buna devam etmesini bekleyemezdi. Elizabeth küçük düşmüştü, acı çekiyordu; tövbe ediyordu, neye olduğunu bilmese de. Onun sevgisini kıskanıyordu, sevgisini hissetmeyi artık umut edemese de. Ondan haber almak istiyordu, ona ulaşmanın hiçbir imkânı olmadığı halde. Onunla mutlu olabileceğine inanıyordu, artık bir araya gelmeleri imkânsız göründüğü halde.

Nasıl da zafer kazanmış olurdu, diye düşünüyordu sık sık, daha dört ay önce göğsünü gere gere reddettiği tekliflerin şimdi ne büyük bir sevinçle, minnettarlıkla kabul edileceğini bilseydi! Soylu bir adam olduğundan kuşkusu yoktu, hem de en soylulardan biri. Ama aynı zamanda insandı ve zafer duygusu hissedebilirdi.

Şimdi onun kişiliği ve yetenekleriyle ona en uygun erkek olduğunu kavramaya başlıyordu. Aklı ve tabiatı onunkine benzemese de onun tüm dileklerine cevap veriyordu. Her ikisini de mutlu edecek bir beraberlikti bu; Elizabeth'in rahatlığı ve canlılığı onun karakterini yumuşatabilir, davranışlarını geliştirebilirdi; onun yargı yeteneği, bilgisi, görgüsü ise Elizabeth'e daha önemli şeyler öğretirdi.

Ama böyle mutlu bir evlilik şimdi etraftaki kalabalığa karı koca mutluluğunun gerçekte ne olduğunu öğretemeyecekti. Aileleri içinde bir diğerinin olasılığını ortadan kaldıran farklı tabiatta bir beraberlik kurulmak üzereydi.

Wickham'la Lydia'nın az çok bağımsız bir şekilde nasıl geçineceklerini hayal edemiyordu. Sadece tutkuları erdemlerinden daha güçlü olduğu için bir araya gelen bir çiftin hayatında kalıcı mutluluğun ne kadar az mümkün olabileceğini ise kolaylıkla tahmin edebiliyordu.

Mr. Gardiner çok geçmeden eniştesine cevap yazdı. Mr. Bennet'ın teşekkürlerini kısaca cevaplıyor, ailesinin her üyesinin esenliğini sağlamaya hazır olduğunu söylüyor ve o konudan ona bir daha bahsedilmemesini rica ederek sözlerini toparlıyordu. Mektubunun esas amacı onlara Wickham'ın milislerden ayrılmaya karar verdiğini bildirmekti.

"Evlilik kesinleşince," diye ekliyordu, "ben de öyle yapmasını istedim. O alayı bırakmasının onun için de yeğenim için de hayırlı olacağını sanırım siz de kabul edersiniz. Mr. Wickham'ın niyeti düzenli orduya yazılmak; eski arkadaşları arasında hâlâ onu orduda desteklemek isteyen ve destekleyebilecek durumda birileri var. Kendisine şu sıra Kuzey'de yerleşmiş bulunan General ---------'ın birliğinde onbaşılık sözü verildi. Krallığın bu kısmından bu kadar uzak olması da avantaj. Kendisi makul biçimde söz veriyor; umarım yeni birer kişi olarak ortaya çıkabilecekleri farklı insanlar arasında daha sağduyulu davranırlar. Albay Forster'a mektup yazıp anlaşmamızı bildirdim, Mr. Wickham'ın Brighton'daki ve civarındaki alacaklılarını benim şahsi taahhütüm altında hızlı ödeme sözü vererek rahatlatmasını rica ettim. Senden de ricam aynı taahhütü bir zahmet Meryton'daki alacaklılara vermen; bana verdiği bilgiye göre bunların listesini göndereceğim. Bütün borçlarını saydı; umarım en azından bizi kandırmamıştır. Haggerston talimatlarımızı aldı; her şey bir hafta içinde halledilecek. Sonra birliğine katılacaklar, tabii daha önce Longbourn'a davet edilmezlerse; Mrs. Gardiner'ın anlattıklarından anladığıma göre yeğenim Güney'den ayrılmadan önce hepinizi görmeyi çok istiyor. Kendisi iyi; sana ve annesine sevgilerini gönderiyor.

E. Gardiner."

Mr. Bennet'la kızları Wickham'ın ---------shire alayından ayrılmasını en az Mr. Gardiner kadar olumlu buldular. Ama Mrs. Bennet bundan o kadar memnun olmadı. Varlığından tam da büyük bir zevk ve gurur duyacağı sırada Lydia'nın Kuzey'e yerleşecek olması ağır bir hüsran oldu onun için, çünkü Hertfordshire'de yaşamaları planından henüz vazgeçmemişti, üstelik Lydia'nın herkesi tanıdığı ve birçok sevdiğinin olduğu bir alaydan ayrılması da yazıktı doğrusu.

"Mrs. Forster'a çok düşkündür," dedi, "onu uzağa göndermek tam bir şok olacak! Hem pek sevdiği bir dolu genç de var orada. General ---------'ın birliğindeki subayların o kadar hoş olmalarına imkân yok."

Kızının Kuzey'e gitmeden önce tekrar aileye kabul edilme isteği, çünkü öyle bir istekte bulunmuş görünüyordu, önce mutlak bir muhalefetle karşılandı. Ama kız kardeşlerinin duyguları ve itibarı hatırına, evliliğinin annesi ve babası tarafından tanınması isteğini kabul eden Jane'le Elizabeth Mr. Bennet'ı Lydia'yla kocasını evlenir evlenmez Longbourn'da kabul etmeye öyle inatla, ama öyle akıllı ve ılımlı bir biçimde zorladılar ki sonunda onlar gibi düşünüp onların istediği gibi davranmaya ikna oldu. Böylece anneleri de Kuzey'e sürgün edilmeden önce kızını etrafa gösterebileceğini düşünüp sevindi. Mr. Bennet tekrar kayınbiraderine yazdığı zaman, böylece, gelmelerine izin verdi; tören biter bitmez Longbourn'a devam etmelerine karar verildi. Bununla beraber, Elizabeth Wickham'ın böyle bir plana rıza göstermesine şaşırdı; ona kalsa, Wickham'la karşılaşmak hayatta en son istediği şey olurdu.

Bölüm IX

Kız kardeşlerinin düğün günü geldi; Jane ve Elizabeth onun adına muhtemelen onun kendisinden daha fazla endişe duydular. Araba onları ----------'da karşılamak üzere gönderildi; yemek vaktine kadar arabayla dönmüş olacaklardı. Büyük Miss Bennetları gelişlerinin korkusu sardı; bilhassa kabahati işleyen kendisi olsa hissedeceği duyguları Lydia'ya terk etmiş olan Jane, kız kardeşinin nelere katlanmak zorunda kaldığını düşündükçe perişan oluyordu.

Geldiler. Aile kahvaltı odasında toplandı, onları karşılamak için. Araba kapıya yanaşırken Mrs. Bennet'ın yüzünde gülücükler açtı; kocası nüfuz edilmez biçimde ciddi görünüyordu; kızları telaşlı, endişeli, gergindiler.

Lydia'nın sesi holde duyuldu; kapı hızla açıldı ve koşarak odaya girdi. Annesi öne çıktı, onu kucakladı ve hararetle karşıladı; sevgi dolu bir gülümsemeyle elini hanımını takip eden Wickham'a verdi ve mutlulukları konusunda hiç kuşku duymayan bir şevkle her ikisine de sonsuz saadet diledi.

Sonra Mr. Bennet'a döndüler; ondan gördükleri karşılama pek o kadar cana yakın olmadı. Yüzüne soğuk bir ifade yerleşti ve ağzını hemen hiç açmadı. Genç çiftin tasasız rahatlığı onu kışkırtmaya yetti. Elizabeth iğrendi; Miss Bennet bile sarsıldı. Lydia hâlâ Lydia'ydı; haylaz, yüzsüz, yaba-

318

ni, şamatacı ve korkusuz. Bir ablasından diğerine dönüyor, tebriklerini talep ediyordu; sonunda hep birlikte oturdukları zaman merakla odaya bakındı, bir iki değişikliğe dikkat etti ve gülerek, son orada bulunduğundan beri çok zaman geçtiğini söyledi.

Wickham ondan daha sıkıntılı değildi, ama hareketleri her an o kadar hoştu ki kişiliği de evliliği de istedikleri gibi olsa yakınlık beklerkenki gülümsemesi ve rahat konuşması hepsine zevk verirdi. Elizabeth daha önce onun böyle bir özgüvene sahip olabileceğine inanmamıştı; ama gelecekte utanmaz bir adamın utanmazlığına hiçbir sınır çizmemeye kendi içinde karar vererek yerine oturdu. Onun yüzü kızardı, Jane'in yüzü kızardı, ama onları üzen iki kişinin yanaklarındaki renk kımıldamadı bile.

Konuşma eksik olmadı. Gelin de annesi de anlattıkça anlatıyorlardı; Elizabeth'e yakın oturan Wickham keyifli bir rahatlıkla o civardaki tanıdıklarını sormaya başladı; Elizabeth aynı şekilde cevap vermekte hayli zorlandığını hissetti. Her ikisi de dünyadaki en mutlu hatıralara sahip gibiydiler. Geçmişe ilişkin hiçbir şey acıyla hatırlanmıyordu; Lydia gönüllü olarak konuya geldi, ki ablaları dünyada söz edilsin istemezlerdi.

"Bir düşünsenize," diye haykırdı, "gideli sadece üç ay oldu; oysa bana on beş gün gibi geliyor; ama o zaman içinde ne çok şey oldu. Aman Tanrım! Gittiğim zaman geri dönene kadar evlenme fikri hiç aklımda yoktu! Yine de derdim ki evlensem çok eğlenceli olur."

Babası gözlerini kaldırdı. Jane sıkıldı, bunaldı. Elizabeth anlamlı anlamlı Lydia'ya baktı; ama duyarsız olmayı tercih ettiği şeyleri görmeyen, duymayan Lydia neşe içinde devam etti: "Ah anneciğim, millet bugün evlendiğimi biliyor mu? Bilmiyorlardır diye korkuyordum; yolda William Goulding'e yetiştik, arabasında, görsün, öğrensin istedim, onun tarafındaki camı indirdim, eldivenimi çıkardım, elimi öylece pencerenin pervazına koydum yüzüğümü görsün diye, sonra başımı eğip gülümsedim sakin sakin."

Elizabeth daha fazla dayanamadı. Kalktı, koşarak odadan çıktı ve bir daha da dönmedi koridordan geçip yemek salonuna gittiklerini duyana kadar. O zaman hemen içeri girdi ve Lydia'nın endişeliymiş numarası yaparak annesinin sağ tarafına yaklaşıp en büyük ablasına şöyle dediğini duydu: "Sevgili Jane, artık senin yerini ben alıyorum, senin sıran düştü, çünkü ben artık evli bir kadınım."

Zamanın Lydia'ya ilk başta içinde olmayan utanma duygusunu vereceği düşünülemezdi. Rahatlığı ve neşesi arttı. Mrs. Philips'i, Lucasları ve tüm diğer komşularını görmek, her biri tarafından kendisine "Mrs. Wickham" dendiğini duymak istedi; bu arada, yemekten sonra yüzüğünü göstermek ve evlenmiş olmasıyla böbürlenmek için Mrs. Hill'e ve iki hizmetçiye gitti.

"Anneciğim," dedi hep beraber kahvaltı odasına döndükleri zaman, "kocam hakkında ne düşünüyorsun? Çekici bir adam değil mi? Eminim bütün ablalarım beni kıskanıyorlardır. Dilerim onlar da benim yarım kadar şanslı olurlar. Hepsi Brighton'a gitmeliler. Koca bulacak yer orası. Ne yazık anne, hep beraber gitmedik."

"Çok haklısın; beni dinleseler giderdik. Ama sevgili Lydia, o kadar uzağa gitmenden hazzetmiyorum. Şart mı?"

"Ah Tanrım! Evet... bunda bir şey yok ki. Benim hoşuma gider. Sen, babam, ablalarım gelip beni görürsünüz. Bütün kış Newcastle'da olacağız; eminim balolar olacak, hepsine iyi eşler bulmaya dikkat edeceğim."

"Her şeyden çok isterim!" dedi annesi.

"Hem sonra siz giderken bir iki ablamı benimle bırakırsınız; eminim kış bitmeden onlara koca bulurum."

"Sağ ol, benimki kalsın," dedi Elizabeth; "senin koca bulma tarzından pek hoşlanmıyorum."

Misafirleri onlarda on günden fazla kalmayacaklardı.
Mr. Wickham Londra'dan ayrılmadan önce tayinini almıştı
ve on beş gün sonra birliğine katılacaktı.

Mrs. Bennet dışında hiç kimse o kadar kısa kalacak
olmalarına üzülmedi; Mrs. Bennet zamanı iyi değerlendirdi,
kızıyla eşi dostu ziyaret ederek, evde sık sık parti vererek.
Bu partiler herkese makul geldi; hatta aile havasından kur-
tulmak aileden yana dertli olanların olmayanlardan daha
çok hoşuna gitti.

Wickham'ın Lydia'ya gösterdiği ilgi tastamam Eliza-
beth'in tahmin ettiği gibiydi; Lydia'nın ona gösterdiği ilgiye
denk değildi. Kaçışlarının Wickham'ın değil Lydia'nın aşkı-
nın gücünden kaynaklandığı şeklindeki gözleminin doğru-
lanması da gerekmemişti; Lydia için şiddetli bir istek duy-
madığı halde onunla kaçmayı neden kabul ettiğini merak
edebilirdi kaçışını koşullarının umutsuzluğunun gerekli kıl-
dığından emin olmasa ve o durumda bile yanında arkadaş
olması fırsatına karşı koyabilecek bir adam değildi.

Lydia ona son derece düşkündü. O her durumda onun
sevgili Wickham'ıydı; kimse onunla karşılaştırılamazdı. O
dünyada her şeyi herkesten iyi yapardı; emindi Lydia bir
Eylül'de köydeki herkesten daha fazla kuş öldüreceğinden.

Gelişlerinden hemen sonra bir sabah iki ablasıyla birlikte
otururken Elizabeth'e şöyle dedi:

"Lizzy, sana düğünümü anlatmadım sanırım. Anneme
filan anlatırken sen yoktun. Nasıl olduğunu merak etmiyor
musun?"

"İnan etmiyorum," diye cevapladı Elizabeth; "ne kadar
az bilirsek o kadar iyi."

"Sen de bir tuhafsın! Ama ben yine de anlatacağım. Bil-
diğin gibi St. Clement'ta evlendik, çünkü Wickham'ın evi
o mahalledeydi. Saat on bire doğru herkesin orada olma-
sı kararlaştırıldı. Dayım, yengem, ben beraber gidecektik;
ötekiler bizi kilisede karşılayacaklardı. Gerçekten, pazartesi

sabahı olunca öyle bir paniğe kapıldım ki! Bir şey çıkacak da engel olacak bir daha, ben de delireceğim diye nasıl korktum. Hele yengem yok mu, ben giyinirken habire vaaz veriyor, konuşup duruyordu dua okur gibi. Ama on lafından birini ancak duyuyordum, çünkü bir yandan, anlarsın ya, aklım sevgili Wickham'ımdaydı. Nikâhta mavi ceketini mi giyecek diye merak ediyordum.

"Sonra her zamanki gibi saat onda kahvaltı ettik; hiç bitmeyecek sandım; çünkü anlıyorsun ya dayımla yengem ben oradayken feci sevimsizdiler. İnanır mısın, kapıdan dışarı ayağımı bile atmadım, hem de on beş gün orada kaldığım halde. Ne bir parti, ne bir plan, ne de bir şey. Gerçi Londra da durgundu, ama hiç değilse Little Theater açıktı. Ha, tam araba kapıya yanaşırken o korkunç herif, Mr. Stone dayımı iş için çağırmasın mı. Bilirsin, o ikisi bir araya gelince sonu gelmez. Öyle korktum ki ne yapacağımı bilemedim, çünkü dayım gelin verecekti beni; üstelik, saati kaçırsaydık bütün gün evlenemezdik.Ama neyse ki on dakikada döndü de hep beraber yola çıktık. Ama sonradan şu aklıma geldi, onun gelmesi mümkün olmasaydı da nikâhın ertelenmesi gerekmezdi çünkü onun görevini Mr. Darcy de yapardı."

"Mr. Darcy!" diye tekrarladı Elizabeth dehşet içinde.

"A evet!.. o Wickham'la gelecekti. Aman Tanrım! Hepten unuttum! Bundan bahsetmemem gerekiyordu. Onlara şeref sözü verdiydim! Şimdi Wickham ne der? Sır kalacaktı!"

"Sır kalacaktıysa," dedi Jane, "tek kelime daha etme. Başka bir şey duymak istemediğimden emin olabilirsin."

"A elbette," dedi Elizabeth meraktan alev alev yansa da; "sana soru sormayacağız."

"Sağ olun," dedi Lydia, "çünkü sorsaydınız hepsini anlatırdım, Wickham da kızardı."

Böyle bir soru daveti üzerine Elizabeth dışarı koşarak kendine engel olmak zorunda kaldı.

Gelgelelim, böyle bir nokta hakkında bir şey bilme-
den yaşamak imkânsızdı ya da hiç olmazsa bilgi edinmeye
çalışmamak imkânsızdı. Mr. Darcy kız kardeşinin nikâhına
katılmıştı. En az ilgisinin olduğu, en az gitme isteği duyduğu
bir sahne ve insan topluluğuydu bu. Bunun anlamına ilişkin
hızlı ve telaşlı tahminler aklına üşüştü, ama hiçbiri tatmin
edici değildi. En çok hoşuna gidenler, yani davranışını en
soylu ışık içine yerleştirenler, en imkânsız olanlar gibi geli-
yordu. Bu gerginliğe dayanamadı; alelacele kâğıt kalem alıp
yengesine Lydia'nın anlatmadığı şeyler konusunda, gizlilik
durumu elveriyorsa, açıklama isteyen kısa bir mektup yazdı.

"Tahmin edebileceğiniz üzere," diye ekledi, "hiçbi-
rimizle bağı olmayan, ailemize yabancı (nispeten demek
istiyorum) bir kişinin öyle bir anda aranızda olması beni
son derece meraklandırdı. Lütfen hemen yazın da anlayabi-
leyim... tabii eğer, çok inanılır sebeplerle, Lydia'nın gerekli
gördüğü gizlilik içinde kalmak zorunda değilse; o zaman da
bilmeden yaşamaya çalışmam gerekecek."

"Ama gerekmeyecek elbette," diye ekledi kendi kendine
mektubu bitirirken; "ve sevgili yengeciğim, bana açık seçik
anlatmazsanız ben de hiç yolu yok birtakım numaralar çevi-
rip öğrenmek zorunda kalacağım."

Jane'in incelikli şeref duygusu Lydia'nın ağzından kaçır-
dığı şeyi Elizabeth'le gizlice konuşmasına izin vermeyecek-
ti; Elizabeth bundan memnundu... soruları cevap bulana
kadar sırdaşsız olmayı tercih ederdi.

Bölüm X

Elizabeth mektubuna olabilecek en çabuk şekilde cevap aldı. Mektup eline geçer geçmez en az rahatsız edilebileceği yer olan küçük ağaçlığa seğirtti, sıralardan birine oturup mutlu olmaya hazırlandı; mektup inkârcı olamayacak kadar uzundu çünkü.

"Gracechurch Street, 6 Eylül

Sevgili Yeğenim,

Mektubunu az önce aldım; kısa bir yazının sana anlatmam gereken şeylere yetmeyeceğini tahmin ettiğim için bütün sabahı cevap vermeye ayıracağım. İsteğine şaşırdığımı itiraf etmeliyim; bunu senden beklemezdim. Kızdığımı düşünme, ama bilmeni isterim ki bu gibi sorulara ihtiyaç duyacağını düşünmezdim. Beni anlamakta zorlanıyorsan müdahalemi mazur gör. Dayın da benim kadar şaşırdı... senin meseleden haberdar olduğun inancı içinde olmasa asla bu şekilde davranmazdı. Ama eğer gerçekten habersizsen daha açık olmak durumundayım demektir. Longbourn'dan eve geldiğim gün dayına hiç beklenmedik bir ziyaretçi geldi. Mr. Darcy geldi ve birlikte birkaç saat odaya kapandılar. Ben gelmezden önce her şey bitmişti; o yüzden merakımı gidermem seninki kadar ıstıraplı olmadı. Mr. Gardiner'a kız kardeşinle Mr. Wickham'ın nerede olduklarını öğrendiğini, onları gördüğünü, Wickham'la sık sık, Lydia'yla bir kez konuştuğunu söylemeye gelmiş. Anlayabildiğim kadarıyla, bizden bir gün sonra Derbyshire'den ayrılıp onları bulmak amacıyla şehre gelmiş. Hareketinin nedeni, Wickham'ın alçaklığının yeterince bilinmemesinden kendini sorumlu tutmasıymış, bilinse iyi aile kızlarının onu sevmesi, ona güvenmesi imkânsız olurmuş. Bütün suçu kendi hatalı gururunda buluyormuş; özel hayatındaki işleri dışarıya açıklamayı kendine yakıştırmadığını itiraf etmiş. Bu yüzden, ortaya çıkıp kendisinin neden olduğu bir kötülüğe çare bulmak için çaba sarf etmeyi görev bilmiş. Eğer bir başka nedeni daha varsa, eminim onu utandıracak bir neden değildir. Onları buluncaya kadar şehirde birkaç gün geçirmiş; araştırmasını nereye yönelteceğini biliyormuş bizden farklı olarak; bunu biliyor olması bizi takip etmeye karar vermesinin bir başka nedeniymiş. Öyle görünüyor ki bir hanım var, Mrs. Younge diye biri, bir süre önce Miss Darcy'nin mürebbiyesiymiş, tam ne olduğunu söylemedi ama bir nedenle uygun bulunmayıp işten atılmış. Hanım sonra Edward Street'te büyük bir ev tutmuş ve o zamandan beri oda kiralayarak geçiniyormuş. Bu Mrs. Younge'ın Wickham'la iyi tanıştıklarını biliyormuş ve şehre varır varmaz bilgi almak için ona gitmiş. Ama ondan istediğini alabilmesi iki üç gün sürmüş. Wickham'a ihanet etmesi için galiba rüşvet vermek gerekmiş, çünkü arkadaşının nerede bulunacağını gerçekten biliyormuş. Wickham aslında Londra'ya gelince ilk ona gitmiş; onu evine kabul edebilecek olsa onunla kalacaklarmış. Ama sonunda iyi kalpli dostumuz istediği adresi almış. ------- Street'telermiş. Wickham'ı görmüş, sonra Lydia'yı görmekte ısrar etmiş. Lydia'yla ilgili ilk amacı onu o utanç verici duruma bir son verip akrabalarının yanına dönmeye ikna etmek olmuş, tabii akrabaları onu kabul etmeye razı edilir edilmez, ki bunun için de elinden geldiğince yardımcı olmayı teklif etmiş. Ama Lydia'nın olduğu yerde kalmaya sıkı sıkıya kararlı olduğunu görmüş. Akrabaları umurunda değilmiş, onun yardımını istemiyormuş, Wickham'ı terk etmenin lafını bile ettirmiyormuş. Bir ara nasılsa evleneceklerinden eminmiş, ne zaman olduğu o kadar önemli değilmiş. Duyguları böyle olunca, geriye kala kala evliliği sağlama bağlamak ve hızlandırmak kalıyor diye düşünmüş; Wickham'la yaptığı ilk konuşmada onun böyle bir niyeti olmadığını kolayca öğrenmiş. Wickham alayı aciliyet kesbeden bazı kumar borçları yüzünden terk etmek zorunda kaldığını bizzat itiraf etmiş; Lydia'nın kaçışının bütün kötü sonuçlarını sadece onun aptallığına vermekte tereddüt etmemiş. Alaydan hemen ayrılmak niyetindeymiş; gelecekte neyle uğraşacağı konusunda ise pek bir fikri yokmuş. Bir yere gitmek zorundaymış, ama nereye, bilmiyormuş; nasıl geçineceğini de bilmiyormuş. Mr. Darcy ona kız kardeşinle neden hemen evlenmediğini sormuş. Mr. Bennet pek zengin sayılmasa da onun için bir şeyler yapabilir, evlilik sayesinde durumu düzelebilirmiş. Ama bu soruya cevap olarak, Wickham'ın başka bir bölgede evlilik yoluyla daha ciddi servet yapma umudunu hâlâ canlı tuttuğunu öğrenmiş. Bununla beraber, acil rahatlama kışkırtısına karşı koyması da kolay değilmiş. Birkaç kez buluşmuşlar, çünkü görüşülecek çok şey varmış. Wickham tabii alabileceğinden daha fazlasını istemiş, ama sonunda makul bir miktara razı olmuş. Aralarında her şey halledilince Mr. Darcy'nin sonraki adımı dayını durumdan haberdar etmek olmuş; Gracechurch Street'e ilk benim gelişimden önceki akşam uğramış. Ama Mr. Gardiner ortalarda değilmiş; Mr. Darcy biraz daha araştırma yapınca babanın onunla olduğunu, ama ertesi gün şehirden ayrılacağını öğrenmiş. Babanla dayın kadar rahat konuşamayacağını düşünüp görüşmeyi baban gidince kadar ertelemiş. Adını bırakmamış; ertesi güne kadar tek bilinen bir beyefendinin iş için uğradığıydı. Cumartesi günü tekrar geldi. Baban gitmişti, dayın evdeydi ve söylediğim gibi, baş başa epey bir konuştu-

lar. Pazar günü tekrar buluştular, o zaman onu ben de gör-
düm. Her şeyin halledilmesi pazartesiyi buldu: O zaman da
hemen Longbourn'a kurye gönderildi. Ama misafirimiz çok
inatçıydı. Bana öyle geliyor ki sevgili Lizzy, inatçılık onun
gerçek karakter zaafı. Farklı zamanlarda birçok kusur bulun-
du ona; ama bu gerçek kusur. Kendisinin bizzat yapmadığı
hiçbir şeyin yapılmasına izin vermedi; oysa eminim (bunu
teşekkür beklediğim için söylemiyorum, o yüzden bir şey söy-
leme) dayın bütün meseleyi canıgönülden hallederdi. Bu
konuda uzun süre mücadele ettiler, hem de ilgili beyin ya da
hanımın hak ettiklerinden çok daha fazla. Ama sonunda
dayın razı olmak zorunda kaldı; yeğenine gerçekten faydalı
olmak yerine sadece bunun muhtemel itibarıyla yetinmek
durumunda kaldı ki bunu da hiç mi hiç kendine yediremedi;
dolayısıyla, bu sabahki mektubunun onu son derece mem-
nun ettiğine inanıyorum, çünkü mektubun dayını ödünç
alınmış tacından kurtaracak ve övgüyü ait olduğu yere iade
edecek bir açıklama istiyordu. Fakat sevgili Lizzy, bunları
senden ve belki Jane'den başka kimse bilmemeli. Sanırım
gayet iyi biliyorsun gençler için neler yapıldığını. Wickham'ın
kanımca bin poundu epey aşan borçları ödenecek, bin de
Lydia'nın kendi parasına ek olarak yine Lydia adına yatırıla-
cak ve Wickham'ın ordudaki rütbesi satın alınacak. Bütün
bunların sadece onun tarafından yapılma nedeni yukarıda
dediğim gibiymiş. Wickham'ın karakterinin bu kadar yanlış
anlaşılması ve bunun sonucu olarak etraftan kabul görmesi
Mr. Darcy'nin suçu, ihmali ve düşüncesizliğiymiş. Belki bun-
da gerçek payı vardır; ama nedenin onun ya da başka birinin
ihmali olduğundan kuşkum var. Yine de bütün bu güzel söz-
lere karşın, sevgili Lizzy, için rahat olsun, dayın bu meseleyle
ilgili başka bir nedeni daha olduğunu düşünmese razı olmaz-
dı. Bütün bunlar kararlaştırıldığı zaman Mr. Darcy hâlâ
Pemberley'de kalmakta olan dostlarının yanına döndü; ama
nikâh için bir kez daha Londra'ya gelmesinde anlaşılmıştı;

tüm para meseleleri de o zaman nihai şeklini alacaktı. Artık sana her şeyi anlattığıma inanıyorum. Bu açıklamanın seni çok şaşırtacağını söylüyordun ya, hiç olmazsa canını sıkmayacağını umuyorum. Lydia bize geldi; Wickham'ın da eve istediği gibi girip çıkmasına izin vardı. Wickham aynen eskisi gibiydi, onu Hertfordshire'de tanıdığımız gibi; bizde kaldığı sürece Lydia'nın davranışlarını nasıl itici bulduğumu ise sana anlatmayacaktım, ama Jane'in geçen çarşamba yazdığı mektuptan anladım ki eve geldiğindeki davranışları da öyleymiş; o yüzden şimdi anlatacaklarım sana yeni bir acı vermeyecektir. Lydia'yla gayet ciddi bir biçimde tekrar tekrar konuştum, ona yaptığının tüm ahlaksızlığını, ailesini ne kadar mutsuz ettiğini anlattım. Beni duyduysa şans eseri duymuştur, çünkü dinlemediğine eminim. Bazen kendimi kaybedecek gibi oluyordum, ama sonra sevgili Elizabeth'imle Jane'imi hatırlayıp onların hatırı için ona sabır gösteriyordum. Mr. Darcy hiç gecikmeden geri döndü ve Lydia'nın sana söylediği gibi nikâha katıldı. Ertesi gün bizimle akşam yemeği yedi; çarşamba ya da perşembe günü tekrar şehirden ayrılacaktı. Bu fırsattan istifade edip sana onu ne kadar beğendiğimi söylersem (daha önce bunu söyleyecek cesareti bulamamıştım) bana kızar mısın sevgili Lizzy? Bize karşı olan davranışları her bakımdan Derbyshire'de gördüğümüz kadar hoştu. Zekâsı ve görüşleri hoşuma gidiyor; tek ihtiyacı biraz daha canlılık ki, bunu da, akıllıca bir evlilik yaparsa, karısı ona öğretebilir. Onu çok ağzı sıkı buldum... senin adını hemen hiç anmadı. Ama ağzı sıkılık bu aralar moda olmalı. Kendi kendime gelin güvey olduysam lütfen beni bağışla ya da bari cezamı bana Pemberley'yi yasaklayacak kadar ileri götürme. Korunun etrafını iyice gezmeden asla mutlu olamayacağım. Bir çift güzel midilli koşulmuş ufak bir fayton yeter de artar. Ama artık devam edemeyeceğim. Çocuklar yarım saattir beni çağırıyor. Sevgilerimle,

M. Gardiner."

Bu mektubun içeriği Elizabeth'i karmakarışık bir ruh haline itti; en büyük payı sevincin mi acının mı aldığına karar vermek zordu. Mr. Darcy'nin, kız kardeşinin evliliğini çabuklaştırmak için yapmış olabileceği ve Elizabeth'in imkânsız bir iyilik olduğu için inanmaya korktuğu, aynı zamanda yükümlülük acısından ötürü doğru olmasından dehşet duyduğu bütün hareketlerden emin olamamanın neden olduğu rahatsız edici kuşkular, hepsi, sonuna kadar doğru çıkmıştı! Onları maksatlı olarak şehre kadar takip etmişti, böyle bir araştırmanın getirebileceği tüm derde, sıkıntıya katlanmıştı; hakir gördüğü bir kadına dil dökmesi, hayatta en çok uzak durmak istediği, adını duymaya bile dayanamadığı adamla karşılaşmayı, sık sık buluşmayı, konuşmayı, onu ikna etmeyi, nihayet ona rüşvet vermeyi içine sindirmesi gerekmişti. Bütün bunları da adam yerine bile koymayacağı bir kız için yapmıştı. Kalbi bunları Elizabeth için yaptığını söylüyordu. Ama bu hemen başka endişelerle sınanan bir umut oldu; az sonra Elizabeth Darcy'nin ona, onu bir kez reddeden bir kadına olan sevgisine güvenme ihtiyacı duyunca, kendi gururuna olan düşkünlüğü bile bu sevginin Wickham'la akrabalıktan tiksinmek kadar doğal bir duyguyu alt edebileceğine inanmasını sağlamakta yetersiz kaldı. Wickham'ın bacanağı! Böyle bir ilişki her türlü kibir duygusunu ayaklandırırdı. Elbette çok şey yapmıştı. Elizabeth ne kadar çok şey yaptığını düşününce utanıyordu. Ama müdahalesi için bir sebep öne sürmüştü ki inanılması o kadar da zor değildi. Kendini hatalı hissetmesi anlaşılabilirdi; cömertti ve cömertlik yapabilecek imkânları vardı; Elizabeth kendini Darcy'nin esas sebebi olarak görmüyordu, ama belki, içinde kalmış olabilecek yakınlık duygusunun onun huzurunun da söz konusu olduğu bir hedef için çaba göstermesine yardımcı olmuş olabileceğine inanabilirdi. Lydia'nın saygınlığını tekrar kazanmasını, her şeyi, ona borçluydular. Ah! Nasıl da acı çekiyordu ona karşı beslediği her nankör duygu için, ona yönelttiği her acı söz için! Kendi adına dersini almıştı; ama onunla gurur duyuyordu. Acıma ve şeref uğruna kendini aşmayı becerebildiği için gurur duyuyordu. Yengesinin onu övdüğü yerleri tekrar tekrar okudu. Yeterli değildi, ama hoşuna gitti. Yengesiyle dayısının onunla Mr. Darcy arasında sevgi ve yakınlık olduğuna ne kadar yürekten inandıklarını görünce, pişmanlıkla karışık da olsa belli bir zevk duyduğunu fark etti.

Birinin yaklaştığını duyunca oturduğu yerden kalktı, düşüncelerinden sıyrıldı; başka bir patikaya geçmesine kalmadan Wickham ona yetişti:

"Korkarım gezintinizi bölüyorum sevgili ablacığım," dedi yanına gelirken.

"Elbette bölüyorsunuz," diye cevapladı Elizabeth, "ama bu rahatsız ediyorsunuz demek değil."

"Öyle olsaydı üzülürdüm gerçekten. Her zaman iyi arkadaş olduk, şimdi daha da yakınız."

"Doğru. Ötekiler de geliyor mu?"

"Bilmiyorum. Mrs. Bennet'la Lydia arabayla Meryton'a gidiyorlar. Bu arada sevgili ablacığım, dayımla yengemizden öğrendiğime göre Pemberley'yi gerçekten görmüşsünüz."

Elizabeth gördüğünü söyledi.

"Bu ayrıcalığını kıskanmadım diyemem, yine de sanırım benim için çok fazla olurdu, yoksa Newcastle'a giderken oradan geçerdim. İhtiyar kâhyayı görmüşsünüzdür, değil mi? Zavallı Reynolds, bana hep çok düşkündü. Ama tabii size benden bahsetmemiştir."

"Bahsetti."

"Peki ne dedi?"

"Orduya katıldığınızı, işlerin... iyi gitmediğinden korktuğunu. Öyle uzaktan, bilirsiniz, haberler tuhaf bir şekilde yanlış anlatılır."

"Tabii," diye cevap verdi dudaklarını ısırarak. Elizabeth onu susturduğunu umdu, ama Wickham az sonra devam etti:

"Geçen ay Darcy'yi şehirde gördüğüme şaşırdım. Birkaç kez geçiştik. Orada ne yapıyor olabilir diye merak ettim."

"Belki Miss de Bourgh'la evlilik hazırlığı yapıyordur," dedi Elizabeth. "Yılın bu zamanında oraya gitmesi için özel bir sebep olmalı."

"Kuşkusuz. Lambton'dayken onu gördünüz mü? Gardinerlar'dan anladığıma göre görmüşsünüz."

"Evet; bizi kız kardeşiyle tanıştırdı."

"Peki ondan hoşlandınız mı?"

"Çok hem de."

"Cidden, son bir iki yılda olağandışı ilerleme kaydettiğini duydum. Onu son gördüğümde pek gelecek vaat etmiyordu. Ondan hoşlandığınıza çok sevindim. Umarım kendini geliştirir."

"Eminim geliştirir; en zor çağını atlattı."

"Kympton köyüne gittiniz mi?"

"Hatırlamıyorum."

"Sözünü ediyorum, çünkü orası almış olmam gereken kilise. Harikulade bir yer!.. Mükemmel bir rahip evi! Her bakımdan bana çok uyardı."

"Vaaz vermek hoşunuza gider miydi?"

"Hem de nasıl. Görevimin bir parçası sayardım, yorgunluk da çabuk geçerdi. İnsan şikâyet etmemeli... ama tabii benim için önemli bir şey olurdu! Öyle bir hayatın sakinliği, sessizliği bütün mutluluk hayallerime cevap verirdi! Ama olmadı işte. Kent'teyken Darcy'nin hiç meseleden bahsettiğini duydunuz mu?"

"Yetkili bir ağızdan duydum, ki o da aynı ölçüde makbuldür bence, size sadece koşullu olarak, şimdiki sahibin iradesine bağlı olarak bırakılmış."

"Öyle mi? Evet, o tür bir şey vardı; size daha en başta söylemiştim, hatırlarsınız."

"Vaaz vermenin size şimdiki kadar keyifli gelmediği bir dönem olduğunu da duydum, rahiplik tayininizi almamaya karar verdiğinizi açıkça beyan etmişsiniz, mesele üzerinde buna göre anlaşmaya varılmış."

"Öyle mi! Çok da temelsiz sayılmaz. İlk konuştuğumuz zaman o konuda size anlattıklarımı hatırlarsınız."

Şimdi hemen hemen evin kapısındaydılar; Elizabeth ondan kurtulmak için hızlı yürümüştü; kız kardeşinin hatırına, onu kışkırtmak istemediği için cevap olarak uysal bir gülümsemeyle sadece şöyle dedi:

"Hadi Mr. Wickham, biz artık abla kardeşiz. Geçmiş yüzünden kavga etmeyelim. Gelecekte umarım hep aynı fikirde olacağız."

Elini uzattı; Wickham yüzüne nasıl bakacağını bilemediği halde sıcak bir girişkenlikle elini öptü ve eve girdiler.

Bölüm XI

Mr. Wickham bu konuşmadan öyle tatmin oldu ki bir daha asla kendini de sıkıntıya sokmadı, sevgili ablası Elizabeth'i de kışkırtmadı konuyu açarak; Elizabeth onun çenesini kapayacak şekilde konuştuğunu görünce memnun oldu.

Lydia'yla birlikte gidecekleri gün çabuk geldi; kocası hep beraber Newcastle'a gitme planına yanaşmadığı için Mrs. Bennet en az on iki ay sürecek görünen bir ayrılığa boyun eğmek zorunda kaldı.

"Ah Lydiacığım," diye inledi, "bir daha ne zaman görüşeceğiz?"

"Ah Tanrım, bilmiyorum. İki üç yıl görüşemeyiz belki."

"Bana sık sık yaz bir tanem."

"Her fırsatta yazarım. Ama bilirsin, evli kadınların mektup yazacak fazla zamanları olmaz. Ablalarım bana yazabilirler. Yapacak başka işleri yok."

Mr. Wickham'ın vedası karısınınkinden çok daha cana yakındı. Gülümsedi, hoş göründü ve birçok tatlı söz söyledi.

"Sevimli adam," dedi Mr. Bennet evden çıktıkları zaman, "kimseden eksiği yok. Gülümsüyor, sırıtıyor, hepimizi tavlıyor. Onunla fevkalade gurur duyuyorum. Sir William Lucas'ı bile geçtim, daha değerli bir damat çıkardığım için."

333

Kızını kaybetmek Mrs. Bennet'ı birkaç gün çok kederli yaptı.

"Sık sık düşünüyorum da," dedi, "insanın sevdiklerinden ayrılması kadar kötü bir şey yok. Sevdikleri yanında olmayınca insan pek garip kalıyor."

"Kız evlendirmenin sonucu bu işte madam," dedi Elizabeth. "Öbür dört kızınızın bekâr olması sizi rahatlatmalı."

"Öyle bir şey değil. Lydia beni evlendiği için terk etmedi; kocasının bölüğü uzakta olduğu için terk etti. Yakında olsaydı bu kadar çabuk gitmesi gerekmezdi."

Ama bu olayın onu düşürdüğü keyifsiz durum kısa zamanda geçti ve o sıralar ortada dolanmaya başlayan bir haberle aklı yeniden umudun heyecanına açıldı. Netherfield'in kâhyası efendisinin gelişi için hazırlık yapması talimatı almıştı; birkaç hafta avlanmak için bir iki gün içinde gelecekti. Mrs. Bennet heyecandan titremeye başladı. Jane'e baktı, gülümsedi, kafasını salladı durdu:

"Vay vay, demek Mr. Bingley geliyor, hemşirem," (haberi Mrs. Philips getirmişti çünkü.) "Doğrusu, çok iyi. Umurumda olduğundan değil ama. Bizim için bir şey ifade etmiyor, biliyor musun, hatta yüzünü görmek istediğimi bile sanmıyorum. Mamafih, Netherfield'e gelmesi iyi bir şey tabii, madem seviyor. Ama ne olacağını kim bilebilir? Ama bu da bizi ilgilendirmiyor. Biliyorsun, hemşirem, ta ne zaman bir daha bundan bahsetmemeye karar verdik. Peki kesin geliyor muymuş?"

"Emin olabilirsin," diye cevapladı öteki, "çünkü Mrs. Nicholls dün gece Meryton'daydı; baktım geçiyor, bizzat çıktım işin aslını öğrenmek için; kesin doğru dedi bana. En geç perşembe günü geliyormuş, muhtemelen de çarşamba. Kadın kasaba gidiyormuş, öyle dedi, çarşambaya et sipariş etmeye, üç çift de ördek almış, tam kesilecek kıvamda."

Mr. Bingley'in gelişini duyunca Miss Bennet'ın yüzü kızardı. Elizabeth'e ondan bahsetmeyeli aylar olmuştu; ama şimdi yalnız kalır kalmaz şöyle dedi:

"Bugün teyzem bu haberi verince bana baktığını gördüm Lizzy; rahatsız göründüğümü biliyorum. Ama aptal bir sebepten olduğunu düşünme. Sadece bir an kafam karıştı, çünkü bana bakılacağını hissettim. Haberin bana sevinç ya da üzüntü vermediğinden emin ol. Sadece bir şeye memnunum, yalnız başına geliyor; o zaman onu daha az görürüz. Kendimden korktuğumdan değil, ama başkalarının sözlerinden dehşet duyuyorum."

Elizabeth bundan ne anlaması gerektiğini bilemedi. Bingley'yi Derbyshire'de görmüş olmasa oraya söylenenden başka bir düşüncesi olmadan geldiğine inanabilirdi; ama hâlâ Jane'e ilgi duyduğunu düşünüyordu ve oraya arkadaşının izniyle geliyor olma olasılığıyla, ki büyük olasılıktı, izni olmadan geliyor olma olasılığı arasında kararsız kaldı.

"Yine de," diye düşündü zaman zaman, "bu zavallı adamın resmen kiraladığı bir eve bunca kuşkuya yol açmadan gelememesi ne yazık! Onu kendi haline bırakacağım."

Gelişi konusunda ablasının söylediği ve gerçek duyguları olduğuna inandığı şeylere rağmen Elizabeth ruh halinin bundan etkilendiğini kolaylıkla görebildi. Ruh hali daha rahatsız, daha değişken oldu eskisine göre.

On iki ay kadar önce annesiyle babası arasında öyle sıcak bir biçimde tartışılan konu şimdi tekrar gündeme getirildi.

"Mr. Bingley gelir gelmez tatlım," dedi Mrs. Bennet, "onu ziyarete gitmelisin."

"Hayır, hayır. Geçen sene beni ziyarete zorladın ve gidersem kızlarımdan biriyle evleneceğine söz verdin. Ama bir şey çıkmadı; böyle palavralara kanıp hiçbir yere gitmem."

Karısı ona Netherfield'e dönmesi durumunda böyle bir ilginin komşu beyler açısından mutlaka gerekli olduğunu anlattı.

"Nefret ettiğim bir âdet," dedi Mr. Bennet. "Dostluğumuzu istiyorsa gelsin istesin. Yerimiz yurdumuz belli. Artık zamanımı geldiler gittiler diye komşularımın peşinden koşarak ziyan etmeyeceğim."

"Doğrusu, bütün bildiğim, ziyaret etmezsen feci kabalık olacak. Mamafih, bu onu yemeğe davet etmeme engel değil. Kararlıyım yani. Mrs. Long'la Gouldingleri de hemen almalıyız. Kendimizi de katarsak on üç kişi oluyoruz, masada zaten bir tek ona yer kalıyor."

"Geliyor diye üzülmeye başlıyorum," dedi Jane kız kardeşine. "Önemi olmayacak; ona gayet kayıtsız kalabilirim, ama hep ondan bahsedilmesine dayanamıyorum. Annem iyi niyetli, ama bilmiyor, kimse bilemez sözlerinin beni ne kadar üzdüğünü. Netherfield'den gidince cidden mutlu olacağım!"

"Keşke seni rahatlatacak bir şey söyleyebilseydim," diye cevapladı Elizabeth; "ama elimden gelmiyor. Bunu hissetmelisin; acı çeken birine sabır telkin etmenin o bildik iç rahatlığı bana kısmet olmamış, çünkü zaten sende o kadar çok ki."

Mr. Bingley geldi. Mrs. Bennet hizmetçilerin yardımıyla haberi en çabuk tarafından almayı başardı, geçireceği endişe ve sıkıntı döneminin ne kadar uzayacağına bakmadan. Davetiyenin gönderilebilmesinden önce geçmesi gereken günleri saydı onu daha önce görme umudu olmadığı için. Ama Hertfordshire'e gelişinin üçüncü sabahı, yatak odasının penceresinden, atının üstünde çimenliğe girip eve doğru yaklaştığını gördü.

Kızlar bir telaş neşesine katılmaya çağrıldı. Jane kararlı bir biçimde masadaki yerinde kaldı; ama Elizabeth annesini memnun etmek için pencereye gitti... baktı... yanında Mr. Darcy'yi gördü ve tekrar ablasının yanına oturdu.

"Yanında bir bey var anne," dedi Kitty; "kim olabilir?"

"Arkadaşı filandır tatlım; bilmiyorum."

"Yo!" dedi Kitty, "eskiden yanında olan adama benziyor tıpkı. Mr. şey. Şu uzun, gururlu adam."

"Aman Tanrım! Mr. Darcy!.. Doğrusu da o. Yani Mr. Bingley'nin arkadaşının başımızın üstünde yeri vardır, ama söylemem lazım ki bu adamı görmekten nefret ediyorum."

Jane şaşkınlık ve endişeyle Elizabeth'e baktı. Derbyshire'deki buluşmaları hakkında pek bir şey bilmiyordu, o yüzden kız kardeşinin onu açıklama mektubunu aldıktan sonra hemen hemen ilk kez görünce kapılmış olması gereken gerginliği hissetti. Her iki kız kardeş de yeterince rahatsızdılar. Hem birbirleri hem de kendileri adına heyecanlanıyorlardı; bir yandan anneleri Mr. Darcy'ye verip veriştiriyordu, ona karşı kibar davranma kararının tek nedeni, diyordu ikisi tarafından da duyulmadan, Mr. Bingley'nin arkadaşı olması. Ama Elizabeth'in rahatsızlığının Jane'in tahmin edemeyeceği nedenleri vardı; Elizabeth ona Mrs. Gardiner'ın mektubunu gösterecek ya da Darcy'ye olan duygularındaki değişimi anlatacak cesareti henüz bulamamıştı. Jane için o sadece teklifini reddettiği ve kıymetini bilemediği bir adam olabilirdi; ama Elizabeth iyi biliyordu, o bütün ailenin şükran borçlu olduğu, kendisinin de pek öyle aşk değilse bile en az Jane'in Bingley için hissettiği kadar makul ve haklı bir yakınlık hissettiği adamdı. Gelişi... Netherfield'e, Longbourn'a gelişi ve gönüllü olarak onu tekrar araması karşısında duyduğu şaşkınlık Derbyshire'de davranışlarındaki değişime ilk tanık olduğu zamanki kadar büyüktü.

Yüzünden giden renk yarım dakika sonra ek bir parlaklıkla geri geldi ve o zamanı, Darcy'nin ilgisinin ve hayallerinin hâlâ canlı olması gerektiğini düşününce bir haz gülümsemesi gözlerine ışıltı kattı. Ama emin olamazdı.

"Önce nasıl davrandığına bakayım," dedi; "fazlasını ummak için nasılsa henüz erken."

Kararlı bir biçimde elindeki tığ işine koyuldu, meşgul görünmeye çalışarak, gözlerini kaldırmaya cesaret edemeden, ta ki, uşak kapıya yaklaştığı sırada, tedirginlik dolu bir merak gözlerini ablasının yüzüne taşıyana kadar. Jane her zamankinden daha solgun, ama Elizabeth'in beklediğinden daha sakin görünüyordu. Beyler görününce rengi arttı, yine de onları oldukça rahat karşıladı, herhangi bir dargınlık belirtisi ya da gereksiz bir sevinç taşımayan, ağırbaşlı bir tavırla.

Elizabeth her ikisiyle de sadece kibarlığın gerektirdiği kadar konuştu ve tekrar işine döndü, işin hiç de gerektirmediği bir dikkatle. Darcy'ye tek bir bakış atmaya cesaret edebilmişti. Her zamanki gibi ciddi görünüyordu; Hertfordshire'de göründüğü gibi diye düşündü, onu Pemberley'de gördüğünden çok. Ama belki de annesinin yanında dayısıyla yengesinin yanında olduğu gibi olamıyordu. Acı verici, ama imkânsız da olmayan bir tahmindi bu.

Bingley'yi de aynı şekilde bir an görmüştü ve o kısa süre içinde onun hem memnun, hem de rahatsız olduğunu gördü. Mrs. Bennet tarafından iki kızını utandıran bir kibarlıkla karşılanmışlardı, bilhassa arkadaşına diz kırarak verdiği selamındaki ve konuşmasındaki soğuk ve resmi kibarlıkla karşılaştırılınca.

Annesinin Darcy'ye en sevdiği kızının telafisi imkânsız bir utançtan korunmasını borçlu olduğunu bilen Elizabeth bu denli hatalı bir ayrımdan acı duyacak derecede incindi, utandı.

Darcy ona Mr. ve Mrs. Gardiner'ın nasıl olduklarını sorduktan, ondan belli belirsiz bir cevap aldıktan sonra pek bir şey söylemedi. Yakınında oturmuyordu; belki sessizliğinin nedeni buydu; ama Derbyshire'de böyle olmamıştı. Orada onunla konuşamadığı zaman arkadaşlarıyla konuşmuştu. Ama şimdi sesi duyulmaksızın birkaç dakika geçmişti; arada bir merakını yenemeyip, gözlerini yüzüne kaldırdığı zaman onu kendisine baktığı kadar Jane'e de bakarken, sık sık da gözleri yere dikili buldu. Son karşılaştıkları zamandan daha düşünceli ve daha az memnun etme amacında olduğu açıkça ifade ediliyordu. Elizabeth hayal kırıklığına uğradı, uğradığı için de kendine kızdı.

"Başka türlü olmasını bekleyebilir miydim!" dedi. "Ama o zaman niye geldi?"

Ondan başka hiç kimseyle konuşmak gelmiyordu içinden, ama onunla konuşacak cesareti de yoktu.

Kız kardeşinin hatırını sordu, ama başka bir şey yapamadı.

"Gideli çok zaman oldu Mr. Bingley," dedi Mrs. Bennet.

Mr. Bingley bunu hemen kabul etti.

"Bir daha gelmeyeceksiniz diye korkuyordum. Herkes öyle dedi, yani Michaelmas'da evi tümden bırakacakmışsınız; ama mamafih, ben bunun doğru olmadığını umuyorum. Siz gideli muhitimizde birçok değişiklik oldu. Miss Lucas evlenip gitti. Benim kızlarımdan biri de öyle. Sanırım duymuşsunuzdur; tabii, gazetelerde okumuşsunuzdur. Times'da ve Courier'de yazdı, ama tabii hak ettiği kadar yer vermemişlerdi. Sadece diyordu ki, 'Geçenlerde, George Wickham ve Miss Lydia Bennet,' ne babasıyla ne nereli olduğuyla ne başka şeylerle ilgili tek kelime yoktu. Kardeşim Gardiner'ın ilanıydı üstelik; nasıl oldu da böyle beceriksiz bir iş yaptı anlamıyorum. Gördünüz mü?"

Bingley gördüğünü söyledi, tebriklerini sundu. Elizabeth gözlerini kaldırmaya cesaret edemiyordu. O yüzden Mr. Darcy'nin nasıl göründüğünü anlayamadı.

"İnsanın kızının iyi evlilik yapması çok hoş bir şey," diye devam etti annesi, "ama aynı zamanda Mr. Bingley, benden o kadar uzağa gitmesi de çok zor. Newcastle'a gittiler, gayet kuzeyde bir yer sanırım, kim bilir ne kadar zaman orada kalacaklar. Bölüğü orada; çünkü sanırım --------shire alayını bıraktığını, düzenli orduya geçtiğini duymuşsunuzdur. Tanrı'ya şükür! Onun da bazı dostları var, belki hak ettiği kadar çok değilse de."

Bunun Mr. Darcy'ye yöneltildiğini bilen Elizabeth öyle sefil bir utanç içindeydi ki yerinde zor durdu. Öte yandan, bu onu konuşmaya zorladı, ki başka hiçbir şey böyle bir etki yapmamıştı; Bingley'ye taşrada uzun süre kalmayı düşünüp düşünmediğini sordu. "Birkaç hafta," dedi Bingley.

"Kendi kuşlarınızın hepsini öldürünce Mr. Bingley," dedi annesi, "lütfen buraya gelin ve Mr. Bennet'ın arazisinde dilediğiniz kadar kuş vurun. Eminim kendisi sizi ağırlamaktan fevkalade mutlu olacak ve en iyi kekliklerin hepsini sizin için ayıracaktır."

Böyle lüzumsuz, böyle saçma bir ilgi karşısında Elizabeth'in utancı daha da arttı! Bir yıl önce karşılarına çıkan aynı iyi ihtimal şimdi de doğacak olsa, her şeyin hızla aynı ıstıraplı sonuca doğru gideceğine inandı. O anda, yıllar boyu mutlu olmanın bile Jane ve kendisi için bu acı utanç anlarını silemeyeceğini hissetti.

"Tek dileğim," dedi kendine, "artık bunlardan birinin yakınında olmamak. Varlıkları böyle bir utancı telafi edecek mutluluğu veremez! Bir daha ne onu görmek istiyorum ne diğerini!"

Yine de yıllar boyu mutlu olmanın telafi edemeyeceği duygusu az sonra ablasının güzelliğinin eski âşığının hayranlığını yeniden alevlendirdiğini görünce epeyce hafifledi. Bingley ilk içeri girdiğinde onunla pek az konuşmuştu; ama her beş dakikada bir ona daha fazla dikkat ediyor gibiydi. Onu geçen seneki kadar güzel buldu, o kadar uyumlu ve rahat; tabii o kadar konuşkan değilse de. Jane Bingley onda hiçbir değişiklik bulmayacak diye korkuyordu ve her zamanki kadar çok konuştuğuna gerçekten inanıyordu. Ama aklı öyle doluydu ki sustuğunun her zaman farkında olmuyordu.

Beyler kalktıkları zaman Mrs. Bennet tasarladığı kibarlığı hatırladı; Longbourn'a yemeğe davet edildiler ve birkaç gün sonrası için sözleştiler.

"Bana bir ziyaret borçlusunuz Mr. Bingley," diye ekledi, "çünkü geçen kış şehre gittiğiniz zaman döner dönmez bizimle aile yemeği yemek için söz vermiştiniz. Görüyorsu-

nuz, unutmadım ve inanın çok kırıldım geri dönüp sözünüz-
de durmadınız diye."

Bingley bu sözler karşısında bir parça aptallaştı ve işlerin
engel olduğundan filan yakındı. Sonra gittiler.

Mrs. Bennet o gün kalıp onlarla yemek yemelerini tek-
lif etmeyi çok istiyordu, ama sofrası her zaman gayet iyi
de olsa, hakkında öyle hevesli planlar kurduğu bir adamı
memnun etmeye ya da yılda on bin kazanan bir diğerinin
iştahını ve gururunu tatmin etmeye iki menüden aşağısı yet-
mez diye düşündü.

Bölüm XII

Konuklar gider gitmez Elizabeth moralini düzeltmek için dışarı çıktı ya da başka bir deyişle moralini daha da bozacak konular üzerinde kesintisiz düşünebilmek için. Mr. Darcy'nin davranışı onu üzmüş, sıkmıştı.

"Sadece sessiz, ciddi, kayıtsız olmak için geldiyse," dedi, "niye geldi?"

Buna hoşuna gidecek bir cevap veremedi.

"Şehirdeyken dayıma, yengeme karşı hâlâ kibar, sıcak davranmış, peki bana karşı niye öyle değil? Benden korkuyorsa neden buraya geldi? Beni umursamıyorsa neden susup oturdu? Ne bunaltıcı bir adam! Artık onu düşünmeyeceğim."

Ablasının gelişiyle kararına kısa bir süre elinden olmadan uydu; Jane misafirler konusunda Elizabeth'ten daha memnun olduğunu gösteren neşeli bir tavırla ona katıldı.

"Bu ilk karşılaşmayı atlattım ya," dedi, "artık kendimi gayet rahat hissediyorum. Kendi gücümü biliyorum; onun gelişi bir daha beni rahatsız etmez. Salı günü yemeğe geleceğine seviniyorum. Herkes görecek, her ikimiz de sıradan, kayıtsız arkadaşlar olarak öylesine bir araya geliyoruz."

"Evet, gayet kayıtsız," dedi Elizabeth gülerek. "Ah Jane, dikkat et."

"Sevgili Lizzy, o kadar zayıf olduğumu düşünemezsin, benim için tehlike geçti."

"Bence asıl şimdi tehlikedesin, onu yine kendine âşık ediyorsun."

Beyleri salı gününe kadar bir daha görmediler; bu arada Mrs. Bennet yeniden, Bingley'nin yarım saatlik ziyaret sırasındaki neşesi ve ayrımsız kibarlığıyla canlandırdığı bütün o mutlu hayallere kaptırdı kendini.

Salı günü Longbourn'da geniş bir topluluk bir araya geldi; en merakla beklenen iki kişi sporcu titizliklerine duyulan güveni boşa çıkarmadan tam vaktinde geldiler. Yemek salonuna geçtikleri zaman Elizabeth heyecanla Bingley'nin eski partilerinde ona ait olan yere, ablasının yanına oturup oturmayacağını izledi. Aynı düşünceye kapılan akıllı annesi kendini tuttu da onu yanına davet etmeye kalkışmadı. Bingley odaya girince duraksar gibi oldu; ama Jane etrafa bakınıp gülümseyiverdi: Karar verildi. Bingley Jane'in yanına yerleşti.

Elizabeth zafer duygusu içinde Bingley'nin arkadaşına baktı. Darcy bu durumu soylu bir kayıtsızlıkla karşıladı; Elizabeth Bingley'nin mutlu olma izni aldığını düşünecekti ama onun gözlerinin de aynı şekilde Darcy'ye doğru döndüğünü gördü yarı şaka bir korku ifadesiyle.

Yemek boyunca Bingley'nin ablasına olan davranışı öyle hayranlık doluydu ki Elizabeth, eskisinden daha tedbirli olduğu halde, Bingley tümüyle kendi haline bırakılırsa Jane'in mutluluğunun ve onun mutluluğunun da, hızla sağlama bağlanacağını hissetti. Sonuçtan emin olmaya cesaret edemediyse de Bingley'nin davranışlarını gözlemlemekten zevk aldı. Bu da keyfini biraz olsun yerine getirdi; çünkü hiç neşesi yoktu. Mr. Darcy masanın onları ayırabileceği kadar uzağındaydı. Annesinin yanındaydı. Elizabeth böyle bir konumun ikisinin de hiç hoşuna gitmeyeceğini, hatta ikisine de rahat davranma fırsatı vermeyeceğini biliyordu. Konuşmalarını duyacak kadar yakın değildi, ama nadiren konuştuklarını, konuştukları zaman da tavırlarının nasıl resmi ve soğuk olduğunu görebiliyordu. Annesinin nankörlüğü ona karşı borçlu oldukları duygusunu Elizabeth için daha da acı verici yapıyordu ve bazen, ona iyiliğini ailedeki herkes bilmiyor ve takdir etmiyor değil deme fırsatına sahip olmak için her şeyi yapardı gibi geliyordu.

Akşamın onlara bir araya gelme fırsatı vereceği, bütün ziyaretin, girişteki ağırbaşlı selamlaşmadan öte sohbet imkânı vermeden bitmeyeceği umudunu taşıyordu. Tedirgin ve rahatsızdı; beyler gelmeden önce oturma odasında geçen süre neredeyse kabalaşmasına yol açan bir sıkıcılık ve donukluktaydı. Girişlerini akşamla ilgili tüm mutluluk şansının dönüm noktası olarak dört gözle bekledi.

"O zaman da yanıma gelmezse," dedi, "ondan ilelebet vazgeçeceğim."

Beyler geldiler; Elizabeth Darcy'nin umutlarına cevap verecekmiş gibi baktığını sandı; ama nerede! Hanımlar Miss Bennet'ın çay yapmakta, Elizabeth'in de kahve servisi yapmakta olduğu masanın etrafında öyle yakın saf tutarak toplanmışlardı ki Elizabeth'in etrafında bir sandalyenin girebileceği bir boşluk bile yoktu. Üstelik, beyler yaklaşırken, kızlardan biri daha da yanına sokulup kulağına fısıldadı:

"Erkekler aramıza girip bizi ayıramaz; kararlıyım. Hiçbirini istemiyoruz, değil mi?"

Darcy odanın başka bir köşesine yürümüştü. Elizabeth gözleriyle onu takip etti, konuştuğu herkesi kıskandı, herkese kahve ikram edecek sabrı zor buldu ve sonra kendine çok kızdı o kadar aptal olduğu için!

"Bir kez reddedilmiş bir erkek! Nasıl aşkını tekrarlamasını bekleyecek kadar aptal olabilirim? Aynı kadına ikinci kez teklifte bulunmak gibi bir zayıflığa karşı koymayacak

tek bir erkek var mıdır? Onların duygularını bu kadar inci-
tecek başka bir gurursuzluk olmaz!"

Yine de boş kahve fincanını kendisinin getirmesiyle biraz
yüzü güldü ve konuşma fırsatını hemen değerlendirdi:

"Kız kardeşiniz hâlâ Pemberley'de mi?"

"Evet; Christmas'a kadar orada kalacak"

"Yapayalnız mı? Bütün arkadaşları gittiler mi?"

"Mrs. Annesley yanında. Ötekiler Scarborough'ya gitti-
ler üç haftalığına."

Söyleyecek başka bir şey aklına gelmedi; ama Darcy
onunla sohbet etmek isteseydi daha başarılı olabilirdi.
Bununla beraber, birkaç dakika sessizce yanında durdu ve
sonunda genç hanımın Elizabeth'in kulağına bir şeyler fısıl-
daması üzerine yürüyüp gitti.

Çay boşları kaldırıldığı ve oyun masaları yerleştirildiği
zaman bütün hanımlar kalktılar; Elizabeth o zaman hemen
yanına geleceğini bekliyordu ki annesinin whist oyuncula-
rı için çıktığı ava kurban gittiğini ve birkaç dakika sonra
grubun geri kalanıyla birlikte masaya oturduğunu görünce
bütün umutları yıkıldı. Şimdi bütün mutluluk umudunu
kaybetmişti. Akşam boyu farklı masalara hapsedilmişlerdi
ve o da oyunda onun kadar başarısız olsun ister gibi, gözle-
rinin sık sık ondan yana dönmesi dışında umut edebileceği
hiçbir şey kalmadı.

Mrs. Bennet Netherfield'li iki beyi gece yemeğine alıkoy-
mayı planlamıştı; ama şanssızlık bu ya, arabaları diğerlerin-
den daha önce emredilmişti; bu yüzden onları tutma fırsatı
bulamadı.

"Kızlar," dedi kendi başlarına kalır kalmaz. "Bugüne ne
diyorsunuz? Bence her şey fevkalade iyi gitti. Sofra pek güzel
donanmıştı. Geyik eti tam kıvamında pişmişti... herkes böy-
le besili but görmedik dedi. Çorba geçen hafta Lucaslarda
yediğimizden elli kat iyiydi; Mr. Darcy bile keklikler harika
olmuş dedi, o ki herhalde iki üç Fransız aşçısı vardır yani.

Ah sevgili Jane, seni hiç bu kadar güzel görmemiştim. Mrs. Long da öyle dedi, çünkü sordum nasıl görünüyor diye. Ayrıca bir de ne dedi dersin? 'Ah Mrs. Bennet, nihayet onu Netherfield'de göreceğiz.' Gerçekten dedi. Bence Mrs. Long dünyanın en iyi insanı... yeğenleri de çok terbiyeli kızlar, gerçi hiç güzel değiller, ama onları pek seviyorum."

Kısaca, Mrs. Bennet alabildiğine keyifliydi; Bingley'nin Jane'e davranışlarını sonunda onu elde edeceğine ikna olacak kadar görmüştü; ailesinin mutluluğuna ilişkin beklentileri, hele de neşesi yerindeyken, öyle akıl ötesi oluyordu ki ertesi gün Bingley'nin evlenme teklif etmeye gelmediğini görünce büyük hayal kırıklığına uğradı.

"Gayet başarılı bir gün oldu," dedi Miss Bennet Elizabeth'e. "Konuklar iyi seçilmişti, herkes herkese uygundu. Umarım yine sık sık toplanırız."

Elizabeth gülümsedi.

"Lizzy, böyle yapmamalısın. Benden şüphelenmemelisin. Canımı sıkıyor. Bingley'yle akıllı uslu bir delikanlıyla sohbet eder gibi, bunun ötesinde bir şey hayal etmeden sohbet etmeyi öğrendim artık, emin ol. Şimdiki davranışlarından o kadar memnunum ki, hiçbir zaman sevgimi kazanma çabası içinde olmadı. Sadece şu var, başka herkesten daha tatlı bir üsluba, daha güçlü bir etrafı memnun etme arzusuna sahip."

"Çok zalimsin," dedi kız kardeşi, "hem gülümsememe izin vermiyorsun, hem de beni her an gülümsemeye kışkırtıyorsun."

"Bazen inandırıcı olmak ne kadar zor oluyor!"

"Çoğu zaman da ne kadar imkânsız oluyor!"

"Ama neden beni söylediğimden daha fazlasını hissettiğime inandırmak istiyorsun?"

"Bu cevabını benim de iyi bilmediğim bir soru. Akıl vermeyi hepimiz severiz, ama sadece bilmeye değmeyecek şeyleri öğretmeyi becerebiliriz. Beni affet; ama ilgisiz kalmak konusunda ısrar edeceksen, bari beni sırdaşın yapma."

Bölüm XIII

Bu ziyaretten birkaç gün sonra Mr. Bingley tekrar uğradı yalnız başına. Arkadaşı ondan o sabah ayrılıp Londra'ya gitmişti, ama on gün içinde eve dönecekti. Onlarla bir saatten fazla oturdu; dikkat çekecek kadar neşeliydi. Mrs. Bennet onu yemeğe davet etti, ama birçok üzüntü ifadesiyle başka yere sözü olduğunu itiraf etti.

"Bir dahaki gelişinizde," dedi, "umarım daha şanslı oluruz."

Çok mutlu olurdu tabii vs. vs. ama ona izin verirdiyse, ilk fırsatta tekrar ziyaretlerine gelirdi.

"Yarın gelebilir misiniz?"

Evet, yarın için hiçbir sözü yoktu; daveti memnuniyetle kabul edildi.

Geldi; hem de öyle iyi bir zamanda geldi ki hanımların hiçbiri henüz giyinmemişti. Mrs. Bennet sabahlığı içinde, saçı yarı yapılmış halde, çığlık çığlığa kızının odasına daldı:

"Sevgili Jane acele et, çabuk aşağı in. Geldi... Mr. Bingley geldi... Geldi yemin ederim. Çabuk, çabuk. Hadi Sarah, Miss Bennet'a bak, elbisesine yardım et. Miss Lizzy'nin saçını boşver."

"Hazır olunca ineceğiz," dedi Jane; "ama eminim Kitty bizden daha öndedir, yukarı yarım saat önce çıktı."

"Aman, bırak Kitty'yi! Onunla ne ilgisi var? Çabuk ol, çabuk ol! Kuşağın nerede tatlım?"

347

Ama annesi gittiği zaman Jane yanında kız kardeşlerinden biri olmadan aşağı inmeye yanaşmadı.

Onları yalnız bırakma çabası akşamleyin de kendini belli etti. Çaydan sonra Mr. Bennet âdeti olduğu üzere kütüphaneye çekildi, Mary de üst kata, piyanosuna çıktı. Beş engelden ikisi böylece ortadan kaldırılınca Mrs. Bennet uygun bir fırsatını kollamaları için Elizabeth'le Catherine'e kaş göz işareti yapmaya başladı, ama dikkatlerini çekemedi. Elizabeth ona bakmıyordu; sonunda Kitty onu görünce gayet masum bir şekilde şöyle dedi: "Ne var anne? Niye bana göz kırpıp duruyorsun? Ne yapacağım?"

"Hiç evladım, hiç. Sana göz kırpmadım." Sonra beş dakika daha hareketsiz oturdu; ama öyle değerli bir fırsatı ziyan etmeyi göze alamadığı için ansızın ayağa kalkıp Kitty'ye:

"Gel hadi yavrum, seninle konuşmak istiyorum," dedi ve onu odadan çıkardı. Jane hemen Elizabeth'e böyle bir plan karşısında duyduğu sıkıntıyı gösteren ve ondan buna izin vermemesini isteyen bir bakış attı. Birkaç dakika sonra Mrs. Bennet kapıyı yarı açıp seslendi:

"Lizzy, tatlım, seninle konuşmak istiyorum."

Elizabeth gitmek zorunda kaldı.

"Onları yalnız bıraksak iyi olur," dedi annesi hole çıkar çıkmaz. "Kitty'yle ben yukarı çıkıyoruz, soyunma odamda oturacağız."

Elizabeth annesiyle tartışmaya kalkışmadı, o ve Kitty gözden kayboluncaya kadar sessizce holde bekledi, sonra oturma odasına geri döndü.

Mrs. Bennet'ın o günkü planları etkili olmadı. Bingley her bakımdan çok hoştu, kızının müstakbel sevgilisi olmak dışında. Rahatlığı ve neşesiyle akşam toplantıları için harika bir konuk oldu; annenin sıkıcı işgüzarlığına katlandı, bütün aptalca sözlerini sabırla ve vakur bir yüz ifadesiyle dinledi, kızının büyük takdirini kazandı.

Gece yemeğine kalmak için davet edilmesi bile gerekmedi; gitmeden önce daha çok kendisinin ve Mrs. Bennet'ın girişimleriyle ertesi sabah kocasıyla ava çıkmaya gelmesi için sözleşildi.

O günden sonra Jane bir daha kayıtsızlığından bahsetmedi. Kız kardeşler arasında Bingley'nin adı bile anılmadı; ama Elizabeth eğer Mr. Darcy söylenen tarihte dönmezse her şeyin hızla sonuçlanacağına dair mutlu bir inanç duyarak yatağa gitti. Ciddi ciddi, bütün bunların o beyefendinin rızasıyla gerçekleştiğine inanmış gibiydi.

Bingley randevusuna tam saatinde geldi; o ve Mr. Bennet kararlaştırıldığı gibi sabahı birlikte geçirdiler. Mr. Bennet av arkadaşının beklediğinden çok daha uyumluydu. Bingley'de onun alay etme duygusunu kışkırtacak ya da midesini bulandırıp suskunlaştıracak en ufak bir küstahlık veya ahmaklık yoktu; ötekinin onu daha önce gördüğünden daha konuşkan ve daha az kendi havasındaydı. Bingley, tabii onunla yemeğe döndü; akşamleyin Mrs. Bennet'ın zekâsı yine herkesi Bingley'yle kızından uzak tutmak için çalışmaya başladı. Yazacak bir mektubu olan Elizabeth bu amaçla çaydan hemen sonra kahvaltı odasına çekildi; ötekiler de kâğıt oynamaya oturacakları için annesinin planlarına karşı koyması gerekmedi.

Ama mektup bitip de oturma odasına dönünce büyük bir şaşkınlıkla annesinin onun için fazla hünerli olduğundan korkmak için sebebi olduğunu gördü. Kapıyı açınca ablasıyla Bingley'nin heyecanlı bir konuşmaya dalmışlar gibi şöminenin önünde durduklarını gördü; bu şüphe uyandırmasaydı bile aceleyle dönüp birbirlerinden uzaklaşırlarkenki yüzleri her şeyi anlatmaya yeterdi. Halleri gayet tuhaftı; ama Jane'in hali daha da kötü görünüyordu. İkisi de tek kelime etmediler; Elizabeth geri dönüp gitme noktasındaydı ki diğeri gibi oturmuş olan Bingley ansızın kalktı, ablasına birkaç kelime fısıldayıp odadan dışarı koştu.

Jane Elizabeth'ten bir şey saklayamazdı, hele de sırrını söylemek sevinç vereceği zaman; hemen onu kucaklayıp, capcanlı bir heyecanla, dünyadaki en mutlu insan olduğunu söyledi.

"Bu kadarı çok fazla!" diye ekledi, "cidden çok fazla. Bunu hak etmiyorum. Ah! Niye herkes bu kadar mutlu değil?"

Elizabeth içtenlikle, sıcaklıkla, sevinçle tebriklerini ifade etti kelimeler zayıf kaldıysa da. Her nezaket cümlesi Jane için yeni bir mutluluk kaynağı oldu. Ama o an için kız kardeşiyle kalmaya, anlatılacak şeyleri üstünkörü anlatmaya gönlü razı olmadı.

"Hemen anneme gitmeliyim;" diye haykırdı. "Onun o sevecen merakını asla göz ardı edemem, haberi benden başkasından duymasına da izin veremem. Bingley çoktan babama gitti bile. Ah, Lizzy, söyleyeceklerimin bütün sevgili aileme ne büyük zevk vereceğini bilmek! Bu kadar mutluluğa nasıl dayanacağım?"

Sonra annesine seğirtti; annesi kâğıt oyununu maksatlı olarak dağıtmış, üst katta Kitty ile oturuyordu.

Kendi başına kalan Elizabeth onları o zamana kadar aylarca merak ve gerginlik içinde bırakan meselenin sonunda nasıl hızlı ve kolay halledildiğini düşününce gülümsedi.

"Bu da," dedi, "arkadaşının bütün o korku dolu itirazlarının, kız kardeşinin bütün yalan dolanlarının sonu! En mutlu, en akıllı, en makul son!"

Birkaç dakika sonra Bingley yanına geldi; babasıyla görüşmesi kısa ve net olmuştu.

"Ablanız nerede?" dedi aceleyle kapıyı açarken.

"Yukarıda annemin yanında. Hemen iner sanıyorum."

Sonra kapıyı kapattı, yanına geldi, kız kardeş olarak iyi dileklerini ve desteğini rica etti. Elizabeth ilişkileri karşısında duyduğu mutluluğu samimiyetle, coşkuyla ifade etti. Hararetle el sıkıştılar; sonra, ablası aşağı inene kadar Bingley'nin kendi mutluluğu ve Jane'in üstün meziyetleri hakkında söylediklerini dinlemek zorunda kaldı; âşık olduğu halde tüm mutluluk beklentilerinin akıl temeline oturduğuna gerçekten ikna oldu, çünkü Jane'in kusursuz anlayışını ve olağanüstü tabiatını ve onunla arasındaki duygu ve zevk benzerliğini temel almışlardı.

Hepsi için istisnai mutlulukla dolu bir akşam oldu; Miss Bennet'ın ruhundaki tatmin yüzüne öyle tatlı bir canlılık ışıltısı veriyordu ki onu her zamankinden daha güzel gösteriyordu. Kitty sırıttı, gülümsedi, kendi sırasının çabuk gelmesini diledi. Mrs. Bennet Bingley'ye yarım saat boyunca başka konudan bahsetmediği halde rızasını vermeyi de olumlu görüşlerini dile getirmeyi de bir türlü kendini tatmin edecek kadar sıcak bir şekilde yapmayı beceremedi; Mr. Bennet yemekte onlara katıldığı zaman sesi de davranışları da gerçekten ne kadar mutlu olduğunu gösteriyordu.

Bununla beraber, ağzından konuyla ilgili tek ima çıkmadı, ta ki misafirleri gece için izin isteyip gidinceye kadar; ama o gidince kızına dönüp şöyle dedi:

"Jane seni tebrik ederim. Çok mutlu bir kadın olacaksın."

Jane hemen yanına gidip onu öptü, iyiliği için ona teşekkür etti.

"Sen iyi bir kızsın," diye cevapladı babası, "böyle mutlu bir evlilik yapacağını düşünmek beni çok mutlu ediyor. İyi anlaşacağınızdan şüphem yok. Huylarınız farklı değil. İkiniz de öyle uysalsınız ki hiçbir şeyde ısrar edemeyeceksiniz, öyle rahatsınız ki her hizmetçi sizi kandıracak, öyle cömertsiniz ki her zaman gelirinizden fazlasını harcayacaksınız."

"Umarım harcamayız. Para meselelerinde hesapsızlık ya da düşüncesizlik benim açımdan affedilmez olur."

"Gelirinden fazlasını harcamakmış! Mr. Bennet, şekerim," diye haykırdı karısı, "neden bahsediyorsun? Ne demek yani, çocuğun yılda dört beş bini, muhtemelen daha fazlası var." Sonra kızına dönüp, "Ah biricik Jane, öyle mutluyum ki! Bütün gece gözüme uyku girmeyecek. Böyle olacağını biliyordum. Hep dedim sonunda böyle olacak diye. Boşuna bu kadar güzel olamazdın yani! Hatırlıyorum, geçen sene Hertfordshire'e ilk geldiğinde onu görür görmez anladıydım bir araya geleceğinizi. Ah, gelmiş geçmiş en yakışıklı adam!"

Wickham, Lydia, hepsi unutuldular. Jane rakipsiz en sevdiği kızıydı. O anda başka kimse umurunda değildi. Az sonra en küçük kız kardeşleri gelecekte dağıtabileceği mutluluk nesneleri için ona dil dökmeye başladılar.

Mary Netherfield'deki kütüphaneyi kullanmak için izin istedi; Kitty de her kış birkaç balo vermesi için çok yalvardı.

Bingley o andan itibaren haliyle Longbourn'da günlük misafir oldu; sık sık kahvaltıdan önce geldi, her zaman gece geç vakte kadar kaldı, tabii ne kadar münasebetsiz dense yetmeyecek zalim bir komşunun onu yemeğe davet ettiği, onun da kabul etmek zorunda kaldığı bazı günler hariç.

Elizabeth artık ablasıyla pek sohbet edecek zaman bulamıyordu; Bingley varken Jane'in başka kimseye ilgi gösterecek hali olmuyordu; ama Elizabeth bazen mecburen araya giren ayrılık saatlerinde her ikisine de hayli faydalı olduğunu gördü. Jane olmayınca Bingley kendini Elizabeth'e verdi, çünkü onunla sohbet etmeyi seviyordu; Bingley gidince de Jane aynı rahatlama ihtiyacını duyuyordu.

"Beni öyle mutlu etti ki," dedi Jane bir akşam, "geçen baharda şehirde olduğumu bilmiyormuş meğer! Bunun mümkün olabileceği aklıma bile gelmemişti."

"Şüphelenmiştim," diye cevapladı Elizabeth. "Ama nasıl izah etti bunu?"

"Kız kardeşlerinin işi olmalı. Tabii benimle arkadaşlık etmesinden hoşlanmıyorlardı, buna şaşırmam, çünkü birçok bakımdan daha avantajlı bir seçim yapabilirdi. Ama kardeşlerinin benimle mutlu olduğunu gördükleri zaman, ki eminim görecekler, kabul etmeyi öğrenecekler ve tekrar aramız düzelecek; ama bir daha eskisi kadar yakın olamayız."

"Bu senden duyduğum en hoşgörüsüz konuşma," dedi Elizabeth. "Aferin! Seni tekrar Miss Bingley'nin sahte ilgisine kanmış görmek istemiyorum."

"İnanır mısın Lizzy, geçen Kasım'da şehre gittiğinde beni gerçekten seviyormuş; sadece benim kayıtsız olduğuma inandığı için geri dönmemiş!"

"Ufak bir hata yapmış belli ki; ama bu bile onun alçakgönüllülüğünü gösteriyor."

Bu söz doğal olarak Jane'i Bingley'nin mütevazılığı ve kendi meziyetlerini önemsemeyişi hakkında övgü dolu bir konuşma yapmaya itti.

Elizabeth Bingley'nin arkadaşının müdahalesini ele vermediğine sevindi, çünkü Jane dünyadaki en cömert ve en bağışlayıcı kalbe sahipse de bu durumun onu Darcy konusunda önyargılı yapacağını biliyordu.

"Dünyanın en talihli insanıyım!" diye haykırdı Jane. "Ah, Lizzy, niye ailemin içinden ben seçildim, talih bana güldü! Seni de bu kadar mutlu görebilsem! Senin için de böyle bir adam olsa!"

"Bana öyle kırk adam da versen, senin kadar mutlu olamam. Senin tabiatın, senin iyiliğin bende olana kadar senin mutluluğuna sahip olamam. Hayır, hayır, ben kendi başımın çaresine bakarım; belki, şansım yaver giderse, zaman içinde başka bir Mr. Collins'le karşılaşabilirim."

Longbourn ailesindeki gelişme uzun süre sır olarak kalamazdı. Mrs. Bennet haberi Mrs. Philips'e çıtlatıverdi, o da izin filan almadan, Meryton'da ne kadar komşusu varsa hepsine yaydı.

Bennetlar hızla dünyadaki en şanslı aile ilan edildiler, oysa daha birkaç hafta önce Lydia ilk kaçtığında, herkesin gözünde talihsizlik timsali olmuşlardı.

Bölüm XIV

Bir sabah, Bingley'yle Jane'in sözü kesildikten bir hafta kadar sonra, Bingley ve ailenin hanımları yemek odasında otururlarken bir araba sesiyle dikkatleri ansızın pencereye çekildi; dört atlı bir arabanın çimenlikten yukarı çıktığını gördüler. Sabahın misafir için erken bir saatiydi, ayrıca araba da herhangi bir komşularının arabasına benzemiyordu. Atlar kiralıktı; ne araba ne de önündeki uşağın üniforması tanıdık geliyordu. Ama birinin geldiği kesin olduğu için Bingley hemen Miss Bennet'ı böyle bir davetsiz misafir tarafından esir alınmamak için onunla fundalıkta yürümeye ikna etti. İkisi gittiler; diğer üçü tahmine devam ettiler, ama pek başarı sağlayamadılar, ta ki kapı açılıp misafir içeri girene kadar. Gelen Lady Catherine de Bourgh'du.

Hepsi şaşırmaya hazırdılar tabii; ama hiç beklemedikleri kadar hayret ettiler; hanımı hiç tanımadıkları halde Mrs. Bennet'la Kitty'nin duyduğu hayret Elizabeth'inki yanında hafif kaldı.

Odaya her zamankinden daha küstah bir havayla girdi, Elizabeth'in selamına başını hafifçe eğmek dışında bir karşılık vermedi ve tek kelime etmeden oturdu. Elizabeth herhangi bir tanıştırma ricasında bulunulmadığı halde, lady hazretlerinin girişi üzerine adını annesine söylemişti.

Hayret içinde kalan Mrs. Bennet öyle önemli bir misafir ağırlıyor olmak gururunu okşasa da onu büyük nezaketle karşıladı. Bir an sessizce oturduktan sonra gayet gergin bir biçimde Elizabeth'e şöyle dedi:

"Umarım iyisinizdir Miss Bennet. Bu hanım herhalde anneniz."

Elizabeth kısaca öyle olduğunu söyledi.

"Bu da sanırım kız kardeşlerinizden biri."

"Evet madam," dedi Mrs. Bennet koskoca Lady Catherine'le konuşmanın zevki içinde. "En küçüğün bir büyüğü. En küçüğüm yeni evlendi, en büyüğüm de etrafta bir yerde, genç bir beyle yürüyüşte, kendisi sanırım yakında aileden biri olacak."

"Burada ufak bir bahçeniz var," diye karşılık verdi Lady Catherine kısa bir sessizlikten sonra.

"Rosings'le karşılaştırılınca öyledir hanımefendi, mutlaka; ama emin olun Sir William Lucas'ınkinden çok daha büyük."

"Bu oda yaz akşamları oturmak için hiç uygun değil; pencereler tam batıya bakıyor."

Mrs. Bennet onu akşam yemeğinden sonra orada oturmadıklarına temin etti, sonra ekledi:

"Lady hazretlerine sorabilir miyim, ayrıldıkları zaman Mr. ve Mrs. Collins iyi miydiler?"

"Evet, gayet iyi. Onları önceki gece gördüm."

Elizabeth o an Charlotte'tan ona mektup getirmiş, çıkarıp verecek zannetti, çünkü uğramasının tek muhtemel sebebi bu olabilirdi. Ama mektup filan çıkmayınca iyice aklı karıştı.

Mrs. Bennet büyük bir kibarlıkla lady hazretlerine ikramda bulunmak istedi, ama Lady Catherine çok kararlı ve çok nekazetsiz bir biçimde bir şey yemeyi reddetti; sonra ayağa kalkıp Elizabeth'e şöyle dedi:

"Miss Bennet, çimenliğinizin bir yanında küçük bir ormanlık var galiba. Gezmek isterim, bana eşlik ederseniz."

"Git, tatlım," diye haykırdı annesi, "lady hazretlerine yürüyüş yollarımızı göster. Kanımca kendisi keşiş kulübesini beğenecektir."

Elizabeth kabul etti; odasına koşup şemsiyesini aldı ve alt kattaki soylu konuğuna eşlik etti. Koridordan geçerlerken Lady Catherine yemek salonunun ve oturma odasının kapılarını açtı ve içeri kısa bir göz attıktan sonra düzgün görünüşlü odalar olduklarını beyan edip yürüdü.

Arabası kapıda bekliyordu; Elizabeth hizmetçisinin arabada olduğunu gördü. Ağaçlığa uzanan çakıl taşlı yolda sessizce ilerlediler; Elizabeth şimdi her zamankinden de küstah ve itici olan kadınla konuşmak için girişimde bulunmamaya kararlıydı.

"Nasıl oldu da onu yeğenine benzetebildim?" diye düşündü yüzüne bakarken.

Ağaçlığa girer girmez Lady Catherine konuşmaya başladı:

"Buraya gelmemin nedenini öğrenince şaşırmazsınız herhalde Miss Bennet. Kendi kalbiniz, kendi vicdanınız size söylemeli niye geldiğimi."

Elizabeth duygusuz bir şaşkınlıkla baktı.

"İnanın yanılıyorsunuz madam. Sizi burada görme şerefini neye borçlu olduğumu anlayamadım."

"Miss Bennet," diye cevapladı lady hazretleri kızgın bir sesle, "bilmeniz lazım ki beni hafife almaya gelmez. Gayrisamimi olmayı tercih etseniz bile, benim öyle olmadığımı göreceksiniz. Ben samimiyeti ve açıksözlülüğüyle ünlü biriyim ve şimdiki gibi bir durumda elbette bundan vazgeçecek değilim. İki gün önce gayet korkutucu bir söylenti ulaştı bana. Bana dendi ki sadece ablanız gayet başarılı bir evlilik yapmanın eşiğinde değilmiş, siz de Miss Elizabeth Bennet, hemen arkasından, muhtemelen yeğenimle, tek yeğenim Mr. Darcy'yle birleşecekmişsiniz. Bunun feci bir yalan olduğunu biliyorum gerçi, bunun mümkün olduğunu düşünerek ona asla haksızlık etmem, ama görüşlerimi bilesiniz diye hemen bu yere gelmeye karar verdim."

"Doğru olabileceğine inanmadıysanız," dedi Elizabeth hayret ve tiksinti içinde rengi atarak, "niye buraya kadar gelme zahmetine katlandınız, merak ediyorum. Lady hazretleri bununla ne anlatmaya çalışıyor?"

"Elbette böyle bir söylentinin yalanlanmasında ısrar etmek için."

"Longbourn'a, beni ve ailemi görmeye gelmeniz," dedi Elizabeth soğukça, "daha çok bunun teyidi olacaktır; tabii eğer böyle bir söylenti varsa."

"Eğermiş! Demek haberiniz yokmuş gibi yapıyorsunuz. Sizin tarafınızdan maharetle çıkarılmadı mı bu? Etrafa böyle bir söylenti yayıldığını bilmiyor musunuz?"

"Hiç duymadım."

"Aynı şekilde bunun asılsız olduğunu da söyleyebilir misiniz?"

"Lady hazretleriyle aynı seviyede açıksözlülüğe sahipmiş gibi yapacak değilim. Siz soru sorabilirsiniz, ama ben cevap vermemeyi tercih edeceğim."

"Dayanılır şey değil. Miss Bennet, cevap almakta ısrar ediyorum. Yeğenim size evlenme teklif etti mi?"

"Lady hazretleri bunun imkânsız olduğunu ifade ettiler."

"Öyle olmak zorunda; öyle olmalı, eğer aklını kaçırmamışsa. Ama sizin işveleriniz, cilveleriniz bir an başını döndürüp kendisine ve tüm ailesine borçlu olduğu şeyleri unutturmuş olabilir. Onu baştan çıkarmış olabilirsiniz."

"Çıkardıysam, bunu itiraf edecek son kişi olurum."

"Miss Bennet, siz benim kim olduğumu biliyor musunuz? Ben bu tip lisana alışkın değilim. Onun dünyadaki hemen hemen en yakın akrabasıyım ve tüm önemli meselelerini bilmeye yetkiliyim."

"Ama benimkini bilmeye yetkili değilsiniz; ayrıca böyle bir tavırla beni açık olmaya ikna edemezsiniz."

"Doğru anlaşıldığımdan emin olmalıyım. Hayal etme cüreti gösterdiğiniz bu beraberlik asla gerçekleşemez. Hayır, asla. Mr. Darcy benim kızımla nişanlı. Hadi bakalım şimdi ne diyeceksiniz?"

"Sadece şunu diyeceğim; öyleyse, bana evlenme teklif edeceğini düşünmek için hiçbir nedeniniz olamaz."

Lady Catherine bir an tereddüt etti, sonra cevap verdi: "Onların nişanı özel bir türden. Daha bebekken sözleri kesildi. Onun annesinin dileği de buydu, benimki de. Daha beşiktelerken planladık bu beraberliği: ama şimdi, her iki kardeşin de dileği tam gerçekleşmek, ikisi evlenmek üzereyken, aşağı seviyeden, dünyada hiçbir önemi olmayan, aileyle hiçbir bağı olmayan bir genç kadın bunu engelliyor! Onun akrabalarının dileklerine hiç mi saygınız yok? Ya Miss de Bourgh'la olan sessiz nişanına? Tüm utanma, arlanma duygularınızı kayıp mı ettiniz? Daha doğar doğmaz kuzeniyle sözlendi dediğimi duymadınız mı?"

"Evet, dediğinizi duydum. Ama bundan bana ne? Yeğeninizle evlenmeme başka bir engel yoksa tabii ki vazgeçecek değilim annesiyle teyzesi Miss de Bourgh'la evlensin istediler diye. Evliliği planlayarak siz elinizden geleni yapmışsınız. Gerçekleşmesi başkalarına bağlı. Mr. Darcy şeref sözüyle ya da kalben kuzenine bağlı değilse niye başka bir seçim yapmasın? O seçim de bensem, onu niye kabul etmeyeyim?"

"Çünkü şeref, adap, sağduyu, hatta çıkarlar bunu yasaklıyor. Evet, Miss Bennet, çıkarlar; çünkü bile bile tercihlerinin aksine hareket ederseniz ailesi ve arkadaşları tarafından kabul edilmeyi beklemeyin. Onunla yakınlığı olan herkes tarafından dışlanacak, küçümsenecek, görmezden gelineceksiniz. Evliliğiniz bir yüzkarası olacak; adınız hiçbirimiz tarafından anılmayacak."

"Bunlar ağır talihsizlikler," diye cevapladı Elizabeth. "Ama Mr. Darcy'nin karısı onunla beraber olmaktan gelen öyle olağanüstü mutluluk kaynaklarına sahip olur ki bunlara üzülmesi için hiçbir neden kalmaz."

"İnatçı, dikbaşlı kız! Senden utanıyorum! Geçen baharda sana gösterdiğim ilgi alakaya böyle mi teşekkür edecektin? O zamandan bana borcun yok mu? Oturalım. Anlayacaksın, Miss Bennet, buraya amacımı gerçekleştirmeye kararlı olarak geldim; vazgeçmem. Ben ömrümde kimsenin kaprisine boyun eğmedim. Ömrümde hoş görmedim hayır cevabını."

"Bu lady hazretlerinin şimdiki durumunu daha da acınası yapıyor, ama beni etkileyemez."

"Sözümü kesme. Beni sessizce dinle. Kızımla yeğenim birbirleri için düşünüldüler. Anne tarafından aynı soylu koldan, baba tarafından ise unvansız da olsa, saygın, şerefli ve eski ailelerden geliyorlar. Her iki taraftan servetleri muazzam. Her iki ailenin her üyesinin gözünde onlar birbirlerine aitler; peki ne ayıracak onları? Ailesi, akrabası, serveti olmayan bir genç kadının küstah hayalleri. Dayanılır şey mi bu! Asla değil, olmayacak da. Kendi iyiliğini düşünseydin, içinde büyüdüğün çevreden ayrılmak istemezdin."

"Yeğeninizle evlenmekle o çevreden ayrıldığımı düşünmeyeceğim. O bir beyefendi; ben de bir beyefendinin kızıyım; bu bakımdan eşitiz."

"Doğru. Bir beyefendinin kızısın. Ama annen kimlerden? Dayıların teyzelerin kimler? Beni onlardan habersiz sanma."

"Akrabalarım kim olursa olsun," dedi Elizabeth, "yeğeniniz onlara itiraz etmiyorsa sizi ilgilendirmezler."

"Bana açık söyle, onunla sözlendin mi?"

Aslında Elizabeth Lady Catherine'i memnun etmek amacıyla bu soruya cevap vermezdi, ama bir an düşündükten sonra cevap vermeden duramadı:

"Hayır."

Lady Catherine memnun olmuş gibiydi.

"Peki sözlenmeyeceğine bana söz verir misin?"

"Bu tür bir söz veremem."

"Miss Bennet şoke oldum, dehşete düştüm. Daha makul bir genç kadın bulacağımı sanmıştım. Ama vazgeçeceğimi düşünerek kendini aldatma. Bana istediğim garantiyi verene kadar buradan gitmeyeceğim."

"Asla vermeyeceğim. Bu kadar akıldışı bir şey için beni korkutamazsınız. Lady hazretleri Mr. Darcy'yi kızınızla evlendirmek istiyorsunuz; ama istediğiniz sözü size vermem onların evliliğini mümkün kılacak mı? Beni sevdiğini varsayalım, onun teklifini reddetmem aynı teklifi kuzenine yapmasını sağlayacak mı? Şunu söylememe izin verin, Lady Catherine, bu olağandışı isteği destekleyen sebepleriniz ne kadar anlamsızsa isteğin kendisi de o kadar saçma. Böyle sözlerden etkileneceğimi sanıyorsanız kişiliğim konusunda çok yanılmışsınız. Yeğeniniz özel işlerine karışmanızı ne kadar onaylar, bilemem; ama benimkine karışmaya hiç hakkınız yok. Bu yüzden, rica ederim meseleyi daha fazla uzatmayın."

"O kadar çabuk değil. İşim bitmedi. Söylediğim bütün itirazlara ekleyecek bir şey daha var. En küçük kardeşinin kaçma rezaletinin ayrıntılarından habersiz değilim. Her şeyi biliyorum; delikanlının onunla evlenmesi babanla dayının karşıladığı alelacele uydurulmuş bir işti. Öyle bir kız, yeğenimin baldızı mı olacak? Kocası, merhum babasının vekilharcının oğlu, onun bacanağı mı olacak? Tanrı esirgesin!.. buna ne buyrulur? Pemberley'nin gölgelikleri böyle mi kirletilecek?"

"Artık başka bir şey söyleyemezsiniz," diye cevap verdi sıkıntıyla. "Mümkün olan her şekilde bana hakaret ettiniz. İzninizle eve dönüyorum."

Bu sözleri söylerken kalktı. Lady Catherine de kalktı ve geri döndüler. Lady hazretleri hayli öfkeliydi.

"Demek yeğenimin şerefine ve itibarına hiç saygın yok! Duygusuz, bencil kız! Hiç düşünmüyor musun, seninle ilişkisi olması onu herkesin gözünden düşürecek?"

"Lady Catherine, söyleyecek başka bir şeyim yok. Düşüncelerimi biliyorsunuz."

"Yani onunla evleneceksin, öyle mi?"

"Öyle bir şey demedim. Kendi görüşüme göre beni ne mutlu edecekse sadece ona göre davranmaya kararlıyım; sizin ya da benimle ilgisi bulunmayan başka birilerinin ne dediği umurumda değil."

"Pekâlâ. Demek reddediyorsun. Vazife, şeref ve minnet duygusunun gereklerini yerine getirmeyi reddediyorsun. Onu bütün dostlarının gözünde mahvetmeye, dünyaya rezil etmeye kararlısın."

"Ne vazife, ne şeref, ne de minnet duygusu," diye cevapladı Elizabeth, "böyle bir durumda benim üzerimde etkili olabilir. Benim Mr. Darcy'yle evlenmemde bu ilkeleri çiğneyen hiçbir şey yok. Ailenin gücenmesine ya da dünyanın hakir görmesine gelince, benimle evleniyor diye ailesi heyecana kapılırsa bu beni bir an bile endişelendirmez... dünya ise böyle işlerle uğraşmayacak kadar kendini bilir."

"Gerçek görüşün bu demek! Son kararın bu! Çok güzel. Ben yapacağımı biliyorum. Sanma ki Miss Bennet hırsın mükâfatını alacak. Buraya seni denemeye geldim. Seni makul bulacağımı umuyordum; ama şundan emin ol, ben aklıma koyduğumu yaparım."

Arabanın kapısına gelene kadar Lady Catherine bu şekilde konuştu durdu; sonra aceleyle dönüp şu sözleri ekledi:

"Senden izin istemiyorum Miss Bennet. Annene de selamlarımı göndermiyorum. Böyle bir ilgiyi hak etmiyorsun. Ciddi şekilde canımı sıktın."

Elizabeth cevap vermedi; lady hazretlerini eve dönmeye ikna etmeye kalkışmadan kendi başına sessizce yürüyüp eve girdi. Üst kata çıkarken arabanın uzaklaştığını duydu. Annesi onu soyunma odasının kapısında sabırsızca karşıladı, Lady Catherine'in niye tekrar içeri gelip dinlenmediğini sordu.

"İstemedi," dedi kızı. "Gidecekmiş."

"Ne hoş bir kadın! Bize uğraması da son derece nazik bir davranış! Çünkü herhalde bize Collinslerin iyi olduğunu söylemek için geldi sadece. Besbelli başka bir yere gidiyordu da Meryton'dan geçerken sana uğramayı düşündü. Sana söyleyeceği özel bir şey yoktu, değil mi Lizzy?"

Elizabeth bu noktada biraz yalana başvurmak zorunda kaldı; çünkü konuşmalarının konusunu açıklamak imkânsızdı.

Bölüm XV

Bu olağandışı ziyaretin yol açtığı can sıkıntısını atlatmak Elizabeth için kolay olmadı; her an bunu düşünmemeyi saatlerce beceremedi. Lady Catherine besbelli Rosings'den oraya kadar onca zahmete gerçekten sadece Mr. Darcy'yle hayali sözlenmesini bozmak için gelmişti. Cidden akıllı bir plandı! Ama sözlendikleri söylentisinin nereden çıkmış olabileceği konusunda Elizabeth hiçbir fikir yürütemiyordu; sonunda Darcy'nin Bingley'nin yakın arkadaşı, onun da Jane'in kardeşi olmasının bir düğün beklentisinin herkeste bir ikincisi için istek uyandırdığı bir zamanda bu fikri doğurmaya yeterli olduğu aklına geldi. Ablasının evliliğinin onları daha sık bir araya getireceğini hissettiğini unutmamıştı. Lucas Köşkü'ndeki komşuları, demek ki, (Collinslerle haberleştikleri için, söylentinin Lady Catherine'e o yoldan ulaştığı sonucuna vardı) Elizabeth'in ileriki bir zaman için mümkün gördüğü şeyi olmuş bitmiş bir şey gibi aktarmışlardı.

Bununla beraber, Lady Catherine'in ifadelerini düşünürken onun bu müdahalede ısrar etmesinin muhtemel sonucu konusunda elinde olmadan biraz rahatsızlık duydu. Evliliklerini önleme kararıyla ilgili söylediklerinden Elizabeth yeğeninden istekte bulunmayı planlıyor olabileceğini düşündü; onunla akraba olmanın getireceği olumsuzlukları aynı şekilde ona da anlatırsa Darcy bunu nasıl karşılar, bunu düşünmeye cesaret edemedi. Teyzesine düşkünlüğünün tam derecesini ya da görüşlerini ne kadar umursadığını bilmiyordu, ama lady hazretlerine Elizabeth'in verebileceğinden daha fazla değer vermesi doğaldı; ayrıca, yakın akrabaları kendi akrabalarından öyle aşağı olan biriyle evlenmenin dertlerini sayarken teyzesinin onun en zayıf yanına sesleniyor olacağı da kesindi. Darcy Elizabeth'e zayıf ve gülünç gelen asalet konusundaki görüşleriyle muhtemelen bu iddiaların akla yakın ve etraflıca düşünülmüş olduğunu hissedecekti.

Darcy o zamana kadar ne yapması gerektiği konusunda kararsızdıysa, ki sık sık öyle görünüyordu, o kadar yakın bir akrabanın telkin ve istekleri her şüpheyi ortadan kaldırabilir ve onu bir anda lekesiz asaletin imkânları içinde mutlu olmaya yöneltebilirdi. O durumda geri dönmezdi. Lady Catherine şehre giderken uğrayıp onu görebilirdi ve Bingley'e verdiği Netherfield'e dönme sözü unutulur giderdi.

"Demek oluyor ki arkadaşına birkaç gün içinde dönmek üzere verdiği sözü tutmak yerine özür mektubu gönderirse," diye ekledi, "bunu nasıl yorumlayacağımı biliyorum. O zaman her umuda, bağlılığıyla ilgili her dileğe bir son vereceğim. Eğer sevgimi ve evet cevabımı alabilecekken beni özlemek ona yetecekse, ben de onu özlemeyi derhal bırakacağım."

Ziyarete kimin geldiğini duyan diğer aile üyelerinin şaşkınlığı büyük oldu; ama bunu Mrs. Bennet'ın merakını yatıştıran aynı tür varsayımla memnuniyet duyarak giderdiler; böylece Elizabeth de konuyla ilgili sıkıştırılmaktan kurtulmuş oldu.

Ertesi sabah merdivenden aşağı inerken, elinde bir mektupla kütüphanesinden çıkan babasıyla karşılaştı.

"Lizzy," dedi babası, "ben de seni arayacaktım; odama gel."

Elizabeth babasının arkasından içeri girdi; ona söyleyecekleri konusundaki merakı, bunların bir şekilde elindeki mektupla bağlantılı olduğunu düşününce daha da arttı. Ansızın mektubun Lady Catherine'den gelmiş olabileceğini düşündü ve bunun gerektireceği onca açıklamayı sıkıntıyla aklından geçirdi.

Babasını şömineye kadar takip etti; birlikte oturdular. Babası söze başladı:

"Bu sabah beni son derece şaşırtan bir mektup aldım. Esasen seni ilgilendiriyor, o yüzden içeriğini bilmeye hakkın var. İki kızımın evliliğin eşiğinde olduğunu daha önce bilmiyordum. Bu çok önemli başarı için seni tebrik etmeme izin ver."

O an mektubun teyzeden değil, yeğenden geldiği inancı içinde Elizabeth'in yanaklarına kan hücum etti; Darcy nihayet kendini ifade ettiği için sevinsin mi, yoksa mektubu ona yazmadığı için gücensin mi, karar veremedi; babası devam etti:

"Bildiğin anlaşılıyor. Genç hanımların böyle konularda sezgileri kuvvetli oluyor; ama galiba hayranının adını keşfetme konusunda ben senin zekânı bile geçebilirim. Bu mektup Mr. Collins'ten."

"Mr. Collins'ten mi! Onun söyleyecek neyi olabilir ki?"

"Amaca yönelik bir şeyler tabii. Besbelli iyi kalpli, dedikoducu Lucaslardan duymuş, en büyük kızımın yaklaşan nikâhı için tebrik ederek başlıyor. O konuda ne dediğini okuyarak sabrını zorlamayacağım. Sana dair söyledikleri şunlar. "Bu mutlu hadiseyle ilgili Mrs. Collins'in ve şahsımın içten tebriklerini böylece sunduktan sonra, aynı kaynaktan öğrendiğimiz diğer konuyla ilgili kısa bir söz ekleyeyim. Kızınız Elizabeth, ablası bıraktıktan sonra Bennet adını uzun süre taşımayacak deniyor; seçilmiş kader arkadaşı da, bu diyardaki en muhteşem şahsiyetlerden biri olarak hayranlıkla bakılmayı hak ediyor."

"Kimi kastettiğini herhalde tahmin edersin, değil mi Lizzy?" "Bu genç beyefendi fani kalplerin arzulayabileceği her şeyle özel bir şekilde kutsanmış... göz kamaştıran bir servet, asil bir kan ve cömert bir himaye. Yine de bütün bu cazibeye rağmen, bu beyefendinin haliyle hemen kabul etmek isteyeceğiniz tekliflerinin ani iptaliyle maruz kalabileceğiniz sıkıntılar konusunda kuzenim Elizabeth'i ve şahsınızı uyarmak isterim."

"Bu beyefendinin kim olduğu konusunda bir fikrin var mı Lizzy? Ama ortaya çıkıyor."

"Sizi uyarma sebebim şu. Teyzesinin, yani Lady Catherine de Bourgh'un evliliğe iyi gözle bakmadığına inanmak için sebeplerimiz var."

"Mr. Darcy, ya, adamımız oymuş! Şimdi seni şaşırttım herhalde Lizzy. Mr. Collins ya da Lucaslar tanıdıklarımız arasında adı yalanlarını bu kadar aşikâr yapacak başka bir adam bulabilirler miydi? Mr. Darcy, kadınlara sadece kusur bulmak için bakan, hele sana hayatında muhtemelen hiç bakmamış bir adam! Muazzamlar yani!"

Elizabeth babasının eğlencesine katılmak istedi, ama sadece çok keyifsiz bir biçimde gülümsemeyi başarabildi. Babasının alaycılığı ona hiç o kadar sevimsiz görünmemişti.

"Eğlenmedin mi?"

"A evet. Lütfen devam edin."

"Dün gece bu evlilik ihtimalini lady hazretlerine söyledikten sonra, kendisi derhal, her zamanki gibi tenezzül buyurarak, bu durumla ilgili hislerini ifade etti; o zaman kuzenimin ailesiyle ilgili bazı itirazlar sebebiyle utanç verici bir beraberlik diye adlandırdığı şeye asla rıza göstermeyeceği belli oldu. Bu bilgiyi hemen kuzenime iletmeyi vazife addettim, o ve asil hayranı neyle karşı karşıya olduklarını bilsinler diye ve usulünce tasdik edilmemiş bir nikâh için

acele etmesinler diye bir de." "Mr. Collins ardından ekli-
yor." "Kuzenim Lydia'nın kederli işinin böyle iyi topar-
lanmış olmasına cidden çok memnun oldum; tek endişem
nikâhtan önce birlikte yaşamış olmalarının herkesçe bilini-
yor olması. Mamafih mesleki vazifelerimi ihmal etmeyecek
ve genç çifti nikâh kıyılır kıyılmaz evinize kabul ettiğinizi
duyunca ne kadar şaşırdığımı ifade etmekten geri kalma-
yacağım. Ahlaksızlığı mükâfatlandırdınız; ben Longbourn
rahibi olsaydım buna şiddetle karşı çıkardım. Onları bir
Hristiyan olarak elbette affetmelisiniz, ama bir daha yüzle-
rine bakmamalı, adlarının anılmasına izin vermemelisiniz."
"Bu da onun Hristiyan hoşgörüsü tarifi! Mektubunun geri
kalanı sevgili Charlotte'unun durumuyla ilgili; çocuk bekli-
yormuş. Ama Lizzy, hoşlanmamış gibisin. Alınmadın uma-
rım; uyduruk bir mektuba bozulmuş gibi yapma. Çünkü
niye yaşıyoruz? Komşularımızla eğlenmek, sıramız gelince
onlara gülmek için."

"Yo," diye haykırdı Elizabeth, "son derece eğlendim.
Ama çok tuhaf."

"Evet... zaten o yüzden eğlenceli. Başka bir adam seçseler
etkili olmazdı; ama onun mutlak kayıtsızlığı ve senin apa-
çık nefretin meseleyi harikulade abuk yapıyor! Yazmaktan
zerrece hazzetmiyorum ama Mr. Collins'in mektuplarından
hiçbir sebeple vazgeçmem. Hatta mektuplarını okuyunca,
elimde değil, onu Wickham'dan daha kıymetli buluyorum,
ben ki damadımın adiliğini ve yalancılığını hayli beğenirim.
Ama söyle lütfen Lizzy, Lady Catherine bu haber konusun-
da ne dedi? Rızasını esirgemek için mi uğraşmış?"

Bu soruya Elizabeth sadece bir kahkahayla cevap verdi;
soru hiçbir şüphe duyulmadan sorulmuş olduğu için baba-
sının tekrarlamasından rahatsız olmadı. Duygularını farklı
göstermek konusunda daha önce hiç bu kadar bocalama-
mıştı. Gülmek zorunda kalıyordu, ağlamayı tercih ettiği hal-
de. Babası onu zalimce üzmüştü Mr. Darcy'nin kayıtsızlığı

hakkında söyledikleriyle; böyle bir kavrayış eksikliği karşısında şaşırmak ya da belki, babasının çok az görüyor olması yerine kendisinin çok fazla hayal ediyor olması ihtimalinden korkmak dışında bir şey gelmiyordu elinden.

Bölüm XVI

Bingley Elizabeth'in az çok beklediği gibi arkadaşından özür mektubu almak yerine Lady Catherine'in ziyaretinden birkaç gün sonra Darcy'yi yanında Longbourn'a getirdi. Beyler erken geldiler; kızının korku dolu bakışları altında Mrs. Bennet Mr. Darcy'ye tam teyzesini gördüklerini söyleyecekti ki fırsat bulamadı, çünkü Jane'le yalnız kalmak isteyen Bingley hep beraber yürüyüşe çıkmayı teklif etti. Teklif kabul edildi. Mrs. Bennet'ın yürüyüş âdeti yoktu, Mary'nin vakti yoktu, ama diğer beşi çıktılar. Bingley'yle Jane diğerlerinin onları geçmesine izin verdi. İkisi arkada ayak sürüdüler; Elizabeth, Kitty ve Darcy birbirlerini oyalayacaklardı. İkisi de çok az konuştular; Kitty ise Darcy'den konuşamayacak kadar korkuyordu; Elizabeth içten içe umutsuz bir karara varıyordu ve belki Darcy de aynısını yapıyordu.

Lucaslara doğru yürüdüler; Kitty Maria'ya uğramak istemişti; Elizabeth endişelenme gereği duymadan, Kitty onlardan ayrılınca, Darcy'yle baş başa cesurca yürümeye devam etti. Şimdi kararının uygulanma zamanıydı ve cesareti yerindeyken, hemen şöyle dedi:

"Mr. Darcy, ben çok bencil bir yaratığım; kendi duygularımı rahatlatmak uğruna sizinkileri ne kadar rahatsız ettiğime aldırmam. Artık kendimi tutamıyorum; zavallı kız kardeşime yaptığınız benzersiz iyilik için size teşekkür ederim. Öğrendiğimden beri bunu ne kadar minnettarlıkla hissettiğimi size söylemek için sabırsızlanıyorum. Ailemin diğer üyeleri bilselerdi, sadece kendi minnettarlığımı ifade etmekle kalmazdım."

"Üzgünüm, son derece üzgünüm," diye cevapladı Darcy şaşkınlık ve heyecan dolu bir sesle, "hatalı bir açıdan bakınca sizi rahatsız edebilecek bir şey öğrenmenizi istemezdim. Mrs. Gardiner'ın bu kadar güvenilmez olduğunu düşünmemiştim."

"Yengemi suçlamamalısınız. Meseleyle ilginiz olduğunu bana önce Lydia'nın dikkatsizliği düşündürttü; sonra da tabii ayrıntıları öğrenene kadar rahat etmedim. Onları bulmak uğruna onca zahmete girmenize, onca sıkıntıya katlanmanıza neden olan o cömert fedakârlığınız için size bütün ailem adına tekrar tekrar teşekkür ederim."

"Bana teşekkür edecekseniz," diye cevapladı Darcy, "sadece sizin adınıza olsun. Sizi mutlu etme arzusunun beni harekete geçiren başka sebeplere güç kattığını inkâr etmeye çalışmayacağım. Ama aileniz bana hiçbir şey borçlu değil. Onlara ne kadar saygı duysam da sadece sizi düşündüm."

Elizabeth tek kelime edemeyecek kadar utanmıştı. Kısa bir sessizlikten sonra yol arkadaşı sözlerine devam etti: "Benimle oyun oynamayacak kadar naziksiniz. Eğer duygularınız hâlâ geçen Nisan'daki gibiyse, bana bunu hemen söyleyin. Benim duygu ve dileklerim değişmedi, ama tek bir sözünüz beni bu konuda ilelebet susturacaktır."

Darcy'nin halindeki hiç de olağan olmayan tuhaflığı ve endişeyi hisseden Elizabeth kendini konuşmaya zorladı ve hemen, pek akıcı bir biçimde olmasa da, sözünü ettiği zamandan beri duygularının büyük bir değişim geçirdiğini, az önceki sözlerini minnettarlık ve sevinçle kabul ettiğini anlamasını sağladı. Bu cevabın yarattığı mutluluk Darcy'nin muhtemelen daha önce hiç hissetmediği türdendi; kendini şiddetle âşık bir adamdan beklenebileceği gibi içtenlikle, sıcaklıkla ifade etti. Elizabeth gözlerine bakmaya cesaret edebilseydi, yürekten hissedilen sevinç ifadesinin yüzüne nasıl yayıldığını ve ona ne kadar yakıştığını görebilirdi; ama bakamadıysa da dinleyebildi ve Darcy onun için ne kadar önemli olduğunu kanıtlarken sevgisini her an daha değerli kılan duygulardan söz etti.

Yürümeye devam ettiler hangi yönde gittiklerini bilmeden. Düşünülecek, hissedilecek, söylenecek öyle çok şey vardı ki başka hiçbir şeye dikkat edemediler. Elizabeth çok geçmeden aralarındaki o anki anlayışı teyzesinin çabalarına borçlu olduklarını öğrendi; lady hazretleri Londra üzerinden dönerken ona uğramış, orada Longbourn'a yaptığı yolculuğu, amacını ve Elizabeth'le yaptığı konuşmanın konusunu anlatmıştı; lady hazretlerinin kanısınca Elizabeth'in sapkınlığını ve yüzsüzlüğünü apaçık gösteren her ifadesi üstünde ısrarla durmuş, böyle bir şikâyetin, onun vermeyi reddettiği sözü yeğeninden alma çabasına yardımcı olacağını sanmıştı. Ama lady hazretlerinin beklentisinin aksine, bunlar tam ters etki yapmıştı.

"Bu bana umut etmeyi öğretti," dedi Darcy; "daha önce kendime umut etme izni vermiyordum. Bana karşı kesin, dönüşü olmayan bir biçimde kararlı olsaydınız bunu Lady Catherine'e açıkça, içtenlikle söyleyeceğinizi bilecek kadar iyi tanıyordum sizi."

Elizabeth kızardı; cevap verirken güldü: "Evet, açıksözlülüğümü bunu yapabileceğime inanacak kadar biliyorsunuz. Sizi yüzünüze karşı öyle kötüledikten sonra sizi akrabalarınıza karşı kötülemekten hiç çekinmezdim."

"Bana hak etmediğim ne söylediniz ki? Suçlamalarınız asılsız, hatalı tespitler üzerine kurulu olsa da size karşı o zamanki davranışım en sert kınamayı hak ediyordu. Affedilir gibi değildi. Utanç duymadan hatırlayamıyorum."

"O akşamla ilgili kim daha suçlu diye kavga etmeyelim," dedi Elizabeth. "İkimizin de davranışı, iyi düşünülürse, o kadar hatasız değildi; ama o zamandan beri ikimiz de kibarlık konusunda umarım gelişme sağladık."

"Ben kendimle o kadar kolay barışamıyorum. O zaman dediklerimi, hareketlerimi, tavırlarımı, ifadelerimi hatırlamak, ki aylar geçti, bana tarifsiz acı veriyor. Sizden işittiğim gayet usturuplu azarı asla unutmayacağım: 'Daha beyefendice davranmış olsaydınız.' Sözleriniz bunlardı. Bana nasıl işkence ettiler, bilemezsiniz, hayal bile edemezsiniz... yine de itiraf ederim, haklı olduklarını kabul etmem biraz zaman aldı."

"Gerçekten o kadar güçlü bir etki yapmalarını hiç beklemiyordum. Öyle hissedeceğiniz aklıma bile gelmemişti."

"Buna inanırım. O zaman beni duygusuz sanıyordunuz, eminim. Teklifimi başka bir şekilde yapsam bile beni kabul etmenizin mümkün olmadığını söylerkenki yüz ifadenizi asla unutmayacağım."

"Ah, o zaman dediklerimi tekrar etmeyin. Bunları hatırlamak bir işe yaramayacak. İnanın, uzun zamandır ben de utanıyorum onlardan."

Darcy mektubundan söz etti. "Mektup," dedi, "hakkımda daha iyi düşünmenize hızlı bir etkisi oldu mu? Okuyunca orada anlatılanları inanılır buldunuz mu?"

Elizabeth mektubun etkisinin ne olduğunu, eski önyargılarının nasıl giderek silindiğini açıkladı.

"Biliyordum," dedi, "yazdıklarım size acı verecekti, ama gerekliydi. Umarım mektubu imha etmişsinizdir. Özellikle bir bölüm vardı, giriş bölümü, ki tekrar okuma imkânına sahip olmanızdan dehşet duyarım. Haklı olarak benden nefret etmenize neden olabilecek bazı ifadeler hatırlıyorum."

"Mektup elbette yakılacaktır hayranlığımın korunması için gerekli görüyorsanız; ama görüşlerimin tümden değiştirilemez olmadığını düşünmek için ikimizin de nedenleri olsa da, umarım, bu sözün iddia ettiği kadar kolay değişmezler."

"O mektubu yazdığım zaman," diye cevapladı Darcy, "son derece sakin ve soğukkanlı olduğuma inanıyordum, ama o zamandan beri dehşet verici bir isyan duygusu içinde yazıldığını düşünüyorum."

"Mektup belki isyan ederek başlamıştır, ama öyle bitmiyordu. Vedanız bile yüce gönüllüğün ta kendisiydi. Ama artık mektubu düşünmeyelim. Yazanın duyguları da, alanın duyguları da şimdi o zamankinden öyle farklılar ki onunla bağlantılı tüm sevimsiz olayların unutulması lazım. Biraz benim felsefemi öğrenmelisiniz. Geçmişin sadece hatırlamaktan zevk aldığınız kadarını düşünün."

"Böyle bir felsefeniz olduğuna inanamam. Sizin geçmişe bakışınız pişmanlık ihtimalinden öyle uzak ki o anılardan doğan huzur duygusu felsefeyle değil, daha da iyisi, bilgisizlikle açıklanabilir. Ama bende öyle değil. Acı verici anılar kendilerini hep hatırlatıyorlar ve onları akıldan çıkarmak mümkün olmuyor, olmamalı. İlkelerimde değilse bile davranışlarımda hayatım boyunca bencil biri oldum. Çocukken bana neyin doğru olduğu öğretildi, ama huyumu düzeltmem öğretilmedi. İyi ilkeler edindim, ama onları gurur ve böbürlenme içinde takip etmeye bırakıldım. Maalesef tek erkek çocuk (hatta yıllarca tek çocuk) olarak annem babam tarafından şımartıldım; onlar kendileri iyiydiler (bilhassa babam, sevgi ve özen dolu bir adamdı) ama benim bencil ve tahakkümcü olmam, kendi aile çevrem dışında kimseyi umursamamam, insanların geri kalanını küçümsemem, en azından benimkinin yanında onların duygu ve değerlerini küçümsemek istemem için izin, cesaret, neredeyse eğitim verdiler. Sekiz yaşımdan yirmi sekiz yaşıma kadar böyleydim ve hâlâ böyle kalabilirdim, güzeller güzeli sevgili Elizabeth, sen olmasaydın! Sana neler neler borçluyum! Bana önce zor, ama sonra çok yararlı gelen bir ders verdin. Senin sayende ayağım yere bastı. Sana kabul edileceğimden kuşku duymadan geldim. Sen de bana mutlu edilmeye layık bir kadını mutlu etmek için tüm kibrimin nasıl da yetersiz olduğunu öğrettin."

"O zaman kabul edeceğime inanmış mıydın?"

"Gayet tabii. Gururuma ne buyrulur? Sana teklifte bulunmamı istediğine, beklediğine inanıyordum."

"Hareketlerim hatalı olmuş olabilir, ama inan bilinçli değildi. Seni kandırmayı hiç düşünmedim, ama tezcanlılığım beni sık sık yanlış yöne götürüyor. O akşamdan sonra benden nasıl da nefret etmişsindir."

"Senden nefret etmek mi! Belki başta kızgındım, ama kızgınlığım kısa sürede doğru bir yöne girmeye başladı."

"Pemberley'de karşılaştığımız zaman hakkımda ne düşündüğünü sormaya biraz çekiniyorum. Geldiğim için beni suçladın mı?"

"Hayır, asla; şaşırdım, o kadar."

"Sana yakalanınca şaşkınlığı asıl bende görecektin. Vicdanım bana olağandışı hiçbir nezaket beklemeye hakkım olmadığını söylüyordu; itiraf ederim ki hak ettiğimden daha fazlasını görmeyi beklemiyordum."

"O sırada amacım," diye cevapladı Darcy, "var gücümle sana geçmişten pişmanlık duyacak kadar dar kafalı olmadığımı göstermekti; hoş görünü kazanmak, olumsuz düşüncelerini azaltmak, azarlarının dikkate alındığını görmeni sağlamak umudundaydım. Başka hayaller hangi ara ortaya çıktılar tam bilmiyorum, ama sanırım seni gördükten yarım saat filan sonra."

Ardından, Georgiana'nın onu tanımaktan nasıl mutluluk duyduğunu, ani gidişine ne kadar üzüldüğünü anlattı, ki buradan da söz haliyle o gidişin sebebine geldi; Elizabeth az sonra Darcy'nin kız kardeşini bulmak için onu Derbyshire'den takip etme kararını handan ayrılmadan önce verdiğini, oradaki dalgın, düşünceli halinin herhangi başka bir mücadeleden değil sadece böyle bir amacın önünde olanlardan kaynaklandığını öğrendi.

Minnettarlığını tekrar ifade etti, ama bu her ikisi için de daha fazla uzatılamayacak kadar acı verici bir konuydu.

Öyle aylak aylak ve hiçbir şeyin farkına varamayacak meşguliyet içinde birkaç mil yürüdükten sonra nihayet saatlerine bakınca eve gitme vaktinin geldiğini gördüler.

"Mr. Bingley'yle Jane ne yapacaklar acaba!" Bu soru onların ilişkisini ortaya getirdi. Darcy sözlenmelerinden gayet memnundu; arkadaşı bunu ona hemen haber vermişti.

"Şaşırdın mı diye sorabilir miyim?" dedi Elizabeth.

"Hiç değil. Giderken yakında olacağını biliyordum."

"Yani izin vermiştin. Ben de öyle tahmin etmiştim." Darcy bu ifadeye itiraz ettiyse de Elizabeth durumun az çok öyle olduğunu anladı.

"Londra'ya gitmeden önceki gece," dedi Darcy, "ona bir itirafta bulundum, ki çok daha önce yapmalıydım. Daha önce onun işine karışmış olmamı lüzumsuz, saçma gösteren bütün o olayları anlattım. Çok şaşırdı. En küçük bir şüphe bile duymamış. Ablanın ona karşı kayıtsız olduğunu söylerken yanılmış olduğuma inandığımı da söyledim; ablana olan duygularının değişmediği çok belliydi, o yüzden birlikte mutlu olacaklarından kuşku duymadım."

Elizabeth arkadaşını yönlendirmedeki rahatlığına gülümsemeden edemedi.

"Ablamın onu sevdiğini söylerken," dedi, "kendi gözlemine dayanarak mı öyle dedin, yoksa geçen baharda benim söylediklerime dayanarak mı?"

"İlki. Geçenlerde buraya yaptığım iki seyahatte onu uzaktan gözlemledim ve sevgisine inandım."

"Senin emin olman da, herhalde, ona hemen inanç aşıladı."

"Öyle. Bingley samimi olarak alçakgönüllüdür. Utangaçlığı böyle önemli bir konuda kendi sezgilerine güvenmesine engel oluyordu, ama bana güvenmesi işleri kolaylaştırdı. Yalnız, itiraf etmek zorunda kaldığım bir şey vardı ki bir süre ve haklı olarak, canını sıktı. Ablanın geçen kış üç ay şehirde kaldığını, bunu bildiğimi ve bile bile ondan sakladığımı söylememek içime sinmeyecekti. Kızdı tabii. Ama kızgınlığı ablanın duyguları konusundaki şüphesinden daha uzun sürmedi. Artık beni tamamen affetti."

Elizabeth Mr. Bingley'nin tatlı bir arkadaş olduğunu, çok kolay idare edilmesinin onu çok değerli yaptığını söylemek istedi, ama kendini tuttu. Darcy'nin henüz alay edilmeyi öğrenmesi gerektiğini, ama başlamak için biraz erken olduğunu hatırladı. Darcy, Bingley'nin tabii sadece kendisinin mutluluğu yanında sönük kalacak mutluluğunu hayal ederek konuşmayı eve gelinceye kadar sürdürdü. Holde ayrıldılar.

Bölüm XVII

"Sevgili Lizzy, nereye yürümüş olabilirsiniz?" Odaya girer girmez Elizabeth'e Jane'in, masaya oturduklarında da tüm ötekilerin yönelttiği soru bu oldu. Dolaştıklarını söyleyebildi sadece, nereye gittiklerine bakmadan. Konuşurken yüzü kızardı; ama ne bu, ne başka bir şey gerçek konusunda şüphe uyandırdı.

Akşam sakin geçti, olağandışı bir şey olmadan. Kabul edilmiş âşıklar konuşup güldüler, kabul edilmemiş olanlar sessizdiler. Darcy mutlu olunca neşeyle dolup taşan biri değildi; heyecanlı ve şaşkın Elizabeth ise mutlu olduğunu biliyordu hissetmekten çok; çünkü o anki tedirginliğe ek olarak önünde başka engeller de vardı. Durumu bilindiği zaman ailede ne hissedileceğini tahmin edebiliyordu; Darcy'yi Jane'den başka kimsenin sevmediğini biliyordu; diğerlerinin bütün servetine ve gücüne rağmen ondan nefret ediyor olmasından bile korkuyordu.

Geceleyin Jane'e içini döktü. Kuşku Miss Bennet'ın olağan alışkanlığı değilse de buna inanmaya kesinlikle yanaşmadı.

"Şaka yapıyorsun Lizzy. Olamaz!.. Mr. Darcy'yle sözlendin! Hayır, hayır, beni kandıramazsın. İmkânsız olduğunu biliyorum."

"Korkunç bir başlangıç oldu gerçekten! Tek sana güveniyordum; sen de inanmazsan kimse bana inanmaz. Yine de gerçeği söylüyorum. Sadece ve sadece gerçeği söylüyorum. Beni hâlâ seviyor; sözlendik."

Jane kuşkuyla ona baktı. "Ah Lizzy! Olamaz. Ondan nasıl nefret ettiğini biliyorum."

"Hiçbir şey bilmiyorsun. Bunlar unutulacak. Belki onu her zaman şimdiki kadar sevmedim. Ama böyle durumlarda iyi bir belleğe sahip olmak affedilir şey değildir. Bu benim de son hatırlamam olacak."

Miss Bennet hâlâ şaşkınlık içinde kalakalmıştı. Elizabeth tekrar ve bu kez daha ciddi bir biçimde onu inandırmaya çalıştı.

"Aman Tanrım! Cidden öyle olabilir mi! Ama sana inanmak zorundayım," diye haykırdı Jane. "Biricik Lizzy, seni... seni tebrik ederim... ama emin misin? Sorumu mazur gör... yani onunla mutlu olabileceğine iyice emin misin?"

"Hiç şüphem yok. Aramızda karar verdik, dünyadaki en mutlu çift olacağız. Sevindin mi Jane? Böyle bir enişten olması hoşuna gider mi?"

"Hem de çok. Hiçbir şey Bingley'yi de beni de daha çok sevindiremezdi. Ama bunu düşündük ve imkânsız olduğunu konuştuk. Peki onu gerçekten çok seviyor musun? Ah, Lizzy! Ne yaparsan yap, sevmediğin bir adamla evlenme. Onu yeterince sevdiğinden emin misin?"

"A evet! Sana her şeyi anlattığım zaman daha da fazla sevdiğimi anlayacaksın."

"Ne demek istiyorsun?"

"İtiraf etmeliyim ki onu Bingley'den daha çok seviyorum. Korkarım buna kızacaksın."

"Sevgili kardeşim, ciddi ol ama. Ben ciddi ciddi konuşmak istiyorum. Bilmem gereken her şeyi hemen anlat. Söyle bakalım, onu ne zamandan beri seviyorsun?"

"Öyle yavaş yavaş oldu ki tam ne zaman başladı ben de bilmiyorum. Ama galiba ilk Pemberley'deki o harikulade bahçelerini gördüğüm zamana tarihleniyor."

Ciddi olması için yapılan bir başka rica arzu edilen etki-
yi yaptı; Elizabeth çok geçmeden Jane'i sevgisinin gerçek
olduğuna inandırdı. Bu konuda ikna olunca Miss Bennet'ın
başka bir dileği kalmadı.

"Şimdi çok mutlu oldum," dedi, "çünkü sen de benim
kadar mutlu olacaksın. Ona her zaman değer verdim.
Sadece seni sevdiği için bile ona karşı her zaman saygı
duyardım; ama şimdi, Bingley'nin arkadaşı ve senin kocan
olarak benim için ikiniz kadar değerli sayılır. Ama Lizzy,
bana karşı çok ağzı sıkı, çok tedbirli davrandın. Pemberley
ve Lambton'da olanlar hakkında ne kadar az şey anlattın!
Bütün bildiklerimi senden değil, başka birinden öğrendim."

Elizabeth ona gizlilik sebeplerini anlattı. Bingley'den
bahsetmek konusunda isteksizdi; kendi duygularının durul-
mamış hali onu sevgilisinin adını anmaktan da aynı şekilde
alıkoyuyordu. Ama artık Lydia'nın evliliğindeki rolünü
ondan saklamayacaktı. Her şey anlatıldı ve gecenin yarısı
konuşmayla geçti.

"Aman Tanrım!" diye haykırdı Mrs. Bennet ertesi sabah
pencereye gider gitmez, "şu huysuz Mr. Darcy bizim biricik
Bingley'mizle buraya gelmiyor mu yine! Zırt pırt buraya
gelerek ne demek istiyor olabilir? Hani ava filan gidecekti
de bizi rahat bırakacaktı. Ne yapacağız bunu? Lizzy, yine
yürüyüşe çık da şununla, Bingley'nin ayağına dolaşmasın."

Elizabeth böyle uygun bir teklif karşısında gülmesini zor
tuttu; yine de annesinin onun hakkında ileri geri konuşması
gerçekten canını sıkıyordu.

Odaya girdikleri an Bingley ona anlamlı baktı, elini öyle
hararetle sıktı ki bildiği ortadaydı; hemen arkasından şöyle
seslendi: "Mr. Bennet, bugün Lizzy'nin yolunu kaybedebi-
leceği başka patika yok mu etrafta?"

"Mr. Darcy, Lizzy ve Kitty'ye," dedi Mrs. Bennet, "bu sabah Oakham Dağı'na yürümelerini tavsiye ederim. Uzun, hoş bir yoldur; Mr. Darcy de manzarayı hiç görmedi."

"Başkaları için iyi olabilir," diye cevapladı Mr. Bingley; "ama eminim Kitty'ye çok uzun gelir. Değil mi Kitty?"

Kitty evde kalmayı tercih ettiğini söyledi. Darcy dağdan manzarayı görmek için sabırsızlandığını söyledi, Elizabeth de sessizce onayladı. Hazırlanmak için yukarı çıkarken, Mrs. Bennet onu takip etti ve şöyle dedi:

"Çok üzgünüm Lizzy, seni o huysuz adamla tek başına bırakmak zorunda kaldım. Ama umarım rahatsız olmazsın: Hep Jane'in hatırı için, gerçekten; sohbet etmen gerekmez, arada bir iki şey söyle yeter. Yani sıkma kendini."

Yürüyüş sırasında, akşamleyin Mr. Bennet'ın rızasının alınmasına karar verildi. Elizabeth annesinin rızası için başvurmayı kendine sakladı. Annesinin bunu nasıl karşılayacağına karar veremiyordu; bazen bütün servetinin ve ihtişamının adama duyduğu soğukluğu yenmesi için yeterli olacağından şüphe ediyordu. Ama evliliğe şiddetle karşı da çıksa, şiddetle sevinse de hareketlerinin aklıselimden aynı derecede uzak olacağı kesindi; sevincinin ilk coşkusunu da itirazının ilk telaşını da Mr. Darcy'nin duymasına dayanamazdı.

Akşamleyin Mr. Bennet kütüphaneye çekildikten hemen sonra Mr. Darcy'nin kalkıp arkasından gittiğini gördü ve o an büyük bir heyecan duydu. Babasının karşı çıkacağından korkmuyordu, ama onun, en sevdiği kızının, yaptığı seçimle onu üzecek olması, kızını uğurlamanın onu gözyaşları ve pişmanlık içinde bırakacak olması ıstırap verici bir düşünceydi ve Elizabeth Mr. Darcy geri dönünceye kadar acı içinde oturdu; Mr. Darcy'ye bakınca yüzündeki gülümseme onu biraz rahatlattı. Birkaç dakika sonra Mr. Darcy, Kitty'yle birlikte oturduğu masaya yaklaştı; elindeki tığ işine bakıyormuş gibi yapıp kulağına şöyle fısıldadı: "Babana git, seni kütüphaneye istiyor." Elizabeth hemen gitti.

Babası odada bir aşağı bir yukarı yürüyordu, ciddi ve endişeli görünüyordu. "Lizzy," dedi, "ne yapıyorsun? Aklı-nı mı kaçırdın da bu adamı kabul ediyorsun? Ondan hep nefret etmez miydin?"

O an Elizabeth önceki görüşlerinin, ifadelerinin daha ılımlı olmuş olmasını ne kadar içtenlikle diledi! Son derece rahatsız edici açıklamalar yapmak zorunda kalmayacaktı; ama şimdi gerekliydiler ve Elizabeth biraz telaşla da olsa babasını Mr. Darcy'yi sevdiğine ikna etti.

"Yani başka bir deyişle, onu kabul etmeye kararlısın. Zengin tabii; senin Jane'den daha güzel elbiselerin, daha lüks arabaların olacak. Ama bunlar seni mutlu eder mi?"

"Benim ilgi duymadığımı düşünmeniz dışında bir itira-zınız var mı?"

"Hiç yok. Gururlu, itici bir adam olduğunu hepimiz biliyoruz; ama sen gerçekten beğeniyorsan bunun hiçbir önemi yok."

"Evet, onu beğeniyorum," diye cevapladı gözlerinde yaşlarla, "onu seviyorum. Aslında hiç yersiz bir gururu yok. Gayet cana yakın biri. Onu iyi tanımıyorsunuz; o nedenle lütfen ondan öyle bahsederek beni üzmeyin."

"Lizzy," dedi babası, "ona rızamı verdim. İstemeye tenezzül ettiği herhangi bir şeyi reddetmeye cesaret ede-bileceğim türden bir adam değil. Eğer onu kabul etmeye kararlıysan, şimdi sana da rızamı veriyorum. Ama sana iyi düşünmeni tavsiye ederim. Senin karakterini bilirim Lizzy. Biliyorum, kocanı gerçekten sevmezsen, onun senden üstün olduğunu hissetmezsen ne mutlu, ne de huzurlu olabilirsin. Senin neşeli eğilimlerin bunlara elverişli olmayan bir evlilik-te seni büyük tehlike içine sokar. İnancını kaybetmekten, üzülmekten kaçamazsın. Evladım, bana hayat arkadaşına saygı duyamadığını görme acısı yaşatma. Seni neyin beklediğini bilmiyorsun."

Şimdi daha da duygulanmış olan Elizabeth ciddi ve ağırbaşlı bir biçimde cevap verdi; sonunda Mr. Darcy'yi gerçekten beğendiğini tekrar ederek, hakkındaki görüşünün yavaş yavaş değiştiğini açıklayarak, onun sevgisinin de bir günlük iş olmadığından, aylar süren bir bekleyişle sınandığından emin olduğunu söyleyerek ve tüm iyi niteliklerini bir hamlede sayarak babasının kuşkularını giderdi ve evliliği benimsemesini sağladı.

"Doğrusu, bir tanem," dedi Elizabeth sözlerini bitirdiği zaman, "söyleyecek başka bir şeyim yok. Hal böyleyse, seni hak ediyor demektir. Seni daha az değerli birine vermezdim sevgili Lizzy."

Yarattığı iyi izlenimi tamamlamak için, babasına Mr. Darcy'nin kendi kendine Lydia için yaptıklarını anlattı. Babası bunları şaşkınlık içinde dinledi.

"Bu akşam mucizeler akşamı cidden! Demek her şeyi Darcy yaptı; nikâhı ayarladı, parayı verdi, adamın borçlarını ödedi, iş buldu! Bundan iyisi olamazdı. Beni dünya kadar dertten ve masraftan kurtaracak. Dayının işi olsaydı ona ödemek zorunda kalırdım ve öderdim; ama bu vahşi genç âşıklar her işi bildikleri gibi yapıyorlar. Yarın ona ödemeyi teklif edeceğim; köpürecek, fırtınalar estirecek, sana olan aşkından bahsedecek, mesele de böylece kapanacak."

Sonra, birkaç gün önce Mr. Collins'in mektubunu okurken Elizabeth'in ne kadar rahatsız olduğunu hatırladı; bir süre Elizabeth'e güldükten sonra nihayet gitmesine izin verdi... odadan çıkarken de şöyle dedi: "Mary'yle Kitty için gelen delikanlılar varsa onları da içeri gönder, hazır başka işim yokken."

Elizabeth'in üstünden böylece çok ağır bir yük kalktı; yarım saat kadar odasında sakince düşündükten sonra makul bir sakinlik içinde diğerlerine katılmayı becerebildi. Her şey neşelenmek için çok yeniydi, ama akşam gayet huzurlu geçti; artık dert edilecek önemli bir şey yoktu; rahatlığın, aşinalığın keyfi zaman içinde gelecekti.

Annesi geceleyin soyunma odasına çıktığı zaman Elizabeth arkasından gitti ve önemli haberi verdi. Haberin etkisi olağanüstü oldu; ilk duyduğunda Mrs. Bennet hareketsiz oturdu, tek kelime edemeden. Duyduğunu kavrayabilmesi için dakikalar geçmesi gerekti; yine de ailesinin yararına olan ya da kızlarından birine kısmet çıktığı şeklinde bir şey duyduğuna hükmetmekten geri kalmadı. Sonunda toparlanmaya başladı, koltuğunda kıpırdandı, ayağa kalktı, tekrar oturdu, hayret etti, kendi kendine konuştu durdu.

"Aman Tanrım! Başıma gelen! Düşünsene! Vay vay! Mr. Darcy! Kimin aklına gelirdi! Ama cidden sahi mi? Ah! Biricik Lizzy'm benim! Ne kadar zengin ve güçlü olacaksın! Ne harçlığın, ne mücevherlerin, ne arabaların olacak! Jane'inkiler solda sıfır... hiç yani. Nasıl sevindim... nasıl mutlu oldum. Ne cazip bir adam!.. öyle yakışıklı!.. öyle uzun boylu!.. Ah biricik Lizzy'm benim! Lütfen benim adıma özür dile eskiden onu hiç sevmediğim için. Ama umarım oralı olmaz. Tatlı Lizzy'm benim. Şehirde ev! Her şey öyle klas ki! Üç kızım gelin oldu! Yılda on bin pound! Ah Tanrım! Bana bir şeyler oluyor. Aklımı kaçıracağım."

Bunlar rızasından şüphe edilemeyeceğini kanıtlamaya yeterdi: Böyle bir tufanı sadece kendisi duyduğu için sevinen Elizabeth az sonra oradan çıktı. Ama kendi odasında daha üç dakika geçirmemişti ki annesi arkasından geldi.

"Çok sevgili yavrucuğum," diye haykırdı, "başka bir şey düşünemiyorum! Yılda on bin, hatta daha fazla! Lordlara layık! Ve de hususi nikâh. Bizzat başpiskopostan nikâh belgeniz olacak, ki olmalı da. Ama çok sevgili yavrucuğum, söyle şimdi bana, Mr. Darcy en çok hangi yemeği seviyor, bilelim ki yarın ona ondan yapalım."

Bu sözler annesinin beyefendiye muhtemel davranışı konusunda can sıkıcı ipuçları veriyordu; Elizabeth Darcy'nin içten sevgisine sahip olduğunu, ailesinin rızasını aldığını bilse de hâlâ ortada eksik bir şeyler olduğunu gördü. Ama ertesi sabah beklediğinden çok daha iyi geçti; çünkü Mrs. Bennet, neyse ki müstakbel damadına öyle bir hayranlıkla baktı durdu ki onunla konuşmaya yeltenmedi, elinden geldiğince ilgi göstermek ya da görüşlerine katıldığını belli etmek dışında.

Elizabeth babasının onu tanıma zahmetine katlandığını görünce memnun oldu; çok geçmeden Mr. Bennet gözündeki itibarının her an arttığını söyleyerek Elizabeth'i iyice rahatlattı.

"Üç damadımı da pek beğeniyorum," dedi. "Wickham, galiba, en sevdiğim; ama öyle geliyor ki senin kocanı da Jane'inki kadar seveceğim."

Bölüm XVIII

Elizabeth'in ruh hali hızla eski canlılığına kavuşunca Mr. Darcy'den ona nasıl âşık olduğunu anlatmasını istedi. "Nasıl başladın?" dedi. "Bir kez başlayınca tatlı tatlı devam ettiğini düşünebilirim; ama ilk olarak seni ne harekete geçirdi?"

"Her şeyi başlatan saati ya da yeri veya bakışı ya da sözleri ayırt edemiyorum. Çok zaman önce. Başladığını anlamadan kendimi ortasında buldum."

"Güzelliğime ilk başta karşı koydun, davranışlarıma gelince... sana karşı tavrım her zaman nezaketsizlik sınırındaydı ve seninle hiç canını acıtma isteği duymadan konuştuğum olmadı. Şimdi dürüst olalım; beni küstahlığım için mi sevdin?"

"Ruhunun canlılığı için sevdim."

"Buna aynı zamanda küstahlık da diyebilirsin. Öyle olmasına ramak kalmıştı. Gerçek şu ki kibarlıktan, uysallıktan, teklifsiz yakınlıktan bıkmıştın. Sadece sana beğendirmek için konuşan, bakan, düşünen kadınlardan usanmıştın. Seni uyardım, ilgini çektim, çünkü onlara hiç benzemiyordum. Gerçekten dost canlısı olmasaydın benden bu yüzden nefret ederdin; ama kendini gizlemek için girdiğin sıkıntılara rağmen duyguların her zaman soylu ve adildi; içinden, sana öyle ihtimamla kur yapan kişileri küçümsüyordun. İşte bak... seni açıklama zahmetinden kurtardım; gerçekten, etraflı düşününce, bunu gayet makul bulmaya başlıyorum. Aslında benim hiçbir iyiliğimi görmedin... ama âşık olunca kimse bunu düşünmez."

"Netherfield'de hasta yatarken Jane'e gösterdiğin ilgide iyilik yok muydu?"

"Biricik Jane! Kim onun için daha azını yapabilirdi ki? Ama yine de bunu bir erdem say. İyi niteliklerim senin koruman altında, sen de onları olabildiğince abartıyorsun; bir daha seninle kavga etmek, seni kızdırmak için sebep bulmak bana kalıyor; peki, ben de şimdi sana doğrudan şunu sorarak başlayacağım, sadede gelmekte niye o kadar isteksiz davrandın? İlk gelip burada yemek yediğinde seni benden o kadar utandıran neydi? Bilhassa, geldiğin zaman neden bana aldırmıyormuş gibi davrandın?"

"Çünkü ciddi ve sessizdin; bana cesaret vermedin."

"Ama gergindim."

"Ben de öyle."

"Yemeğe geldiğin zaman benimle daha çok konuşabilirdin."

"Daha az hisseden biri konuşabilirdi."

"Her şeye verecek makul bir cevabın olması ne şanssızlık; benim bunu kabul edecek kadar makul olmam da ayrı şanssızlık! Ama kendi başına kalsaydın daha ne kadar devam edecektin, merak ediyorum. Ben sana sormasaydım ne zaman konuşacaktın? Lydia'ya yaptığın iyilik için sana teşekkür etme kararım elbette çok etkili oldu. Fazla etkili, korkarım; ama eğer mutluluğumuz bir sözün çiğnenmesinden doğuyorsa ahlak nerede kaldı? Çünkü o konudan bahsetmemek zorundaydım. Hayır, böyle olmayacak."

"Kendini sıkmana gerek yok. Ahlak yerli yerinde. Lady Catherine'in bizi ayırmak için yaptığı kabul edilmez hareketler tüm şüphelerimi gidermeme yaradı. Şu anki mutluluğumu senin minnettarlığını ifade etme arzuna borçlu değilim. Konuyu senin açmanı bekleyecek halim yoktu.

Teyzemin anlattıkları bana umut verdi, ben de bir an önce her şeyi öğrenmeye karar verdim."

"Lady Catherine'in büyük faydası oldu, ki bunun için sevinmeli, çünkü faydalı olmayı seviyor. Ama söyle bana, Netherfield'e neden geldin? Longborn'a kadar at sürüp rahatsız olmak için miydi? Yoksa daha ciddi niyetlerin mi vardı?"

"Gerçek amacım seni görmekti, bir de tabii beni sevmeni sağlama umudum olabilir mi, anlamak. İfade ettiğim ya da kendime ifade ettiğim amacım ise ablanın Bingley'e hâlâ yakınlık duyup duymadığını görmek ve eğer duyuyorsa Bingley'ye gerçeği söylemekti, ki zaten söyledim."

"Lady Catherine'e onu neyin beklediğini anlatacak cesaretin var mı?"

"Cesaretten çok zamana ihtiyacım var sanki Elizabeth. Öte yandan, anlatılması lazım; bana kâğıt ver, hemen anlatayım."

"Benim de yazacak mektubum olmasa yanında oturur, yazının düzgünlüğüne hayran olurdum, bir vakit başka bir genç hanımın yaptığı gibi. Ama benim de daha fazla ihmal edilmemesi gereken bir yengem var."

Mr. Darcy'yle yakınlığının ne kadar büyütüldüğünü itiraf etme isteksizliği yüzünden, Elizabeth Mrs. Gardiner'ın uzun mektubuna henüz cevap vermemişti, ama şimdi anlatacak çok memnuniyet verici bir şey olduğu için, dayısıyla yengesinin zaten üç mutlu günü kaybettiklerini fark edince utanç duydu ve hemen şu mektubu yazdı:

"Ayrıntılar konusunda beni uzun uzun, anlayışlı, tatmin edici bir şekilde aydınlattığınız için sevgili yengeciğim, size daha önce teşekkür edecektim, ama doğrusunu isterseniz, yazamayacak kadar şaşkındım. Gerçekte olduğundan daha fazla şeyi varsaymışsınız. Ama artık dilediğinizi varsayabilirsiniz; hülyalarınızı salın gitsin; hayal gücünüz dilediğince, dayandığınca uçuşa geçsin ve eğer gerçekten evlendiğime inanmazsanız daha fazla yanılamazsınız. İlk fırsatta yine yazın ve onu geçen seferkinden daha çok methedin. Göller Bölgesi'ne gitmediğiniz için tekrar tekrar teşekkürler. Nasıl oraya gitmek isteyecek kadar aptal olabildim! Midilli fikriniz harikulade. Her gün koruyu dolaşacağız. Dünyanın en mutlu insanı benim. Belki daha önce başkaları da böyle söylemiştir, ama hiçbiri bu kadar haklı olmamıştır. Jane'den bile daha mutluyum; o sadece gülümserken ben kahkahalar atıyorum. Mr. Darcy size sonsuz sevgilerini gönderiyor, tabii benden tasarruf edebildiklerini. Christmas'da hepiniz Pemberley'ye geleceksiniz. Sizin olan..."

Mr. Darcy'nin Lady Catherine'e yazdığı mektup farklı bir üsluptaydı; ama ikisinden de farklı olan, Mr. Bennet'ın Mr. Collins'e son mektubuna cevaben yazdığı mektuptu.

"Sayın Beyefendi,
Size bir kez daha tebrik derdi çıkarmak durumundayım. Elizabeth çok yakında Mr. Darcy'nin eşi olacak. Lady Catherine'i elinizden geldiğince teselli edin. Ama yerinizde olsaydım, yeğene yanaşırdım. Onun verecek daha çok şeyi var.

Saygılarımla."

Miss Bingley'nin yaklaşan evliliği için kardeşine gönderdiği tebrikler şirinlik ve samimiyetsizlik doluydu. Evlilik sebebiyle Jane'e bile yazdı, sevincini ifade etti, tüm eski yakınlık gösterilerini tekrarladı. Jane aldanmadı, ama etkilendi; ona güven duymasa da hak ettiğini bildiğinden çok daha nazik bir cevap yazmadan edemedi.

Aynı haberi alınca Miss Darcy'nin ifade ettiği sevinç o haberi gönderen ağabeyinin sevinci kadar içtendi. Memnuniyetini ve yengesi tarafından sevilme arzusunu anlatmaya arkalı önlü iki sayfa yetmemişti.

Mr. Collins'ten cevap gelmeden ya da karısından Eliza-
beth'e tebrik gelmeden önce Longbourn ailesi Collinslerin
bizzat Lucas Köşkü'ne geleceğini duydular. Bu ani ayrılışın
nedeni kısa zamanda anlaşıldı. Lady Catherine yeğeninin
mektubunun içeriği yüzünden öyle öfkelenmişti ki evlilik
haberine gerçekten sevinen Charlotte fırtına dinene kadar
oradan uzaklaşmak istemişti. Öyle bir anda arkadaşının
gelişi Elizabeth'i içtenlikle sevindirdi, gelgelelim bir ara-
ya geldikleri zaman bu sevincin ağır bir bedeli olduğunu
düşünmüş olmalı Mr. Darcy'yi arkadaşının kocasının bütün
o gürültülü ve kölece kibarlığına maruz kalmış görünce.
Yine de Mr. Darcy bunlara hayranlık verici bir sakinlikle
katlandı. Civarın en parlak mücevherini alıp götürdüğü
iltifatını ve St. James'de sık sık buluşmaları umudunu dile
getiren Sir William Lucas'ı bile gayet ağırbaşlı bir tavırla
dinledi. Omuz silkeceği zaman da Sir William gözden kay-
bolana kadar bekledi.

Mrs. Philips'in yabaniliği ise sabrını asıl zorlayan bir
başka sıkıntı oldu; Mrs. Philips de kız kardeşi gibi ondan
öyle çekiniyordu ki onunla Bingley'nin iyi huyluluğundan
aldıkları rahatlıkla konuşamıyordu, ama konuştuğu zaman
da iyice yabanileşiyordu. Ona olan saygısı az konuşmasına
yol açıyorduysa da daha zarif olmasını sağlayamıyordu.
Elizabeth Mr. Darcy'yi her ikisinin sık ilgisinden korumak
için elinden geleni yaptı, onu kendine ve ailesinin utanç
duyulmadan konuşulacak üyelerine saklamak için her an
tetikte durdu; bütün bunlardan doğan rahatsız duygular
flört mevsiminden keyfinin çoğunu alıp götürdüyse de gele-
cek umuduna katkıda bulundu; Elizabeth her ikisi için de
o kadar sıkıcı olan o topluluktan kaçıp Pemberley'deki aile
hayatlarının rahatına ve zarafetine kavuşacakları zamanı
iple çekmeye başladı.

Bölüm XIX

Tüm annelik duygularının en mutlu günü Mrs. Bennet'ın pek meziyetli iki kızından kurtulduğu gün oldu. Ardından ne keyifli bir gururla Mrs. Bingley'yi ziyaret edip Mrs. Darcy'den bahsettiği tahmin edilebilir. Keşke, ailesinin hatırı için, çocuklarını gelin etme tutkusunda elde ettiği başarının onu hayatının geri kalan kısmında makul, sevimli, aklı başında bir kadın yaptığını söyleyebilseydim; yine de belki, arada bir sinirli ve daima aptal olmaya devam etmesi sıradışı bir ailevi mutluluğu beğenmeyebilecek olan kocası için hayırlı olmuştur.

Mr. Bennet ikinci kızını alabildiğine özledi; kızına duyduğu sevgi onu başka herhangi bir şeyin neden olabileceğinden daha sık evinden uzaklaştırdı. Pemberley'ye gitmekten hoşlanıyordu, bilhassa en beklenmediği zamanda.

Mr. Bingley ve Jane Netherfield'de sadece on iki ay kaldılar. Jane'in annesine ve Meryton'daki akrabalarına o kadar yakın bir yerde oturmak Mr. Bingley'nin rahat tabiatına da Jane'in sevgi dolu kalbine de fazla geldi. O zaman iki kız kardeşin en büyük dileği gerçekleşti; Mr. Bingley Derbyshire'e komşu bir vilayette mülk aldı ve Jane'le Elizabeth diğer her mutluluk kaynağına ek olarak birbirlerinin otuz mil yakınına kadar geldiler.

Kitty akıllıca bir iş yaparak zamanının büyük bölümünü iki ablasıyla birlikte geçirdi. Daha önce tanıdığı topluluktan çok üstün bir topluluk içinde büyük gelişme sağladı. Tabiatı Lydia kadar dikbaşlı değildi ve Lydia'nın örneği de önünden kalkınca, gerekli ilgi ve idareyle, daha az rahatsız edici, daha az cahil ve daha az sıkıcı biri oldu. Lydia'nın arkadaşlığından zarar görmemesi için ondan dikkatle uzak tutuldu; Mrs. Wickham sık sık onu balolar ve delikanlılar vaadiyle gelip yanında kalmaya davet ettiyse de babası gitmesine izin vermedi.

Mary evde kalan tek kız oldu; Mrs. Bennet'ın yalnız kalamaması nedeniyle başarı mücadelesinden çekildi. Dünyayla daha fazla haşır neşir olmak zorunda kaldı, ama her sabah ziyareti hakkında ahkâm kesmeyi ihmal etmedi; artık kız kardeşler arasındaki güzellik karşılaştırması yüzünden canı sıkılmadığı için babası değişime fazla karşı koymadan boyun eğdiğini düşündü.

Wickham'la Lydia'ya gelince onların kişilikleri ablalarının evliliğiyle hiçbir değişime uğramadı. Wickham Elizabeth'in daha önce bilmediği nankörlüğünü ve sahtekârlığını şimdi öğrenmiş olması gerektiği inancına metanetle dayandı; ama her şeye karşın, Darcy'nin ona mirasını vermeye ikna edilebileceğinden büsbütün umudunu kesmedi. Elizabeth'in evliliği nedeniyle Lydia'dan aldığı tebrik mektubu bu umudun kendisi değilse bile karısı tarafından canlı tutulduğunu söylüyordu. Mektup şöyleydi:

"Sevgili Lizzy,

Sana neşe dilerim. Eğer Mr. Darcy'yi benim Wickham'ı sevdiğimin yarısı kadar seviyorsan çok mutlu olmalısın. Bu kadar zengin olduğunuzu düşünmek büyük rahatlık; umarım yapacak başka işiniz olmadığı zaman bizi de düşünürsünüz. Eminim Wickham sarayda görev almayı çok isterdi; biraz yardım almadan yaşamamıza yetecek kadar paramız olacağını sanmıyorum. Yılda üç yüz, dört yüzlük her görev olur; yine de bundan Mr. Darcy'ye bahsetme, istemiyorsan.

Sevgilerimle."

Haliyle Elizabeth de hiç istemediği için, cevabında o tür her istek ve beklentinin önünü kesmeye çalıştı. Ama gücünün yettiği yardımı, kendi kişisel harcamalarından iktisat etmek denebilecek bir yöntemle biriktirip sık sık onlara gönderdi. Öyle pahalı istekleri olan, yarını düşünmekten aciz iki kişinin o kadarcık gelirle geçinemeyeceklerini başından beri biliyordu; ne zaman şehir değiştirseler faturaların ödenmesi için ufak bir yardım talebiyle ya Jane'e ya da ona başvuruluyordu. Barış imzalanıp da eve çıkarıldıkları zaman bile hayat tarzları son derece düzensizdi. Daha ucuz bir ev arayarak hep oradan oraya taşınıyorlar ve hep kazandıklarından daha fazlasını harcıyorlardı. Wickham'ın Lydia'ya olan sevgisi kısa zamanda ilgisizliğe dönüştü; Lydia'nınki ise biraz daha uzun sürdü; gençliğine ve huyuna rağmen, evliliğinin ona sağladığı tüm ayrıcalıkları muhafaza etti.

Darcy Wickham'ı asla Pemberley'ye kabul etmedi; yine de Elizabeth'in hatırı için mesleğinde ilerlemesine yardım etti. Lydia arada bir oraya ziyarete geliyordu, kocası keyif yapmak için Londra'ya ya da Bath'a gittiği zaman; ama ikisi birden Bingleylerde sık sık öyle uzun süre kalıyorlardı ki Bingley'nin bile sabrı tükendi ve onlara gitmelerini ima edeceğinden bahsedecek kadar ileri gitti.

Miss Bingley Darcy'nin evlenmesine son derece içerledi; ama Pemberley'yi ziyaret etme hakkını elinde tutmayı akıllıca bulduğu için dargınlıktan vazgeçti, Georgiana'ya daha da düşkünlük gösterdi, Darcy'ye yine eskisi kadar ilgili davrandı ve Elizabeth'e karşı tüm nezaket görevini eksiksiz yerine getirdi.

Pemberley artık Georgiana'nın eviydi; yenge görümce sevgisi tam Darcy'nin görmek istediği gibiydi. Birbirlerini başta istedikleri kadar çok sevmeyi başardılar. Georgiana dünyada Elizabeth'i en beğenen insandı, ilk zamanlar ağabeyiyle canlı, şakacı konuşma tarzını sık sık korkuya yaklaşan bir şaşkınlıkla dinlediyse de. Onda her zaman

sevgisini neredeyse ezen bir saygı uyandırmış olan ağabe-
yini şimdi açık bir şakalaşma nesnesi olarak görüyordu.
Aklı daha önce hiç karşısına çıkmamış bilgilerle doluyordu.
Elizabeth'in eğitimi altında bir kadının kocasına rahat dav-
ranabileceğini kavramaya başlıyordu, ki bu bir ağabeyin
kendinden on yaş küçük bir kız kardeşe her zaman tanıya-
bileceği bir rahatlık değildi.

Lady Catherine yeğeninin evliliği konusunda son derece
öfkeliydi; evliliği duyuran mektuba cevaben karakterinin en
hakiki açıksözlülüğünü serbest bırakarak Darcy'ye bilhassa
Elizabeth hakkında öyle hakaret dolu bir mektup gönderdi
ki bir süre aralarındaki bütün alışveriş bitti. Ama sonunda
Elizabeth'in çabasıyla Darcy hakareti görmezden gelmeye ve
barışma yolu aramaya ikna oldu; teyzesi biraz daha diren-
dikten sonra ya ona olan sevgisi nedeniyle ya da karısının
durumu nasıl götürdüğünü merak ettiği için dargınlığı bir
kenara bıraktı ve lütfedip Pemberley'ye ziyaretlerine geldi,
ormanları sadece öyle bir gelinin varlığıyla değil, şehirden
gelen dayısıyla yengesinin ziyaretleriyle de kirlendiği halde.

Gardinerlarla her zaman gayet yakın oldular. Elizabeth
kadar Darcy de onları seviyordu; Elizabeth'i Derbyshire'e
getirerek birleşmelerini sağlayan kişiler için ikisi de her
zaman sıcak bir minnettarlık hissettiler.

Hasan Âli Yücel Klasikler Dizisi'nde
Yayımlanan Eserler

403

Modern Klasikler Dizisi'nde
Yayımlanan Eserler